方星霞 著

京派的承传与超越
汪曾祺小说研究

南京大学出版社

图书在版编目(CIP)数据

京派的承传与超越：汪曾祺小说研究 / 方星霞著
.—南京：南京大学出版社，2016.7
ISBN 978 - 7 - 305 - 17273 - 1

Ⅰ.①京⋯　Ⅱ.①方⋯　Ⅲ.①汪曾祺(1920 - 1997)
—小说研究　Ⅳ.①I207.42

中国版本图书馆 CIP 数据核字(2016)第 164321 号

出版发行　南京大学出版社
社　　址　南京市汉口路 22 号　　邮　编　210093
出 版 人　金鑫荣
书　　名　**京派的承传与超越：汪曾祺小说研究**
著　　者　方星霞
责任编辑　李宁生　黄隽翀　　　　编辑热线　025 - 83686308
照　　排　南京紫藤制版印务中心
印　　刷　南京爱德印刷有限公司
开　　本　787×960　1/16　印张 15　字数 249 千
版　　次　2016 年 7 月第 1 版　2016 年 7 月第 1 次印刷
ISBN　978 - 7 - 305 - 17273 - 1
定　　价　48.00 元

网　　址　http://www.njupco.com
官方微博　http://weibo.com/njupco
官方微信　njupress
销售热线　025 - 83594756

为汪曾祺建构新的整体观

——方星霞《京派的承传与超越：汪曾祺小说研究》序言

吴晓东

在当代小说家中，我最喜欢汪曾祺，但一直感觉他是一个很难归类的作家。汪曾祺差不多是唯一一个在中国现代和当代两个文学史时段都写出了具有同等分量作品的作家，他青年时期的创作集中在 20 世纪 40 年代中后期，在西南联大师承于沈从文，又接受了西方存在主义和意识流的影响，追求小说的诗化与散文化，以《邂逅集》横空出世。70 年代末到 80 年代初是汪曾祺小说创作的又一个高峰，追慕"融奇崛于平淡，纳外来于传统"，在小说中精心营造的意境既有意象性的诗化特征，又有丰富而深厚的传统文化和审美精神的底蕴，把传统小说中的白描与中国水墨画"计白当黑"的空白技法浑然熔铸，小说艺术也因之更为圆熟。然而，我多年来阅读汪曾祺，一个困惑也始终如影随形，迫使我思索汪曾祺何以从 40 年代一跃而跨到 80 年代。在我的感受中，他两个时代的创作虽然处理的是大体相似的题材，但从文学观念到艺术思维到文体风格到小说技法，都表现出了相当的异质性。读汪曾祺 80 年代的小说，我觉得很新鲜；而读他 40 年代的小说，则感觉很熟悉。大概因为他的 40 年代创作承继的其实是五四新文学的传统，小说中对"横截面"的状写、对人生境遇的关注、对深层心理意蕴的挖掘，都是可以在中国现代文学的历史流向中找到根据的。这种文学史的依据使得汪曾祺的创作似乎其来有自，是消除陌生感的根源性背景。但是到了 80 年代，以《受戒》再度出山的汪曾祺，却让当时的文坛普遍感到陌生。这种陌生也许说明了汪曾祺在当代文学中的先锋性同时也是边缘性，当时还是本科生的我读《大淖记事》《受戒》，感受到的是汪曾祺许诺了一种具有陌生化以及先锋性的新的文学观念的问世，正像李庆西称"新笔记小说，是寻根派，也是先锋派"一样。

正是因为这种困惑，我很感谢方星霞女士在其新著《京派的承传与超越：汪曾祺小说研究》付梓前夕让我先睹为快，在一定程度上，也为我解了惑。星霞女士在新著中把汪曾祺的小说放置在京派的传统中，考察汪曾祺与京派既有继承又有超越的关系，也为我理解汪曾祺40年代与80年代之间的沿承性和整体性，提供了一个有说服力也十分有效的解释视野。正如星霞在新著中所指出："本书采用京派的角度来研读汪曾祺的小说，是饶有深意的。首先，只有从这一点切入，才能反映其作品的文学史意义。反过来看，也只有这样才能更深入地了解汪氏的作品。"（第191—192页）

在我看来，星霞把汪曾祺的小说纳入京派这个更大的参照系中加以整体考察，有其学术理路的必然性。我曾经有幸参加过星霞博士论文的答辩，她的博士论文选择的论题是京派诗歌研究，她对京派的鼻祖废名的小说也有精深的钻研，沿着这个治学脉络，又把目光投向了"京派的最后一个作家"汪曾祺，在学术理路上堪称是顺理成章的，也给我水到渠成之感。

我也很欣喜地看到星霞在这本书中所表现出的对京派研究的深厚学术积累，譬如对汪曾祺与沈从文的师承关系的描述就表现出超越以往研究的诉求。汪曾祺在为美国学者金介甫的《沈从文传》所作的序中曾经这样谈起他的老师："沈从文在一条长达千里的沅水上生活了一辈子。20岁以前生活在沅水边的土地上；20岁以后生活在对这片土地的印象里。"可以说，沈从文精心构筑的"边城"世界正是对故乡土地的印象和记忆的产物，他在想象中把故乡的印象提纯，最终结晶为一座希腊小庙，里面供奉着人性。同样，也可以把汪曾祺对沈从文的描述挪用到汪曾祺自己身上。星霞的新著就是从汪曾祺与其乡土之间无法剥离的关系的角度讨论作为沈从文高足的汪曾祺。在作者的眼里，汪曾祺也可以说一辈子生活在对自己故乡的回忆中，从他在20世纪40年代创作《鸡鸭名家》《戴车匠》开始，到80年代的《大淖记事》《受戒》《故里杂忆》，汪曾祺的故乡书写实践着"小说是回忆"的创作原则的同时，也使"回忆"构成了汪曾祺晚年的一种生命形态和存在方式。我很激赏星霞对汪曾祺小说的研究，既实现着一种方法论意义上的文化诗学与形式诗学的统一，也力求升华到生命形态与生命境界的高度，从而把"文学是人学"这一既古老又崭新的文学观念真正落到实处。

此外，星霞对京派小说审美倾向的分析，对废名的勾勒以及对师陀与萧乾的叙述，虽言简意赅，却新意迭出，如称"《竹林的故事》《边城》《受戒》仿如京派'三部曲'"，即于我心有戚戚焉，表达出大多数研究者心中所有、却笔下所无的共识性判断。而第四章集中探讨的汪曾祺对京派的超越，更是站在文学史的宏阔背景下,对汪曾祺的"新笔记小说"和尝试改写的"新聊斋志异"进行了独到而深入的研究,不仅为汪曾祺,也可以说为京派小说的发展历程,画上了一个堪称完美的句号。

中国现代文学研究界这些年来也大体上形成了"后期京派"的一个研究热点,所谓"后期京派",尤其意指 40 年代战后以复刊的《文学杂志》为中心所维系的"学院派"文学群体。主要代表人物既包括前期京派的沈从文、朱光潜、废名、李健吾、林徽因、凌叔华、梁宗岱、李长之等,也包括作为后起之秀的萧乾、芦焚(师陀)、田涛、袁可嘉、穆旦等,而汪曾祺也会被放在这个后期京派阵营中加以讨论。至于"后期京派"说法的有效性,学界仍处在众说纷纭的探索阶段。星霞的新著如果与这一研究有所对话,也不妨看成是一个可以进一步展开的话题空间。或许也是这个原因,我觉得本书对汪曾祺 40 年代小说创作的关注稍有不足,并隐隐感到如果星霞对汪曾祺 40 年代的创作多加倾斜,可能更有助于凸显汪曾祺的横亘 20 世纪中后期的文学史意义以及他与京派的传承关系。

而我同时以为,当星霞在本书的结语中称"京派前人或许预料不到,作为京派最后一员的汪曾祺在大约 30 年后,以一己之力完成复兴的愿望,凭《受戒》重现京派的风采。可以说,汪曾祺虽然不是京派作家中创作最丰盛的,不是影响最深远的,但他与京派的关系非比寻常。笔者以为应当为京派的发展历程添加一段'复苏期'(1980—1990)以示全貌"(第 191 页),这种说法的前半部分甚合吾意,但最后一句可能多少高估了汪曾祺对于"复苏"京派所起的作用。大概把汪曾祺的 80 年代称为京派的"余响"更符合文学史的实际。

方星霞的这部新著在写作过程中阅读了大量相关研究领域的研究成果,虽然在我看来所征引的前人的研究成果有些泥沙俱下,但她在此基础上力求超越的气势让我很是感怀。除却对京派传统和研究对象(汪曾祺的小说)做整体观方面的持论,在具体的微观诗学分析层面,本书尤为表现出精湛而细腻的品格。或许还可以说,对小说微观诗学的探索,是这部专著更引人入胜之处。无论是以"流水与树"对汪曾祺小说的叙事结构进行概括,以"一语天然万古新"这一元好问的诗语作为对汪曾祺叙事语言深入分析、挈领性归纳,还是对小说文体这一堪称是小说诗学最具难度的领域的透彻洞见,都给人耳目一新、一派天然之感。其中最见功夫的是星霞在书中体现出的扎实的理论素养和精细的文本分析能力,述学语体也清丽雅致,从而让我感到阅读本书的过程也是一种文学享受的过程。

如第三章《以画为文:汪曾祺小说之叙事魅力》中的《苦心经营的随便:叙事结构》一节,分析《大淖记事》中巧云和十一子在沙洲上幽会那一幕所体现出的汪曾祺营造"空白"的功夫,作者这样写道:"此段写到节骨眼儿处,戛然收住,不作铺叙。'月亮真好啊'既是叙事话语,又何尝不是巧云和十一子的感受?如果作家把巧云和十一子在沙洲上的细节写出来,那就只能是写出来的那些,现在故意不写,反而赋予了读者无限的想象空间。再者,写得太露骨就没有国画那种虚实结合之美了。"这段文字大体上可以代表本书的总体语言风格:娓娓道来,清新隽永,余韵悠然。或许受研究对象的影响,我感受到星霞的文字也多多少少习得了汪曾祺的风致。此外,作者的文字感受力和语言风格与她力图处理的汪曾祺的抒情美学和人文意蕴之间也有内在的契合关系。星霞格外看重汪曾祺的"中国式的抒情人道主义"的自述,从中探索汪曾祺小说融抒情与人道主义为一体的人文精神,对抒情性的探索也从京派的传统入手,既把汪曾祺的小说创作中"以画为文"看成是核心的叙事技巧,也将其视为"京派小说抒情化的余韵","然作家又渗入个人的爱好,表现在语言上是文白糅杂,表现在结构上则有抒情诗的痕迹。"(第96页)这种论述方式,把内在的小说精神底蕴与小说结构勾勒、叙事分析、语言探索融为一体,一方面贴合了研究对象的底里,另一方面也是方星霞自身研究风格的独特的生成,给人以浑然天成独树一帜之感。

我个人留意过汪曾祺40年代的小说创作,曾着意于汪曾祺《邂逅集》阶段小说中所受的西方文学的影响,从而了解关注汪曾祺对西方文学的借鉴是如何化在他的小说创作中的,这似乎也是一个可以深入挖掘的研究领域。当然,汪曾祺40年代小说的西方因素相对鲜明,如伍尔夫的意识流、存在主义对人的境遇的关怀、里尔克的诗学精神,都是易于捕捉的;但到了80和90年代,外来因素则似乎沉积下去,积淀为汪曾祺小说中一种深层的底蕴,确乎就不那么容易勾勒出轮廓。但正因如此,揭示这种底蕴,也构成了对研究者们的一大挑战。

星霞的这部专著,志趣当然并不在此。如她在书中所断言:"沈从文和废名在小说创作上,多借鉴西方作品,汪曾祺则深受传统文化的熏染。"(第158页)不过,考虑到京派小说也同时是生成于传统和现代两大脉络之中,而汪曾祺在40年代对西学尤有较深的浸淫,又未隔断传统的血脉,假以时日,是有集东方与西方文化之大成的可能性的。而80年代的汪曾祺的小说,在炉火纯青的同时,文本语境中总有一种挥之不去的文化怀旧情绪,作为"回忆"的小说叙事艺术既孕育了有历史纵深的情感结构,但也同时生成了鉴赏家的耽美式的姿态,40 年代小说中对生存境遇的那种存在主义的犀利洞察也被一种沉湎的眷恋情怀所替代。也正是这种意义上,我格外看重星霞对 90 年代汪曾祺的审视,她认为,"到了 90 年代,写悲剧、揭示黑暗"构成汪曾祺小说的"主调"(第 84 页),继而强调把汪曾祺"80、90 年代的作品结合起来,我们便能看到一个完整的民间世界,既有真实的一面,也有理想的一面"(第 95 页)。这种对汪曾祺后期写作(80、90 年代的作品)的整体观的建构,有助于凸现一个更为完整的汪曾祺的创作生涯。

　　我最初是在 2010 年赴台参加由台湾政治大学中文系与复旦大学中文系联合主办的"跨越与开放——2010 两岸青年研究生文学高峰论坛"上最早结识还在香港大学跟随杨玉峰教授攻读博士学位的方星霞的,她的聪慧机敏和诚恳认真都留给我很深印象,因为共同喜欢沈从文与废名,我们在交流中也因此有了许多共同语言。次年在湖北黄冈废名的故乡又一起参加了"纪念废名诞辰 110 周年暨首届全国废名学术研讨会",星霞提交的论文是研究废名的诗歌的,通过对《街头》《理发店》等诗的分析,阐述废名的诗学观,颇给人耳目一新之感。此后不久,我又有幸参加了方星霞博士论文的答辩,对她在学界既有的京派小说研究领域之外开辟了京派诗歌的研究视野颇感共鸣,也对她的博士论文写作所表现出的问题视野、理论意识、探索精神和文学悟性印象深刻。这些学术品质也深深地烙印在这本新著《京派的承传与超越:汪曾祺小说研究》之中。

2016 年 1 月 5 日于京北

序　言

杨玉峰

汪曾祺尝称他的老师沈从文是一位"抒情的人道主义者"，当中显然是就沈从文的性格和文风做出的判断。事实上，"抒情的人道主义者"不仅是沈从文一人，并且是绝大部分京派作家的共同特征，汪曾祺本人也不例外。他们往往以悲悯的情怀，诗化的语言，细诉着人性的丑恶美善，追寻着人世间的希望和理想！

说汪曾祺是一位大器晚成的作家并不为过，纵然在上世纪40年代便走上文坛，他只能算是一些京派大师的追随者，谈不上有耀眼的著作炫人眼目。至于五六十年代的戏剧创作活动，曾一度让汪曾祺免遭劫难，但如履薄冰之后，却使他陷于一片争议声中，诚惶诚恐地生活了一段艰苦岁月。幸而粗暴愚昧的乱世终一去不复返，人们也变得聪明理智起来，毕竟历史的惨痛教训确令人蚀骨锥心，不容大家再次重蹈覆辙，挥棍乱舞、无限上纲。就这样，汪曾祺迎来了改革开放，也以《受戒》《大淖记事》等作品踏进他创作生涯的璀璨黄昏！

毫无疑问，汪曾祺是乘着新时期开放的势头，有意接踵当时劫后余生的京派前辈沈从文、萧乾等的文风，再次把一股清新、沁人心脾的创作暖流，注入僵化的政治文学主旋律之中，淙淙流淌，给读者带来久违了的人性书写与溢满诗意的文辞，拨动了人们早已麻木的心弦和阅读情趣，从而重新领悟文学创作的多元性及其审美意蕴。这种自觉的艺术追求，造就汪曾祺的作品成了新时期大众眼中的奇葩。

记得京派作家萧乾曾不止一次称自己是"未带地图的旅人"，除了有意表明他本人喜爱自由、不受约束的创作个性之外，还尝试辩解自1949年以来个人长期受到打压的主因。仍难忘记上世纪80年代初萧乾到香港大学作访问演讲时，也以"未带地图的旅人"为题，当日作家自诩又自嘲的淘气神情，依然历历在目！萧乾未带地图，不符革命文艺路线，非关他昔日的取向有误，只能慨叹生不逢时，走过的路线不容在社会主义国度版图之上延续下去。结果，自必饱受磨难。反观汪曾祺却运气好得多。他躲过"文革"的灾劫，也不像前辈沈从文、林徽因般需投笔转行。尽管有些战战兢兢却仍可执笔写剧本、编京戏;及至新时期改革开放浪潮席卷全国,各式外来文化思想纷陈汹涌,文艺界焕然一新,昔日不在地图上的路线,也重新获得默许和接受。如是,汪曾祺便带着京派的地图,乘风破浪地走上中外注目的康庄大道。

汪曾祺曾经写过不少评论老师沈从文及其作品的篇章,敬慕之情,溢于言表!像"抒情的人道主义者""用手来思索的人""待人平等,对人尊重""热爱家乡、热爱土地的人"等,是他所认知的沈从文;而作品"用辰河流域一个小小的码头作背景","写这个地方一些平凡人物生活上的'常'与'变'","他的风景画多是混合了颜色、声音和气味的"等,是对老师小说的体会。① 其实,以上不少评语也可视为汪曾祺的夫子自道,稍有差别的只是作品背景由"湘西"变成了"高邮"而已。因此,拿汪曾祺论述沈从文的观点来解读他本人的创作,无疑是一把切当的锁钥;而星霞显然也洞悉当中奥妙,所以在分析汪曾祺的小说时,便能得心应手,开阖自如!

星霞是我指导的研究生里勤奋力学的其中一员,文史哲的根基也很扎实。自大学本科开始,她便钟情于京派那富于审美意趣的文字,经常阅读京派文人的大量著作,甚至有计划地从事京派文学的研究。她的本科毕业论文即以研究废名(冯文炳)的小说为目标,顺利地踏出了京派研究的第一步,并且取得良好的成绩,激励她继续进修,寻找个人深感兴趣的研究课题及学术专业。而今即将出版的这部《京派的承传与超越:汪曾祺小说研究》,便是星霞有关京派研究的一个重要成果,它是在硕士论文的基础上修订而成的。论文虽然是几年前的心血结晶,但仔细阅读内容,一些观点还是经得起考验而具有参考价值的。如汪曾祺与京派之间的承传关系、汪氏小说以画为文的艺术魅力、汪曾祺超越京派前贤之处等,分析翔实透辟,尽管不少后来的论著也有相类的观点,但它们的作者显然忽略了星霞早在数年前的学位论文中已有详尽的论述。

不久前(2013 年),星霞的京派研究更上一层楼。她完成了京派诗歌理论及创作的博士论文,为京派研究开拓了新境界,并取得重大的突破,实在令我这名指导老师感到莫大的欣慰! 现今学业有成的星霞已为人师,学术生命风华正茂、

---

① 以上引语,均摘自汪曾祺《我的老师沈从文》(郑州:大象出版社,2009 年版)所载汪氏的文章,为免繁琐,不再一一注明。

茁壮成长。多年以来刻苦经营,努力地逐步走进学术园地,由个别京派作家研究以至较全面地把京派诗人、理论家进行考察,星霞付出的努力和心血有目共睹。学海无涯,前路仍很遥远,但只要方向明晰,坚持信念,必成大器,就如汪曾祺执着地相信:"我写的是美,是健康的人性。美,人性,是任何时间都需要的。"[①]作家带着京派地图书写人生,研究生则秉持志趣及决心闯进京派园地考察,两者的相遇,并非偶然,而《京派的承传与超越:汪曾祺小说研究》便充分显示星霞对这位京派继承人的深切理解和认同。因此,尽管是数年前的论文,星霞始终舍不下这篇具有纪念价值的习作;把它修订出版,供学术界同人一起分享,毕竟还是极具意义的事情。

期待是书之后,星霞能再接再厉,把博士论文及其他京派研究成果,陆续公诸同好,并把京派研究的学术版图进一步拓展、优化。即使汪曾祺是"京派的最后一个作家",但京派研究并不会因他而画上句号!

二〇一五年重九杨玉峰序于香港大学中文学院

---

① 汪曾祺:《关于〈受戒〉》,载《汪曾祺文集·文论卷》,南京:江苏文艺出版社,1993 年版,第 228 页。

目　录

The Beijing School: Legacy and Innovation Research into the Novels of Wang Zengqi

Fong Sing Ha

Abstract

Wang Zengqi (1920 – 1997) is an important author of the Beijing school of the twentieth century, whose reputation rests on a novel published in 1980 entitled *Receiving the Rule*, which has achieved a wide readership. Following this, he produced a series of novels set in the Gaoyou locality of Jiangsu Province, whose gentle literary style, deft touches of humour, as well as portrayal of ordinary folk, all give them an unforgettable quality. Although many collections of Wang Zengqi's works are available, critical scholarly monographs discussing his novels are all too rare. This book takes the Beijing school of novelists as its starting point, researches into a timespan of fifty years of his literary creation as its scope, teases out their intellectual content and aesthetic style, and seeks to ascertain Wang Zengqi's position in the history of Chinese literature and his artistic merit. It concentrates on his unswerving dedication to appreciation of the rich tapestry of human character, and his selection of plot material and literary form which supersedes and surpasses those of his antecedents of the Beijing school.

Foreword by Wu Xiaodong

Foreword by Yang Yufeng

Chapter 1: The last writer of the Beijing School

1: Taking *Receiving the Rule* as a starting point

第一章
汪曾祺：最后一个京派作家

第一节　不妨从《受戒》讲起

我们不妨以《受戒》的结尾来作为本书的开端：

> 芦花才吐新穗。紫灰色的芦穗，发着银光，软软的，滑溜溜的，像一串丝线。有的地方结了蒲棒，通红的，像一枝一枝小蜡烛。青浮萍，紫浮萍。长脚蚊子，水蜘蛛。野菱角开着四瓣的小白花。惊起一只青桩（一种水鸟），擦着芦穗，扑鲁鲁鲁飞远了…………①

《受戒》是汪曾祺（1920—1997）的成名作，可以说，没有《受戒》，就没有汪曾祺，反之亦然。这篇小说发表于 1980 年 10 月号的《北京文学》，它与当时流行的小说大异其趣，却与废名（冯文炳，1901—1967）上世纪 30 年代的田园小说遥相呼应，与沈从文（1902—1988）以湘西凤凰为题的小说一脉相承。引文的文字清新自然，不带一点人间渣滓，且有言尽而意无穷的意境，漫不经意地深化了明子和小英子之间纯真无瑕的爱情。经历了史无前例的民族大悲剧后，汪曾祺仍能以随遇而安、热爱生命的心态来创作小说，来建构故乡梦，亦甚难得。无疑，汪曾祺是非常独特的作家，深入研究其小说将有助我们理解中国现当代文学的演进。

其实，作家早在 20 世纪 40 年代即已开始创作，但到了 80 年代才引起关注。

---

①　汪曾祺：《受戒》，载邓九平编：《汪曾祺全集》第 1 卷，北京：北京师范大学出版社，1998 年版，第 343 页。

复出文坛的汪曾祺已是六旬"汪老"，然而这时才是他写作的真正起点。接下来短短几年，他发表了一系列以故乡高邮为题的小说，成功在当代文坛奠下一席之位。这些小说重温了久违的人性美——纯真朴实、忠厚正直，也让读者大开眼界，认识了另一种小说的写法——诗化、散文化。相对于当时流行的"伤痕文学"和"反思文学"来说，汪曾祺的小说宛如一股清流，唤醒人们对文学的审美要求。

80年代初，汪曾祺受到广泛重视，当时的《北京文学》《北京日报》《文艺报》等报刊纷纷刊载评论《受戒》及作者其他作品的文章。① 这些声音对作家来说，无疑是最有力的肯定和鼓励。随后，关于汪曾祺的研究有如雨后春笋，笔耕最勤者，首推汪曾祺研究会会长陆建华（1940—　）先生。陆建华是汪曾祺的同乡，80年代开始，便锲而不舍地追踪汪曾祺，为后学者留下不少珍贵的文章。1993年，他更独力于4个月内编辑共120万字的《汪曾祺文集》，②分为小说、散文、文论、戏曲剧本四种五本。③ 不过，由于出版时间较早，这套丛书的内容不及1998年由北京师范大学出版的《汪曾祺全集》全面。此外，陆建华还编撰了《汪曾祺传》及《汪曾祺的春夏秋冬》，扼要记录汪曾祺一生的事迹及创作历程。④ 2011年，他又把汪曾祺写给自己的书信共38封整理出版，题为《私信中的汪曾祺》，并对汪函涉及的人物掌故、书写背景进行解读，确是珍贵的资料。⑤ 此外，作家苏北（陈立新，1962—　）同样追随汪曾祺多年，2012年出版的《忆·读汪曾祺》便是二人

---

① 关于20世纪80年代初评论汪曾祺小说的文章，可参看以下几种：(1) 陆建华：《动人的风俗画——漫评汪曾祺的三篇小说》，《北京文学》，1981年8期，第48—52页。(2) 梁清濂：《这样的小说需要吗？——读〈受戒〉有感》，《北京日报》，1980年12月11日。(3) 张同吾：《写吧，为了心灵——读短篇小说〈受戒〉》，《北京文学》，1980年12期，第72—74页。(4) 凌宇：《是诗？是画？——读汪曾祺的〈大淖记事〉》，《读书》，1981年11月，第42—45页。(5) 陆建华：《来自生活的诗和美——评〈大淖记事〉从生活到艺术》，《扬州师院学报》（社会科学版），1982年3—4期，第26—30页。

② 详参徐卓人：《4个月编120万字——与〈汪曾祺文集〉主编一席谈》，《中国文化报》，1994年1月7日，第4版。

③ 陆建华主编：《汪曾祺文集》，南京：江苏文艺出版社，1993年版。

④ 陆建华：《汪曾祺传》，南京：江苏文艺出版社，1997年版；陆建华：《汪曾祺的春夏秋冬》，郑州：河南人民出版社，2005年版。

⑤ 陆建华：《私信中的汪曾祺：汪曾祺致陆建华三十八封信解读》，上海：上海文艺出版社，2011年版。

长达 20 多年交往的记录,此书令读者看到汪曾祺如何用心指导年轻作家。① 令人欣慰的,还有那些勤于发表论文的年轻学者,他们从不同角度考察汪曾祺的小说,夏元明、董建雄、杨学民、柯玲、翟业军等皆为其中佼佼者。

综观 30 多年来的汪曾祺小说研究,可谓无所不及,硕果累累。《新时期以来汪曾祺小说研究述评》一文将新时期以来的研究历程分为"发端期"(80 年代初)、"迅速发展期"(80 年代中期至 90 年代末期)、"拓展深化期"(90 年代末期至今),甚为鲜明。② 诚然,汪曾祺小说研究在 90 年代末达到高峰。探索汪曾祺小说艺术特色的成果显然较思想内容的丰硕,论者多围绕语言特色、叙述视角、文体风格等方面做深入剖析,对汪氏小说的艺术成就达成共识。内容分析方面,除了按创作时期来分类讨论,也有从小说涉及的地区来划分,其中讨论最深入的莫过于"故乡风土人情小说"及"云南民族风情小说"。另有少量论文谈及以梨园为题的小说,③以及改写《聊斋志异》的"聊斋新义"。④

小说人物研究方面,除了泛论高邮的市井小民,亦有论者把视角转向汪氏笔下的女性形象。⑤ 文本比较方面,较早的有法国汉文学批评家安妮·居里安(Annie Curien)从"水意"的角度比较沈从文与汪曾祺创作的异同;⑥后有论者将

---

① 苏北:《忆·读汪曾祺》,合肥:安徽文艺出版社,2012 年版。

② 魏雪:《新时期以来汪曾祺小说研究述评》,《湖北理工学院学报》(人文社会科学版),2013 年 4 期,第 60—63 页。

③ 姜韬:《汪曾祺梨园小说初探》,《黑龙江农垦师专学报》,2003 年 4 期,第 28—30 页。

④ 夏元明:《汪曾祺"聊斋新义"的改写艺术》,《当代文坛》,2002 年 4 期,第 62—63 页;李婉薇:《汪曾祺〈聊斋新义〉的语言实验》,《文学世纪》,2002 年 10 期,第 66—71 页;王柏华:《汪曾祺小说的"传统"与"现代"——从〈聊斋新义〉谈起》,《北京社会科学》,2003 年 2 期,第 118—124 页;方星霞:《汪曾祺"聊斋新义"对〈聊斋志异〉的改编改写》,《孝感学院学报》,2012 年 3 期,第 42—47 页。

⑤ 康红辉:《散落成尘的珠子——论汪曾祺故土小说中的女性形象》,《伊犁教育学院学报》,2004 年 2 期,第 93—98 页;吕江会:《越过道德边界的女人们——论汪曾祺小说创作中的一类女性形象》,《乐山师范学院学报》,2007 年 3 期,第 34—37 页。

⑥ 〔法〕安妮·居里安:《笔下浸透了水意——沈从文的〈边城〉和汪曾祺的〈大淖记事〉》,陈丰译,《湖南文学》,1989 年 9 月号,第 46—51 页。另有翟业军:《蔼然仁者辨——沈从文与汪曾祺比较》,《文学评论》,2004 年 1 期,第 30—38 页;董建雄:《楚韵吴语间的乡土人生——沈从文、汪曾祺小说比较论》,《湖州师范学院学报》,2004 年 5 期,第 15—19 页。

鲁迅（周树人，1881—1936）、赵树理（1906—1970）与汪曾祺做对比参照；① 还有的把汪曾祺、冯骥才（1942— ）、郑万隆（1944— ）一起研读，以彰显新时期文化寻根小说的不同特征。② 以上种种都是有待深化的课题。

上世纪八九十年代的研究成果虽然丰硕，但时见重复论述的问题，论者倾向分析代表作《受戒》《大淖记事》，其次是《鉴赏家》《徙》，对作家40年代及90年代后期的创作显然关注不够。此外，重复强调小说的"和谐美""冲淡美"，却忽略文本中的"悲剧意识"。近十年来的研究主要针对上述研究空白，摩罗的两篇文章便集中论述汪氏小说的悲剧意识，③ 罗岗一文则把焦点放在40年代到80年代之间的30多年"空白期"，探讨其间的经历对作家创作的影响。④ 最后，几篇综述汪曾祺研究的文章都提到目前尚有部分领域有待开拓，诸如汪氏小说的缺陷，或从比较文学的角度来探讨汪氏与外国具体作家作品之间的关系，以及汪曾祺对当代青年作家的影响等等。⑤

除了作品分析，某些关于作家及其小说的争议仍未有定案。例如《受戒》的价值，虽然此篇发表时好评如潮，但亦有论者不满文中提及的和尚杀猪吃肉、打牌、娶老婆等叙述，并指这些和尚都是鲁迅笔下所谓"做戏的虚无党"。⑥ 其次，

---

① 刘守亮、江红英：《童年经验与心理回归——从心理学角度探讨鲁迅和汪曾祺采用童年视角的原因》,《山东社会科学》,2004年2期,第99—102页；李夫泽：《两位中国味小说大师的不同风范——赵树理与汪曾祺小说风格比较》,《社会科学家》,2004年3期,第138—141页。

② 游友基：《文化寻根小说的雅化、俗化、野化趋向——汪曾祺、冯骥才、郑万隆论》,《福州师专学报》(社会科学版),2000年1期,第23—28页。

③ 摩罗：《末世的温馨——汪曾祺创作论》,《当代作家评论》,1996年5期,第33—44页；摩罗：《悲剧意识的压抑与觉醒——汪曾祺小说论》,《小说评论》,1997年5期,第28—40页。

④ 罗岗：《"1940"是如何通向"1980"的？——再论汪曾祺的意义》,《文学评论》,2011年3期,第113—122页。

⑤ 详见杨劲平：《九十年代以来汪曾祺小说研究述评》,《钦州师范高等专科学校学报》,2003年2期,第38页；毕文健：《汪曾祺小说创作研究述评》,《文教资料》,2008年10月号上旬刊,第203页；马杰：《汪曾祺小说研究综述》,《广西师范学院学报》(哲学社会科学版),2013年1期,第59页。

⑥ 王彬彬：《我喜欢汪曾祺，但不太喜欢〈受戒〉》,《小说评论》,2003年2期,第17—20页。

也有论者把《小娘娘》指斥为"宣扬乱伦的小说"①，行文用语实为"流于邪僻的文字"②。就连猜测汪曾祺能否写长篇小说也成了讨论话题，韩石山《汪曾祺能写出长篇小说吗？》一文断言："以汪先生的小说艺术观念，和他对自己的观念的坚执，汪先生是写不出长篇小说的。多活几年也是一样。"③凡此种种，可见汪曾祺研究仍有开拓的空间。有鉴于此，本书尝试系统地全面研读汪曾祺横跨50年的小说创作，梳理其中的思想内容及艺术风貌，借此评价汪氏在当代文学史上的位置和价值。

　　本书将从"京派文学"的角度切入讨论。选用此切入点，除了考虑到现有研究的不足，也因为汪曾祺与京派有不可划割的关系。在现代文学研究领域里，汪曾祺被尊为"最后一位京派作家"，④早在40年代，他的作品已呈现京派的审美倾向，新时期的创作更加明显，内容倾向颂赞人性美，叙事上擅用儿童视角，这些都是京派作家的惯用手段。其次，沈从文和废名对他影响深远，汪氏小说中的人文精神是在沈从文的栽培下慢慢形成的，叙事技巧上的情节淡化、语言诗化，则更多得力于废名。然而，汪曾祺没有囿于京派文风，反而顺应自己的个性做出新尝试，又因其偏爱民俗文化、宋人笔记，开拓出篇幅短小精悍、文字雅中带俗的现代笔记体小说。讨论汪曾祺对京派的超越，背后还有一层意义，就是从中窥探京派小说在新时期的发展，探究它到底是以怎样一种形式转化，以至消失的。

　　汪曾祺的文学创作与京派一脉相承，为了使讨论的脉络更加清晰，下文将先简述京派的发展及京派小说的整体审美倾向。接着两章分别论述汪曾祺小说的人文精神及艺术成就，以突显其创作的独特意义。汪曾祺自谓思想"实近儒

---

　　①　郑宗良：《〈小娘娘〉是一篇宣扬乱伦的小说》，《作品与争鸣》，1997年4期，第80页。

　　②　陶红：《流于邪僻的文字》，《作品与争鸣》，1997年4期，第66—67页。另外，可参见高恒文对二文的回应，见高恒文：《也谈汪曾祺的〈小娘娘〉》，《文学自由谈》，1997年4期，第146—148页。

　　③　韩石山：《汪曾祺能写出长篇小说吗？》，《文学自由谈》，1999年4期，第70页。另外，可参见陆建华对此文的回应：《汪曾祺与长篇小说》，《文学自由谈》，2004年4期，第157—160页。

　　④　许道明指出："汪曾祺、邢楚均、林蒲等青年作家的小说，赓续了京派的香火，是很有些挣扎意味的，而汪曾祺则是他们的代表，史家习惯上也称汪为京派的最后一个小说作家。"见《京派文学的世界》，上海：复旦大学出版社，1994年版，第305页。

家"①，又深受契诃夫（Chekhov，Anton Pavlovich，1860—1904）的影响，立志做"中国式的抒情人道主义者"②，特别体恤贩夫走卒之辈，着力发掘他们身上的原始人性美，这方面的探讨尤能体现其对京派思想的承继。艺术成就方面，将集中讨论汪氏小说语言及小说结构的特质。作家洗炼语言，融诗入文，同时深信"文俗则雅"③，适量运用方言俚语，形成独特的语言风格。结构上则追求"随便"——苦心经营的随便，力图打破小说与散文、诗歌的界限，这种追求与京派评论家朱光潜（1897—1986）提出的"审美距离说"不谋而合。第四章论述汪氏小说对京派的超越，从其小说的文学史意义讲起，继而分述作家如何在文体及文风上做出突破，建立鲜明的个人风格。最后一章归纳研究所得，尝试把汪氏的创作成就置放在中国当代小说的舞台上，予以客观公正的评价。

第二节　简介京派及其成员

　　京派，不容置疑，是中国现代文学的一个重要流派。虽然京派文人没有结办社团，没有呼喊口号，但他们在《骆驼草》《水星》《文学杂志》等主要刊物上的发刊词，以及由沈从文主编的《大公报·文艺》副刊上呈现的创作方向，都反映了当时北平确实有一群文学意趣相近的作家，默默为发展中的现代文学做贡献。然而，动乱的时局再次伤害了文艺的成长，京派逃不过昙花一现的命运，1937 年随着《文学杂志》停刊而慢慢淡出文坛。不过，它的影响却是悠远而深邃的，80 年代初复出文坛的汪曾祺，凭其清新隽永的短篇深受读者欢迎，便是一个不争的明证。

　　"京派"一词最初指的是发祥于北京的京剧艺术，而京剧实由民间的徽班逐

---

　　①　汪曾祺：《我为什么写作》，载邓九平编：《汪曾祺全集》第 8 卷，第 55 页。
　　②　汪曾祺在《我的创作生涯》中谈到："我的小说所写的都是一些小人物，'小儿女'，我对他们充满了温爱，充满了同情。我曾戏称自己是一个'中国式的抒情人道主义者'，大致差不离。"见邓九平编：《汪曾祺全集》第 6 卷，第 495 页。
　　③　汪曾祺：《我为什么写作》，载邓九平编：《汪曾祺全集》第 8 卷，第 55 页。

渐演变而来，并在北京奠定根基。与京派相对的"海派"，则指流传到上海的京剧艺术。① 由于"海派"沾染了上海的资本主义思想及殖民地色彩，其表演精神与传统京剧相去甚远，故不妨说"海派"一词在历史上是带有贬意的。② 本书讨论的京派当然与京剧文化无关，但也不等于文学评论所说的"京味"。③ 京派一词与中国现代文学沾边，要上溯至 30 年代在京沪两地展开的"京派""海派"小说论争。多年来，大家都一致认为沈从文的《文学者的态度》引发此场论争，杨义便说："1933 年 10 月 18 日，沈从文在天津《大公报·文艺副刊》第 8 期发表《文学者的态度》，触发京派和海派之争。"④后来，不少学者都指出京海之争早在酝酿之中，沈从文一文只是导火线而已。周葱秀一文便说：

> 在 20 年代末至 30 年代初，北京和上海在全国文坛上形成了南、北两个中心，两地文人表现了不同的倾向，在文化活动和文艺创作、理论批评上，已表现了南、北的歧异，他们的有些文章，就已在进行非正面的交锋了，而沈从文的《文学者的态度》一文的发表，只不过是由非正面交锋转向正面交锋的导火线。⑤

周葱秀并举沈从文在发表《文学者的态度》之前写的《窄而霉斋闲话》《论中国创作小说》《郁达夫、张资平及其影响》等文来支持其论点，言之有理。其实，《文学

---

① "海派"一词最早用于绘画艺术上。俞剑华（1895—1979）指出，清朝同治光绪年间（1862—1908），时局败坏，画家多蛰居商业发达的上海，以卖画为生，无奈为时势所逼，难免投时所好，画风日趋俗浊，遂被冠以"海派"之名。见俞剑华：《中国绘画史》下册，香港：商务印书馆，1962 年版，第 196 页。然而，潘公凯等却较持平地说："事实上，'海派'并非实指一种画派，而是对中国近现代绘画中出现的趋时务新、兼容并蓄的文化现象的概括。"见潘公凯等编著：《插图本中国绘画史》，上海：上海古籍出版社，2001 年版，第 463 页。

② 关于京剧的演变历史，可参杨义：《中国现代文学流派》，收入《杨义文存》第 4 卷，北京：人民出版社，1998 年版，第 301—309 页。

③ "京味"文学一般指描写北京景观或生活文化的作品，有时候也指涉语言具有鲜明北方方言色彩的作品，老舍（1899—1966）的小说则具此特色。详见赵园：《话说"京味"》，载《中国现代文学研究丛刊》，1989 年 1 期，第 20—40 页。

④ 杨义：《中国现代小说史》（中），收入《杨义文存》第 2 卷，第 600 页。

⑤ 周葱秀：《关于"京派""海派"的论争与鲁迅的批评》，《鲁迅研究月刊》，1997 年 12 期，第 11 页。

者的态度》只是指责时下不认真从事文学创作的文人，并无抨击"海派"或标榜"京派"的字眼，文中提到：

> 平常人以生活节制产生生活的艺术，他们则以放荡不羁为洒脱；平常人以游手好闲为罪过，他们则以终日闲谈为高雅；平常作家在作品成绩上努力，他们则在作品宣传上努力。这类人在上海寄生于书店、报馆、官办的杂志，在北京则寄生于大学、中学以及种种教育机关中。这类人虽附庸风雅，实际上却与平庸为缘。①

显而易见，沈从文批评的是缺乏文学家态度的人，还说他们"或在北京教书，或在上海赋闲"，②话语间并无针对上海作家之意。相反，他1931年撰写的《窄而霉斋闲话》谈及"五四"以后诗歌的发展时却说：

> 上海目下的作家，虽然没有了北京绅士自得其乐的味儿，却太富于上海商人沾沾自喜的习气，去呆头呆脑地干，都相差很远。③

沈从文在文中清楚指出上海作家沾满商人习气，未能创造人生文学，文章结尾更叹道："应当有那么一批人，注重文学的功利主义，却并不混合到商人市侩赚钱蚀本的纠纷里去。"④可见他对上海不健康的文学风气早感不满。

《文学者的态度》虽无针对上海作家之语，但犹如导火线，马上引来各方连串唇枪舌剑。苏汶（杜衡，1907—1964）首撰《文人在上海》为上海文人辩解，他不满沈从文以"一个人的居留地"来"构成罪状"，加以"讥笑""嘲讽"，⑤又指出上海作家身处讲求功利的大都市，维生困难，背后实有其创作苦衷，⑥最后愤然地说：

---

① 沈从文：《文学者的态度》，原载《大公报·文艺》，1933年10月18日。收入广州花城出版社、生活·读书·新知三联书店香港分店联合编辑出版：《沈从文文集》第12卷，1984年版，第153—154页。

② 沈从文：《文学者的态度》，载《沈从文文集》第12卷，第154页。

③ 沈从文：《窄而霉斋闲话》，载《沈从文文集》第12卷，第95—96页。

④ 沈从文：《窄而霉斋闲话》，载《沈从文文集》第12卷，第96页。

⑤ 苏汶：《文人在上海》，《现代》，1933年2期，第281页。

⑥ 苏汶：《文人在上海》，《现代》，1933年2期，第281—282页。

……不问一切情由而用"海派文人"这名词把所有居留在上海的文人一笔抹杀，据我想，也并不是比嘲笑别人的姓名或是籍贯更应该一点。①

杜衡说得情理兼备，不过，正如鲁迅所说，"这是不足以服北平某先生（笔者按：沈从文）之心的。"②沈从文从来没有把"所有居留在上海的文人一笔抹杀"，他在回应杜衡的《论"海派"》中说：

杜衡君虽住在上海，并不缺少成为海派作家的机会，但事实明明白白，他就不会成为海派的。不只杜衡君如此。茅盾、叶绍钧、鲁迅，以及大多数正在从事于文学创作杂志编纂人（除吃官饭的作家在外），他们即或在上海生长，且毫无一个机会能够有一天日子同上海离开，他们也仍然不会被人误认为海派的。③

简而言之，沈从文理解的"海派"是一种因上海特定环境而产生的"投机取巧""见风转舵"的文学现象，④而这恶性现象已入侵北方：

……就是海派作家及海派风气，并不独存于上海一隅，便是在北方，也已经有了些人在一些刊物上培养这种"人材"与"风气"。⑤

稍微了解沈从文个性的，都会明白他绝不是故意贬抑上海作家，只是想提倡认真、独立的文学观，如他所说："伟大作品的产生，不在作家如何聪明，如何骄傲，如何自以为伟大，与如何善于标榜成名，只有一个方法，就是作家诚实的去

---

① 苏汶：《文人在上海》，《现代》，1933 年 2 期，第 282 页。
② 鲁迅：《"京派"与"海派"》，载《鲁迅全集》第 5 卷，北京：人民文学出版社，1981 年版，第 432 页。
③ 沈从文：《论"海派"》，载《沈从文文集》第 12 卷，第 158 页。
④ 沈从文：《论"海派"》，载《沈从文文集》第 12 卷，第 158 页。
⑤ 沈从文：《论"海派"》，载《沈从文文集》第 12 卷，第 160 页。

做。"①历史从来就是最好的见证,沈从文一生默默耕耘,几乎将生命赋予文学,创作无数佳作,这可视为其理念的实践。

在这场热闹的舌战中,论者对"海派"一词异常敏感,但对"京派"所指似乎没有异议,潜意识地把它等同"北方文学者""北方作家",②可见"京派"一词在 30 年代的文人眼中,等同隔居京津一带的文人,而且"大半是文艺界旧知识分子",③周作人(1885—1967)及沈从文则被视为此派的代表人物。④ 由于这是京派与现代文学拉上关系的重要时刻,故不得不花笔墨讨论。然而,京派被视为一个文学流派,则要等到 80 年代。

---

① 沈从文:《文学者的态度》,载《沈从文文集》第 12 卷,第 153 页。

② 沈从文在《文学者的态度》《论"海派"》及《关于海派》中都没使用"京派"这个词语,他总是以"北方文学者""北方作家"来与"海派"相对而论。首次使用"京派"一词的实为曹聚仁(1900—1972)的《京派与海派》,原载《申报·自由谈》,1934 年 1 月 7 日,收入曹聚仁:《笔端》,上海:上海书店,1988 年版,第 184—186 页。

③ 朱光潜(1897—1986):《自传》,见《艺文杂谈》,合肥:安徽人民出版社,1981 年版,第 284 页。

④ 丁玲(1904—1986)曾回忆说:"当年京派作家的领衔者沈从文,最近也发表了他的自传,很有趣味。"见丁玲:《五代同堂 振兴中华》,载《访美散记》,长沙:湖南人民出版社,1984 年版,第 159 页。此外,姚雪垠(1910—1999)回顾往事时也谈到:"当时住在北平的有两位作家威望很高,人们称作'京派作家'。老一代的作家以周作人为代表,好像是居于'盟主'地位,人们尊称他'知堂老人'……在北平的年轻一代的'京派'代表是沈从文同志,他在当时地位之高,今日的读者知道的人很少。"见姚雪垠:《学习追求五十年》,《新文学史料》,1980 年 3 期,第 46 页。

作为现代文学流派的"京派",是由 80 年代的批评家归纳出来的。① 根据严家炎的分析,"它是指新文学中心南移到上海以后,30 年代继续活动于北平的作家群所形成的一个特定的文学流派。"②高恒文进一步指出京派是"一个以学院文人为主体的文学流派",③意即京派文人多为在北京大学、清华大学、燕京大学或北平高校任教的知识分子。这些文人颇负盛名,"虽未正式结成文学社团,却在全国文学界具有一定的号召力"。④

现今学术界已公认京派为现代文学流派,但同时指出其非自觉组织而成的特征。杨义在《京派小说的型态和命运》中提到文学流派存在的方式和种类可分为两种:

> 流派似乎有两种:一种是"社团—流派",一种是"文学形态—流派"。前者以社团和刊物作为连接流派的纽结,后者则在同人刊物中创造一种文学风气和文学形态,因此流派纽结处于有形与无形之间。前者以凝聚力著称,后者以扩散性见长。⑤

---

① 从中国现代小说流派的角度来研习"京派"的专书甚多,可参考:(1) 查振科:《对话时代的叙事话语——论京派文学》,沈阳:春风文艺出版社,2005 年版;(2) 周仁政:《京派文学与现代文化》,长沙:湖南师范大学出版社,2002 年版;(3) 高恒文:《京派文人:学院派的风采》,上海:上海教育出版社,2000 年版;(4) 许道明:《京派文学的世界》,上海:复旦大学出版社,1994 年版;(5) 杨义:《中国现代文学流派》,收入《杨义文存》第 4 卷;(6) 严家炎:《中国现代小说流派史》,北京:人民文学出版社,1989 年版,第 205—248 页;(7) 朱德发:《二十世纪中国文学流派论纲》,济南:山东教育出版社,1992 年版,第 81—90 页;(8) 凌宇、颜雄、罗成琰主编:《中国现代文学史》,长沙:湖南师范大学出版社,1993 年版,第 214—235 页;(9) 马良春、张大明主编:《中国现代文学思潮史》下册,北京:北京十月文艺出版社,1995 年版,第 792—831 页。

论文方面,值得参考的有:(1) 吴福辉:《乡村中国的文学形态——〈京派小说选〉前言》,原载《中国现代文学研究丛刊》,1987 年 4 期,第 228—246 页,又载吴福辉编选:《京派小说选》,北京:人民文学出版社,1990 年版,第 1—25 页;(2) 李俊国:《三十年代"京派"文学思想辨析》,《中国社会科学》,1988 年 1 期,第 175—192 页。

② 严家炎:《中国现代小说流派史》,北京:人民文学出版社,1989 年版,第 205 页。

③ 高恒文:《京派文人:学院派的风采》,上海:上海教育出版社,2000 年版,第 2 页。

④ 严家炎:《中国现代小说流派史》,北京:人民文学出版社,1989 年版,第 205 页。

⑤ 杨义:《京派小说的型态和命运》,载杨义:《二十世纪中国小说与文化》,台北:业强出版社,1993 年版,第 305 页。

京派无疑属于后者，是一种文学形态流派，"在二十年代后期和三十年代政治派系和文学思潮激荡奔腾之际，在远离政治漩涡的北方学府，以静观的眼光谛视社会风云，在吟咏人生的常态变态中，建构自己高雅的艺术神庙"。① 形式上，京派缺乏如文学研究会、创造社那样的社团标志，也没有固定的组织形式。事实上，京派文人自有一片天地：《大公报·文艺》副刊、《文学杂志》等同人刊物的大门时刻为他们敞开；在朱光潜家里举行的"读诗会"也欢迎志同道合的朋友随意加入；1936 年由林徽因（林徽音，1904—1955）选辑的《大公报文艺丛刊小说选》更可视为京派自我认同的宣言。因此，如吴福辉所言："它不仅有队伍，有阵地，甚至专门有集会，有评奖，有编集等活动，作为一个文学流派的形态和各种特征，已经相当具备，我们不能不承认它的存在。"②

至于为京派开列成员名单，各家意见相近。综合杨义、严家炎、许道明、高恒文之论述，京派成员主要来自以下四方面：③一、20 年代末《语丝》分化后留下的偏重讲性灵、趣味的作家，多是《骆驼草》成员；二、《新月》（《现代评论》后身）分化后留下的一部分作家；三、坚守《浅草》《沉钟》的作家；四、北京大学、清华大学、燕京大学等高等院校的师生，包括崭露头角的年轻作家及 30 年代初从国外留学归来的学者。

承上所言，京派主要成员包括：周作人、杨振声（1890—1956）、废名、俞平伯（1900—1990）、沈从文、凌叔华（凌瑞唐，1900—1990）、④林徽因、朱光潜、梁宗岱（1903—1983）、李健吾（1906—1982）、李广田（1906—1968）、林庚（1910—2006）、师陀（早期曾用笔名"芦焚"，原名王长简，1910—1988）、何其芳（1912—1977）、卞之琳（1910—2000）、萧乾（萧秉乾，1910—1999）及汪曾祺。

小说创作方面较有成就的则数废名、沈从文、师陀、林徽因、凌叔华、萧乾及汪曾祺。他们大多不是北京本地人，除了凌叔华及萧乾出生于北京外，林徽因十

---

① 杨义：《京派小说的型态和命运》，载杨义：《二十世纪中国小说与文化》，第 304 页。

② 吴福辉：《乡村中国的文学形态——〈京派小说选〉前言》，载吴福辉编选：《京派小说选》，第 3 页。

③ 详参杨义：《中国现代文学流派》，收入《杨义文存》第 4 卷，第 297 页；严家炎：《中国现代小说流派史》，第 205 页；许道明：《京派文学的世界》，第 5 页；高恒文：《京派文人：学院派的风采》，第 6—7 页。

④ 一般著述都把凌叔华生年记为 1904 年，但陈学勇指出这是谬误，正确生年应为 1900 年，现从之。见陈学勇编：《凌叔华文存》下册，成都：四川文艺出版社，1998 年版，第 3 页。

岁时才由杭州迁居天津、北京。沈从文、废名、师陀的故乡分别是湘、鄂、豫，三省毗连，各具特色，加上来自江苏的汪曾祺，可谓横跨中国几个核心地区。这些作家都在青年时期来到北京求学、工作，但故乡梦未有一刻忘怀。无论是湘西凤凰、江苏高邮的水光山色，或是湖北黄梅、河南杞县的小镇风光，都对他们的创作起了不可小觑的影响，故其作品大多染有一层浓郁的乡土色彩。诸位作家之中，废名是京派小说的奠基者，严家炎便说："京派小说最早的一位作家，是以写乡间儿女翁媪日常生活著称的废名。"①然而，沈从文才是当中的佼佼者，影响最广最深，是名副其实的"京派大师"。汪曾祺则习惯上被称为"京派的最后一个小说作家"②，有如晚开的茉莉花，在新时期热闹扰攘的文学格局中，散发阵阵幽香。

马良春及张大明主编的《中国现代文学思潮史》列举介绍了不少由京派文人创办的刊物，如《骆驼草》《水星》《文学杂志》，并总结道："关注人生，和政治斗争保持一定的距离，强调艺术的独立品格，重视技巧，鼓励风格的多样化，奖掖后进，坚持批评自由，无疑是这些刊物的基本特征。"③现举 1937 年 5 月 1 日面世的《文学杂志》为例，当时的主编朱光潜曾在创刊号上发表《我对于本刊的希望》，清楚指出此刊的使命：

> ……一种宽大自由而严肃的文艺刊物对于现代中国新文艺运动应该负有什么样的使命呢？它应该认清时代的弊病和需要，尽一部分纠正和向导的责任；它应该集合全国作家作分途探险的工作，使人人在自由发展个性之中，仍意识到彼此都望着开发新文艺一个共同目标；它应该时常回顾到已占有的领域，给以冷静严正的估价，看成功何在，失败何在，作前进努力的借鉴；同时，它应该是新风气的传播者，在读书群众中养成爱好纯正文艺的兴趣和热诚。④

充满热忱的朱光潜，希望于腐朽、肤浅之中辟一新径，导文学向前，激发时人对文学艺术的追求。然而，他并不希望某一种文学趣味成为主导，因为"健全的

---

① 严家炎：《中国现代小说流派史》，第 211 页。
② 许道明：《京派文学的世界》，第 305 页。
③ 马良春、张大明主编：《中国现代文学思潮史》下册，第 798 页。
④ 朱光潜：《我对于本刊的希望》，《文学杂志》，1937 年创刊号，第 10 页。

人生观与文化观都应容许多方面的调和的自由发展"。① 他又说："我们不妨让许多不同的学派思想同时在酝酿,骚动,生长,甚至于冲突斗争。"②可见京派文人胸襟之宽大,这也解释了京派为何是文学形态的流派。因此,某些京派作家否认自己的身份,也是可以理解的。师陀晚年仍质疑自己京派的身份:

> 现在中国社会科学院文学研究所在编写《中国小说史》,准备把我归入"京派",并举李健吾、朱光潜两位的评论文章为例,认为我是"京派"后起的佼佼者。我的记忆力极坏,记不得他们文章中有此等话;犹恐记错,找出两位的评论文章重读,结果果然没有。只有王任叔同志讲过我"背后伸出一只沈从文的手"。王任叔写别的文章,可能是位好作家,他对我的评论,我却不敢恭维。③

其实师陀反对的是把文学划成特定流派,继而互相攻击的作风。他不想自己被定成某一流派,从而使人误会他反对另一派别。他的写作态度十分认真,曾说:"我认为一个作家的任务,不在追随流派,而在反映他所熟悉的社会和人。唯其这样,才能称为创作。当然也可以追随流派,但不应排斥其他流派。"④平心而论,他的小说的确具有不少京派小说共有的特色,故本书还是把他归入京派,但这并不表示他反对海派,以至其他派别的作品。京派同人刊物就是持着开放的态度,接纳四方贤士,在提拔后进方面更是用力不少。《大公报·文艺》副刊主办文学奖,提携后辈,京派文人何其芳的《画梦录》及师陀的《谷》分别是散文组及小说组的获奖作品,确是"名实相副的京派文学大检阅"。⑤

高恒文认为京派的兴衰与这些刊物息息相关,他把京派的发展归纳为从1930年《骆驼草》创刊开始,并随1937年《文学杂志》停刊而结束。⑥《文学杂志》

---

① 朱光潜:《我对于本刊的希望》,《文学杂志》,1937年创刊号,第8页。
② 朱光潜:《我对于本刊的希望》,《文学杂志》,1937年创刊号,第8页。
③ 师陀:《两次去北平》,载刘增杰编校:《师陀全集》第5卷,开封:河南大学出版社,2003年版,第381页。
④ 师陀:《致杨义(1封)》,载刘增杰编校:《师陀全集》第5卷,第102页。
⑤ 许道明:《京派文学的世界》,第6页。
⑥ 高恒文:《京派文人:学院派的风采》,第4页。

于1937年8月1日因抗日战争爆发被迫停刊,预示京派的陨落。虽然《文学杂志》在十年后复刊,但此次复刊只能算是小溪上泛起的涟漪,在大时代中毫不显眼。①此时,中坚作家沈从文和废名已抵不住残酷现实的摧残,心境"略泛混浊的波澜了",②《长河》和《莫须有先生坐飞机以后》都隐隐渗透着作者对政治、时局的隐忧。正如杨义所说,他们是寂寞的,但寂寞也赋予了他们赖以生存的力量:

> 其实,复出的京派与时代巨潮脱节,它已经减弱了三十年代上升期的气势和朝气,陷入了一种寂寞的处境。只不过他们以寂寞为充实,在寂寞中参究天人之境。③

此后,京派文风一蹶不振,慢慢淡出瞬息万变的文坛。直至80年代,汪曾祺复出文坛,始又掀起一阵京派热风。汪曾祺身上仿佛秉承恩师沈从文的精神,提起放下多年的笔,把往事淡淡叙来,竟然谱出不少清新动人的短篇,如《受戒》《大淖记事》《鉴赏家》《岁寒三友》《故里杂记》《晚饭花》等等,俘获不少读者的芳心。京派小说之所以历久不衰,实归因于其自觉的审美意趣,下一节便会全面探讨京派小说的审美倾向。

第三节　京派小说之审美倾向

京派小说作家基于相近的文学趣味,不自觉地走在一起,相聚在京津这块平静的土地上,共同钻研、创作新文学。纵然他们的思想和艺术倾向并不完全一致,但当我们回顾30年代这段文学历史时,不难察觉此时北方正吹起一阵阵清风,时而强劲时而纤弱,但方向是一致的,因此形成若干鲜明的小说特征。严家炎在《中国现代小说流派史》中,把京派小说的风貌特征归纳为以下四点:一、赞

---

① 《文学杂志》于1947年6月1日复刊,至1948年11月终刊,主编仍是朱光潜。
② 杨义:《京派小说的形态和命运》,载杨义:《二十世纪中国小说与文化》,第319页。
③ 杨义:《京派小说的形态和命运》,载杨义:《二十世纪中国小说与文化》,第319页。

颂淳朴、原始的人性美、人情美；二、扬抒情写意小说的长处，熔写实、记"梦"、象征于一炉；三、总体风格上的平和淡远隽永；四、简约、古朴、活泼、明净的语言。①简而言之，以上四点为京派小说在主题思想、艺术手法、小说风格及语言四方面的特色。不过，这种分析终是笼统的，个别作家之间还是有各自的写作风格，沈从文便有批评废名的话。② 另外，同一作家在不同时期，写作风格也不尽一致，废名、沈从文、萧乾，无一例外。因此下文的分析主要就早、中期及大多数京派小说而言，希望以宏观的角度勾勒京派由崛起至全盛时期的面貌，系统地归纳、分析其小说的审美倾向，以便后文分析汪曾祺小说时，能够相互比照，以彰显二者的承传关系，以及汪氏后期笔记体小说的创新意义。

一、疏离政治，探索人性

避谈政治、探索人性是京派小说的主要特色，也是此派小说主题的基调。总的来说，京派小说没有强烈的政治意识，与当时盛行文坛的左翼文学意趣迥异。然而，我们不能轻率地把京派文学界定为力臻纯美的艺术作品，因为"在任何时代，文艺多少都要反映作者对于人生的态度和他的特殊时代的影响"。③ 纯美而不载任何讯息的文学是不存在的。京派作家毅然走上一条寂静的道路，把心中朴实纯真的梦记在纸上，画出美善的人性，反映的实为另一种人生观。

《骆驼草》是早期京派文学的主要阵地，主编为废名和冯至（1905—1993），背后掌舵人则是周作人。若要了解京派的创作倾向，应该先从这个刊物说起。《骆驼草》是继承《语丝》传统而来的刊物，但在鲁迅眼中，这里的作品已失去原来的

---

① 严家炎：《中国现代小说流派史》，第 227—242 页。

② 沈从文在《论冯文炳》中提到自己在小说表现方面，"似较冯文炳君为宽而且优"。又不满废名的《桥》，认为它"较之时间略早的一些创作，实在已就显出了不健康的病的纤细"。至于《莫须有先生传》，"则情趣朦胧，呈露灰色，一种对作品人格烘托渲染的方法，讽刺与诙谐的文字奢侈僻异化，缺少凝目正视严肃的选择，有作者衰老厌世意识。此种作品，除却供个人写作的怪悦，以及二三同好者病的嗜好，在这工作意义上，不过是一种糟踏了作者精力的工作罢了"。见沈从文：《论冯文炳》，载《沈从文文集》第 11 卷，第 101 页。

③ 朱光潜：《我对于本刊的希望》，《文学杂志》，1937 年创刊号，第 1—2 页。

锐气,故说:"以全体而论,也没有《语丝》开始时候那么活泼。"①所谓不"活泼",大概指没有积极地反映现实斗争,也没有热烈地参与反抗。鲁迅说得不错,《骆驼草》的诞生并不为了斗争,主编们只希望它可以充当微不足道的骆驼草,为行走沙漠的"骆驼"提供一点儿养料。② 废名在《骆驼草》的发刊词中更强调此刊"不谈国事""不为无益之事",③又说:

> 文艺方面,思想方面,或而至于讲闲话,玩古董,都是料不到的,笑骂由你笑骂,好文章我自为之,不好亦知其丑,如斯而已,如斯而已。④

由此可见这个刊物没有鲜明的政治立场,采用开放的态度接受各类作品。废名那篇被评为充满禅味、隐逸色彩尤重的长篇小说《莫须有先生传》,也是这时候开始在《骆驼草》上连载的。小说主要描述莫须有先生逃避俗世,来到北京西郊区,终日无所事事,时而攀山涉水,时而与左邻右舍闲聊。现实中的废名此时也搬进了北京西面偏僻的山区寄住,几近半归隐的状态。

其实在 30 年代,有些京派作家也曾试图通过小说来反映黑暗的现实。废名早期的《讲究的信封》便是一例,⑤主角仲凝本是激进学生,因不满政府所为而上街请愿,被警察打伤,但当他念及乡间花白头发的双亲和贤淑的妻子,马上失去战斗力,不得不向现实低头,不得不买几个讲究的信封,装起自荐信,恳求当议员的同乡给他谋个差事。随后废名又写了《张先生与张太太》《追悼会》,⑥前者讽

---

① 鲁迅:《致章廷谦》(1930 年 5 月 24 日),收入《鲁迅书信集》上卷,北京:人民文学出版社,1976 年版,第 255 页。

② "骆驼草"一名是废名想出来的,他解释道:"骆驼在沙漠上行走,任重道远,有些人的工作也像骆驼那样辛苦,我们力量薄弱,不能当'骆驼',只能充作沙漠地区生长的骆驼草,给过路的骆驼提供一点饲料。"见陈建军:《废名年谱》,武汉:华中师范大学出版社,2003 年版,第 86 页。

③ 废名:《发刊词》,载《骆驼草》,1930 年创刊号,第 1 页。

④ 废名:《发刊词》,载《骆驼草》,1930 年创刊号,第 1 页。

⑤ 冯文炳:《讲究的信封》,原载《努力周报》总 44 期(1923 年 3 月 18 日),后收入 1925 年出版的短篇小说集《竹林的故事》。

⑥ 废名:《张先生与张太太》,原载《语丝》总 124 期(1927 年 3 月 25 日);病火:《追悼会》,原载《语丝》总 130 期(1927 年 5 月 7 日),二者后均收入 1928 年出版的短篇小说集《桃园》。

刺女子裹足的问题，后者则是悼念三一八事件的随笔。李健吾那篇收录在《大公报文艺丛刊小说选》中的《书呆子》则是一篇探讨国民性的小说。[①] 战事爆发，几个教员和大学生被逼停课，遂计划共同完成一件有意义的事业——到乡村宣扬抗战思想，希望唤起基层人民的爱国意识，共同杀敌。来到乡村，"我"总是不断重复下面这番话：

> ——咱们说的是一样的话，咱们是一个国家的人，咱们人人要挑起这救国的担子。古人说的好，国家兴亡，匹夫有责！咱们不能看着叫人家拿去咱们的城池，欺负咱们的弟兄！过不了几天，这就会轮到咱们自己头上，那时咱们的女儿，会在外国人的酒席上，咽着泪，供人家玩弄。那时咱们最有胆量的儿子，也得给外国人做牛马，下场头还不如牛马！[②]

然而要感动乡下人谈何容易？普通老百姓求的只是三餐温饱，做人宗旨是"苟全性命"，[③]教员们的理想固然高尚，却不实际，故百姓宁可信奉上帝，把生命交给耶和华。小说开头引了顾炎武（1613—1682）之语："北方之人，饱食终日，无所用心，难矣哉！"[④]然而，在这艰危时刻，用心也是徒然。

师陀可说是京派作家中政治感情最激烈的一位，他表明自己一直是鲁迅的崇拜者。[⑤] 师陀于1931年来到北平，不久参加了"反帝大同盟"，并以笔名芦焚写了《请愿正篇》《请愿外篇》，表达其对"九一八"事变的看法。他也写过讽刺自命清高的知识分子的《掠影记》。其实单看其笔名"芦焚"便可感染其怒火，"芦焚"为英语"ruffian"的音译，意思是"暴徒"。[⑥] 作家也自白："早期作品个别篇章

---

① 载林徽因选辑：《大公报文艺丛刊小说选》，上海：上海书店，1990年版，第167—185页。

② 李健吾：《书呆子》，载林徽因选辑：《大公报文艺丛刊小说选》，第170页。

③ 李健吾：《书呆子》，载林徽因选辑：《大公报文艺丛刊小说选》，第173页。

④ 李健吾：《书呆子》，载林徽因选辑：《大公报文艺丛刊小说选》，第167页。

⑤ 师陀：《致杨义（1封）》，载刘增杰编校：《师陀全集》第5卷，第102页。

⑥ 师陀曾如此解释这个笔名："芦焚，是英文的音译，意思则为'暴徒'，因为'四一二'蒋介石背叛革命后，无政府主义者吴稚晖曾到处讲演并写文章：对于暴徒，格杀勿论！他的暴徒是指共产党人。"当然，师陀是拥护共产党的，他起了这样一个笔名，正是向国民党挑战。见师陀：《致刘增杰（25封）》，载刘增杰编校：《师陀全集》第5卷，第6页。

有过火处,那是受鲁迅的杂文影响。"①在得奖作品《谷》中,洪匡成因反帝国主义被捕及枪毙,知识分子黄国俊爱莫能助,最后只好黯然离去,照作者自己的说法,"它写的是读书救国论行不通"。②

废名、李健吾、师陀这些作品具有现实主义色彩,可见作家对政事的炽热之心,对身边不公之事未能忘怀。可是,它们无论内容或写作手法,大都缺乏成熟的处理手段,没有鲁迅那种冷峻严厉的态度,没有茅盾(沈德鸿,1896—1981)史诗性的探索精神,没有张天翼(1906—1985)讽刺挖苦的语言,故所获评价不高。凌宇是早期研究废名的专家,对废名冲淡的写作手法非常欣赏,然而对作家那些描写知识分子,或反映政治现实的小说,仍难免评道:"由于开拓不深,缺乏鲜明的讽刺典型,大都不能给人留下深刻的印象。"③事实上,废名是以田园小说闻名于世的,李健吾的长处则在印象派的文学评论,师陀的现实主义小说算是三人中比较成熟的。

另一方面,客观的地理环境也间接助长京派这种疏离政治的文学倾向。中国的政治势力在 30 年代南移上海,北京已不是"京",改名为北平,这块土地瞬间变成王谢旧堂,风光不再。京派作家处于相对静寂的京津地带,实在很难对政治存有过多的热诚。不少作家都选择了独善其身之途,"而周作人等人则从 20 年代后期、30 年代初开始,不满现实却不再撰文揭露现实的黑暗,关心政治却不仅不介入政治,并且也不撰文批判专制政治"。④ 鲁迅在《"京派"与"海派"》中,早已提到京派的出现与当时的地域特征及文化氛围关系密切。⑤ 刘峰杰《论京派批评观》一文便在此基础上加以分析,提到文化的限制时说:

> 地域的限制往往就是文化的限制。当时的平津不是社会政治斗争的中心,这就为他们在某种程度上超越社会政治问题,提供了有利契机。比较而

---

① 师陀:《致杨义(1 封)》,载刘增杰编校:《师陀全集》第 5 卷,第 103 页。
② 师陀:《师陀谈他的生平和作品》,载刘增杰编校:《师陀全集》第 5 卷,第 400 页。
③ 凌宇:《从〈桃园〉看废名艺术风格的得失》,载《十月》,1981 年 1 期,第 243 页。
④ 高恒文:《京派文人:学院派的风采》,第 14 页。
⑤ 鲁迅指出:"北京是明清的帝都,上海乃各国之租界,帝都多官,租界多商,所以文人之在京者近官,沿海者近商,近官者在使官得名,近商者在使商获利,而自己也赖以糊口。"见鲁迅:《"京派"与"海派"》,载《鲁迅全集》第 5 卷,第 432 页。

言,京派较少政治痛苦,较少直接看到社会的黑暗,与不必急于加入政治团体和表态,使他们的非政治性生存有了一些保障。①

相对平静的客观环境容许京派文人悠闲地审视人生,追溯过去,也允许他们安乐地筑梦。"要是他们处身的环境充满政治的火药味,他们亦不可能那样优游自得。"②可见京派小说刻意疏远政治的审美倾向与其地域特征实有密切关系。在这基础下,京派作家遂把视线从波涛汹涌的大海转到细水长流的小溪,寻觅超越社会政治的题材,发掘凡尘俗世的原始人性。慢慢地,这变成京派小说最鲜明的特色。

什么是"人性"? 这跟传统的儒家思想关系密切。"人性"是未被污染、天生使然的本性。自孔子(约公元前551—前479)讲"仁",孟子(约公元前372—前289)倡"人性本善"以来,中国人普遍认同求仁从善便是人的本性。这种本性表现出来就是"美","相由心生"便是此义,故不妨说京派小说中表现的"人性美"就是"善"。

孟子讲性本善时,并不否认恶的存在,并指出环境是使人变坏的主因。京派作家似乎也认同这一点,处于中国城市发展初期,他们目睹现代文明对人性的摧毁,痛不欲生。沈从文在《〈长河〉题记》中谈到:

> 一九三四年的冬天,我因事从北平回湘西,由沅水坐船上行,转到家乡凤凰县。去乡已经十八年,一入辰河流域,什么都不同了。表面上看来,事事物物自然都有了极大进步,试仔细注意注意,便见出在变化中的堕落趋势。最明显的事,即农村社会所保有的那点正直朴素人情美,几乎快要消灭无余,代替而来的却是近二十年实际社会培养成功的一种唯利庸俗人生观。敬鬼神畏天命的迷信固然已经被常识所摧毁,然而做人时的义利取舍是非辨别也随同泯没了。③

---

① 刘峰杰:《论京派批评观》,《文学评论》,1994年4期,第5页。
② 刘峰杰:《论京派批评观》,《文学评论》,1994年4期,第5页。
③ 沈从文:《〈长河〉题记》,载《沈从文文集》第7卷,第2页。

现实生活中,重义轻利、正直朴素的人性正在慢慢泯灭,沈从文看在眼里,痛在心底。沈从文创作的出发点,就是要给存有原始美的人们献上颂歌,《边城》便是这种心灵的结晶品。"边城"就在湘西茶峒溪畔,这里有一座白色小塔,塔下住了一户撑渡船的人家,家中有爷爷、翠翠和黄狗。清幽淳朴的环境孕育了翠翠,使她长了一颗善良又调皮的心,"从不想到残忍事情,从不发愁,从不动气"。① 她的生活平静又和谐,时而听爷爷讲故事,时而吹着迎亲送女的曲子,直到遇上傩送二老,平静的小河终泛起涟漪。沈从文善于刻画少女心态,他把翠翠一举一动、一言一语描绘得入木三分,简直写活了一个心事重重却又不乏矜持的少女。小说中其他人物同样具有自然气质,如掌水码头的顺顺为人慷慨洒脱,大儿子天保忠厚勤劳。不但如此,"由于边地的风俗淳朴,便是做妓女,也永远那么浑厚,遇不相熟的人,做生意时得先交钱,再关门撒野,人既相熟后,钱便在可有可无之间了"。② 作家在小说中不但表现了美的人性,还介绍给读者一个世外桃源。

然而,京派作家中最早关注人性美的,应属废名。废名早期的创作充满田园风味,人物性格剔透通明,宛如出污泥而不染的莲花。《竹林的故事》见证了三姑娘的成长。作者巧妙地以旁人旁事来刻画人物的娴静温柔,手法圆熟,不假雕饰。小时候的三姑娘活泼开朗,作者特写她陪爸爸打鱼一幕。流水潺潺,绿树成荫,鱼儿蹦跳蹦跳,把三姑娘逗乐了,望着这般景象,"三姑娘渐渐把爸爸站在那里都忘掉了,只是不住的抠土,嘴里还低声的歌唱;头发低到眼边,才把脑壳一扬,不觉也就瞥到那滔滔水流上的一堆白沫,顿时兴奋起来……"③爸爸去世之后,她甚少外出,城里赛龙灯,三姑娘想留在家里陪妈妈,口里却说:"有什么可看? 成群打阵,好象是发了疯的!"④三姑娘的淑静摄人心魄,当她走近"我们","我们"的热闹不觉被压下去。她又是那么纯洁高尚,卖菜当儿,"等到我们从她的篮里拣起菜来,又从自己的荷包里掏出了铜子,简直是犯了罪孽似的觉得这太

---

① 沈从文:《边城》,载《沈从文文集》第 6 卷,第 75 页。
② 沈从文:《边城》,载《沈从文文集》第 6 卷,第 81 页。
③ 废名:《竹林的故事》,载李葆琰编选:《废名选集》,成都:四川文艺出版社,1988 年版,第 94 页。
④ 废名:《竹林的故事》,载李葆琰编选:《废名选集》,成都:四川文艺出版社,1988 年版,第 96 页。

对不起三姑娘了"。① 废名就是这样,一步一步把乡村少女纯真善良的心灵捧到读者眼前。他在弘扬人性美方面做出的努力,实在不容忽视。

师陀的《果园城记》同样以乡里为题,然而色调不再如橘黄、淡绿般温和,而是一曲冷冷的蓝调子。师陀不承认自己是京派成员,但他的不少作品,如《果园城记》,大篇幅描写乡间景致及淳朴人性,且文笔优雅,弥漫着感伤的情绪,表现的正是京派小说的共有色调。此篇"虽然是在抗战期间所写,但内容大部分都是'与抗战无关'"。② 作家以游子回乡这一线索,把 18 个关于果园城的短篇串联起来,突显河南小镇风貌及其风土人情,充满游子的恋乡情怀和哀愁。游子虽然在外面长了知识,但"世上没有一样比最初种在我们心田里的种子更难拔去的"。③ 故乡就是这颗种子,所以离开了 7 年的马叔敖,甚至消失了 12 年的孟安卿,还是忍不住回来看看。师陀曾说:

> ……我是从农村来的,穷苦农民对我日后写作的影响更大。他们使我具备正义思想,同情一切弱者,一切被社会欺凌压迫的人,憎恶一切欺凌压迫别人的人,更憎恶吹牛拍马的人,对于坑害别人,过后又到处哭诉自己被别人坑害,而当面又笑嘻嘻称之"老朋友"的人,我尤其憎恶。④

怀着这个信念,师陀在《果园城记》中既赞叹了淳美朴素的善良人,也鞭笞了丑陋的虚伪人格。在果园城里,邮差先生、葛天民、徐立刚年迈的父母、说书人,甚至水鬼阿嚏,都是善良的化身。所谓邮差先生,其实是一位兼理邮差及邮务员的老人。"倘若你的信上没有贴邮票,口袋里又忘记了带钱,那不要紧,你尽可大胆走进去,立刻就有一个老人站起来。"⑤当你告诉他你既没贴邮票又没带钱,"他从抽屉里摸出邮票,当真用吐沫湿了给你贴上。他认识这城里的每一个人,并非因为他是邮差,而是他在这里生活了数十年的结果。他也许不知道你的名字,甚至

---

① 废名:《竹林的故事》,载李葆琰编选:《废名选集》,第 98 页。

② 尹雪曼:《师陀与他的〈果园城记〉》,载《抗战时期的现代小说》,台北:成文出版社,1980 年版,第 136 页。

③ 师陀:《果园城记·狩猎》,载刘增杰编校:《师陀全集》第 1 卷(下),第 543 页。

④ 师陀:《我如何从事写作》,载刘增杰编校:《师陀全集》第 5 卷,第 241 页。

⑤ 师陀:《果园城记·果园城》,载刘增杰编校:《师陀全集》第 1 卷(下),第 457 页。

你的家，但是他相信你决不会不把钱送来"。①　这样一个毫无心计、和蔼可亲的老人，怎不叫人心灵悸动？此外，葛天民"这个没有嗜好过着一种闲适生活的为人淡泊而又与世无争的人"也是个难得的好人。②　葛天民本来是农场场长，工作虽不辛苦，但报酬只够买一家人简单的菜蔬，后来甚至连薪水也停了，但他没有因此停下工作。"好几年中他没有拿到一个钱、一个经费，在他好像根本就没有这回事，他从来没有发过一句怨言。"③你可以指责这种无欲无求、乐天安命的人不会进步，也不能改良社会，但他毕竟是善良的，忠厚的。

《果园城记》中最打动人心的莫过《期待》中的徐大娘和徐大爷。他们的儿子徐立刚因为从事革命活动，早被枪毙了。徐大娘不明就里，每一餐都要给儿子放一双筷子，生怕他什么时候突然回来。知情的徐大爷不忍老伴伤心，一直把秘密藏在心里。徐大娘老了许多，满脸皱纹，但是徐大爷更老了，"因为打击对你来的更重，你心上的负担更大，你的痛苦更深"。④　师陀如此描写徐大爷：

> 因此你的眼睛也就更加下陷，在昏暗中看去像两个洞；你的头发更少更白，皱纹同样在你脸上生了根，可是你比你的老伴徐大娘更瘦，更干枯，更惨淡；你的衣服是破旧的，要不是徐大娘催逼，你穿上后决不会想到换的；你的纽扣——自然是早晨你忘记了，上面的两颗你没有扣上……你在我对面几乎始终没有作声，眼睛茫然向空中瞅着，慢吞吞地吸着烟。烟早就灭了，可是你没有注意。你的眼里弥漫着泪。⑤

多么揪心的一幕！两个老人就像荒野里随风飘荡的枯老芦苇，奄奄一息，无所依靠。但是，那种至死不渝的爱子爱妻之情却又那么扣人心弦。

"在京派作家看来，淳厚、善良、美好的人性除保留在农村以外，还往往本色

---

①　师陀：《果园城记·果园城》，载刘增杰编校：《师陀全集》第 1 卷（下），第 457—458 页。

②　师陀：《果园城记·果园城》，载刘增杰编校：《师陀全集》第 1 卷（下），第 459 页。

③　师陀：《果园城记·葛天民》，载刘增杰编校：《师陀全集》第 1 卷（下），第 468 页。

④　师陀：《果园城记·期待》，载刘增杰编校：《师陀全集》第 1 卷（下），第 529 页。

⑤　师陀：《果园城记·期待》，载刘增杰编校：《师陀全集》第 1 卷（下），第 529 页。

地体现在天真无邪的儿童身上。"①沈从文笔下的翠翠、三三、夭夭，废名创造的程小林、琴子、细竹、阿毛、柚子都是未染世俗的小人物。此外，萧乾和凌叔华也是以儿童来表达人性美的能手。萧乾晚期的作品日渐偏离京派本色，然而早期的小说甚具京派特色，尤其那些通过小孩视角来观看世界的作品。《篱下》虽然弥漫一股寄人篱下的辛酸，但环哥的天真率直恰当地把忧伤掩盖了，或者说哀愁的气氛深化了儿童的真挚性情。环哥与妈妈来到姨家寄住，天真烂漫的环哥不知道父母已离异，怀着旅行的心态，依旧以乡里的生活方式来过日子：拉表弟到河里捉泥鳅，在花前撒尿，乱摘花园里的花，吐涎淹劫蚂蚁，爬树拾枣……给姨家增添一连串麻烦。环哥是那样的快乐，直至从表弟口中得知自己和妈妈早已被父亲离弃，才悲哀地哭了。

萧乾曾坦言："我是个喜欢追忆过去的人。"②有点儿粗鲁又带点傻气的环哥，其实就是童年的作者：

> 小时候，苦命的妈妈在外佣工，把我寄养在婶婶家里，过的正是寄人篱下的日子。那段畸形的生活曾在我的心灵中留下了不健康的烙印……所以每当人们问起我在自己的作品中最喜爱什么的时候，我总毫不迟疑地回答说，是小说；而小说中，我最心爱的又是《篱下》和《矮檐》。我并不是在品评它们在艺术上的优劣——那属于批评家的神圣领域，原作者不应说三道四。我喜欢的不是它们写得如何，尽管其中情节大都是虚构的，但它们是我抚摩着自己心灵中的伤痕写成的。③

可见《篱下》是作家把回忆融铸成文，以抚慰心灵的成果。凌叔华跟萧乾一样，很怀念儿童时光，故尤爱写小孩子，她在《小哥儿俩》的序中说：

> 书里的小人儿都是常在我心窝上的安琪儿，有两三个可以说是我追忆

---

① 严家炎：《中国现代小说流派史》，第229页。
② 萧乾：《自序》，载傅光明编《萧乾文集》卷1，杭州：浙江文艺出版社，1998年版，第4页。
③ 萧乾：《自序》，载傅光明编《萧乾文集》卷1，第2页。

儿时的写意画。我有个毛病，无论什么时候，说到幼年时代的事，觉得都很有意味，甚至记起自己穿木屐走路时掉了几回底子的平凡事，告诉朋友一遍又一遍都不嫌烦琐。怀恋着童年的美梦，对于一切儿童的喜乐与悲哀，都感到兴味与同情。①

无疑儿童是世界上最善良、最讨人喜爱的人物。《小哥儿俩》中的两兄弟非常疼爱那会说"开饭，开饭"的八哥，当发现八哥被猫吃掉后，狠狠地说要为八哥报仇。翌日来到后花园，看见一堆小猫儿依偎着大猫吃奶的可爱模样，什么仇恨都忘了，还想到要拿些棉花给它们垫一个窝儿，拿箱子为它们做两间房子——小孩子心里怎么存得下仇恨？

作家选用儿童叙事视角，故可除掉成人世界的各种杂念、枷锁，以最纯洁的心灵来看待世界，发现自然之美，难怪环哥跟蚂蚁也能玩得不亦乐乎，两兄弟的仇恨一夜便化为乌有。另外，凌叔华的《弟弟》《一件喜事》，林徽因的《吉公》《文珍》，汪曾祺的《戴车匠》都是以儿童视角来写成人世界的，"反射出京派小说家的拳拳童心"。② 顺带一提，京派作家似乎也疼爱小动物，沈从文、萧乾、凌叔华笔下的黄狗、蚕、小鸟、小猫仿佛都具有灵性，与它们的主人一样善良，一样淳朴。

最后，不能不提的京派小说作家还有林徽因。她一生只留下 6 部短篇小说，但篇篇珠玑。《九十九度中》把关爱倾注到城里低下阶层人民身上。她以蒙太奇手法，把炎夏一角的人生百态栩栩如生地呈现读者眼前：挑夫在酷日下卖力气，机关老爷却愁着到哪儿用午饭；这边厢"超龄"女子被逼成婚，那边厢三五知己在冰室闲聊；城中显户设宴祝寿，餐桌前来宾打扮得花枝招展，厢房中小姐少爷打情骂俏，仆役却饿着肚子盼完席；车夫追债不遂，相互殴打而入狱；挑夫中暑急病，求助无门，医生喝酒打牌，置之不顾，断送人命。这些活动纵横交叉，相互对比，前后呼应，连李健吾也赞叹道：

　　在这样溽暑的一个北平，作者把一天的形形色色披露在我们眼前，没有组织，却有组织；没有条理，却有条理；没有故事，却有故事，而且那样多的故

①　凌叔华：《〈小哥儿俩〉自序》，载陈学勇编：《凌叔华文存》下卷，第785页。
②　吴福辉：《乡村中国的文学形态——〈京派小说选〉前言》，见《京派小说选》，第9页。

事；没有技巧，却处处透露匠心。①

作者如此安排，正要突显贫富悬殊的社会问题，比如写道：

> "到市场，快点。"老卢吩咐他车夫奔驰的终点，于是主人和车夫戴着两顶价格极不相同的草帽，便同在一个太阳底下，向东安市场奔去。②

又：

> 坐在门坎上的小丫头寿儿看着院里石榴花出神。她巴不得酒席可以快点开完，底下人们可以吃中饭，她肚子里实在饿得慌。③

套句俗话，就是"人同命不同"。华氏 99 度的高温下，最辛苦的要算挑夫和车夫了，他们汗流浃背，只赚得丁点儿钱，够买一碗酸梅汤解解渴，其一却因此中暑送了命，这活脱脱就是杜甫（712—770）的"朱门酒肉臭，路有冻死骨"的写照。④"在这纷繁的头绪里，作者隐隐埋伏下一个比照，而这比照，不替作者宣传，却表示出她人类的同情。"⑤林徽因出身名门，不过"这位名门小姐不囿于门第，而是作为一个有良知的知识分子，真切关注着下层人民的苦难岁月"。⑥ 这种关爱人性的出发点与其他京派作家可谓一脉相承。另外，小说布局已臻炉火纯青的境

---

① 李健吾：《〈九十九度中〉——林徽因女士作》，载《咀华集·咀华二集》，上海：复旦大学出版社，2005 年版，第 35 页。

② 陈学勇选编：《林徽因小说·九十九度中》，上海：上海古籍出版社，1999 年版，第 22 页。

③ 陈学勇选编：《林徽因小说·九十九度中》，上海：上海古籍出版社，1999 年版，第 37 页。

④ 杜甫：《自京赴奉先县咏怀五百字》，载《杜诗镜铨》第 1 册，上海：上海古籍出版社，1980 年版，第 110 页。

⑤ 李健吾：《〈九十九度中〉——林徽因女士作》，载《咀华集·咀华二集》，上海：复旦大学出版社，2005 年版，第 35 页。

⑥ 陈学勇：《京派的灵魂》，载陈学勇选编：《林徽因小说·九十九度中》，上海：上海古籍出版社，1999 年版，第 3 页。

界，诚如杨义所说："尽管作品没有纯正京派小说的田园牧歌情调，但它把京派从容自如而内里约束得体的表现风格发展到极致。"①

借严家炎的话总结一句："在京派作家说来，最基本、最核心的就是表现淳朴、原始的人性美、人情美。"②他们大多认为人性本善，越落后的社会，越原始的生活，人们的本性越保存得好。性本善，善即美，京派小说无不从这角度来探索人性深处特质。

可是，京派小说多描写农村及乡民，难免予人落后、倒退的感觉。京派作家是否真的被现代文明抛在后头？若要回答这问题，就要深入探讨作家赞颂传统、反对文明的根本原因。沈从文在《丈夫》中企图剖析城市与人的关系，清楚指出文明生活带给人类的苦难：

> 她们从乡下来，从那些种田挖园的人家，离了乡村，离了石磨同小牛，离了那年青而强健的丈夫，跟随到一个熟人，就来到这船上做生意了。做了生意，慢慢的变成为城市里人，慢慢的与乡村离远，慢慢的学会了一些只有城市里才需要的恶德，于是这妇人就毁了。但那毁，是慢慢的，因为需要一些日子，所以谁也不去注意了。③

沈从文不满文明对原始人性的破坏，更可悲的是人们往往忽略了其破坏性，因为这是缓慢地进行着的。应该说，京派作家并非完全忽略现代文明，他们只是从另一角度去反思文明，这里反映的是另一种现实主义精神。严家炎也指出："这些作品都不是真正否定现代城市文明，而是鞭打拜金主义和人性异化现象的"，"京派小说对人性异化现象的揭露，出发点是人本主义或人道主义，这是一种地地道道的现代思想，而不是倒退回到中世纪的思想"。④歌颂原始农乡社会，赞美善良朴素的美德，并不等于否定一切文明。沈从文不满的是现代文明扼杀了善良的人性，他希望人们可以不受客观环境影响，继续保存向善的原始人性。京派小说探索的是一种精神领域，借描绘大自然及形形色色的小人物，来表现文学与人

---

① 杨义：《中国现代小说史》（中），载《杨义文存》第2卷，第613页。
② 严家炎：《中国现代小说流派史》，第227页。
③ 沈从文：《丈夫》，载《沈从文文集》第4卷，第2—3页。
④ 严家炎：《中国现代小说流派史》，第243—244页。

生的微妙关系，来叩问人类存在的最基本的问题。

二、田园牧歌，抒情小调

京派小说在题材上没有采用深刻的、反映时代思想的主题。相反，凭借的多是作家的一点回忆，或儿时的，或乡间的，或小城里巷的。这里也缺乏错综复杂的人物关系，往往专写一二小人物，极力探索其真挚淳厚的性情。吻合的是，作家尤爱写老人及小孩子，或许这在表现人性美方面确是事半功倍。京派作家在取材及人物刻画方面的倾向，使其作品充满抒情色调，予人自然淡泊之感，仿如田园里的一支牧歌，又如小镇里的一曲小调。

废名或骑在牛背上，或蹲在树荫下，悠悠吹奏着田园牧歌，唱出了依山傍水的竹林（《竹林的故事》）、荒凉凄冷的桃园（《桃园》）、如诗如画的菱荡（《菱荡》）、妩媚的大自然风光（《桥》），静静洗涤世人的心灵。"他的作品以竹隐喻清新的村姑，以柳隐喻淳朴的乡叟，都于平淡朴讷之处蕴含着象征的抒情意味。"①《菱荡》一开头就把读者引进世外桃源：

> 陶家村在菱荡圩的坝上，离城不过半里，下坝过桥，走一个沙洲，到城西门。
>
> 一条线排着：十来重瓦屋，泥墙，石灰画得砖块分明，太阳底下更有一种光泽，表示陶家村总是兴旺的。屋后竹林，绿叶堆成了台阶的样子，倾斜至河岸，河水沿竹子打一个湾，潺潺流过。这里离城才是真近，中间就只有河，城墙的一段正对了竹子临水而立。竹林里一条小路，城上也窥得见，不当心河边忽然站了一个人——陶家村人出来挑水。落山的太阳射不过陶家村的时候（这时游城的很多）少不了有人攀了城垛子探首望水，但结果城上人望城下人，彷佛不会说水清竹叶绿——城下人亦望城上人。②

陶家村，好一个远离尘俗的乡村。这里还有一座石塔和一个菱荡圩：

---

① 杨义：《京派小说的形态和命运》，载《二十世纪中国小说与文化》，第309页。
② 废名：《菱荡》，载李葆琰编选：《废名选集》，第154页。

塔不高，一棵大枫树高高的在塔之上，远路行人总要歇住乘一乘阴。坐在树下，菱荡圩一眼看得见——看见的也仅仅只有菱荡圩的天地了，坝外一重山，两重山，虽知道隔得不近，但树林是山腰。菱荡圩算不得大圩，花篮的形状，花篮里却没有装一朵花，从底绿起——若是荞麦或油菜花开的时候，那又尽是花了……①

石塔名叫"洗手塔"，传说何仙姑给村人修桥后为了洗手而建的。菱荡圩看似一幅画，而掌管菱荡圩的陈聋子又是那么憨直。陈聋子帮二老爹卖菜，"回来一文一文的钱向二老爹手上数"。② 洗衣女人向他讨萝卜吃，他连忙拔个大的，连叶子给人家。这些景色、人物加起来，不就是一曲现代桃花源么？

沈从文同样倾心于农村田园景致，直把心掏空献给湘西世界。纵使来到北京，仍自称"乡下人"，表面上好像说自己不懂人情世故，其实是何等欣赏这饱含泥土味的身份。他说：

> 我实在是个乡下人。说乡下人我毫无骄傲，也不在自贬，乡下人照例有根深蒂固永远是乡巴佬的性情，爱憎和哀乐自有它独特的式样，与城市中人截然不同！他保守，顽固，爱土地，也不缺少机警却不甚懂诡诈。他对一切事照例十分认真，似乎太认真了，这认真处某一时就不免成为"傻头傻脑"。③

沈从文怀着"傻头傻脑"的热情，将自己对湘西人情的梦融进小说中。终未完篇的《长河》便如此称颂动人的湘西自然景观：

> 记称"洞庭多橘柚"，橘柚生产地方，实在洞庭湖西南，沅水流域上游各支流，尤以辰河中部最多最好。树不甚高，终年绿叶浓翠。仲夏开花，花白

---

① 废名：《菱荡》，载李葆琰编选：《废名选集》，第155页。
② 废名：《菱荡》，载李葆琰编选：《废名选集》，第157页。
③ 沈从文：《〈从文小说习作选〉代序》，载《沈从文文集》第11卷，第43页。

而小，香馥醉人。九月降霜后，缀系在枝头间果实，被严霜浸染，丹朱明黄，耀人眼目，远望但见一片光明。每当探摘橘子时，沿河小小船埠边，随处可见这种生产品的堆积，恰如一堆堆火焰。①

辰河中部盛产橘柚，一到收成季节，满树满地橘红一片，甚是好看。若有陌生人路经此地，为橘子而垂涎，橘园主人绝不吝啬，允许过路人任意摘吃。这里的居民淳朴、勤劳，长顺一家都是老老实实的人，女儿夭夭既长得漂亮，又聪明伶俐。满满是饱经风霜的人，却不减对美好生活的冀盼，与《会明》和《灯》中的行伍老兵有着共同的心灵。然而，不能否认篇中隐隐流露了湘西军阀统治的黑暗，可见作家对青山秀水不无隐忧。相对来说，在较早写成的《边城》《三三》《萧萧》《丈夫》等篇中，他的牧歌唱得更嘹亮，更动人。

"在沈从文流连于湘西边地的同时，同他一样以'乡下人'自居的师陀，则从故乡豫东平原的《果园城》里，奉献出一首首朴素而纯情的乡土抒情诗，吹奏起一章章柔和而凄凉的人生行吟曲。"②师陀对中国乡村又爱又恨，感情有点矛盾。他在《〈果园城记〉新版后记》中说：

> 我凭着印象写这些小故事，希望汇总起来，让人看见那个黑暗、痛苦、绝望、该被咒诅的社会。又因为它毕竟是中国的土地，毕竟住着许多痛苦但又是极善良的人，我特地借那位"怪"朋友家乡的果园来把它装饰的美点，特地请渔夫的儿子和水鬼阿嚏来给它增加点生气。③

师陀的牧歌在动人的旋律下，还沾染着一点愠色和悲哀。废名和沈从文的田园牧歌是从正面来唱的，"而师陀的果园城让我们看到封建宗法文明滋生的另一种人性异化——在平静甚至美丽的生存环境中，让所有的生命在不觉间平庸或枯

---

① 沈从文：《长河·人与地》，载《沈从文文集》第7卷，第9页。
② 靳新来：《诗化小说与小说诗化——中国现代小说的一种文体观照》，《内蒙古社会科学》（汉文版），2003年2期，第73页。
③ 师陀：《〈果园城记〉新版后记》，载刘增杰编校：《师陀全集》第5卷，第269页。

萎下去"。[①] 在果园城里,任何生命都不能健康成长。他们无不在安逸的生活中消耗生命,一日复一日,一年复一年。慢慢地,他们抛弃了理想,如贺文龙忘掉自己的文稿,忘掉作家梦。这种"浪费"表现在女性身上就是少女春天的逝去、爱情的缥缈无望,无不使人感伤。

师陀对落后的农村是有一点儿不满,不过细嚼以下的文字,不难发现喜悦还是果园城的总旋律:

> 我缓缓向前,这里的一切全对我怀着情意。久违了呵! 曾经走过无数人的这河岸上的泥土,曾经被一代又一代人的脚踩过,在我的脚下叹息似的沙沙的发出响声,一草一木全现出笑容向我点头。你也许要说,所有的泥土都走过一代又一代的人;而这里的黄中微微闪着金星的对于我却大不相同,这里的每一粒沙都留着我的童年,我的青春,我的生命。就在这岸上,我曾无数次背了晚风坐着,面向将堕的红红的落日。你曾看见夕阳照着静寂的河上的景象吗? 你曾看见夕阳照着古城树林的景象吗? 你曾看见被照得嫣红的帆在慢慢移动着的景象吗? 那些以船为家的人,他们沿河顺流而下,一天,一月……他们直航大海。春天过去了,夏天过去了,秋天也过去了,他们从海上带来像龙女一样动人的消息。[②]

引文用了一连串排比句,以及一连串反问句,突显"我"激动的情绪,令人感到作者对农村强烈的感情。农村与故乡,似乎是中国作家不可抗逆的创作主题,早有鲁迅、萧红,后有寻根派,当代也有迟子建等作家,都爱以故乡为题。这似乎并非京派作家所独爱,但在那个特定的 30 年代,用大量笔墨描写乡村景致,再缀以性灵剔透的小人物,确是京派小说一大特征。

京派文人以抒情笔调来处理农村题材,作品自然充满牧歌情调。不过,也有的作家不走乡土路线,凌叔华、林徽因两位女作家刚好如此。她俩的小说题材偏

---

① 马俊江:《论师陀的"果园城世界"》,《中国现代文学研究丛刊》,2003 年 1 期,第 203 页。

② 师陀:《果园城记·果园城》,载刘增杰编校:《师陀全集》第 1 卷(下),第 455—456 页。

向家庭伦理、男女感情,女性情韵相对较浓,颇有抒情小调味道。凌叔华以闺房题材的小说闻名,早期评论家多把她归为"新闺秀派作家",并指"这一派的作家并不像闺秀派的作家之受礼教的牵制,但她们究竟有些顾忌而不敢过于浪漫"。① 其实凌叔华并不是不敢过于浪漫,相反,含蓄细致是她的文风。当年鲁迅与她夫婿陈西滢(陈源,1896—1970)笔战,但仍持平地肯定其小说价值:

> 她恰和冯沅君的大胆、敢言不同,大抵很谨慎的,适可而止的描写了旧家庭中的婉顺的女性。即使间有出轨之作,那是为了偶受着文酒之风的吹拂,终于也回复了她的故道了。这是好的——使我们看见和冯沅君、黎锦明、川岛、汪静之所描写的绝不相同的人物,也就是世态的一角,高门巨族的精魂。②

处于中西文化冲突的社会转型期,凌叔华不像庐隐(1898—1934)、冯沅君(1900—1974)或石评梅(1902—1928)般感情外露,大胆高呼爱情、婚姻、自由。相反,她是内敛的,她以婉约的手掀开高门巨族、富贵人家闺女的窗帘,以细腻的心审视她们痛苦的灵魂、失落迷惘的精神,这就是鲁迅所说的"世态的一角,高门巨族的精魂"。

《绣枕》写一个待字闺中、枉费青春的小姐。她不敢也不能把对性爱、婚姻的幻想袒露人前,遂把全副心思贯注到绣枕上,望着活灵活现的翠鸟、荷花、石山,满怀希望。但是,"光阴一晃便是两年,大小姐还在深闺做针线活",③而当年送给人家的靠垫早就成了脚踏垫子,辗转来到婢女手中。婢女叹惜:"真可惜,这样好看的东西毁了。"④毁了的又岂止那一封活灵灵的靠枕儿,大小姐的青春不也在深闺中偷偷溜去? 作家向内审视人物的灵魂,既诗意又悲凉,如一曲古典小调。

我们还要注意鲁迅的评论是就凌叔华1927年前的小说创作而言,如按此语

---

① 毅真:《几位当代中国女小说家》,载黄人影编:《当代中国女作家论》,上海:光华书局,1933年版,第4—5页。

② 鲁迅:《〈中国新文学大系·小说二集〉导言》,载赵家璧(1908—1997)编:《中国新文学大系·小说二集》,香港:香港文学研究社,1972年版,第11—12页。

③ 凌叔华:《绣枕》,载陈学勇编:《凌叔华文存》上卷,第55页。

④ 凌叔华:《绣枕》,载陈学勇编:《凌叔华文存》上卷,第56页。

来认识凌叔华,未免有点儿以偏概全,陈学勇便说:

> 凌叔华笔下的世态何止"高门巨族的精魂",更多的当是已经走出高门
> 的女性,不论已婚的太太,或是未婚的小姐,身上纵有或浓或淡的高门投影,
> 却均渐趋淡逝。①

凌叔华对笔下的女性,"有嘲讽,有鄙视,有怜悯,有感叹,总是居高临下审视这群
庸常之辈"。②《酒后》《春天》温和地揶揄了不安本分的妻子;《一件喜事》《我那
件事对不起他?》既怜恤又鄙视了服从旧式礼教的妇女;《李先生》《吃茶》写出了
柔顺女性在变革社会中的悲哀与惆怅。虽然如此,作家的笔调始终是抒情的,且
充满柔情蜜意。难怪徐志摩早年称道:"作者是有(幽)默的,最恬静最耐寻味的
(幽)默,一种七弦琴的余韵,一种素兰在黄昏人静时微透的清芬。"③

　　相对来说,林徽因的小说更重视美感,这在《钟绿》和《绣绣》中表现得较圆
满。在《钟绿》中,作家着墨描绘了两幅令人一见难忘的"画",借以塑造美丽的主
人公——钟绿。《绣绣》中的绣绣是一个惹人喜爱的小女孩,只是她的命不好。
在叙事者(小姐姐)的印象中,她拿着破皮鞋换两只漂亮的瓷碗那一幕是永世难
忘的。这种绘画技巧是京派作家所熟悉的,废名在《桥》中不也一再为琴子、细竹
两位姑娘写生么? 不过,作家没有让貌美倾城的钟绿走上幸福之路,而给她安排
了一个凄美的结局:爱人在婚前骤然死去,她则死在一条帆船上。 如此安排,因
为作者觉得:

> 至于他们的结婚,我倒觉得很平凡;我不时叹息,想象到钟绿无条件的
> 跟着自然律走,慢慢的变成一个妻子,一个母亲,渐渐离开她现在的样子,变
> 老,变丑,到了我们从她脸上身上再也看不出她现在的雕刻般的奇迹来。④

---

① 陈学勇:《才女的世界》,北京:昆仑出版社,2001 年版,第 4 页。
② 陈学勇:《才女的世界》,北京:昆仑出版社,2001 年版,第 5 页。
③ 徐志摩(1896—1931):《〈花之寺〉序》,原为《花之寺》广告语,载《新月》月刊 1 卷 12
号(1929 年 2 月 10 日),第 22 页,末署"节录徐志摩本书序文"。不过,1928 年 1 月由上海新
月书店出版的初版《花之寺》中并无徐序。
④ 林徽因:《钟绿》,载陈学勇选编:《林徽因小说·九十九度中》,第 55—56 页。

可见林徽因追求的是绝对的美,纵然它带着毁灭性。读凌叔华和林徽因的小说,就像听一首首轻轻低吟的小调,觉得很安静,却又有点悲凉。

无论田园牧歌,或是抒情小调,都给人轻盈温柔的感觉,这里绝对找不到交响乐那种激昂的旋律。京派小说能够达到这种境界,正因作家能够控制自己的感情,节制悲哀。沈从文曾说:"神圣伟大的悲哀不一定有一摊血一把眼泪,一个聪明的作家写人类痛苦是用微笑来表现的。"①因此,京派小说呈现一片和谐,其中又带点儿哀愁的味道。作家笔下的自然永远那么静美,人物也甚少骚动。正如李俊国所说:

> 在"京派"文学世界里,随处可见倒是柔和优美的风姿——"和谐"。"和谐",既是京派作家的美学风格,也成为他们的一种文学审美意识。②

要达到和谐,便要恰当地处理感情。沈从文对笔下的翠翠分外珍爱,但《边城》的结尾只是淡淡一句:"这个人也许永远不回来了,也许'明天'回来!"③到底二老会不会回茶峒,回到翠翠身边,把问题轻轻一点,生出一股酸溜溜的感觉。废名的小说同样弥漫缺憾美,"作品所描绘的人生图画,没有一幅是完美的。"④《桃园》中,阿毛爸爸端着三个玻璃桃子,要给患病的女儿送上一丝希望,不料在回家途中摔破了。《河上柳》中,表演木头戏的陈老爹山穷水尽,万般无奈地把亡妻手植的杨柳砍掉。故事如此发展确实令人心酸,但有所缺陷才能打动人心。只是,这里的悲哀没有"一摊血一把眼泪"。

京派文人追求的和谐并非甜美生活,也不是有情人终成眷属的大团圆结局。不妨把京派小说比喻成夕阳——带着缺陷的美丽。李健吾曾经这样评论沈从文的《边城》:

> 当我们放下《边城》那样一部证明人性皆善的杰作,我们的情思是否坠着沉重的忧郁?我们不由问自己,何以和朝阳一样明亮温煦的书,偏偏染着

---

① 沈从文:《废邮存底·给一个写诗的》,载《沈从文文集》第11卷,第303页。
② 李俊国:《三十年代"京派"文学思想辨析》,第185页。
③ 沈从文:《边城》,载《沈从文文集》第6卷,第163页。
④ 马良春:《一位具有独特风格的作家》,载李葆琰编:《废名选集》,第2页。

夕阳西下的感觉？为什么一切良善的歌颂，最后总埋在一阵凄凉的幽咽？
为什么一颗赤子之心，渐渐褪向一个孤独者淡淡的灰影？难道天真和忧郁
竟然不可分开吗？①

"美丽总使人忧愁，可是还受用。"②自古至今，哀愁的氛围最能感动人心，也最易
导人探索生命真谛。沈从文、废名、师陀、凌叔华、林徽因的小说无不散发着淡淡
愁思。查振科《对话时代的叙事话语——论京派文学》中"微笑的悲剧"一章便从
不同角度，深入分析了这个课题。③ 杨义把京派小说的美总结为："作品圆润精
美，热情内敛，显示了一种'冷的美'。"④"冷的美"大概指小说的感情不外露，而
是透过字里行间慢慢渗出来，清清淡淡的，像诗，像画，像田园牧歌。

三、语言诗化，意境淡远

中国小说源自神话与传说，⑤因此"故事"对小说尤其重要。传统章回小说、
唐传奇、宋话本多刻意制造冲突、对比的场景，并以引人入胜者为上。京派小说
与传统小说不太相似，却旁涉散文和诗歌的特质，因为作家崇尚美甚于故事。李
健吾便说过："故事算不了什么，重要在技巧，在解释，在孕育，在彼此观点的相
异。"⑥沈从文也曾强调"美"的重要：

我倒不大明白真和不真在文学上的区别，也不能分辨它在情感上的区

---

① 李健吾：《〈篱下集〉——萧乾先生作》，载《咀华集·咀华二集》，第 37 页。

② 沈从文：《水云——我怎么创造故事，故事怎么创造我》，载《沈从文文集》第 10 卷，第
277 页。

③ 查振科：《第七章　微笑的悲剧——京派小说风格论之二》，载《对话时代的叙事话
语——论京派文学》，第 150—183 页。

④ 杨义：《二十世纪中国小说与文化》，台北：业强出版社，1993 年版，第 197 页。

⑤ 鲁迅在《中国小说史略》中论及"小说"来源时说："《汉志》乃云出于稗官，然稗官者，
职惟采集而非创作，'街谈巷语'自生于民间，固非一谁某之所独造也，探其本根，则亦犹他民
族然，在于神话与传说。"又说："故神话不特为宗教之萌芽，美术所由起，且实为文章之渊源。"
见《鲁迅全集》第 9 卷，北京：人民文学出版社，1981 年版，第 17 页。

⑥ 李健吾：《〈篱下集〉——萧乾先生作》，载《咀华集·咀华二集》，第 42 页。

别。文学艺术只有美和不美。精卫衔石，杜鹃啼血，情真事不真，并不妨事。①

故事内容是真是假并不碍事，只要其中的感情是真的，和表达方式够"美"就行了。这里的"美"实为"善"的表现：

> 不管是故事还是人生，一切都应当美一些！丑的东西虽不是罪恶，可是总不能令人愉快。我们活到这个现代社会中，被官僚、政客、银行老板、理发师和成衣师傅，共同弄得到处是丑陋，可是人应当还有个较理想的标准，也能够达到那个标准，至少容许在文学艺术上创造那标准。因为不管别的如何，美应当是善的一种形式。②

京派小说的基调是颂赞原始人性美。既然人性本来就是善良的，那么美也就是善的表达形式。沈从文秉持这个信念，进行了一连串"情绪的体操"③，无论感情或技巧，都力臻完美。废名也表现了对艺术美的追求，他在《桥》中借小林之口说："我感不到人生如梦的真实，但感到梦的真实与美。"④

京派作家追求"美"，自然重视作品的艺术表现。此外，他们多是"学院文人"⑤，深爱古典文学及哲学，故能吸收诗、词及散文的精粹，取长补短。某些从国外留学回来的更把西方文学理论放诸创作、评论中，提高作品的审美价值。李长之(1911—1978)便说："关于技巧，技巧的重要，并不次于内容，在创作一篇文艺品时，技巧的重要，毋宁说是有过于内容。其所以为艺术者，不在内容，而在技

---

① 沈从文：《水云——我怎么创造故事，故事怎么创造我》，载《沈从文文集》第 10 卷，第 276 页。

② 沈从文：《水云——我怎么创造故事，故事怎么创造我》，载《沈从文文集》第 10 卷，第 276—277 页。

③ 沈从文：《情绪的体操》，载《沈从文文集》第 11 卷，第 327—330 页。

④ 废名：《桥·塔》，载李葆琰编选：《废名选集》，第 344 页。

⑤ 高恒文：《京派文人：学院派的风采》，第 2 页。

巧。"①沈从文则在《论技巧》中努力论证"一个作品的成立,是从技巧上着眼的"。② 他们不约而同地把"技巧"提升到神圣的地位,视之为不可或缺的成分。由此可见京派文人对技巧的执着,也见其致力提升中国现代文学艺术美之用心。

既然要达到"美"的效果,就不能单单讲故事,而要在语言、结构,甚至意境上用心了。废名认为:"人生的意义本来不在它的故事,在于渲染这故事的手法",③还说:"就表现的手法说,我分明地受了中国诗词的影响,我写小说同唐人写绝句一样……不肯浪漫语言。"④汪曾祺则说:"戏要夸张,要强调;小说要含蓄,要淡远……不能把小说写得像戏,不能有太多情节,太多的戏剧性。"⑤因此他们不但刻意淡化小说的故事情节,并且自觉地追求字、词、句子之间的和谐美,令作品呈现诗化、散文化的特色,终被冠上"诗化小说"的美称。

所谓"诗化小说",一般指"具有'情调''风韵''意境'等诗的品格的小说"。⑥这样写小说,无非为了营造诗或散文的意境,强化小说的抒情色彩。"废名的有些小说其实是散文,或者说可以当散文来读,这已是专家和读者的一致意见了。"⑦《桥》虽谓长篇小说,然各篇章皆可独立阅读,这情况和萧红(1911—1942)的《呼兰河传》有异曲同工之妙。《桥》表面上好像在诉说三个年轻人的爱情故事,可是整篇却找不到一个贯穿始终的故事,读者读到的是一句句简约优美的话语,联想到的是一幕幕镜花水月般的景象,令人陶醉。鹤西(程侃声,1908—1999)曾说:"一本小说而这样写,在我看来是一种创格。"⑧《桥》上篇上部营造的是儿童仙境,写活了程小林的童年,如到"家家坟"摘芭茅做喇叭、捉弄同学、捕蜻蜓、望大雁、学写字、做影子、看瞳人、看"送路灯"……成功营造了"一去二三里,烟村四五家,楼台六七座,八九十枝花"⑨这样一个与世无争、淳朴自然的宁静

① 李长之:《我对于文艺批评的要求和主张》,载郜元宝、李书编:《李长之批评文集》,珠海:珠海出版社,1998年版,第387页。
② 沈从文:《论技巧》,载《沈从文文集》第12卷,第105页。
③ 废名:《竹林的故事》,桂林:广西师范大学出版社,2003年版,第311页。
④ 废名:《〈废名小说选〉序》,载李葆琰编选:《废名选集》,第749—750页。
⑤ 汪曾祺:《两栖杂述》,载邓九平编:《汪曾祺全集》第3卷,第203页。
⑥ 靳新来:《诗化小说与小说诗化——中国现代小说的一种文体观照》,第72页。
⑦ 冯健男:《废名散文选集》,天津:百花文艺出版社,1990年版,第2页。
⑧ 鹤西:《谈桥与莫须有先生传》,《文学杂志》,1937年4期,第173页。
⑨ 废名:《竹林的故事》,桂林:广西师范大学出版社,2003年版,第210页。

世界。

此外,《桥》还流露了一丝悲剧意识,使它显得空灵脱俗。有一次,小林随妈妈到河边洗衣服:

> 有一回,母亲衣洗完了,也坐下沙滩,替他系鞋带,远远两排雁飞来,写着很大的"一人"在天上,深秋天气,没有太阳,也没有浓浓的云,淡淡的,他两手抚着母亲的发,静静地望。①

上文以辽阔的空间、暗淡的天气烘托小林多愁善感的思绪。天上的雁不知飞向何方,小林漫无目的,痴痴地望着。这种无意识、忘我的境界在小说下篇常常出现。汪曾祺说:"他(笔者按:废名)不写故事,写意境。"②所言极是。

京派小说重视情韵,故事情节自然被淡化了。这里没有跌宕起伏的情节,没有惊心动魄的悬念,更找不到万夫莫敌的英雄人物。然而,从另一角度来看,这正好营造了小说的抒情效果。作家犹如人文主义画家,握着抒情之笔来构建美丽的梦。萧乾营造的《梦之谷》含蓄而诗意地写了一段爱情故事,甚为动人。文中散文化的语句也随处可见:

> 这么溯源地思索着,我向上拔着脚。我忽而看到妇女师范的后院了。
>
> 如果落雨,那片芭蕉林还那么有旋律地响吗?
>
> 当芭蕉叶响时,还有人淌下两行孤儿的热泪来吗?
>
> 呵,苦命的傻孩子,自以为离开我便幸福,但愿五年来,是幸福着哪。③

把这几句唤作散文诗,亦无不可。萧乾就是这样把诗意渗透在字里行间,移情于物,由下雨想到芭蕉林雨中的旋律,再由此想到孤儿的热泪,感情一层一层推进,细腻动人。《俘虏》中也有一段充满童话色彩的精致文字:

---

① 废名:《竹林的故事》,桂林:广西师范大学出版社,2003 年版,第 200 页。

② 汪曾祺:《万寿宫丁丁响——代序》,载冯思纯编:《废名短篇小说集》,长沙:湖南文艺出版社,1997 年版,第 2 页。

③ 萧乾:《梦之谷》,载傅光明编:《萧乾文集》第 1 卷,第 259 页。

七月的黄昏。秋在孩子的心坎上点了小小的萤灯。插上了蝙蝠的翅膀,配上金钟儿的音乐。蝉唱完了一天的歌,把静黑的天空交托给避了一天暑的蝙蝠,游水似地,任它们在黑暗之流里起伏地飘泳。萤火虫点了那盏钻向梦境的小炬,仆仆地拜访各角落的孩子们把他们逗得抬起了头,拍起了手,舞蹈起来。多少不知名的虫子都向有大小亮光的地方扑了来,硬壳的,软囊的,红的,豆青的,花生味的,香瓜味的各色各样的小昆虫一齐出游了。墙壁里,茵陈根下蟋蟀们低低地,间断地呼应着。①

没有农村生活的经历,没有热爱自然的心,很难写出这样的句子。七月的黄昏,各种昆虫的热闹叫声,它们带给小孩子的欢乐,写得如此生动。无可否认,萧乾在写作方面非常用心,难怪李健吾对《篱下集》持有高度的评价,说:"我们会以十足的喜悦,发现他带着一颗艺术自觉心,处处用他的聪明,追求每篇各自的完美。"②

小说之具有诗意,一言以蔽之即重在语言的提炼。提炼语言既指去除芜杂,亦包括选字措辞,以最少最美的文字来表达优美、深远的意思。师陀的《牧歌》便以简约优美的文字画出了无限诗意。文中如此写边疆的溪谷、葡萄园和老马干:

溪谷里好静悄!小草上缀满了露珠,晶莹透亮,熠熠闪耀。溪水清凉发光。气流温郁,如同着色的牛乳。溪谷潮湿,尚做着浓浓的酣梦。

过去溪,老马干的葡萄园浸在醉人的晨光中。那快活的老人已经早在那里了,正忙着架葡萄棚。按习惯,他一面捎去枯条,一面自语:

"黄莺吗,它是要飞的……生来爱飞的鸟儿,笼住可不行……"③

引文用字简练,比喻贴切。静悄悄的溪谷、懒洋洋的葡萄园,再加上悠然自得的老人,恬淡闲适的诗意于无形之中散溢出来。牧羊姑娘印迦更迷人,草原上出现她的背影:"只见她的织彩的围裙飘来荡去,露出赤裸的脚,丰润的小腿;头巾迎

---

①　萧乾:《俘虏》,载傅光明编:《萧乾文集》第1卷,第82—83页。

②　李健吾:《〈篱下集〉——萧乾先生作》,载《咀华集·咀华二集》,第47页。

③　师陀:《牧歌》,载刘增杰编校:《师陀全集》第1卷(上),第226页。

风习习招展；头发乱纷纷拂扬身后，宛如一缕青烟。背后面跟着群羊，好像一团团的云。"①京派作家多写乡村女性，师陀也不例外，这里颂赞的仍是健康的自然美。

提炼语言固然重要，不过心中若无诗意，徒撰字词，便会予人做作之感。那么怎样才是真情流露的诗意？凌叔华《疯了的诗人》给了最好的答案。觉生虽是个诗人，但他只从书上去领略诗意，并未真正感受大自然的美。直到回家后，妻子双成带他游园，给他介绍园里的一草一木，鸟鸣花香，还有她的"工作"和"建筑"，觉生才豁然开朗，终与自然契合。双成才是真正的诗人，她放纵感受大自然的一呼一吸。在她眼中，一切都是美的，小狗弄脏了她的裙子，她却笑道："这像开了一半小菊花的样子！"②月亮明亮起来，她却担心："月儿太亮不好，天上的星星都吓得躲起来了，窝里的鸟也照得睡不安神。"③诚然，心中具有诗意是创作的第一义，京派作家似乎都具有这种气质。

如果从修辞学的角度来看，京派作家擅长的是使用"移情作用"，将作者或小说人物的感情融进景物之中。朱光潜如此解释"移情作用"：

> "移情作用"是把自己的情感移到外物身上去，仿佛觉得外物也有同样的情感。这是一个极普遍的经验。自己在欢喜时，大地山河都在扬眉带笑；自己在悲伤时，风云花鸟都在叹气凝愁。惜别时蜡烛可以垂泪，兴到时青山亦觉点头。柳絮有时"轻狂"，晚峰有时"清苦"。④

"移情作用"，或者说"情景交融"，实为古典诗词常用的手法，京派作家却把这种手法应用在小说创作上。废名、萧乾、师陀的小说便常以主观的情感去感受客观的景象，继而情景交融，使小说出现诗歌常见的意境。试看以下两段引文：

> 现在这一座村庄，几十步之外，望见白垛青墙，三面是大树包围，树叶子

---

① 师陀：《牧歌》，载刘增杰编校：《师陀全集》第1卷（上），第228页。
② 凌叔华：《疯了的诗人》，载陈学勇编：《凌叔华文存》上卷，第222页。
③ 凌叔华：《疯了的诗人》，载陈学勇编：《凌叔华文存》上卷，第223页。
④ 朱光潜：《谈美·"子非鱼，安知鱼之乐？"——宇宙的人情化》，载《朱光潜美学文集》第1卷，上海：上海文艺出版社，1982年版，第463页。

那么一层一层的绿,疑心有无限的故事藏在里面,露出来的高枝,更如对了鹞鹰的脚爪,阴森得攫人。瓦,墨一般的黑,仰对碧蓝深空。①

　　巍然站在我们眼前(或说头上)的山峰,看来并不高峻,然而它却雕就一种怕人的形状。顶峰岣嵝的黝黑怪石,高插入云际,像是什么巨兽的爪牙。日光的阴阳面在山坡上投了斑驳的暗影,阳光照得山腰几座大理石的十字架发出晶莹的闪光。几头水牯低着头,在那片墓地里寻着食,固执得像在掘发什么生命的残余。黄灰的水牯蠕动在黄灰的山坡上,生命果真属于土吗?②

前段是《桥》中对"史家庄"的描写,主要从小林的视角来进行叙事,文字予人狭隘、恐怖、肃静之感,营造了不安的气氛。小林毕竟还是小孩子,第一次来到史家庄这陌生地,不免感到畏惧,客观的环境遂令他产生了压迫感。后者是《梦之谷》中对墓地的刻画,作家把情感注入景物之中,用心感受自然环境,探索生命的意义。废名、萧乾都有一颗敏感的心灵,不约而同使用了"移情作用","在凝神观照中物我由两忘而同一,于是我的情趣和物的姿态往复回流"。③ 他们笔下的一景一物皆有所托,小说的艺术成就也因此得以提升。

　　京派小说家同时又是艺术家,他们对美的一切情有独钟,忍不住捕捉每一个美好动人的瞬间,并将之铸成艺术品。除了小说创作,京派的文学评论也甚具美感。李健吾的《咀华集》便是一篇篇美文,晶莹剔透,意境深远。朱光潜早年已大力推崇李健吾之书评:"书评成为艺术时,就是没有读过所评的书,还可以把评当作一篇好文章读……刘西渭先生的《读里门拾记》庶几近之。"④读过《咀华集》的读者,绝对不会反对此语。

　　不过,重视艺术技巧并不等于罔视人生。京派作家从没有远离社会,靳新来说得好:

① 废名:《竹林的故事》,桂林:广西师范大学出版社,2003 年版,第 177 页。
② 萧乾:《梦之谷》,载傅光明编:《萧乾文集》第 1 卷,第 297 页。
③ 朱光潜:《第三章　美感经验的分析(三):物我同一》,见《文艺心理学》,载《朱光潜美学文集》第 1 卷,上海:上海文艺出版社,1982 年版,第 47 页。
④ 朱光潜:《编辑后记》,《文学杂志》,1937 年 2 期,第 191 页。

诗化小说家们并不是远离社会、躲在象牙塔里进行艺术的苦心雕饰,只是比起大多数作家,他们更尊重艺术创造的规律,从自己的创作个性、创作实际出发,而不是从时代、现实的各种问题、任务出发,去进行艺术创作。在他们那里,艺术形式的追求、文体的创造更自觉。[①]

淡然剔透的小说语言在当时是创格的,它给人一种美的享受,一种本来只能在诗歌或散文中得到的满足感。从小说文体的角度看,它无疑是一种进步,直接促进了小说文体的多元发展。此外,"我们晓得文学都有现实做根据,浪漫主义的作品同样沾着尘世"。[②] 京派小说语言诗化,重视写景抒情,刻意营造意境,但当中也不乏对尘世的关爱。

以上扼要讨论了京派小说三个主要特征,即多以乡村逸事或社会小人物为题,故事淡然,语言锤炼,意境优美,充满牧歌情调。"虽然在那个内忧外患的时代,谈文化建设、谈真正意义上的'纯文学'创作,显得十分不合时宜,但他们勉力为之"。[③] 这种对艺术美的自觉追求,不但提高了作品本身的美学价值,在当时以写实主义为主流的文坛,也算是一种新尝试。汪曾祺作为京派最后一个作家,又如何秉承、发挥京派的人文精神? 在小说艺术技巧上,又怎样灵活运用,以致革新?

第四节　汪曾祺:最后一个京派作家

许道明把京派文学的发展历程概括为发端期(20年代后期—1930)、开展期(1930—1937)及终结期(1937—1949)。[④] 汪曾祺40年代末开始创作小说,刚好赶上京派的终结期。不过,内忧外患的政治局面并不容许作家安心地从事创作,汪曾祺也不例外。不久,又遇上浩浩荡荡的"文化大革命",汪曾祺更被江青

---

① 靳新来:《诗化小说与小说诗化——中国现代小说的一种文体观照》,第74页。
② 李健吾:《〈篱下集〉——萧乾先生作》,载《咀华集·咀华二集》,第46页。
③ 高恒文:《京派文人:学院派的风采》,第3页。
④ 许道明:《京派文学的世界》,第20—35页。

(1910—1991)"控制使用",①一切都身不由己。直到 80 年代中国改革开放,社会复吹自由文风,汪曾祺才重拾旧笔,忠于自己的创作志趣。正如作家所言,其创作路途是断断续续的:

> 有人说我的写作经过了一个三级跳,可以这样说。四十年代写了一些。六十年代初写了一些。当中"文化大革命",搞了十年"样板戏"。八十年代后小说、散文写得比较多。②

其实终结期的京派作家并不只汪曾祺一人,那时候的情况是这样的:

> 京派小说在 40 年代,对应于这个流派的整体状况,已无有特别大的声势,在《大公报·文艺》和复刊后的《文学杂志》上有些新人新作倒是值得关注的。汪曾祺、邢楚均、林蒲等青年作家的小说,赓续了京派的香火,是很有些挣扎意味的,而汪曾祺则是他们的代表,史家习惯上也称汪为京派的最后一个小说作家。③

可见,那时还有一批作家风格比较接近京派,惜未能形成主流。相对来说,汪曾祺比较幸运,他在京派前辈的提携下,得到不少发表的机会。第一个短篇集《邂逅集》便于 1947 年由上海文化生活出版社结集出版,收有《复仇》《老鲁》《鸡鸭名家》等 8 篇作品。不过,当时的京派已经势孤力弱,纵然偶见作品发表,但已是苟延残喘:

> 一九四七年六月朱光潜复刊《文学杂志》,标志着一线孤悬的京派复出。汪曾祺陆续发表了《邂逅集》中的一批作品,其中《鸡鸭名家》堪称一时小说之选。这篇小说诗化了孵鸡赶鸭一类民间技艺,让水乡泽国的子民通过这类出神入化的技艺与自然相对,以见其淳朴,见其情趣,也见其寂寞……其

---

① 汪曾祺:《随遇而安》,载邓九平编:《汪曾祺全集》第 5 卷,第 140 页。
② 汪曾祺:《我的创作生涯》,载邓九平编:《汪曾祺全集》第 6 卷,第 493 页。
③ 许道明:《京派文学的世界》,第 305—306 页。

实,复出的京派与时代巨潮脱节,它已经减弱了三十年代上升期的气势和朝气,陷入了一种寂寞的处境。①

杨义点出了后期京派的"寂寞"。《鸡鸭名家》写得颇有京派风采,但当时的汪曾祺毕竟是文坛新人,况且创作数量也远远赶不上沈从文。

汪曾祺在四五十年代做出的努力是不容忽视的。然而,汪曾祺的京派位置得以确认和巩固,却是《受戒》发表以后的事了。80 年代复出文坛的汪曾祺,凭其清新隽永的短篇和散文,成功延续京派的文风。此时的汪曾祺已没有政治包袱,本可像伤痕小说作家般,大胆披露"文化大革命"的丑陋和残忍,但他没有这样做。或许受了京派气质熏染所致,他的小说总是重气氛轻故事,淡淡交代陈年往事。《天鹅之死》《云致秋行状》《虐猫》虽不乏愤慨情绪,但小说着力表现的始终是人的本性。可以这样理解,汪曾祺从沈从文身上吸收的人文主义精神,长年累月,越发彰显。

汪曾祺与沈从文的关系,远远超过师生之情。1937 年,日军侵华,政治动荡,17 岁的汪曾祺随祖父、父亲逃到乡间小庵避难,此时身上只带了两本书:屠格涅夫(Turgenev, Ivan Sergeevich,1818—1883)的《猎人笔记》和沈从文的《沈从文小说选》,可见沈从文在青年汪曾祺心中的地位。后来,作家在《自报家门》中还强调:"说得夸张一点,可以说这两本书定了我的终身。这使我对文学形成比较稳定的兴趣,并且对我的风格产生深远的影响。"②两年后的 1939 年,汪曾祺以第一志愿考入昆明的西南联合大学中国文学系,并承认沈从文是其中一个报考的原动力。③ 在西南联大里,他选修了所有沈从文的课,私下也多次向老师请教。另一边厢,沈从文也颇赏识这位学生,多次推荐发表其作品,不妨说汪曾祺是沾着沈师的光而跻身文坛的。虽然新中国成立前只出版了一部短篇集《邂逅集》,但仍可看到"他像乃师一样地信奉着中和的审美观,乡土的人事永远是他

---

① 杨义:《京派小说的形态和命运》,载杨义:《二十世纪中国小说与文化》,第 319 页。

② 汪曾祺:《自报家门》,载邓九平编:《汪曾祺全集》第 4 卷,第 286 页。

③ 汪曾祺自白:"不能说我在投考自愿书上填了西南联大中国文学系是冲着沈从文去的,我当时有点恍恍惚惚,缺乏任何强烈的意志。但是'沈从文'是对我很有吸引力的,我在填表前是想到过的。"见汪曾祺:《自报家门》,载邓九平编:《汪曾祺全集》第 4 卷,第 287 页。

无法摆脱的情结"。①

沈从文以身作则,汪曾祺在他身上不只学到文学知识,更认识了创作的真谛。汪曾祺在《认识到的和没有认识的自己》中说:

> 我是沈从文先生的学生,有人问我究竟从沈先生那里继承了什么。很难说是继承,只能说我愿意向沈先生学习什么。沈先生逝世后,在他的告别读者和亲友的仪式上,有一位新华社记者问我对沈先生的看法。在那种场合下,不遑深思,我只说了两点。一,沈先生是一个真诚的爱国主义者;二,他是我见到的真正淡泊的作家,这种淡泊不仅是一种"人"的品德,而且是一种"人"的境界。②

汪曾祺在沈从文人道主义及淡泊文风的熏陶下,不忘在创作中关怀民生,文风渐趋平实淡然。年轻的汪曾祺和当时的大学生一样,醉心西方艺术技巧,除了广泛阅读外国作品外,也刻意运用现代派的技巧来进行创作。他曾表白:"我曾经很爱读弗·吴尔芙和阿左林的作品(通过翻译)"③,"年轻时曾经受过西方现代派的影响"④。发表于 40 年代初的《复仇》《小学校的钟声》《待车》《绿猫》都有意识流及象征手法的痕迹,予人玄奥之感。解志熙(1961—)的《生的执着:存在主义与中国现代文学》便从存在主义的角度分析过这些作品。⑤ 然而,沈从文对汪曾祺早期一些愤世嫉俗之作并不满意,又指出充满睿智的小说对话不够写实,以为"美应当是善的一种形式",⑥故每每循循善诱,指导汪曾祺走向美善之途。根据京派的审美观:"伟大的作品产生于灵魂的平静,不是产生于一时的激昂。后

---

① 许道明:《京派文学的世界》,第 306 页。

② 汪曾祺:《认识到的和没有认识的自己》,载邓九平编:《汪曾祺全集》第 4 卷,第 303—304 页。

③ 汪曾祺:《我是一个中国人——散步随想》,载邓九平编:《汪曾祺全集》第 3 卷,第 302 页。

④ 汪曾祺:《我的创作生涯》,载邓九平编:《汪曾祺全集》第 6 卷,第 495 页。

⑤ 解志熙:《生的执着:存在主义与中国现代文学》,北京:人民文学出版社,1999 年版,第 125—146 页。

⑥ 沈从文:《水云——我怎么创造故事,故事怎么创造我》,载《沈从文文集》第 10 卷,第 277 页。

者是一种戟刺，不是一种持久的力量。"①慢慢地，汪曾祺领略到"冷静"的美学思想，建立了独特的小说风格。

京派小说有此倾向，与作家的个性和信念也有关联。他们大都钟爱中国古典文学，心里坚信人性本善这一儒家核心思想。沈从文在《〈篱下集〉题记》中谈到写作的因由：

> 曾经有人询问我，"你为什么要写作？"
>
> 我告他我这个乡下人的意见："因为我活到这世界里有所爱。美丽，清洁，智慧，以及对全人类幸福的幻影，皆永远觉得是一种德性，也因此永远使我对它崇拜和倾心。这种情绪同宗教情绪完全一样。这点情绪促我来写作，不断的写作，没有厌倦，只因为我将在各个作品各种形式里，表现我对于这个道德的努力。"②

沈从文具有坚定的人生取向，并将之实践在创作之中，后辈如萧乾、汪曾祺则在他的指导下茁壮成长，可见京派文人创作的出发点是忠于人性与美。京派小说重视人性表现，作品大都少谈国家大事，着眼于小人物的原始人性，正是这种不受时限的人性秉持，令汪曾祺的小说能够在80年代再次走俏：

> 由挽歌而产生的淡远的悲，是古雅悠长的美丽的歌。这种美，使京派重新走俏于八十年代，除了艺术上的纯粹之外，文化心态上的共鸣效应不能不说是一个重要原因。③

汪曾祺秉承老师沈从文的人道主义思想，带着《边城》的神韵，脱掉哀伤的外衣，写成了清新豁达的《受戒》。故事中的小明子和小英子简直是天上的仙子。小明子当和尚，却不用守和尚的清规，小英子虽是女孩子，却主动提出："我给你当老

---

① 李健吾：《〈鱼目集〉——卞之琳先生作》，载《咀华集·咀华二集》，第60页。
② 沈从文：《〈篱下集〉题记》，载《沈从文文集》第11卷，第34页。
③ 郭宝亮：《在现代与传统之间——论京派作家文化心态的"二难"选择》，《吉首大学学报》，1994年4期，第64页。

婆,你要不要?"①有人或以为这里的和尚又吃肉又娶老婆,太不像话了,但作家写的都是亲眼所见,并非瞎编,加上作品着力表现的是人们如何在穷困中乐观地活着。所以情节越是荒唐,越显得乡里人的原始人性未受外物束缚,这些人只是天真无邪地把心中所思表露出来。荸荠庵门外有这样一副对联:"大肚能容容天下难容之事,开颜一笑笑世间可笑之人",②或许佛教的真谛就在这儿。《受戒》的成功,也为汪曾祺奠定了日后的文风。

对沈从文,汪曾祺是情感上的靠近,但在实际创作手法上,他似乎更趋向废名。杨联芬(1963—　)有句话说得不错:"汪曾祺私淑沈从文,但在气质上,他却不像沈从文,而更接近废名。"③汪曾祺为人比较乐观随和,故其小说思想没有沈从文的深刻。但是,换个角度来看,他的小说则更具生活韵味,更贴近人生,这种以简练之笔勾写神韵的手法正是废名的专长。另外,汪曾祺在小说语言上下的功夫,绝不比沈从文逊色。他的短篇字字珠玑,句子之间充满默契,从中可以"看出归有光和桐城派的影响"。④废名也深爱中国古典文学,尤其是李商隐(813—858)和温庭筠(812—870)的诗词,并尝试以写诗的手法来创作小说,讲求简洁与美感。在仿效古典文学这一方面,汪曾祺也和废名较相似。

其实废名、沈从文、汪曾祺三人之间有着千丝万缕的关系。废名是诗化小说的开拓者,沈从文某种程度上吸收了这种唯美主义思想,但没有走向极端的唯美主义。汪曾祺一方面自觉地学习沈从文的写作态度,一方面又不自觉地爱上废名的小说语言及境界。《竹林的故事》《边城》《受戒》仿如京派"三部曲":废名走在最前端,开展人性之途;沈从文取长补短,把歌颂人性推上高峰;汪曾祺秉承师训,发扬人文主义精神,令沉寂已久的性灵小说重见天日。三篇讲的都是乡里的平常故事,但其中流露的感情却是那么不平凡,人物的心灵是那么细致动人。

近年,研究京派小说的论著渐多,当中不乏从美学的角度来进行讨论的,可证京派小说骄人的艺术造诣。作为最后的京派作家代表的汪曾祺,正是京派的集大成者。虽然他曾被定为"右派",又经历过"文化大革命",但几十年颠沛流离

---

① 汪曾祺:《受戒》,载邓九平编:《汪曾祺全集》第1卷,第342页。
② 汪曾祺:《受戒》,载邓九平编:《汪曾祺全集》第1卷,第324页。
③ 杨联芬:《汪曾祺:返归心灵的自由》,载《中国现代小说导论》,成都:四川大学出版社,2004年版,第204页。
④ 汪曾祺:《两栖杂述》,载邓九平编:《汪曾祺全集》第3卷,第198页。

的生活并没有夺去他心中对美善的坚持。相反,埋藏在作家心里的京派种子悄悄发芽,终在改革开放的大时代绽放淡黄的"晚饭花"。深入分析汪曾祺的小说,不但可以总结京派小说的特质,还可以探讨它们在新时代的变异,对我们认识汪曾祺、京派文学,乃至当代小说发展,均有莫大裨益。

第二章

中国式的抒情人道主义：汪曾祺小说之人文精神

第一节　人文精神的探索和奠定

　　有人让我用一句话概括出我的思想，我想了想说：我大概是一个中国式的抒情的人道主义者。①

　　一个作家纵然有数不尽的作品，其中题材迥异、手法多端，但变化之中往往存在统一性，对汪曾祺来说，这就是小说中流露的人文精神。

　　前一章通过分析京派小说的主题，可知京派作家崇尚人性美，作品多描摹未受现代文明污染、童稚般的人物心灵。京派传人汪曾祺毫无保留地继承了这一传统，并将之发扬光大，形成其小说的主旋律。这一点，评论界已有丰硕的研究成果，但大家似乎都把注意力放到汪曾祺新时期发表的小说上，特别是写高邮的小说，以致未能看清楚这种文风是怎样形成的。这种片面的研究情况，可能基于作家的"三级跳"写作过程。②

　　那么，汪曾祺的人文精神是怎样建立起来的，以及如何表现在他的作品中？论述之前，我们先回顾一下作家的"三级跳"创作情况。汪曾祺的写作生涯断断续续，可简单概括为"40年代""60年代""新时期"三个阶段，其中有两段长达十多年的创作空白期。这三个阶段正好反映了人文精神的探索、奠定和巩固。为

---

　　① 汪曾祺：《我是一个中国人——散步随想》，载邓九平编：《汪曾祺全集》第3卷，第301页。

　　② 汪曾祺：《我的创作生涯》，载邓九平编：《汪曾祺全集》第6卷，第493页。

清晰起见，列表说明如下：

表 2-1　汪曾祺创作的三个阶段

年代	创 作 情 况
40 年代	实验阶段，作品多为沈从文课堂上的习作，其中不少具有现代派特色。第一本小说集《邂逅集》收录的便是这时期的作品，集外有《待车》《小学校的钟声》《异秉》《绿猫》《三叶虫与剑兰花》《职业》等篇。《邂逅集》1949 年由文化生活出版社出版，收小说 8 篇：《复仇》《老鲁》《艺术家》《戴车匠》《落魄》《囚犯》《鸡鸭名家》《邂逅》。
50 年代	1949—1961 年，小说创作空白期。
60 年代	1961—1962 年，写了 3 个短篇，并结集为《羊舍的夜晚》出版，是为第二本小说集。《羊舍的夜晚》1963 年由中国少年儿童出版社出版，收小说 3 篇：《羊舍一夕》《看水》《王全》。
70 年代	1963—1978 年，小说创作空白期。
新时期（1979—1996 年）	1979 年，发表《骑兵列传》，为新时期首篇小说。之后创作不断，发表小说约 100 篇。结集出版的小说集包括：《晚饭花集》1985 年由人民文学出版社出版，《菰蒲深处》1993 年由浙江文艺出版社出版，《矮纸集》1996 年由长江文艺出版社出版。另有不少小说选集，然收录的小说大多重复，不在此赘述。

从上表可见，相对于 40 和 60 年代的零星作品，新时期的创作有如繁花盛放。就此，作家曾有一段诗意的描述：

> 我家的后园有一棵藤本植物，家里人都不知道是什么东西，因为它从来不开花。有一年夏天，它忽然暴发似的一下子开了很多很多白色的、黄色的花。原来这是一棵金银花。我 80 年代初忽然写了不少小说，有点像那棵金银花。①

除了数量占优势，新时期小说的艺术成就也相对较高，遂引致一面倒的研究情况。但是，了解一个作家应该是全面的，汪曾祺就说过自己是一条活的整鱼，不

---

① 汪曾祺：《却顾所来径，苍苍横翠微——小说回顾》，载邓九平编：《汪曾祺全集》第 6 卷，第 59 页。

能任由人们随意切割。① 所以,下文尝试分析汪曾祺横跨 50 年的小说创作,以及当中贯穿的人文精神。

一、人文精神的建立

批评家早已指出汪曾祺的文章流露一种"士大夫情调",甚至说他是中国最后一个士大夫。② 然而,笔者以为用"人文精神"来概括其文章情韵更贴切。"士大夫"一词隐含太多道德内容,古时候的读书人固然要学习知识,但更重视修身,继而齐家、治国、平天下。余英时(1930—　)谈到中国知识分子时说:"从孔子开始,知识分子就以'道'自任","孔子以后,百家竞起,虽所持之'道'不同,但大体言之不但都与诗书礼乐的传统有渊源,而且也都以政治社会秩序的重建为最后的归宿之地"。③ 汪曾祺虽然一再强调自己受儒家思想影响最深,但却不是讲哲理的儒家思想:

> 我不是从道理上,而是从感情上接受儒家思想的。我认为儒家是讲人情的,是一种富于人情味的思想。《论语》里的孔夫子是一个活人。他可以骂人,可以生气着急,赌咒发誓。④

汪曾祺把崇高的儒家哲理拉回到生活层面,尤为其中温情脉脉的仁爱思想所感动。这里的儒者并非专讲仁义道德的凛然大儒,而是超越功利、潇洒脱俗、顺乎

---

① 他的话是这样的:"我不大赞成用'系年'的方法研究一个作者。我活了一辈子,我是一条整鱼(还是活的),不要把我切成头、尾、中段。"见汪曾祺:《捡石子儿(代序)》,载邓九平编:《汪曾祺全集》第 5 卷,第 251 页。

② "士大夫情调"的首倡者为李庆西(1951—　)。他在《北京文学》月刊社举办的"汪曾祺作品研讨会"(1988 年 9 月)上,提到汪曾祺的作品很独特,具有"中国特色",这就在于汪曾祺在叙述态度上有种"士大夫气"。见陈红军:《汪曾祺作品研讨会纪要》,《北京文学》,1989年 1 期,第 73 页。

③ 余英时:《中国知识分子论》,郑州:河南人民出版社,1997 年版,第 5—6 页。

④ 汪曾祺:《我是一个中国人——散步随想》,载邓九平编:《汪曾祺全集》第 3 卷,第300—301 页。

自然的审美主义者。他们乐天知命，"不患人之不己知，患不知人也"；①尤能爱人、尊重别人，"入则孝，出则悌，谨而信，泛爱众，而亲仁"。② 汪曾祺还说自己喜欢孟子的"大人者，不失其赤子之心"。③ 趋近真善美之情感，由此亦可得见。

　　人文精神的建立是一个不自觉的悠长历程，与成长环境和师授关系尤为密切。汪曾祺出生在江苏高邮，一个历史悠久、文化气息浓郁的古城。④ 高邮又是一个水乡，除了京杭大运河的润泽外，还有富饶的高邮湖，水产丰富。三四十年代的高邮，尚未开发，民风淳朴，汪曾祺就是在这样的环境下成长的。汪家在当地也颇有名气，属旧式地主家庭，不愁吃穿。祖父汪嘉勋是清朝末科拔贡，后来在镇上开了两家药店："万全堂"和"保全堂"。不过，影响汪曾祺最深的要算他父亲汪菊生了，这在《多年父子成兄弟》一文中表露无遗。⑤ 在汪曾祺眼中，父亲是个多才多艺、动静皆宜的人：年轻时当过运动员，后来钟情画画，闲时玩玩音乐，还会做花灯、风筝这样的精致玩意儿。若说汪曾祺身上富有艺术审美的气质，这大概是受父亲濡染的。汪曾祺虽然在新式学堂上课，但古典诗文功底深厚，因为除了祖父的教导外，父亲还聘请乡里名师私授《史记》、桐城派古文及书法。总之，儿童应有的照顾和关爱，汪曾祺都得到了，⑥难怪摩罗（1961—　）说："汪曾祺是在蜜罐里长大的。"⑦

二、青年激情掩盖了人文精神

　　不过，这种关爱人生的审美情调并非汪曾祺创作的起点，因为客观环境往往

---

① 《论语·学而第一》，载朱熹：《四书章句集注》，北京：中华书局，1983年版，第53页。

② 《论语·学而第一》，载朱熹：《四书章句集注》，第49页。

③ 汪曾祺：《我是一个中国人——散步随想》，载邓九平编：《汪曾祺全集》第3卷，第301页。

④ 高邮一名之由来，可上溯至秦朝。公元前221年，秦始皇统一中国，迅速发展邮驿，并在此地高台上设邮亭，故名"高邮"，又名"秦邮"。见朱延庆：《高邮》，南京：江苏人民出版社，1991年版，第2页。

⑤ 参看汪曾祺：《多年父子成兄弟》，载邓九平编：《汪曾祺全集》第5卷，第60～63页。

⑥ 若真要说汪曾祺童年有什么遗憾的话，就是他三岁时母亲因病去世。不过，两位继母都待他如己出，疼爱有加，所以汪曾祺并没有深刻的丧母之痛。

⑦ 摩罗：《末世的温馨——汪曾祺创作论》，《当代作家评论》，1996年5期，第34页。

影响内在生命的表现形式。1939 年,19 岁的汪曾祺离乡背井,远赴昆明西南联合大学中国文学系就读,地理上离家远了,同时又读了不少西方著作,整个人的气质变得有点浮躁,因此早期作品与 80 年代那些享誉盛名的小说不大一样。汪曾祺是在沈从文的课堂上开始创作小说的,第一篇习作《灯下》(笔者按:此篇即后来的《异秉》)写的是发生在"保全堂"的故事。童年往事是他熟悉的一页,当然乐意写写,但这只是题材的选取,主题思想和表现手法甚具"现代派"的特色,①如表现了存在主义思想,以及意识流、意象的运用。《小学校的钟声》写的还是乡里逸事,但运用了意识流的表现手法,令作品显得很空灵。作家直言不讳:"我年轻时受过西方现代派的影响,有些作品很'空灵',甚至很不好懂。"②《待车》就是"很不好懂"的例子。此篇写"我"在火车上的种种联想,还隐隐约约透露了一段恋爱故事,但意识如浮云流动,像小说中的"云自东方来,自西方来,南方来,北方来,云自四方来。云要向四方散去",③实在难以捉摸。

　　"现代派"一般分为前、后两个时期。④ 从时间上来看,当时汪曾祺接触的当为前期"现代派"。虽然作者没有明言受了哪些派别影响,但我们可从他的自述

---

　　①　"现代派"(Modernism,亦译作"现代主义")指 19 世纪末、20 世纪初,西方多种现代文学流派结合的文艺思潮。可参考以下定义:"现代主义文学一般是指产生于十九世纪末二十世纪初至二十世纪中叶的一种文学思潮或流派,它包括诸如后期象征主义、表现主义、未来主义、超现实主义、意识流小说等具体的文学现象和流派。现代主义文学是西方社会进入垄断资本主义和现代工业社会时期的产物,是动荡不安的二十世纪欧美社会时代精神的反映和表现。"见曾艳兵主编:《西方现代主义文学概论》,北京:北京大学出版社,2006 年版,第 1 页。
　　②　汪曾祺:《自报家门》,载邓九平编:《汪曾祺全集》第 4 卷,第 290 页。
　　③　汪曾祺:《待车》,载邓九平编:《汪曾祺全集》第 1 卷,第 7 页。
　　④　"现代派"以 20 世纪 30 年代为界,可分为前、后两个时期。"前期指本世纪初到 20 年代的现代派文学,包括以英美为中心的象征主义,以德国为中心的表现主义,以意大利为中心的未来主义,以法国为中心的超现实主义和以英国为中心的意识流文学……后期现代派指第二次世界大战到 70 年代的现代派文学。它主要包括法国的存在主义文学、荒诞派戏剧和新小说派,美国垮掉的一代文学、黑色幽默文学和拉丁美洲各国的魔幻现实主义文学等。"见廖星桥主编:《外国现代派文学艺术辞典》,长沙:湖南教育出版社,1991 年版,第 723 页。

来推敲。比如他多次提到"意识流"一语,①又说现代派、意识流本身并不是坏东西,并举例说明:

> 我写的小说《求雨》,写望儿的父母盼雨。他们的眼睛是蓝的,求雨的望儿的眼睛是蓝的,看着求雨的孩子的过路人的眼睛也是蓝的,这就有点现代派的味道。《大淖记事》写巧云被奸污后错错落落,飘飘忽忽的思想,也还是意识流。②

从以上的描述,可知汪曾祺主要受了象征主义及意识流小说的影响,③意识流的借鉴主要来自英国作家伍尔芙(Virginia Woolf,1882—1941)。④ 顺带一提,西班牙作家阿索林(阿左林,Azorín,Jose Martinez Ruiz,1874—1967)对他的影响也不浅,但主要表现在艺术风格和小说结构上,这一点将在第三章讨论。思想内容方面,他提过属于后期"现代派"的存在主义:

> 在西南联大时,我接受了各式各样的思想影响,读的书很乱,读了不少西方现代派作品……那时萨特的书已经介绍进来了,我也读了一两本关于存在主义的书。虽然似懂不懂,但是思想上是受了影响的。⑤

---

① 例如汪曾祺在《寻根》中提到:"大学时期,我读了不少翻译的外国作品。对我影响较深的有契诃夫、阿左林、弗·伍尔芙和纪德。有一个时期,我的小说明显地受了西方现代派影响,大量地运用了意识流,后来我转向了现实主义。"见汪曾祺:《寻根》,载邓九平编:《汪曾祺全集》第 6 卷,第 371 页。又如他在《我的创作生涯》中说:"……因为我在年轻时曾经受过西方现代派的影响。台湾一家杂志在转载我的小说的前言中,说我是中国最早使用意识流的作家。不是这样。在我以前,废名、林徽音都曾用过意识流方法写过小说。不过我在二十多岁时的确有意识地运用了意识流。"见汪曾祺:《我的创作生涯》,载邓九平编:《汪曾祺全集》第 6 卷,第 495 页。

② 汪曾祺:《我的创作生涯》,载邓九平编:《汪曾祺全集》第 6 卷,第 495—496 页。

③ 象征主义(Le Symbolisme)及意识流小说(Stream of Consciousness Fiction)所指,可参智量、熊玉鹏主编:《外国现代派文学辞典》,上海:上海文艺出版社,1999 年版,第 72、81 页。

④ 汪曾祺在《寻根》中特别提到英国意识流小说作家弗·伍尔芙,参看注①。

⑤ 汪曾祺:《美学感情的需要和社会效果》,载邓九平编:《汪曾祺全集》第 3 卷,第 282—283 页。

其实只要读读小说《落魄》《复仇》，以及散文《礼拜天的早晨·礼拜天的早晨》《礼拜天的早晨·疯子》《风景·堂倌》《风景·人》《背东西的兽物》，就会发现萨特（Sartre，Jean-Paul，1905—1980）的存在主义深深根植在其创作中。仔细研读这些作品，也不难体会到这个年轻人心里是多么寂寞、苦闷。①

《落魄》写了一家饭店、两位老板的兴衰史。本来"我"是带着欣赏的眼光来光顾"绿杨饭店"的，因为扬州人老板斯斯文文，处处流露书卷气，待人又有人情味。不久，老板的位子被俗气的南京师傅取代了，老板身边的女人也让南京人占去。听起来，扬州人的下场很值得同情，但叙事者"我"却有这样的感觉：

> 对这个扬州人，我没有第二种感情，厌恶！我恨他，虽然没有理由。②

这种感情与汪曾祺后来提倡的人道主义差之千里，但解志熙（1961—　）却以为这正是此篇的过人之处，因为"'我'的观感不再限于简单的道德判断，而是一种超道德的存在体验"。③　不错，汪曾祺在小说中尝试探索人之存在价值。萨特主

---

①　汪曾祺在《西南联大中文系》《泡茶馆》《跑警报》等文章中，把大学生涯写得豁达潇洒，但背后还是有辛酸的时刻的。这从他晚年写成的《觅我游踪五十年》可略窥一二："我在民强巷时的生活，真是落拓到了极点。一贫如洗。……白天，无所事事，看书，或者搬一个小板凳，坐在廊檐下胡思乱想。有时看到庭前寂然的海棠树有一小枝轻轻地弹动，知道是一只小鸟离枝飞去了。或是无目的地到处游逛，联大的学生称这种游逛为 Wandering。晚上，写作，记录一些印象、感觉、思绪，片片段段，近似 A·纪德的《地粮》。毛笔，用晋人小楷，写在自己订成的一个很大的棉纸本子上。这种习作是不准备发表的，也没有地方发表。不停地抽烟，扔得满地都是烟蒂，有时烟抽完了，就在地下找找，拣起较长的烟蒂，点了火再抽两口。睡得很晚。没有床，我就睡在一个高高的条几上，这条几也就是一尺多宽。被窝的里面都已不知去向，只剩下一条棉絮。我无论冬夏，都是拥絮而眠。条几临窗，窗外是隔壁邻居的鸭圈，每天都到这些鸭子呷呷叫起来，天已薄亮时，才睡。有时没钱吃饭，就坚卧不起。同学朱德熙见我到十一点钟还没有露面——我每天都要到他那里聊一会的，就夹了一本字典来，叫：'起来，去吃饭！'把字典卖掉，吃了饭，Wandering，或到'英国花园'（英国领事馆的花园）的草地上躺着，看天上的云，说一些'没有两片树叶长在一个空间'之类的虚无飘渺的胡话。"见汪曾祺：《觅我游踪五十年》，载邓九平编：《汪曾祺全集》第5卷，第157—158页。

②　汪曾祺：《落魄》，载邓九平编：《汪曾祺全集》第1卷，第108页。

③　解志熙：《生的执着：存在主义与中国现代文学》，北京：人民文学出版社，1999年版，第127页。

张人的本质是绝对自由的，故人在任何境遇中都有选择的自主性。① 他又指出人的存在价值有待自己去谋划和创造；换句话说，即人的命运取决于自己的抉择，而人亦须为自己的行为负责。② 落魄后的扬州人风度不再，自暴自弃，没有对残酷的现实进行反抗，表现"自欺"③，所以"我"看不起他。不但如此，"我"甚至通过扬州人，发现自己的存在亦是虚无而荒诞的。此篇与萨特名著《恶心》（La Nauseée，亦译作《厌恶》）确实有相似的思想。④

作者鄙视扬州人停留在"自在的存在"，而对《复仇》中的复仇者实现"自为的

----

① 萨特说："我命定是为着永远超出我的本质超出我的动作的动力和动机而存在：我命定是自由的，这意味着，除了自由本身以外，人们不可能在我的自由中找到别的限制，或者可以说，我们没有停止我们自由的自由。"见萨特：《存在与虚无》第 4 卷，陈宣良等译，北京：生活·读书·新知三联书店，1987 年版，第 565 页。

② 萨特曾说："人除了自己认为的那样以外，什么都不是。这就是存在主义的第一原则……所以存在主义的第一个后果是使人人明白自己的本来面目，并且把自己存在的责任完全由自己担负起来。"见萨特：《存在主义是一种人道主义》，周煦良、汤永宽译，上海：上海译文出版社，1988 年版，第 8 页。

③ 萨特的存在主义亦论及"自欺"（mauvaise foi）的性质及其行为，详参萨特：《存在与虚无》第 1 卷，陈宣良等译，第 82—112 页。

④ 《恶心》是一篇以日记体写成的小说，体现了"世界是荒谬的，人生是痛苦的"这一存在主义命题。主人公安托万·罗冈丹（亦译作安东尼·洛根丁）是一个中年知识分子，住在一家旅馆里研究历史，过着孤独而忧郁的生活。一天，他在海边捡石子时，突然感到一阵恶心。自此，恶心把他逮住了，他无时无刻不感到恶心，最后觉悟四周一切，包括他自己的存在，都是荒诞而毫无意义的。详见沈志明、艾珉主编：《萨特文集》第 1 卷，北京：人民文学出版社，2005年版，第 1—212 页。至于此篇与汪曾祺《落魄》之相通处，可参见解志熙：《生的执着：存在主义与中国现代文学》，第 127—132 页；游友基：《京派与现代派的遇合——汪曾祺早期小说论》，《福州大学学报》（哲学社会科学版），2002 年 2 期，第 57 页。

存在"则深表赞叹。① 复仇者本来只为一"仇"字而生存，不知"存在"为何物，最终却能摆脱"复仇"的束缚，与素未谋面的仇人共同开凿山洞，可谓自己掌握自己的命运。此即萨特所谓"懦夫把自己变成懦夫，英雄把自己变成英雄"。② 另外，此篇小说更可视为作家对 50 年代初中国政治的一个反思，即共产党和国民党的冤冤相报。③ 从以上分析可见，青年时期的汪曾祺情绪比较骚动，对"存在"充满疑惑，他不是说过"我解放前的小说是苦闷和寂寞的产物"吗？④ 思索生存意义的题材，正好用来实践西方现代派的书写技巧。

三、人文精神的重新建立

那么，汪曾祺后来为何改变了创作路线？他如此回忆当年的自己：

> 我是迷惘的，我的世界观是混乱的，写到后来就几乎写不下去了。⑤

为什么写不下去？因为他的人生观变了，对"作家"的理解变了。以下这件小事

---

① 以下括号所引页码均指《存在与虚无》一书。萨特从"显现"出发，提出两种类型的存在（être）："自在的存在"（être-en soi）与"自为的存在"（être-pour-soi）。前者针对"现象的存在"而言，后者则指"意识的存在"，二者均属一般的存在。萨特是无神论者，故特别强调现象的存在是"自在的"，并非如"创世论"所说，由上帝创造（第 24—25 页）。"自在的存在"点出存在就是它自身，表现为"是其所是"（第 26 页）。"一个是其所是的存在，就其被看成是它所是的而言，并没有向自我要求任何东西以补充自己"（第 131 页）。相反，"自为的存在"则来得积极。萨特认为"人的存在是欠缺"（第 130 页），就像一轮新月是一轮满月的欠缺一样，而"欠缺物都是为了……欠缺……"（第 132 页）。"自为的存在"的意义在于能够正视自己为一种存在的欠缺，故不断否定自我（"是其所不是且不是其所是"），以超越"自在的存在"。通俗地说，即人视当下的自己（新月）为一种存在的缺陷，故不断提升自己，追求"价值"（满月）。详参该书导言第 6 节（第 22—28 页）及第 2 卷第 1 章第 3 节（第 128—140 页）。
② 萨特：《存在主义是一种人道主义》，周煦良·汤永宽译，第 20 页。
③ 汪曾祺曾如此剖析此篇："《复仇》是现实生活的折射。这是一篇寓言性的小说。只要联系 1944 年前后的中国的现实生活背景，不难寻出这篇小说的寓意……最后两个仇人共同开凿山路，则是我对中国乃至人类所寄予的希望。"见汪曾祺：《捡石子儿（代序）》，载邓九平编：《汪曾祺全集》第 5 卷，第 244—245 页。
④ 汪曾祺：《要有益于世道人心》，载邓九平编：《汪曾祺全集》第 3 卷，第 221 页。
⑤ 汪曾祺：《要有益于世道人心》，载邓九平编：《汪曾祺全集》第 3 卷，第 221 页。

可能是转变的契机:

> 有一次,我和一个同学从西南联大新校舍大门走出来。对面的小树林
> 里躺着一个奄奄一息的士兵,他就要死了,像奥登诗所说,就要"离开身上的
> 虱子和他的将军"了。但还有一口气。他的头缓缓地向两边转动着。我的
> 同学对我说:"对于这种现象,你们作家要负责!"我当时想起一句里尔克的
> 诗:"他眼睛里有些东西,决非天空。"①

汪曾祺坦言自此之后,他的作品较多地表现了对人的关怀。② 可以说,这是汪曾
祺第一次对"作家"有了较深的理解:原来作家不是随一己兴致,爱写什么就写什
么,而是要对社会、对读者负责。作家应该关心社会,面对现实,空谈哲理并非作
家职责所在。③

这种创作态度的改变,沈从文从旁也起了激励的作用。杨义曾指汪曾祺这
些具现代派特色的小说"偏离了沈从文的京派正宗风格,甚至沾染了沈氏批评上
海现代派时说的'邪僻'的气味"。④ 事实上,沈从文亦曾多次劝诫汪曾祺不要用
冷嘲热讽的态度来创作。汪曾祺如此忆述:

> 沈从文不是一个悲观主义者。个人得失事小,国家前途事大。他曾经
> 明确提出:"民族兴衰,事在人为。"就在那样黑暗腐朽(用他的说法是"腐
> 烂")的时候,他也没有丧失信心。他总是想激发青年的自尊心和自信心。
> "在事业上有以自现,在学术上有以自立。"他最反对愤世嫉俗,玩世不恭。
> 在昆明,他就跟我说过:"千万不要冷嘲。"一九四六年,我到上海,失业,曾想
> 过要自杀,他写了一封长信把我大骂了一通,说我没出息。信中又提到"千

---

① 汪曾祺:《却顾所来径,苍苍横翠微——小说回顾》,载邓九平编:《汪曾祺全集》第6
卷,第60页。

② 汪曾祺:《却顾所来径,苍苍横翠微——小说回顾》,载邓九平编:《汪曾祺全集》第6
卷,第60页。

③ 这一点可参看汪曾祺:《要有益于世道人心》,载邓九平编:《汪曾祺全集》第3卷,第
221—222页。

④ 杨义:《中国现代小说史》第3卷,北京:人民文学出版社,1991年版,第136页。

万不要冷嘲"。①

沈从文是一个人道主义色彩浓郁的作家，②汪曾祺无疑深受他的影响。杨鼎川指出："汪曾祺从沈从文的言行和作品中悟出，作家对所写的人物要充满人道主义的温情，要有带抒情意味的同情心。"③这里不妨借《异秉》申述一下。汪曾祺先后写过两篇《异秉》，初稿发表于 1948 年，但原稿丢失，遂于 1980 年据记忆重写一遍，前后相隔 32 年。前、后《异秉》的故事差不多，都是写小贩王二的发迹，但其中的情感迥然不同。前篇采用"现在进行式"的叙事手法，表现叙述者不干预的客观态度。④ 但是，叙事语言却非常荒诞，暗暗对保全堂那班庸俗之流加以揶揄，很有现代派嘲笑世界的味道。⑤ 显而易见，这正是沈从文最反对的，沈从文是汪曾祺最敬重的人，其劝导当然最有分量。汪曾祺甚至说："我好像命中注定要当沈从文先生的学生。"⑥后来的《异秉》轻松多了，此篇运用回忆般的"过去

---

① 汪曾祺：《沈从文的寂寞》，载邓九平编：《汪曾祺全集》第 3 卷，第 257 页。其实，汪曾祺多次提过沈从文嘱咐他"千万不要冷嘲"这话，如在《两栖杂述》便说得更白："我在旧社会，因为生活的穷困和卑屈，对于现实不满而又找不到出路，又读了一些西方的现代派的作品，对于生活形成一种带悲观色彩的尖刻、嘲弄、玩世不恭的态度。这在我的一些作品里也有所流露。沈先生发觉了这点，在昆明时就跟我说过；我到上海后，又写信给我讲到这点。"见汪曾祺：《两栖杂述》，载邓九平编：《汪曾祺全集》第 3 卷，第 200 页。

② 这一点从沈从文的创作态度也可以看得出来，比如他说过："横在我们面前许多事都使人痛苦，可是却不用悲观。骤然而来的风雨，说不定会把许多人的高尚理想，卷扫摧残，弄得无踪无迹。然而一个人对于人类前途的热忱，和工作的虔敬态度，是应当永远存在，且必然能给后来者以极大鼓励的！"见沈从文：《〈长河〉题记》，载《沈从文文集》第 7 卷，第 8 页。

③ 杨鼎川：《汪曾祺四十年代两种不同调子的小说》，《中国现代文学研究丛刊》，1995 年3 期，第 219—220 页。

④ 这与汪曾祺早期追求客观表现的创作观很一致。汪曾祺在写给唐湜（1920—2005）的信中说："我要事事自己表现，表现它里头的意义，它的全体。事的表现得我去想法让它表现，我先去叩叩它，叩一口钟，让它发出声音。我觉得这才是客观。"见唐湜：《虔诚的纳蕤思——谈汪曾祺的小说》，载《新意度集》，北京：生活·读书·新知三联书店，1990 年版，第127 页。

⑤ 例如文中有这样的句子："每天必到的两个客人早已来了，他们把他们的一切都带了来，他们的声音笑貌，委屈嘲讪，他们的胃气疼和老刀牌香烟都带来了……他们唏嘘感叹，啧啧慕响，讥刺的鼻音里有酸味，鄙夷地撇撇嘴，混和一种猥亵的刺激，舒放的快感，他们哗然大笑。"见汪曾祺：《异秉》，载邓九平编：《汪曾祺全集》第 1 卷，第 198 页。

⑥ 汪曾祺：《两栖杂述》，载邓九平编：《汪曾祺全集》第 3 卷，第 198 页。

式"写法，充满诗意和温情。对比二篇，可以看到两种不同的人生态度：彷徨的青年在嘲弄荒诞的世界，旷达的老人在欣赏美好的世界。①

因此，汪曾祺顺理成章走向人文主义的道路。当然，他也不是毫无主见、随风飘荡的旗帜，其实心里早已种下了京派的种子。同时期的《老鲁》《戴车匠》《鸡鸭名家》《职业》不是流露了人文精神的端倪吗？前三篇更被选入《京派小说选》。② 《戴车匠》《鸡鸭名家》写于 1947 年，当时汪曾祺正在上海当教师，可他没有沉醉于迷人的夜上海，心中惦念的仍是淳朴的乡里人物。"戴车匠"不单是一个人、一家店，还是小孩聚集玩耍的基地。作者用柔情的眼光去看这个可能是"最后"的车匠，用诗意的语言来描绘他的工作，又把孩童的记忆娓娓道来：春天，玩竹蜻蜓；清明，玩"螺蛳弓"；夏天，玩水枪；秋天，玩陀螺、空竹；过年，买来轱辘做兔儿灯。他盼望读者与他一起重温往日的柔情。《鸡鸭名家》是一篇清新动人的京派小说，成功复现了两项传统民间技艺——炕鸡和赶鸭。乍听来，这是多么普通、沉闷的工作，但汪曾祺以关爱的眼光来审视世界，来发掘小人物身上的真善美。因此，笔下的戴车匠、炕蛋"状元"余老五、赶鸭能手陆长庚都披上了几分传奇色彩。

可以这样说，汪曾祺的成长背景和师授关系，令他潜移默化地接受了人道主义的思想。只是，他的际遇实在太糟，在西南联大念了五年，最后竟拿不到毕业证书。③ 后来，时而当中学教员，时而失业，生活不稳，在无情的现实面前迷失了

---

① 作家本人亦剖析过两篇《异秉》，他说："前一篇是对生活的一声苦笑，揶揄的成分多，甚至有点玩世不恭。我自己找不到出路，也替我写的那些人找不到出路。后来的一篇则对下层的市民有了更深厚的同情。"见汪曾祺：《要有益于世道人心》，载邓九平编：《汪曾祺全集》第 3 卷，第 221 页。此外，陆成亦曾深入分析两篇《异秉》的时态和叙事，颇有得着，值得一看。详参陆成：《"时态"与叙事——汪曾祺〈异秉〉的两个不同文本》，《文艺理论研究》，1999 年 1 期，第 66—72 页。

② 吴福辉选编的《京派小说选》载汪曾祺小说共四篇，除此三篇，尚有《异秉》。

③ 汪曾祺于 1939 年入学，本应于 1943 年毕业，因体育不及格，英语欠佳，遂补学一年。1944 年，体育及英语均补考过关，无奈当局要求这一年的毕业生当美军翻译官，为陈纳德（Claire Lee Chennault，1893—1958）的飞虎队做翻译，并随军去缅甸作战，否则，作开除学籍论。汪曾祺没去，最后拿不到毕业证书。见陆建华：《汪曾祺年谱》，载《汪曾祺的春夏秋冬》，第 264 页。

自己，并沉醉于"现代派"文学之中。① 不过，坚信人性美的理念未曾失去，1961至1962年，当他重新执笔创作《羊舍一夕》《王全》《看水》时，便渗入了强烈的人道主义色彩。无论是《羊舍一夕》中四个孩子，还是负责喂马的王全，都是人格高尚的人物。他们忠于职守、乐天知命，最重要的是从不计较个人得失。小吕为了让哥哥、妹妹继续念书，放弃升学，跑到农场干活；丁贵甲因丢失一头羊，不顾生命危险，在山上找了几个晚上。篇中言及的上级亦非常体恤工人，如刘所长给王全治眼，组长大老张叮嘱看完水的小吕回家睡觉，自己却继续工作。还要注意，小说中那个全知叙事者是用充满温情的语调来讲故事的，他把放羊、喂马、料理果园等工作诗意化了。这三篇是汪曾祺以"反右运动"时下放劳动的体验写成的。② 劳动之苦不言而喻，他却用了浪漫主义手法来书写人性美。唯一的缺憾是文中间或有"吹捧"意味的句子，③予人造作之感。当中自然有时代、政治的局限，因为那时他才刚刚摘掉"右派"的帽子，不能不有所顾忌。不过，考察一下汪曾祺其人其文其事，笔者以为他的随遇而安是发自内心的。

　　40年代可看作汪曾祺创作的模仿期，作品主要呈现了"空灵""平实"两种调子，后者隐含人道主义思想。到了《羊舍的夜晚》，汪曾祺做了一个选择——"平实"，或者说以"平实"为主，"空灵"为宾。"下放"令汪曾祺有了切近观察农民的

---

① 现代派文学有一些基本的特质，特别吸引迷失中的青年人。例如，这些作品大多把世界形容成混乱的、不可理喻的，又常常揭示"自我"的丧失和人的异化。如斯种种，对饱受挫折的年轻人来说，特别感同身受。关于现代派文学的基本特征，可参见杨国华：《现代派文学概说》，上海：华东师范大学出版社，1989年版，第16—24页。

② 1958年夏，汪曾祺不幸被补划成"右派"，下放北京张家口沙岭子农业科学研究所劳动。

③ 以《羊舍一夕》为例，文中提到所里种植的葡萄曾给毛主席送过，后来毛主席向一位将会路过此地的干部称赞这里的葡萄好。又提到农场里给放羊的预备了行军壶，这在旧社会地主家是没有的。此篇结尾歌颂意味更加明显："这四个现在在一排并睡着的孩子（四个枕头各托着一个蓬蓬松松的脑袋），他们也将这样发育起来。在党无远弗及的阳光照煦下，经历一些必要的风风雨雨，都将迅速、结实、精壮地成长起来。"见邓九平编：《汪曾祺全集》第1卷，第212、219、238—239页。

机会，促使他以人道主义的眼光来写作。① 《王全》一篇更奠定其以人物为中心的写作方法，以及慢条斯理的讲述方式。到了新时期，已找不到像《复仇》《待车》那样纯"空灵"的作品了。这时，作家以追溯回忆的手法，来描摹故乡的人事景象，以及城镇的小市民，从中发掘健康的人性美。

第二节　汪曾祺笔下的民间世界

京派小说的大方向是"疏离政治，探索人性"，这在汪曾祺身上还是挺明显的。汪的小说，除了少数涉及"文革"，基本上与政治拉不上关系。纵观其一生的创作，亦清晰可见闪烁着"人性"的光辉。只是表现"人性"的对象，京派作家之间略有不同，沈从文把关爱放在士兵、水手、村姑身上，汪曾祺则趋近乡镇小市民。本来京派作家就爱写自己熟悉的故乡，师陀写河南小镇，废名写湖北黄梅，沈从文写凤凰、写苗族，汪曾祺也不例外。林徽因早就指出京派小说"趋向农村或少受教育分子或劳力者"。② 除了故乡赋予汪曾祺创作的灵感，城市中的庶民生活对他也特别有吸引力。这里边，有昆明的大学生、校工、小贩、饭店老板……作者感兴趣的是这些人看似琐碎的生活片断；这里边，还有北京街头卖蚯蚓的小贩、遛鸟的退休老人、梨园艺人等等，作者捕捉的是这些人平凡却崇高的生活态度。由此可见，汪氏小说的民间意识非常强烈。刘明便指出汪曾祺的回忆书写其实就是"民间还原"，"如果说汪曾祺的民间意识在 40 年代尚处于朦胧状态，50—60 年代开始清醒，那么，到 80 年代已经上升为一种理性的自觉"。③ 这种艺术探索精神与民俗学者的研究精神可谓殊途同归，这一节将借助民俗学的概念来分析汪曾祺的小说。

---

① 汪曾祺在《随遇而安》中说："我们和农业工人干活在一起，吃住在一起。晚上被窝挨着被窝睡在一铺大炕上。农业工人在枕头上和我说了一些心里话，没有顾忌。我这才比较切近地观察了农民，比较知道中国的农村，中国的农民是怎么一回事。这对我确立以后的生活态度和写作态度是很有好处的。"见邓九平编：《汪曾祺全集》第 5 卷，第 137 页。

② 林徽因：《文艺丛刊小说选题记》，载《大公报文艺丛刊小说选》，第 2 页。

③ 刘明：《民间的自觉：汪曾祺的文化意识及其小说创作》，《华侨大学学报》(哲社版)，2000 年 4 期，第 52 页。

一、汪曾祺的民间立场

　　要正确研读汪曾祺的小说,并体会其中的精髓,应从民俗学的角度来探讨,因为他的小说不是表现大时代、反映大问题的作品,而是描摹低下阶层人民生活、再现民间文化的小品。"民俗学"发端于 19 世纪初的德国,后在英国形成一门新兴的学科。① 至于"民俗学"的研究领域,各国各派说法不一,至今仍未有一致的答案。据 19 世纪末英国学者的理解,即研究"流行于落后民族或保留于较先进民族无文化阶段中的传统信仰、习俗、故事、歌谣和俗语"。② 此说虽有不足之处,③但在研究初期起了积极的作用,后起者则在这基础上不断更新和补充。④一言以蔽之,这是一门研究民俗文化的学科。

　　那么,"民俗文化"所指何物? 中国民俗学研究先驱钟敬文(1903—2002)曾

---

　　① 一般学者认为民俗学发端于 19 世纪初的德国。1806—1807 年,德国的格林兄弟(Jacob Grimm,1785—1863;Wilhelm Grimm, 1786—1859)开始搜集及整理民间故事,正式开启民俗学研究之门。不过,"Folklore"(民俗学)一词却要到 1846 年才出现。当年,英国考古学家汤姆斯(W. J. Thoms, 1803—1885)在一封写给《阿西娜神庙》(The Athenaeum, No. 982, August 22, 1846.)杂志的信中,提出以"Folklore"代替当时流行的名称"Popular Litera-ture"(大众文学)。按他的意思,"Folklore"即"the Lore of the People"(民众的知识)。汤姆斯一信收载 A. Dundes, *The Study of Folklore*, Englewood Cliffs, N. J.: Prentice-Hall, 1965, p.4 - 6. 在此之前,英国及欧洲国家把类似的研究称为"Popular Antiquities"(大众古俗)或"Popular Literature"(大众文学),德国则称为"Volkskunde"(人民学)。见王娟:《民俗学概论》,北京:北京大学出版社,2002 年版,第 15 页。至于中文"民俗学"一词,则是借用日文的名称,首见于北京大学出版之《歌谣周刊》(1922 年 12 月 17 日)的发刊词上。见杨堃(1901—1998):《民俗学和民族学》,《民族团结》,1983 年 6 期,第 34 页。
　　② 〔英〕查·索·博尔尼(Char Lotte Sophia Burne):《民俗学手册》,程德祺等译,上海:上海文艺出版社,1967 年版,第 1 页。
　　③ 此说明显囿于"风俗民俗学"(如信仰、习俗)及"口头民俗学"(如故事、歌谣、俗语),忽略了"物质民俗学"(如建筑、服饰、饮食、美术)。张紫晨在其书序言中也说:"博尔尼女士作为早期民俗学家,看重的是民众精神禀赋,而不重视工艺技术和生产本身。"见《中译本序》,载〔英〕查·索·博尔尼:《民俗学手册》,程德祺等译,第 6 页。
　　④ 如日本的柳田国男(Yanagita Kunio, 1875—1962)便对博尔尼之说做出突破,特别注重考察乡村人民的生产方法和生产工具,如石工、木工、捕鱼、狩猎、金属制造等工匠的工具与技术系统。见张紫晨:《中译本序》,载〔英〕查·索·博尔尼:《民俗学手册》,程德祺等译,第 7页。

把中华民族传统分成三部分，图示如下：①

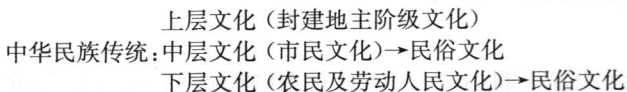

中华民族传统：
上层文化（封建地主阶级文化）
中层文化（市民文化）→民俗文化
下层文化（农民及劳动人民文化）→民俗文化

按他的意思，中、下层文化即民俗文化，也就是民俗学的研究对象。换言之，士阶级的精英文化不属民俗学的研究范畴。不过，要注意民俗之"民"指的是民族全体，"不能认为民俗只存在于普通的人之中，其实高级知识分子身上也体现着民俗"。② 还有，不能混淆"民俗学"与"民族学"。③

总的来说，"民俗学研究的内容是书面文化传统之外的文化，以口头、风俗或物质的形式存在，以民间传承（或者是口传，或者是模仿，或者是表演）的方式传播。"④这门文化不能单从书本上获得，还有赖观察和采访。恰巧的是，汪曾祺自小便有这份心思，他说：

> 我从小喜欢到处走，东看看，西看看（这一点和我的老师沈从文有点像）。放学回来，一路上有很多东西可看。路过银匠店，我走进去看老银匠在模子上敲打半天，敲出一个用来钉在小孩的虎头帽上的小罗汉。路过画匠店，我歪着脑袋看他们画"家神菩萨"或玻璃油画福禄寿三星。路过竹厂，看竹匠把竹子一头劈成几岔，在火上烤弯，做成一张一张草苫子……多少年

---

① 钟敬文：《民俗文化学：梗概与兴起》，北京：中华书局，1996年版，第15页。
② 钟敬文：《话说民间文化》，北京：人民日报出版社，1990年版，第161页。
③ 民族学与民俗学是两门独立的学科，前者的研究领域比后者广阔得多，然二者的研究对象时有交错，故难以区分。我国民族学家杨堃如此分辨二者："民族学应当是研究当代各个具体民族发展规律的科学。它包括民族的起源、发展、迁徙、地理分布、社会经济和民族文化的特征等等。民俗学则是研究劳动人民的生活与文化及其发展规律的科学。它包括民间文学与艺术、民间礼俗与宗教迷信和民间技术与科学等三个方面。"又："民族学所研究的民族，是将民族视为一个整体，研究它的文化特点、特征及其发展规律。而民俗学却仅研究各族劳动人民的生活与文化及其发展规律。从一个民族来看，民族学的研究范围要比民俗学大。"见杨堃：《民俗学和民族学》，第34—35页。
④ 王娟：《民俗学概论》，第13页。

来，我还记得从我的家到小学的一路每家店铺、人家的样子。①

汪曾祺从小就带着好奇心观看身边的人和事，活像一位业余民俗学家。这种生活模式与民俗学家重视的"田野考察"很相似，大家都以社会中活生生的民众生活相作为直接研究的资料。② 只是，汪曾祺不用科学的态度，而用文人的眼光去观察民风，再转化成简练的文字与读者见面，不自觉间成为民间文化的传播者。关于这方面的散文多不胜数，如《故乡的元宵》《故乡的食物》《家常酒菜》《昆明年俗》《昆明的吃食》《城隍·土地·灶王爷》，以及一些专写花草和昆虫的小文。到了新时期，当他把饮食、歌谣、风俗、手艺等民间文化渗入小说中时，意义尤大，因为其中不少文化已成为历史。英国考古学家汤姆斯早就把民俗文化形容成"被忽视的风俗、褪色的传说、碎片般的歌谣"③，可见其不稳定性，容易被"文明"所淘汰。

细读汪曾祺的小说，会发现一个有趣的现象：小说背景完全取材自现实生活，人物则大多有原型可循。④ 这种"小说是谈生活，不是编故事"的做法，⑤与"五四"作家推崇"写小说"而不是"做小说"的精神，⑥可谓一脉相承。那么，汪曾祺到底写了些什么地方、什么人物的生活？他一生住过高邮、昆明、北京、张家口、上海、武汉几个地方，小说也多以这些地方为背景：

　　　　我的小说的背景是：我的家乡高邮、昆明、上海、北京、张家口。因为我

① 汪曾祺：《〈大淖记事〉是怎样写出来的》，载邓九平编：《汪曾祺全集》第 3 卷，第 215—216 页。

② "调查法也叫田野调查法、实地考察法，是一种在文化学的研究中，进行直接的观察并获取数据进行研究的方法，也是文化人类学家最为重视的一种研究方法。"详见陈华文：《文化学概论》，上海：上海文艺出版社，2001 年版，第 64—68 页。

③ 原文为"neglected custom""fading legend""fragmentary ballad"，收载 A. Dundes, *The Study of Folklore*, p.5.

④ 他曾说："完全从理念出发，虚构出一个或几个人物来，我还没有这样干过。"见汪曾祺：《〈汪曾祺自选集〉自序》，载邓九平编：《汪曾祺全集》第 4 卷，第 94 页。

⑤ 汪曾祺：《〈桥边小说三篇〉后记》，载邓九平编：《汪曾祺全集》第 3 卷，第 462 页。

⑥ 关于"五四"作家普遍推崇"写小说"而非"做小说"这一点，可参见陈平原：《中国小说叙事模式的转变》，北京：北京大学出版社，2003 年版，第 230—231 页。

在这几个地方住过。我在家乡生活到十九岁,在昆明住了七年,上海住了一年多,以后一直住在北京——当中到张家口沙岭子劳动了四个年头。我的以这些不同地方为背景的小说,大都受了一些这些地方的影响,风土人情;语言——包括叙述语言,都有一点这些地方的特点。①

可见作家创作时,连风土人情、语言也力求写实,但如罗强烈所说,这番话也反映了汪曾祺的小说创作对地域文化的依赖。② 在这些以地域文化为背景的小说中,关于上海的只有《星期天》一篇,可见汪曾祺对"海派"沉迷的大都市文化几乎无动于衷。如以小说牵涉的地域来区分,创作情况大致如下:

表 2 - 2　汪曾祺小说所涉地域与篇数分布

地域	小说篇数
高邮	46
北京	18
昆明	10
张家口	10
上海	1
武汉	0

　　汪曾祺小说以高邮为背景的最多,其次北京,昆明和张家口农业科学研究所则差不多,约10篇。高邮是江苏省的一个小县城,保留较多由劳动人民创造的古老文化,亦即人类学之父爱德华·泰勒(Edward B. Tylor)所指的"遗留"

---

① 汪曾祺:《〈汪曾祺自选集〉自序》,载邓九平编:《汪曾祺全集》第 4 卷,第 93—94 页。
② 罗强烈:《汪曾祺的民间意义》,《当代作家评论》,1993 年 1 期,第 5 页。

(Survivals)①。这些文化点滴,在八九十年代可谓弥足珍贵。北京、昆明虽然是大城市,但基于民间情结,汪曾祺舍弃它们现代化的一面,义无反顾地投进琐碎平淡的市井生活之中。

那么,小说里写的都是些什么人? 我们再按地域分类来看看:

表 2-3 汪曾祺小说人物按地域的分类

地域	小 说 人 物
高邮	和尚、尼姑、炕鸡的、赶鸭的、车匠、锡匠、瓦匠、棺材匠、银匠、画匠、小贩(卖卤味、卖熟藕、卖馄饨、卖水果、卖菜)、货郎、药店店员、小店老板(米店、绒线店、炮仗店、酱园、糖坊、豆腐店)、挑夫、地保、打鱼的、吹喇叭的、水手、卖艺的、卖唱的、跑江湖做生意的、收字纸的、保安团长、医生、兽医、画家、中小学教师、小学校工、大户人家(老爷、少爷、小姐、女佣人)
北京	京剧导演及演员、剧团工作人员(电工、正骨大夫、写字的、梳头师傅、舞台工作人员)、车夫、退休老人、捡烂纸的、家庭保姆
昆明	饭店老板、小贩(卖糕点、卖蚯蚓)、油漆工人、西南联大教授和学生、中学校工
张家口	科研所技术员、科研所工作人员(放羊的、守夜的、果园工人、禽畜饲养员、车倌、搬运工人)、退休工人
上海	中学校长、教员

总的来看,小说人物都是一些中、下阶层的普罗大众。高邮小说中,最靠近上层社会的人物是医生、教师、画家——但也不过是乡里的大夫、教员或寂寂无闻的画家。论及西南联大教授的篇章寥寥可数,教授亦往往只是配角。至于写到张家口科学研究所技术员,则倾向写他们如何饱受政治运动的折磨,这类小说也不是汪曾祺创作的主调。占了汪曾祺大部分笔墨的是工匠、做小买卖的、卖劳力的、卖艺的……

① 英国人类学者爱德华·泰勒把那些从野蛮时期(Savagery)及半开化时期(Barbarism)遗留下来的民俗现象(如仪式、习俗、观点等)称为"遗留"(Survivals),并认为它们是初级文化阶段的生动见证或活的文献。他更举了这样一个例子来说明:"例如,我在索默塞特郡(Somersetshire)认识了一位妇女,她的纺织机是属于流动梭子采用之前的时期的,她甚至不知道新发明的梭子已经流行。我看到了她把梭子从一只手抛到另一只手;这位妇女还没有到百岁,然而她的纺织方法却不是别的,正是遗留。"见[英]爱德华·泰勒:《原始文化:神话、哲学、宗教、语言、艺术和习俗发展之研究》,连树声译,上海:上海文艺出版社,1992年版,第15—16页。

二、汪曾祺的民间理想

这些普罗大众的生活相对单调乏味，可资改造的故事亦不多，为何汪曾祺锲而不舍地把它们纳进小说中呢？本来，用传统的封建眼光来看，这些人事或许不值得描述，因为民俗文化本来就"是正统的文化所排斥或认为不足挂齿的'低贱文化'"①。但是，民俗学发展以来，这种观念早已打破。自从 1918 年 2 月，蔡元培（1868—1940）在《北大日刊》公开征集歌谣，及后编印《歌谣》周刊，民间文学已渐渐走上康庄大道。此外，汪曾祺与民间文学还有一段不浅的渊源。1950 至1958 年，他先后担任《北京文艺》（后改名《说说唱唱》）及《民间文学》的编辑，有机会深入接触民间文学，②期间还发表专题论文，这对日后的民间写作起了潜移默化的作用。

民间世界不完全等于粗陋、野蛮，它还有诗意、健康的一面，京派作家强调的往往是健康美好的一面，这在沈从文的小说中尤其突出。汪曾祺同样以诗意的眼光来审视民间大地，但不像沈从文那般粗豪，反而像一个充满温爱的书生，这显然受了归有光（1507—1571）的影响。汪曾祺多次指出桐城派古文，尤其归有光的《先妣事略》《项脊轩志》《寒花葬志》给了他很大的启发。③ 归有光给身份卑微的婢女写碑志（《寒花葬志》），而且写得那样传神，这在封建社会是异乎寻常的，难怪汪曾祺把他比喻为中国的契诃夫。④ 秉承前贤关怀低层人民的精神，汪

---

① 钟敬文：《民俗文化学：梗概与兴起》，第 135 页。

② 如《鲁迅对于民间文学的一些基本看法》，原载 1956 年 10 月号《民间文学》。又如《仇恨、轻蔑、自豪——读"义和团的传说故事"札记》，原载 1958 年 4 月号《民间文学》。二篇分别收载邓九平编：《汪曾祺全集》第 3 卷，第 65—74、96—104 页。

③ 他说："归有光的名文有《先妣事略》《项脊轩志》《寒花葬志》等篇。我受到影响的也只是这几篇。"又说："到现在，还可以从我的小说里看出归有光和桐城派的影响。归有光以清淡之笔写平常的人情，我是喜欢的（虽然我不喜欢他正统派思想），我觉得他有些地方很像契诃夫。"分别见汪曾祺：《谈风格》及《两栖杂述》，载邓九平编：《汪曾祺全集》第 3 卷，第 337 页，第 198 页。

④ 他说："我认为他（笔者按：归有光）的观察生活和表现生活的方法很有点像契诃夫。我曾说归有光是中国的契诃夫，并非怪论。"见汪曾祺：《谈风格》，载邓九平编：《汪曾祺全集》第 3 卷，第 338 页。

曾祺笔下的人物多是泛泛之辈,《小说三篇·卖蚯蚓的人》便通过"我"道出了心声。"我"在玉渊潭认识了一个卖蚯蚓的老人,还热烈地与他攀谈起来,想不到竟引来奇异的眼光。当大学讲师的乌先生不明白"我"为什么对这样的人感兴趣,因为"从价值哲学的观点来看,这样的人属于低级价值"。① 研究所助理研究员莫先生认为这个人虽有存在价值,却只属"社会的填充物"。两人各执一词,遂问"我"的意见:

> 我说:"我只是想了解了解他。我对所有的人都有兴趣,包括站在时代的前列的人和这个汉俑一样的卖蚯蚓的人。这样的人在北京还不少。他们的成分大概可以说是城市贫民。糊火柴盒的、捡破烂的、捞鱼虫的、晒槐米的……我对他们都有兴趣,都想了解。我要了解他们吃什么和想什么。用你们的话说,是他们的物质生活和精神生活……我是个写小说的人,对于人,我只能想了解、欣赏,并对他们进行描绘,我不想对任何人作出论断。像我的一位老师一样,对于这个世界,我所倾心的是现象。我不善于作抽象的思维。我对人,更多地注意的是他的审美意义。你们可以称我是一个生活现象的美食家。这个卖蚯蚓的粗壮的老人,骑着车,吆喝着'蚯蚓——蚯蚓来!'不是一个丑的形象——当然,我还觉得他是个善良的,有古风的自食其力的劳动者,他至少不是社会的蛀虫。②

这番话体现了汪曾祺的民间理想,作家的民间审美意识是不戴任何有色眼镜去观看人生,因此他看到这样一个粗壮老人外表下的善良和勤勉。城市贫民的精神世界想必也有精彩的一页,就像那个在北京街头捡烂纸的老头,平时衣衫褴褛,死后,竟在他的破席下发现八千多块钱(《捡烂纸的老头》)。笔者把汪曾祺比喻为民俗文化采集者,皆因他没有小看身份低微的庶民,相反,持着平等、甚至欣赏的眼光来刻画这些人物。在这些民俗意识浓厚的小说中,作家极力彰显的是民间世界的自然人性美、健康的爱情观、诗意的劳动力,以下分点论述。

---

① 汪曾祺:《小说三篇·卖蚯蚓的人》,载邓九平编:《汪曾祺全集》第2卷,第64页。

② 汪曾祺:《小说三篇·卖蚯蚓的人》,载邓九平编:《汪曾祺全集》第2卷,第65—66页。

（一）自然人性美

民间生活中的自然人性美主要表现为"赤子之心"，这亦是京派小说的特色。汪树东以为现代作家基于对自然人性的内蕴理解不同，作品亦反映了不同的自然精神，而汪曾祺的小说则富有道家的自然精神：

> 到了新时期，汪曾祺的《受戒》《大淖记事》等小说的出现，赤子之心的追寻一下又显豁起来了，尤其是明海、小英子这样的小儿女，其清纯可爱，其稚拙率真，就像夏日荷瓣上的滴滴甘露，朝霞辉映，令人怦然心动。[1]

虽然汪曾祺以为自己的思想"实近儒家"，[2]但对"赤子之心"的理解，道、儒并无冲突。老子（春秋时代，生卒年不详）推重婴儿之纯真，与孔、孟的性善说可谓殊途同归。中国文学非常推崇赤子之心，古代如明代李贽（1527—1602）的"童心说"及公安派的"性灵说"。现代小说方面，京派作家尤重之，从废名、沈从文、凌叔华、萧乾的小说中，我们可以找到一大堆拥有赤子之心的人物。到了汪曾祺笔下，赤子之心益发彰显，明海、小英子、巧云、十一子、李小龙，还有《职业》中卖糕点的小孩，甚至《羊舍一夕》中的四个小孩，都是毫无机心的善良人物，他们简直就是沈从文笔下的翠翠、三三、夭夭、萧萧等角色的延续。

除了通过"小孩子"来表现赤子之心，汪曾祺集中笔力描绘的倒是另一类人物——栖息在民间大地上的贩夫走卒之辈。汪氏小说展现的多是日常生活景象，但作家往往把镜头聚焦在平常人不以为意的细节上，发掘凡夫俗子身上的自然人性美，诸如叶三、陈小手、陈泥鳅、王瘦吾、陶虎臣、靳彝甫、高北溟，无不具有赤子之心，皆是令人一读难忘的小人物。

"鉴赏家"是一个冠冕堂皇的衔头，非有识之士戴不上这顶帽子。可是，小说中指的却是一个名叫叶三的果贩。叶三懂得欣赏季匋民的画，总能三言两语道出画的精彩处，难怪大画家对他惺惺相惜。叶三虽然贫贱，但至死坚持不卖季匋

民送给他的画，足见其凛然风骨。夏玉华谓此篇像一杯醇酒，滋润读者的心田，让人回味。① 另外，"岁寒三友"王瘦吾、陶虎臣、靳彝甫同甘共苦，仿如武侠小说中的结拜兄弟。画家靳彝甫离乡三年，归来得知友人的窘境，毫不犹豫把三块"不到山穷水尽，不能舍此性命"的田黄卖出，②救济朋友。这种舍己为人的精神，以及不论出身、真心相待的情操，都是中国传统文化的精华。汪曾祺自言非常欣赏宋诗"万物静观皆自得，四时佳兴与人同""顿觉眼前生意满，须知世上苦人多"，③又以为"这是蔼然仁者之言。这样的诗人总是想到别人"。④ 也许心中有了这样的信念，他才能在险恶的世俗中，通过粗糙的表层，直视珍贵的心灵。《故里三陈》中的陈泥鳅，其实就是一个游手好闲的无赖。平时无所事事，偶尔赚了点钱，不是喝了，就是输到赌台上。有一次，他要了人家十块大洋，把卡在桥洞里的女尸拉出来。人们以为他又要拿钱去赌去喝了，料不到他把钱送到穷困的陈五奶奶手上，抱起她的小孙子看大夫去了。林超然指出："我们从汪曾祺的作品中能够读到一种矢志不渝的努力，那就是企图挽救传统文明。"⑤所谓传统文明，指的是重义轻利的传统品德。本来自然人性，"它指的是未经文明社会浸染和玷污的人的自然本能和自然情感，是一种先验存在的人性完满的自然状态"。⑥ 可惜，人性在尔虞我诈的现代社会中日渐枯竭，汪曾祺不得不回首寻觅，《鉴赏家》《故里三陈》《岁寒三友》《徙》都可看作寻觅下的结晶品。

最后，民间的自然人性还表现为旷达超脱、适性自然的生活态度。收字纸老人的生活就是这种态度的极致："老白粗茶淡饭，怡然自得。化纸之后，关门独坐。门外长流水，日长如小年。"⑦"老白活到九十七岁，无疾而终。"⑧这样的人

①　夏玉华：《民族美德的一曲颂歌——评〈鉴赏家〉》，《北京文学》，1982 年 8 期，第 59 页。

②　汪曾祺：《岁寒三友》，载邓九平编：《汪曾祺全集》第 1 卷，第 357 页。

③　汪曾祺：《我是一个中国人——散步随想》，载邓九平编：《汪曾祺全集》第 3 卷，第 301 页。

④　汪曾祺：《我是一个中国人——散步随想》，载邓九平编：《汪曾祺全集》第 3 卷，第 301 页。

⑤　林超然：《寂寞的指证——汪曾祺论》，《文艺理论研究》，2003 年 4 期，第 82 页。

⑥　罗成琰：《现代中国的浪漫文学思潮》，长沙：湖南教育出版社，1992 年版，第 104 页。

⑦　汪曾祺：《故人往事·收字纸的老人》，载邓九平编：《汪曾祺全集》第 2 卷，第 166 页。

⑧　汪曾祺：《故人往事·收字纸的老人》，载邓九平编：《汪曾祺全集》第 2 卷，第 167 页。

生，是平淡而和谐的。人生总有不如意之时，作家信奉"随遇而安"，他笔下的人物也多如此。京剧导演郭庆春前半生颇苦，早年丧父，十二三岁就到街上当小贩卖西瓜，此时作者偷偷加上一句："这个穷苦的出身，日后给他带来了无限的好处。"①郭庆春后来的际遇也不是一帆风顺，他先到剧园子学戏，不料毕业前"倒了仓"（失声），只好改行卖苦力，拉拉菜车、卖卖水果。直至解放后，才真正过上好生活，不但有个当科长的妻子，还当了知名导演。正如他自己所说："一个人走过的路真是很难预料。"②其实，这样的人生态度不一定要归入道家思想，因为中国老百姓本来就有这样的生存概念，他们有一套属于自己的生存哲学，不讲哲理，而是从生活中感染、传承，正如日本民俗学者后藤兴善所说：

> 要看一国民众的精神活动达到什么样的高度，就有必要看看他们的哲学思维、道德观念、艺术水平。即使是文盲的民众，也有他们的人生观、生死观、灵魂观念。他们的观念不是哲理的，必须注意构成当前生活样式的现实生活的底层深处。他们的观念是传承的、集体的。③

这段话肯定了普通老百姓的哲学思维，也指出其思维的特点。无独有偶，汪曾祺也说过相似的话：

> 在中国，不仅是知识分子，就是劳动人民身上也有中国传统的文化思想，有些人尽管没有读过老子、庄子的书，但可能有老庄的影响。一个真正有中国色彩的人物，与中国的传统文化是不能分开的。④

总的来说，普通老百姓求生意识强烈，遇到不合理遭遇时，亦多能淡然面对，不会随便轻生，比如巧云被刘号长玷污了：

---

① 汪曾祺：《晚饭后的故事》，载邓九平编：《汪曾祺全集》第1卷，第395页。
② 汪曾祺：《晚饭后的故事》，载邓九平编：《汪曾祺全集》第1卷，第411页。
③ ［日］后藤兴善等：《民俗学入门》，王汝澜译，北京：中国民间文艺出版社，1984年版，第74页。
④ 汪曾祺：《回到现实主义，回到民族传统》，载邓九平编：《汪曾祺全集》第3卷，第288页。

　　　　巧云破了身子,她没有淌眼泪,更没有想到跳到淖里淹死。人生在世,
总有这么一遭! 只是为什么是这个人? 真不该是这个人! 怎么办? 拿把菜
刀杀了他? 放火烧了炼阳观? 不行! 她还有个残废爹……她觉得对不起十
一子,好像自己做错了什么事。她非常失悔:没有把自己给了十一子![①]

巧云很快就接受了自己被污辱的事实,而且马上想到残废的爹,还有心爱的十一
子,所以好好生存下来了。汪曾祺以平等的眼光看待这些人物,笔触里包含尊重
和同情,这种感情与民俗学者相通。

(二)健康的"爱"和"性"

　　汪曾祺涉及爱情主题的小说大体可分为两类:早期表现为对纯真恋情的赞
颂,后期则多是对畸形两性关系的认同。[②] 前者主要指《受戒》和《大淖记事》,直
接表现健康美好的爱情;后者以《小娘娘》《薛大娘》为代表,有意识地涉足前期甚
少触及的性爱领域,借以深化"爱"和"性"的主题。
　　先来看汪氏早期以爱情为主题的小说。80 年代初期,汪曾祺强调小说要有
益于世道人心:

　　　　我想给读者一点心灵上的滋润。杜甫有两句形容春雨的诗:"随风潜入
夜,润物细无声。"我希望我的小说能产生这样的作用。[③]

《受戒》《大淖记事》尤能产生"有益于世道人心"的效果,作家不是通过鲜明主题
或典型人物来传道,而是借两段纯真的爱情来滋润人心。"受戒"与"恋爱"本是
相悖的概念,但它们在《受戒》中显得那么谐和,毫无冲突之感,明子和英子之间
爱情的萌生、发展也很自然。产生这样的效果,因为作家采取了民间的价值立
场,"他不是像启蒙者或当时的归来者作家们那样站在一个很高的高度去俯视笔

---

①　汪曾祺:《大淖记事》,载邓九平编:《汪曾祺全集》第 1 卷,第 428 页。
②　杨道龙:《论汪曾祺小说创作的现代性》,《宁夏大学学报》(人文社会科学版),2004 年
4 期,第 66 页。
③　汪曾祺:《自序》,载邓九平编:《汪曾祺全集》第 4 卷,第 206 页。

下的人物，相反，他和笔下的人物是完全平等的"。① 从民间立场出发，遂肯定下层民众对宗教和爱情的理解。"宗教"对庵赵庄的人们来说，并非精神信仰，而是一些仪式的表现罢了，当和尚则是一种"有很多好处"的职业。② 因此，二师父娶老婆，三师父唱"姐儿生得漂漂的，两个奶子翘翘的。有心上去摸一把，心里有点跳跳的"的情歌，③甚至庵里过年时杀猪吃肉，都显得合乎自然人性。明子和英子的爱情就是放置在这样一个大背景下，所以他俩嬉戏玩耍，英子接送明子去受戒，并私定终身大事，都显得稚嫩纯洁、理所当然。

《受戒》是民间爱情的理想化，作家自己也说过这是"写四十三年前的一个梦"④。试看以下一段描写：

> 晚上，他们一起看场——荸荠庵收来的租稻也晒在场上。他们并肩坐在一个石磙子上，听青蛙打鼓，听寒蛇唱歌——这个地方以为蝼蛄叫是蚯蚓叫，而且叫蚯蚓叫"寒蛇"，听纺纱婆子不停地纺纱，"咿——"，看萤火虫飞来飞去，看天上的流星。
>
> "呀！我忘了在裤带上打一个结！"小英子说。
>
> 这里的人相信，在流星掉下来的时候在裤带上打一个结，心里想什么好事，就能如愿。⑤

细心品味，并填补表层叙述的空白，不难体会到文字背后"有一种内在的欢乐"，⑥这不但是两位小主人公的欢乐，也是汪曾祺终于摆脱政治枷锁，可以随心所欲创作的欢乐。可是，如此理想的爱情境界毕竟难以企及，巧云和十一子的爱情同样真挚动人，但已没有这般纯洁无瑕了。

---

① 王光东等：《20 世纪中国文学与民间文化》，上海：复旦大学出版社，2007 年版，第 231 页。

② 汪曾祺：《受戒》，载邓九平编：《汪曾祺全集》第 1 卷，第 322 页。

③ 汪曾祺：《受戒》，载邓九平编：《汪曾祺全集》第 1 卷，第 329—330 页。

④ 汪曾祺：《受戒》，载邓九平编：《汪曾祺全集》第 1 卷，第 343 页。

⑤ 汪曾祺：《受戒》，载邓九平编：《汪曾祺全集》第 1 卷，第 336 页。

⑥ 汪曾祺曾指出自己大部分作品都有一种内在的欢乐。参见汪曾祺：《〈汪曾祺自选集〉自序》，载邓九平编：《汪曾祺全集》第 4 卷，第 95 页。

　　总的来看,80 年代以爱情为主题的作品并不多,除了《受戒》《大淖记事》,还有《晚饭花·晚饭花》和《王四海的黄昏》,但这两篇都没有强烈表达健康爱情的意图,前者只是诗意地描写李小龙偷偷暗恋王玉英的心路历程,后者则写艺人王四海为了貂蝉,放弃事业和前途,情调偏向忧伤。此外,那些作为故事支流出现的"爱情",如《晚饭后的故事》中郭庆春和招弟的初恋故事、《徙》中汪厚基对高雪的痴情,都是为了衬托小说主题,本身并无太大含义。

　　90 年代,汪曾祺写了大量性爱主题的小说,在近 50 篇的作品中,这类作品约占三分之一。这里以"性爱"代替"爱情",因为"由'情'而'性'是汪曾祺晚期爱情小说的一大变化"。① 本来,"性"或"情欲"就是爱情的一部分,王安忆(1954—　　)曾说:"如果写人不写其性,是不能全面表现人的,也不能写到人的核心,如果你真是一个严肃的、有深度的作家,性这个问题是无法逃避的。"②其实,汪氏 80 年代的小说也有写性,不过"情多性少",而且处理手法相对含蓄,比如《大淖记事》一段:

　　　　十一子把她肚子里的水控了出来,巧云还是昏迷不醒。十一子只好把她横抱着,像抱一个婴儿似的,把她送回去。她浑身是湿的,软绵绵,热乎乎的。十一子觉得巧云紧紧挨着他,越挨越紧。十一子的心怦怦地跳。③

这段描写暗示了性爱,但是作家不作铺叙,刻意留下空白。"传神的细节、颇有节制的描摹,使汪曾祺笔下的性描写干净,文章有一种无言之美。"④

　　90 年代的情爱小说却是"性多情少",遂由追求纯真的爱情转向解放的性爱。这批小说的情爱关系比较复杂,不像《受戒》那么简单明了,为清晰起见,按女性的性爱态度,分为以下三类:大胆追求、痛苦挣扎、逃避。

　　三类女性中,大胆追求性爱的女性占大多数,这也反映了汪氏小说的一个特

---

① 　舒欣:《汪曾祺小说创作演进初探》,《益阳师专学报》,2000 年 1 期,第 79 页。

② 　王安忆、陈思和:《两个 69 届初中生的即兴对话》,《上海文学》,1988 年 3 期,第 78 页。

③ 　汪曾祺:《大淖记事》,载邓九平编:《汪曾祺全集》第 1 卷,第 425 页。

④ 　邰宇:《论汪曾祺作品中的涉性描写》,《江苏教育学院学报》(社会科学版),2001 年 6 期,第 66 页。

点："那就是大胆表达出自己的性爱需求，无视所谓伦理道德清规戒律的率性而为的总是女性。"①音乐教师虞芳主动献身给学生岑明（《窥浴》）；小娘娘（姑妈）谢淑媛主动向侄儿谢普天投怀送抱（《小娘娘》）；宰家豆腐店的女儿主动挑逗米厂二儿子王厚堃（《宰家豆腐店的女儿》）；女佣大高主动睡到程进的床上（《钓鱼巷》），其中形象最鲜明的是薛大娘。

薛大娘 40 出头，有丈夫（只是房事上不大行，只能生子，不能取乐），还有个 20 岁的儿子。平时卖菜，私底下却给青年男女"拉皮条"，还把自家的三间屋子拿来做男女欢会的"台基"。人家说闲话，她答道："他们一个有情，一个愿意，我只是拉拉纤，这是积德的事，有什么不好？"②此外，她还替自己穿线。她喜欢在"保全堂"当管事的吕三，心疼他一年只有一个月回家做传宗接代的事，故主动让吕三"快活快活"。人家问她图什么，她答道："不图什么，我喜欢他。他一年打十一个月光棍，我让他快活快活，——我也快活，这有什么不对？ 有什么不好？ 谁爱嚼舌头，让她们嚼去吧！"③对薛大娘这个"不守妇道""荒诞不经"的女人，汪曾祺是用赞美的笔触来写的：

> 薛大娘不爱穿鞋袜，除了下雪天，她都是赤脚穿草鞋，十个脚趾舒舒展展，无拘无束。她的脚总是洗得很干净。这是一双健康的，因而是很美的脚。
>
> 薛大娘身心都很健康。她的性格没有被扭曲、被压抑。舒舒展展，无拘无束。这是一个彻底解放的，自由的人。④

从这个例子可以看出作家用来量度"性"的尺子不是"大传统"的道德标准，而是

---

① 吕江会：《越过道德边界的女人们——论汪曾祺小说创作中的一类女性形象》，《乐山师范学院学报》，2007 年 3 期，第 35 页。

② 汪曾祺：《薛大娘》，载邓九平编：《汪曾祺全集》第 2 卷，第 433 页。

③ 汪曾祺：《薛大娘》，载邓九平编：《汪曾祺全集》第 2 卷，第 434 页。

④ 汪曾祺：《薛大娘》，载邓九平编：《汪曾祺全集》第 2 卷，第 434—435 页。

带有民间色彩的"小传统"思想。① 在世俗化的"人本"信仰下，作家对这些大胆追求性爱的女性，总是持着欣赏的态度。② 小姨娘章叔芳本是大胆倔强的女子，为了追求爱情毅然离家出走。可是，到上海转个圈儿回来后，却变成庸俗的妇人，整天抱着孩子打麻将，"她的大胆、倔强、浪漫主义全都没有一点影子了。"③ 对于其浪漫气质的消逝，作者反而感到可惜。

另一方面，汪曾祺也写逃避性爱及徘徊于道德和性之间的女性，但为数不多。长得林黛玉般的裴云锦疯了，最后上吊自杀，为的是这样一个心思："嫁过来已经三年，裴云锦没有怀孕，她深深觉得对不起龚家。"④ 这位女性不敢正视"性"，把它视为生育能力，最后沦为传统道德观下的牺牲品。"小娘娘"（谢淑媛）则是徘徊在情欲与伦理之间的女性，她既有薛大娘率性而为的一面，也有裴云锦懦弱畏缩的一面。她虽然是谢普天的姑妈，但比谢普天还要小三岁。一个大宅中，除了一个聋子花匠，就住着他们两人。然后，一个风雨之夜，谢淑媛借机逃进谢普天的房间，脱光了衣裳。"他们陷入无法解决的矛盾之中。他们在做爱时觉得很快乐，但是忽然又觉得很痛苦。他们很轻松，又很沉重。他们无法摆脱犯罪感。"⑤此篇深化了"性"和"爱"的关系，正如邰宇所分析的：

---

① "大传统"（great tradition）和"小传统"（little tradition）为人类学用语，意思相近于史学家所用的"精英文化"（elite culture）和"通俗文化"（popular culture）。余英时如此界定二者："大体来说，大传统或精英文化是属于上层知识阶级的，而小传统或通俗文化则属于没有受过正式教育的一般人民。由于人类学家和历史学家所根据的经验都是农村社会，这两种传统或文化也隐含着城市与乡村之分。大传统的成长和发展必须靠学校和寺庙，因此比较集中于城市地区；小传统以农民为主体，基本上是在农村中传衍的。"见余英时：《中国文化的大传统与小传统》，载辛华、任菁编：《内在超越之路——余英时新儒学论著辑要》，北京：中国广播电视出版社，1992年版，第193页。
② 就此董建雄说过类似的话："汪曾祺在原始儒家思想中接受了'人本'的信仰，又将它体现于世俗生活之中，呈现出了显著的世俗人道主义色彩。在汪曾祺的这类小说中，我们可以体悟到人是可以依靠自身走向幸福的，真正获得自由的个体是能够享受美好生活的。现世的幸福其价值是无可比拟的，一切束缚性的神佛宗教、意识形态都是戕害人性的，生活的多样和独特人性都应受到尊重。"见董建雄：《现世价值与仁爱情怀的观照——解读汪曾祺小说创作中的原始儒家思想》，《宁波大学学报》（人文科学版），2002年1期，第47页。
③ 汪曾祺：《小姨娘》，载邓九平编：《汪曾祺全集》第2卷，第362—363页。
④ 汪曾祺：《忧郁症》，载邓九平编：《汪曾祺全集》第2卷，第369页。
⑤ 汪曾祺：《小娘娘》，载邓九平编：《汪曾祺全集》第2卷，第467页。

　　汪曾祺笔下的性描写不仅仅停留在社会暴露与道德反思上，他更多地从人性的角度、文化的角度出发，思考性这一问题，谢淑媛既不能战胜本能的冲动，又无法忘怀伦理的束缚。情欲与伦理观念的强烈冲突，是造成她悲剧命运的深刻根源。[①]

谢淑媛最后难产而死，谢普天则把她的骨灰深深埋在桂花树下，可见汪曾祺对于伦理这一环未能完全放开。不过，他又改写"鹿井丹泉"这样一个描写人鹿恋的传说，并在后语中说："此故事在高邮流传甚广，故事本极美丽，但理解者不多。传述故事者用语多鄙俗，屠夫下流秽语尤为高邮人之奇耻。因为（此）改写。"[②]看来只要发乎情，人兽之间的性爱关系也能接受。

　　总的来看，汪曾祺对"性"的理解和沈从文相近，"在沈从文看来，性本能是否强烈，人是否在这方面勇敢、直率、不加压抑和作伪，似乎是一个衡量人的生命力、创造力的重要标尺"。[③] 因此，汪曾祺才会歌颂薛大娘的行为。或者，还可以进一步推想，这里的"性"只是一种政治暗示，作家推崇的其实是没有被扭曲的人性。但是，在处理两性关系或性爱挣扎时，汪曾祺只停留在表层的叙述，缺乏沈从文小说背后那种社会批判和文化批判的思想深度，[④]因此这些作品未能登上文学殿堂。

（三）诗意的劳动力

　　汪曾祺写得最多的是工匠、卖劳力或做小生意的人物。对这些人来说，他们做的只是糊口的工作，且往往是世人眼中脏、累、低贱的活计。但在汪曾祺眼中，

---

　　① 邰宇：《论汪曾祺作品中的涉性描写》，第 67 页。

　　② 汪曾祺：《鹿井丹泉》，载邓九平编：《汪曾祺全集》第 2 卷，第 413 页。

　　③ 孙乃修：《佛洛伊德与中国现代作家》，台北：业强出版社，1995 年版，第 174 页。

　　④ 孙乃修指出，沈从文在小说中津津乐道地揭露性本能和情欲，是有社会批判和文化批判做根基的："在他（笔者按：沈从文）看来，民族的衰老与人的性本能和野性之丧失很有关系，甚至可以说性本能的被压抑、被扭曲以及由此而产生的胆小、懦弱（包括在爱情上的体现）造成了民族的衰老和活力的丧失。这是沈从文对都市文明的一种十分尖刻的嘲讽和批判。"基于这一点，孙乃修还进一步把沈从文与英国作家 D. H. 劳伦斯（Lawrence, D. H., 1885—1930）做出比较，认为两位作家都是在反对文明/工业化的前提下，高扬本能和性爱。详见孙乃修：《佛洛伊德与中国现代作家》，第 167—168 页。

这些却不失为充满生命力的民间艺术，就像上文提过的那位在街头卖蚯蚓的老人一样。"他们从事的是最卑贱的职业，却因为作者采用了平等、同情的目光去体会他们的需要、欲求，更主要的是劳动者的自食其力和乐观的人生态度，使他们生活充溢着人的高贵和尊严。"①再加上作家的艺术素养，无疑为他们的职业增添了几分诗意。

　　戴车匠的工作是割削木料，这手艺听起来多么单调乏味，但汪曾祺以诗意的笔触来写这种劳动：

　　　　木花吐出来，车床的铁轴无声而精亮，滑滑润润转动，牛皮带往来牵动，戴车匠的两脚一上一下。木花吐出来，旋刀服从他的意志，受他多年经验的指导，旋成圆球，旋成瓶颈状，旋成苗条的腰身，旋出一笔难以描画的弧线，一个悬胆，一个羊角弯，一个螺纹，一个杵脚，一个瓢状的、铲状的空槽，一个银锭元宝形，一个云头如意形……狭狭长长轻轻薄薄木花吐出来，如兰叶，如书带草，如新韭，如番瓜瓤，戴车匠的背佝偻着，左眉低一点，右眉挑一点，嘴唇微微翕合，好像总在轻声吹着口哨。木花吐出来，宛转的，绵缠的，谐和的，安定的，不慌不忙的吐出来，随着旋刀悦耳的吟唱……②

汪曾祺仿如一位民间艺术家，用超越功利的眼光来审视这一切，再通过赞叹的语调来表达心里的兴奋。与其说戴车匠在劳动，倒不如说他在制造一项艺术品，而且非常享受这个过程。若想好好了解汪曾祺对民间职业的看法，《晚饭花·三姐妹》是最好的范本。小说中的秦老吉是挑担子卖馄饨的小贩，他靠这活儿养大了三个人见人爱的女儿。现在女儿要嫁人了，汪曾祺如此交代："大姐许了一个皮匠，二姐许了一个剃头的，小妹许的是一个卖糖的。"③这里用了职业来指示对象，好像三姐妹要嫁的就是这三门手艺。皮匠、剃头的、卖糖的，加上小贩，听起来都是低贱的工作。但不，秦老吉挑的那副担子可是南宋时期的楠木雕花担子，用来拌馅的大盘竟是雍正（爱新觉罗·胤禛，1678—1735，1723—1735 在位）青

---

　　①　王洪辉：《中国式的人道主义者——汪曾祺小说的平民立场和人道关怀》，《长春工业大学学报》（社会科学版），2004 年 4 期，第 52 页。

　　②　汪曾祺：《戴车匠》，载邓九平编：《汪曾祺全集》第 1 卷，第 141 页。

　　③　汪曾祺：《晚饭花·三姐妹出嫁》，载邓九平编：《汪曾祺全集》第 1 卷，第 521 页。

花——这就加添了几分古典文雅的味道。三个姑娘的对象干的虽是粗活儿,却都达到了炉火纯青的境界,各有引人入胜之处。① 汪曾祺的意思,借秦老吉道出了:"靠本事吃饭,比谁也不低。麻油拌芥菜,各有心中爱,谁也不许笑话谁!"②

这种书写态度显然受了民间文学赞美劳动的启迪。《诗经》中已有不少歌唱劳动和颂赞收获的篇章,洋溢着浓郁的生活气息。比如《周南·芣苢》《魏风·十亩之间》都是妇女采集花果草药时唱的歌,方玉润(1811—1883)还说只要平心静气涵泳《芣苢》,"恍听田家妇女,三三五五,于平原绣野、风和日丽中群歌互答,余音袅袅,若远若近,忽断忽续,不知其情之何以移而神之何以旷"。③ 夏元明(1957—)则由汪曾祺的小说联想到汉乐府《孔雀东南飞》,并以焦仲卿妻的勤俭为例,指出民间文学中"劳动"往往是主人公性格的一个亮点。④ 汪曾祺还知道当一个人把全副精神投进工作时,往往会产生慑人的魅力,故把卖糖的吴颐福当成艺术家——"他做的这些艺术品都放在擦得晶亮的玻璃橱子里,在肩上挑着。他的糖担子好像一个小型的展览会,歇在哪里,都有人看。"⑤他还把一位外号"老荐"的乡巴佬比喻成古希腊伟大的数学家阿基米得(Archimedes,约公元

---

① 小说中,作家传神地描述了皮匠麻皮匠、剃头的大福子、卖糖的吴颐福的工作。不过,当地有一个传统,剃头的多兼吹鼓手,因此对大福子的描写偏向其音乐造诣。而对麻皮匠和吴颐福工作的描述,最能反映作家以诗意的手法来写民间劳动。比如麻皮匠给人绱鞋时,就像表演一样:"只见他把锥子在头发里'光'两下,一锥子扎过鞋帮鞋底,两根用猪鬃引着的蜡线对穿过去,嚓——嚓,两把就绱一针。流利合拍,均匀紧凑。他绱鞋的时候,常有人歪着头看。绱鞋,本来没有看头,但是麻皮匠绱鞋就能吸引人。大概什么事做得很精熟,就很美了。"至于吴颐福,他卖的是"样糖",因此其手艺活脱脱是一门民间艺术了:"他跟一个师叔学会了一宗手艺:能把白糖化了,倒在模子里,做成大小不等的福禄寿三星、财神爷、麒麟送子。高的二尺,矮的五寸,衣纹生动,须眉清楚;还能把糖里加了色,不用模子,随手吹出各种瓜果,桃、梨、苹果、佛手,跟真的一样,最好看的是南瓜:金黄的瓜,碧绿的蒂子,还开着一朵淡黄的瓜花……卖的最多的是糖兔子。白糖加麦芽糖熬了,切成梭子形的一块一块,两头用剪刀剪开,一头窝进腹下,是脚,一头便是耳朵。耳朵下捏一下,便是兔子脸,两边嵌进两粒马料豆,一个兔子就成了!"分别见汪曾祺著,邓九平编:《汪曾祺全集》第1卷,《晚饭花·三姐妹出嫁》,第522、524—525页。
② 汪曾祺:《晚饭花·三姐妹出嫁》,载邓九平编:《汪曾祺全集》第1卷,第526页。
③ [清]方玉润撰,李先耕点校:《诗经原始》上册,北京:中华书局,2006年版,第85页。
④ 夏元明:《汪曾祺小说与民间文学》,《中国文学研究》,2003年1期,第75页。
⑤ 汪曾祺:《晚饭花·三姐妹出嫁》,载邓九平编:《汪曾祺全集》第1卷,第525页。

前 287—前 212)。①

　　还要注意,汪曾祺本身是写意派画家,其书画满溢冲淡之美,其小说则流露俗中见雅的情调。如杨鼎川所说:"汪曾祺从来是从文人的角度、以文人的眼光去观察和描写他认为是'怪有意思'的各类市民的。这样,他就有意无意地将他们文雅化了。"②突出的例子是《鉴赏家》中的叶三,叶三虽是一个果贩,但显然禀赋了艺术家的性情,他挎着一个金丝篾篮去送水果,从不说价,话也不多,完全不像一个生意人。而他卖的水果简直是艺术品:均匀、香甜、好看,随时节变更。此外,在汪曾祺笔下,乡下女人挑担子也成了一幅画:

　　　　这里的姑娘媳妇也都能挑。她们挑得不比男人少,走得不比男人慢。挑鲜货是她们的专业。大概是觉得这种水淋淋的东西对女人更相宜,男人们是不屑于去挑的⋯⋯因为常年挑担,衣服的肩膀处易破,她们的托肩多半是换过的。旧衣服,新托肩,颜色不一样,这几乎成了大淖妇女的特有的服饰。一二十个姑娘媳妇,挑着一担担紫红的荸荠、碧绿的菱角、雪白的连枝藕,走成一长串,风摆柳似的嚓嚓地走过,好看得很!③

如果把最后一句画成画,准是一幅色彩鲜艳、风姿绰约的民俗画。汪曾祺笔下的小人物,大多热情地投入工作,使单调乏味的行为体现艺术性。只是其中不少劳动,或已变成历史遗物,《鸡鸭名家》中炕鸡蛋和赶鸭子的技艺,相信已成了绝唱。画匠管又萍担心死后,没有人能画出栩栩如生的画像,因此在咽气前,坚持在徒弟给他画的遗像上,点拨几笔,使其神气活现(《喜神》)。在《晚饭花·三姐妹出嫁》结尾,汪曾祺也不得不为秦老吉担忧:"谁来继承他的这副古典的,南宋时期

---

　　①　小说写到张家口农业科学研究所的工人打井时,不小心把井锥夹在地里,怎么也起不出来。多少小伙子卖尽力气,还是毫无动静。全所的干部、工人出尽法子,亦解决不了问题。后来,老荞看了看,叫人取了些杉篙、铁丝、石头,摆了一个"阵"。过了一夜,井锥就出来了。作者指这是一套相当复杂的杠杆原理。见汪曾祺:《塞下人物记·乡下的阿基米得》,载邓九平编:《汪曾祺全集》第 1 卷,第 292—295 页。
　　②　杨鼎川:《汪曾祺四十年代两种不同调子的小说》,第 215 页。
　　③　汪曾祺:《大淖记事》,载邓九平编:《汪曾祺全集》第 1 卷,第 420 页。

的,楠木的馄饨担子呢?"①汪曾祺小说的意义之一,正在于保存了这些民间文化。

　　总之,我们不能因为小说中写的是通俗的事业,便把这种小说贬为低俗的小说,因为这些也是学问。比如"打鱼"就是一门学问,若没有好好观察过渔民劳动,就不一定写得来。汪曾祺在《故乡人·打鱼的》中道出五种打鱼的方法,还详细地描绘了其中三种,可见他对民间的劳动有一定的认识。民间文化与士大夫文化不同,不需刻意研习,反而是一种习以为常的文化:

> 　　民间文化是人们通过日常生活中的耳濡目染,自然而然地接受的,或是通过口头,如通过谚语获得为人处世之道,或是通过风俗和物质的传播形式,接受某种传统婚姻习俗、饮食方式等。这些人们往往不需要刻意去学,只需要自始至终地生活在其中,便会成为这种文化背景下的一个成员,并不自觉地成为这种文化的传播者。②

汪曾祺是从旧社会走过来的人,幼年及青年时期,日常生活接触的是"保全堂"这样的旧式药店,还有米店、布店、棺材店、车匠店,以及各式各样的小摊子。耳濡目染,自然对这些行业的运作及技艺了如指掌。而他平常吃的尽是天然的地道食物,如茶干、炒米、鸭蛋,还有数不清的小吃,这些东西的味道叫他一生难忘。③传统的生活模式和文化精神早在他心里扎了根,越趋暮年,越是忆念。因此,当他孜孜不倦地把这些几近消失的文化写出来时,内心充满依恋之情,将之诗化、雅化亦情有可原。基于这一点,有的论者指其小说体现了文化守成主义思想,④有的则称其小说为"雅化"的文化寻根小说,以区别于冯骥才(1942—　　)的"俗

---

① 汪曾祺:《晚饭花·三姐妹出嫁》,载邓九平编:《汪曾祺全集》第1卷,第526页。

② 王娟:《民俗学概论》,第35页。

③ 比如《熟藕》写道:"王老死了,全城再没有第二个卖熟藕。但是煮熟藕的香味是永远存在的。"又如李小龙"他一辈子记得青麦子的清香甘美的味道"。分别见汪曾祺:《熟藕》和《昙花、鹤和鬼火》,载邓九平编:《汪曾祺全集》第2卷,第429页;第130页。

④ 孔小彬:《重回伊甸园——文化守成主义与汪曾祺的小说》,《萍乡高等专科学校学报》,2003年2期,第47—51页。

化"倾向，以及郑万隆（1944—　）的"野化"倾向。①

　　这里不妨做一个小结，通过以上三方面的论述，可见汪曾祺为读者建构了一个原始美好的民间世界。这个世界如斯美好，因为写的是"回忆"。②　书写回忆，在中国文学史上并不罕见，对作家来说，回忆往往有一种难拒的魅力。周作人论张岱（1597—1679）《陶庵梦忆》时便提到人总爱陶醉在回忆之中：

　　　　"梦忆"大抵都是很有趣味的。对于"现在"，大家总有点不满足，而且此
　　身在情景之中，总是有点迷惘似的，没有玩味的余暇。所以人多有逃现世之
　　倾向，觉得只有梦想或是回忆是最甜美的世界。讲乌托邦的是在做着满愿
　　的昼梦，老年人记起少时的生活也觉得愉快，不，即是昨夜的事情也要比今
　　日有趣：这并不一定由于什么保守，实在是因为这些过去才经得起我们慢慢
　　地抚摩赏玩，就是要加减一两笔也不要紧。③

回忆是过去的沉淀物，与创作当下形成一段时间距离，故容许作家抚摩赏玩。而只有处于赏玩这样一种无功利的心态下，才容易洞识事物可贵的一面。比如同样写在昆明文林街叫卖"椒盐饼子西洋糕"的孩子，写于1982年那篇《职业》，无论在布局、内容、情感等方面，都远远胜于1947年那一篇。朱光潜的"心理距离说"正好用来解说这一点，他在《悲剧心理学》中提到："艺术家不可能趁热打铁。只有过了一段时间之后，那些使人喜不胜喜、悲不胜悲的事件才可能通过回忆与反省得到过滤，进入一支歌或一篇回忆录。"④汪曾祺书写回忆中的旧生活，呈现逝去的民俗文化、人情世故，正是如此。

---

　　①　游友基：《文化寻根小说的雅化、俗化、野化趋向——汪曾祺、冯骥才、郑万隆论》，《福州师专学报》（社会科学版），2000年1期，第23—28页。

　　②　汪曾祺在《〈桥边小说三篇〉后记》中说："但我以为小说是回忆。必须把热腾腾的生活熟悉得像童年往事一样，生活和作者的感情都经过反复沉淀，除净火气，特别是除净感伤主义，这样才能形成小说。"见邓九平编：《汪曾祺全集》第3卷，第461页。

　　③　周作人：《〈陶庵梦忆〉序》，载止庵编注：《周作人集》上集，广州：花城出版社，2004年版，第187—188页。

　　④　朱光潜：《悲剧心理学——各种悲剧快感理论的批判研究》，张隆溪译，北京：人民文学出版社，1987年版，第27页。

第三节　民间审美意识的转变

　　论者指出："汪曾祺所理解的世俗并不是庸俗的存在，更不是充满卑劣动机的市侩作风，而是'尚义''崇善'的人性的高扬。"①这句话只说对了一半，只可用来描述汪氏 80 年代的作品，并不适用于 90 年代的创作。更准确地说，80 年代某些作品已暗示"审恶"的主题，但始终不是创作的主流，到了 90 年代，写悲剧、揭示黑暗却变成小说的主调。可以说，80 年代中期开始，汪曾祺的民间审美立场已经开始动摇，渐渐走向挖掘人性恶的现实主义道路。

　　本来，汪曾祺持着淳朴的人文信念来创作，希冀小说起到"随风潜入夜，润物细无声"的作用，②遂倾向书写有益于世道人心的题材。从上一节讨论可见，作家为我们塑造了理想的民间世界——美丽动人的高邮水乡，这里的人物拥有健康美好的人性：和尚过着随心所欲的民间生活（《受戒》）；朋友于患难中相濡以沫（《岁寒三友》《鉴赏家》）；一介书生山穷水尽时仍不忘气节（《徙》）；乡里大夫给人治病不收钱，水灾时舍命救人（《故乡人·钓鱼的医生》）；乡下无名小卒拥有一身异能（《故里三陈》《鸡鸭名家》）；乡里姑娘敢爱敢恨，自由选择伴侣（《大淖记事》《小姨娘》）……同是高邮人的陆建华指出这些动人的篇章在高邮掀起强烈的反响，"这不只因为作品逼真地、诗意地描绘了高邮县的风土人情和里下河秀丽风光，更在于人们从作者所描绘的曾经发生在高邮土地上的那些基本上是真人真事的动人故事中，清晰地感受到作者的感情讯息——对故乡难以忘怀的爱和对故乡人民身上即使在旧社会也鲜明地表现出来的性格力量以及精神美的热情赞颂。"③

　　1983 年，汪曾祺在《〈晚饭花集〉自序》中说："如果继续写下去，应该写出一点更深刻，更有分量的东西。"④同年，他写了《金冬心》。《金冬心》是以金农

---

　　①　王洪辉：《中国式的人道主义者——汪曾祺小说的平民立场和人道关怀》，第 52 页。
　　②　汪曾祺：《自序》，载邓九平编：《汪曾祺全集》第 4 卷，第 206 页。
　　③　陆建华：《动人的风俗画——漫评汪曾祺的三篇小说》，《北京文学》，1981 年 8 期，第 48 页。
　　④　汪曾祺：《〈晚饭花集〉自序》，载邓九平编：《汪曾祺全集》第 3 卷，第 327 页。

(1687—1763)及袁枚(1716—1798)的事迹来构思的小说。此篇虽非取材自现实生活,但金农是"扬州八怪"之一,其事迹正是汪曾祺自小熟悉的一页。王洪辉指此篇体现作者对"非德"的唾弃,①意思不差。金冬心自命清高,却厚颜无耻要求身处南京的袁枚代兜售其灯画,被拒后,大骂对方为"斯文走狗",自己却急不可待做另一条"斯文走狗",攀附权贵,大拍盐商程雪门与铁保珊的马屁。通过那顿"清淡"的酒席,以及行酒令的描写,官吏的虚伪、文人的做作,显露无遗。作家的民间审美意识开始动摇,遂把眼光转向人性丑陋的一面。

1986年后,他在《〈晚翠文谈〉自序》中说:

> 我不否认我有我的思维方式,也有那么一点我的风格。但是我不希望我的思想凝固僵化;成了一个北京人所说的"老悖晦"。我愿意接受新观念、新思想,愿意和年轻人对话——主要是听他们谈话。②

作为新时期的老作家,汪曾祺表现出一种开放的创作姿态。可是,1986至1989年的主要创作是"聊斋新义",原创作品只有寥寥六篇。然而,从这几个作品来看,作家简单明晰的文风渐趋向多元化,《虐猫》写"文革",《八月骄阳》写老舍(舒庆春,1899—1966)自杀,《安乐居》写北京饭店以及店里各式人物,《荷兰奶牛肉》写的是张家口农科所吃奶牛的故事,《毋忘我》质疑现代人所谓忠贞的爱情观念。牵涉故乡题材的只有《小学同学》一篇,此篇却流露了反思、批判传统的端倪。

《小学同学》是一篇印象式的随笔,抒发了作家对五个小学同学(金国相、邱麻子、徐守廉、蒌蒿薹子、王居)的怀念。写金国相时,肯定了现代的教育制度,否定了私塾,如写道:"我们是读小学的,而且将来还会读中学、大学,对私塾看不起,放学后常常大摇大摆地走进去看看。"③邱麻子因为早熟,"摸"了女生,被学校开除,前途尽毁。汪曾祺回想此事,不禁感叹旧社会的人们性知识薄弱,"连教导主任顾先生也不知道'猥亵'这个词",④以致糟蹋了人材。或许,那个时代,在小村镇成长的人,命运大多如蒌蒿薹子:没有野心,没有幻想,安分知足,"虚岁二

---

① 王洪辉:《中国式的人道主义者——汪曾祺小说的平民立场和人道关怀》,第51页。
② 汪曾祺:《〈晚翠文谈〉自序》,载邓九平编:《汪曾祺全集》第4卷,第50页。
③ 汪曾祺:《小学同学》,载邓九平编:《汪曾祺全集》第2卷,第279页。
④ 汪曾祺:《小学同学》,载邓九平编:《汪曾祺全集》第2卷,第280页。

十,就结了婚。隔一年,得了一个儿子。而且,那么早就发胖了"。① 在这几位同学里,汪曾祺最惋惜的是徐守廉。他是汪曾祺的好朋友,人很聪明,功课也好,但小学毕业后便没有升学,留在家里的棺材店当学徒。文章结尾流露了作家对这位好朋友的怜爱之情:

> 我读完初中,徐守廉也差不多出师了。
> 我考上了高中,路过徐家棺材店,徐守廉正在熟练地锛板子。我叫他:"徐守廉!"
> "汪曾祺! 来!"
> 我心里想:"你为什么要当棺材匠呢?"
> 话到嘴边,没有说出来。我觉得当棺材匠不好。为什么不好呢? 我也说不出来。②

汪曾祺或许认为以徐守廉的聪慧,将来必可大有作为,在村镇里当一名棺材匠,简直是把他埋没了。但是作者没有把这些话写出来,只是让文中那股淡淡的忧伤来感动读者。

1990 年,汪曾祺刚满七十岁,"人生七十古来稀",不免感怀一番:"我已经老了。我渴望再年轻一次。"③可是,过了一年,却改了口吻:"我今年七十一岁,也许还能再写作十年。这十年里我将更有意识地吸收西方现代文学的影响。"④ 1990 至 1996 年,他发表了约 50 篇短篇小说,可见其孜孜不息的努力。这些暮年创作的小说仍以故乡题材为主,但故事不再单纯美好,时而揭示旧社会的弊病,时而深化人物的悲剧色彩,民间叙事态度完全改变。值得一提的是,他还写了几个短篇,义无反顾地声讨"文化大革命"。看过作家审美理想改变的心路历程,下面将举例说明一下作家在晚年展现给我们看的民间世界。

---

① 汪曾祺:《小学同学》,载邓九平编:《汪曾祺全集》第 2 卷,第 284 页。
② 汪曾祺:《小学同学》,载邓九平编:《汪曾祺全集》第 2 卷,第 283 页。
③ 汪曾祺:《〈年关六赋〉序》,载邓九平编:《汪曾祺全集》第 5 卷,第 111 页。
④ 汪曾祺:《〈汪曾祺自选集〉重印后记》,载邓九平编:《汪曾祺全集》第 5 卷,第 164 页。

一、丑陋、凄凉的民间世界——乡里题材小说

民间"丑陋"的呈现，主要因为作家着意塑造了一批形象鲜明的负面人物。本来，80年代的小说也有负面人物，如《大淖记事》中玷污巧云的刘号长、《岁寒三友》中夺人生意的王伯韬和诱人卖女的宋保长。可是，这些人物没有给读者留下深刻印象，因为作家把镁光灯打在美好的人事上，写这些人物，总是点到即止，或起陪衬作用。至于当作主角来写的坏人，如捉弄行人的孩子（《钓人的孩子》）、偷鸡的联大学生（《鸡毛》），干的不过是逗人发笑的无知勾当。总的来看，他的小说没有大奸大恶之徒，顶多只是犯点儿小毛病，或贪点儿小便宜的无赖。

90年代的小说却很不一样，作家以厚颜无耻之徒为叙事焦点，这一点从篇章命名亦可得见，《关老爷》《莱生小爷》是代表作。关老爷是村里有名望的人，可是恃财凌人，每次下乡"看青"，①都要找大姑娘、小媳妇陪睡，奖赏是一枚金戒指。当他发现刚入门的媳妇不是处女时，修改了奖赏方式："凡是陪他睡觉的，倘是处女——真正的黄花闺女，加倍有赏——给两个金戒指。"②如此"关照"黄花闺女，与其子痛打不是处女的妻子两相对照，十分讽刺。莱生小爷好吃懒做，见过美丽的姨子后，整天嚷着："我要玲玲！我要玲玲！""我要玲玲嫁我！"③还理直气壮地要自己的妻子去说亲，说古时候娥皇、女英也是嫁同一个丈夫。这个无耻之徒后来中了风，再后来变成半个傻子。这些人物或许令民间变得更实在，但同时却失去了审美的理想。

此外，作家的叙事态度也有转变。80年代初，作家写过一个一毛不拔的老顽固——"八千岁"。此人虽然富有，却吝啬得很——不但对人，对自己也是，常年穿一套落伍的老蓝布二马裾，顿顿吃糙米红饭、熬青菜——有时放两块豆腐，点心永远是经济实惠的草炉烧饼。对付"八千岁"这样的人，作家只是善意地捉弄他一下，让八舅太爷敲他一杠，无端花去他九百大洋。到了90年代，对《辜家豆腐店的女儿》中王老板这类假仁慈者，却不再是善意的揶揄，而是批判和挖苦。

---

① "看青"即估产，田主和佃户一同下乡察看庄稼的长势，然后估计收成和交得起的租金。参见汪曾祺：《关老爷》，载邓九平编：《汪曾祺全集》第2卷，第451页。

② 汪曾祺：《关老爷》，载邓九平编：《汪曾祺全集》第2卷，第455页。

③ 汪曾祺：《莱生小爷》，载邓九平编：《汪曾祺全集》第2卷，第438页。

50多岁的王老板假装仁慈,说要救济贫困的辜家,援助方法却是"叫她女儿陪我睡睡",①最后把好好的一个黄花闺女糟蹋了。王老板的大儿子"大呆鹅"竟然学样儿,也找到辜家女儿身上,作家如此记叙这件事:

> 王老板是包月,按月给五块钱。
>
> 大呆鹅是现钱交易。每次事完,摸出一块现大洋,还要用两块洋钱叮叮当当敲敲,以示这不是灌了铅的"哑板"。②

讽刺的是,辜家女儿爱上的竟是王老板的二儿子王厚堃,主动献身,却被对方拒绝,如此安排情节,无疑加深了辜家女儿的悲剧色彩。

除了这些丑陋的嘴脸,汪曾祺还创造了一批命运悲惨的女性,让民间大地披上几分悲剧色彩。90年代第一篇小说《迟开的玫瑰或胡闹》告别了以往乐观的人文主义思想,其后的《小芳》《忧郁症》《露水》《小娘娘》《合锦》《百蝶图》,悲剧色彩越趋浓厚,写的几乎都是苦命的女子,读她们的故事,无不令人感到无奈和凄凉。上面提到的辜家女儿就是一例,她家里很穷,父亲又长期卧病在床,生活逼人,她才会沦落到以卖淫为业。《忧郁症》中的裴云锦最终走上自尽的道路,保姆小芳勇敢反抗命运的安排,可是命运没一刻放过她,在她最无助时,喊叫的竟是小主人"卉卉"的名字,其孤苦无助不言而喻。在爱情的主题上,汪曾祺的士大夫情调已经不复存在了:

> 此时,他不再仅仅满足于"要有益于世道人心"。他要写出自己对人生的体验,表达自己对人生痛苦的理解与悲悯。因此,他80年代的小说中时常流露出的和谐温馨的气氛、乐观的心情几乎消失了,取而代之的是一幕幕人生悲剧。他把笔触伸向了人性的深处,他要洞悉人性的真相。③

无疑,汪曾祺的艺术视野开阔了,思考也较前期深入。他洞悉到爱情也有无助的

---

① 汪曾祺:《辜家豆腐店的女儿》,载邓九平编:《汪曾祺全集》第2卷,第403页。
② 汪曾祺:《辜家豆腐店的女儿》,载邓九平编:《汪曾祺全集》第2卷,第403页。
③ 舒欣:《汪曾祺小说创作演进初探》,第78页。

一面，因此 90 年代小说中的女子大多没有掌握爱情的力量。《大淖记事》中的巧云虽然让刘号长玷污了，但她和十一子最终排除万难，走在一起。可是，长得如出水芙蓉的王小玉，却不能和小陈三相爱，因为陈妈妈觉得"小玉太好看，太聪明，太能干，是个人尖子。她的家里，绝对不能有个人尖子。她不能接受，不能容忍！她宁可要一个窝窝囊囊的平庸的儿媳"。① 此篇表现了封建婚姻制度、孝道对自由恋爱的扼杀。《露水》中卖唱女子的爱情却夭折于无常的命运之手。她与同在船上卖唱的男子萍水相逢，后来互相依靠，男人还给她吊嗓子，本来以为可以过上安稳日子，想不到男子倏然病死。此篇结局无限凄凉，深化了世事无常的题旨。

从以上提及的几个例子，可见作家在开拓新文风的时候，已经慢慢偏离京派的书写本色。除了小说内容，书写文字亦可见一斑。这里试举两段"性"的描述，便可分出两个时期文风的优劣，先看《受戒》"脚印"一段：

> 她挎着一篮子荸荠回去了，在柔软的田埂上留了一串脚印。明海看着她的脚印，傻了。五个小小的趾头，脚掌平平的，脚跟细细的，脚弓部分缺了一块。明海身上有一种从来没有过的感觉，他觉得心里痒痒的。这一串美丽的脚印把小和尚的心搞乱了。②

再看《辜家豆腐店的女儿》"献身"一段：

> 王厚堃站起身来要走，辜家女儿忽然把门闩住，一把抱住了王厚堃，把舌头吐进他的嘴里，解开上衣，把王厚堃的手按在胸前，让他摸她的奶子，含含糊糊地说："你要要我、要要我，我喜欢你，喜欢你……"③

前者文字优美，含蓄蕴藉，后者大胆直接，但剥夺了读者的想象空间。若要论艺术效果，显然前者胜后者。当然，这样的比较不太全面，因为叙述语调往往受到

---

①　汪曾祺：《百蝶图》，载邓九平编：《汪曾祺全集》第 2 卷，第 484—485 页。

②　汪曾祺：《受戒》，载邓九平编：《汪曾祺全集》第 1 卷，第 336—337 页。

③　汪曾祺：《辜家豆腐店的女儿》，载邓九平编：《汪曾祺全集》第 2 卷，第 404 页。

故事的限制。但是，总的来看，90年代的爱情小说涉性描述较多，意识开放，某些作品更有渲染性爱的嫌疑。①

二、残忍、野蛮的时代——"文革"题材小说

"反右""文革"的经历几乎是所有现当代中国作家的集体回忆，写作题材更是源源不绝，余华（1960—　）的《兄弟》、章诒和（1942—　）的《最后的贵族》、严歌苓（1958—　）的《第九个寡妇》写的还是这些灾难的烙印。汪曾祺虽然是京派作家，也写过几篇政治题材的小说。不过，80年代与90年代的处理手法不尽相同，从中可以洞悉作家民间审美意识的转变。

80年代的"文革"小说，大体偏向发扬人文精神，不重视披露社会黑暗。除了《骑兵列传》及《寂寞和温暖》较不可取外，②其他篇章都写得富有特色。《天鹅之死》宛如一首散文诗，行文用字精练优雅，虽有愤怒之情，却被优美的文风所覆盖。如果说《尾巴》是一个寓言小品，那么《虐猫》便是一篇精彩的警世小品。《虐猫》把焦点放在几个喜欢虐猫的顽皮孩子身上，他们想尽法子虐待猫，最后想到把猫从高空摔下，看猫在空中惨叫。直到有一天，他们看到其一孩子的父亲因受不住挨斗跳楼自杀，他们才明白"死"的意思，不再玩摔猫游戏了。这样的"文革"小说，篇幅短小，构思独特，发人深省。许子东（1954—　）曾深入研读50篇"文革"小说，找出其中共有的"情节功能"，③但套在这三篇作品上，恐怕不大适用，因为它们秉承"京派"的文风，重情境、不重情节，且呈现诗化、散文化的倾向。

写于1996年的《当代野人系列三篇》，却与先前的"文革"小说大相径庭。这

---

①　舒欣指出汪曾祺某些性爱小说表现了作者在创作上的偏差，如《钓鱼巷》写少爷程进同女佣大高发生性行为，后来程进上中学又嫖妓，最后居然考上大学，并成为一名出色的工程师。此篇以性贯穿文章，却没有表现人性的复杂，反而有渲染性的神秘力量的创作倾向。详见《汪曾祺小说创作演进初探》，第79—80页。

②　这两篇作品流于温情脉脉，手法上亦无可取之处。例如《骑兵列传》以三个"但愿"作结："但愿这些老同志平平安安的。但愿以后永远不搞那样的运动了。但愿不再有那么多人的肋骨、踝骨被打断。"见汪曾祺：《骑兵列传》，载邓九平编：《汪曾祺全集》第1卷，第285页。

③　许子东以为"文革小说"故事形式、艺术手法各异，但其中却有相近的基本叙事模式，遂深入研读50篇小说，归纳出4个叙事阶段、29个情节功能。详见许子东：《为了忘却的集体记忆——解读50篇文革小说》，北京：生活·读书·新知三联书店，2000年版。

时候的汪曾祺显得沉不住气,怒不可遏,在"题记"中疾呼:

> 我最近写的小说,背景都是"文化大革命"。是不是"文化大革命"不让再提了? 或者,"最好"少写或不写? 不会吧。"文化大革命"怎么能从历史上,从人的记忆上抹去呢? "文化大革命"是我们这个民族的扭曲的文化心理的一次大暴露。盲从、自私、残忍、野蛮……这一组小说所以以"当代野人"为标题,原因在此。①

作家把"文革"中野蛮无理之徒贬为"当代野人",语调颇不客气,与上文论及的"文革"小品相去甚远。这一系列的小说写了几个京剧团里的荒唐人物:耿四喜、郝大锣、范宜之、夏枸丕(夏狗屁),并揭示他们在"文革"中的荒唐行为。其中对耿四喜的控诉更是毫不留情,直把他当成畜生:"火葬场把蒙着他的白布单盖横了,露出他的两只像某种兽物的蹄子的脚,颜色发黄。"②另在文中大发议论,或加以反讽,更是随处可见。③

此外,其他篇章偶尔写到"文革",也不忘唠叨几句,如《唐门三杰》写道:"说话到了'文化大革命'。'文化大革命'是大倒退、大破坏、大自私。最大的自私是当革命派,最大的怯懦是怕当当权派,当反动派。简单地说,为了利己大家狠毒地损人。"④又如《钓鱼巷》中的"中国有许多知识分子本来都可以活下来,对国家有所贡献,然而不行,非斗不可! 八亿人口,不斗行吗?"⑤至此,汪曾祺的人生观

---

① 汪曾祺:《当代野人系列三篇·题记》,载邓九平编:《汪曾祺全集》第 2 卷,第 499—500 页。

② 汪曾祺:《当代野人系列三篇·三列马》,载邓九平编:《汪曾祺全集》第 2 卷,第 494 页。

③ 《当代野人系列三篇·三列马》中写道:"中国的事情也真是怪,先给犯错误、有问题的人定了性,确立了罪名,然后发动群众,对'分子'围攻,迫使'有'问题的人自己承认各种莫须有的问题,轮番轰炸,疲劳战术,七斗八斗,斗得'该人'心力交瘁,只好胡说八道,把自己说成狗屎堆,才休会一两天,听候处理。这种办法叫做'搞运动'。这大概是中国的一大发明。"又如:"'文化大革命'大部分'战士'都是这样:气壮如牛,胆小如鼠,只求自保,不问良心。"分别见汪曾祺:《当代野人系列三篇·三列马》和《当代野人系列三篇·大尾巴猫》,载邓九平编:《汪曾祺全集》第 2 卷,第 493 页、第 496 页。

④ 汪曾祺:《唐门三杰》,载邓九平编:《汪曾祺全集》第 2 卷,第 458 页。

⑤ 汪曾祺:《钓鱼巷》,载邓九平编:《汪曾祺全集》第 2 卷,第 449 页。

已起了变化，温文尔雅的叙事态度亦不复存在。

80年代后期，汪曾祺在与施叔青的对话中，指自己直至中央否定"文革"时才觉悟这场运动之荒谬，施叔青答道："你比较后知后觉。"①这种"后知后觉"，出于汪曾祺随遇而安、豁达乐观的性格，他在1983年说过以下的话：

> 说老实话，不是十年"文化大革命"的惨痛教训，不是经过三中全会的拨乱反正，我是不会产生对于人道主义的追求，不会用充满温情的眼睛看人，去发掘普通人身上的美和诗意的。不会感觉到周围生活生意盎然，不会有碧绿透明的幽默感，不会有我近几年的作品。②

此外，他还以在张家口下放劳动时画过的一本马铃薯图谱为荣。③应该说，他的本性更接近理想民间世界中巧云、岁寒三友那类人物，比较乐天知命，故说："我当了一回右派，真是三生有幸。要不然我这一生就更加平淡了。"④

汪曾祺对"文革"态度的改变，与当时的客观环境有紧密的关系。80年代末，邓小平（1904—1997）大力推行"改革开放"政策，大幅度提高人民的生活水平，刺激国家经济发展，使中国真正面向世界。踏入90年代，社会各方面皆受裨益，学术风气亦相对自由，文坛真正做到"百花齐放"，汪曾祺自然也想有所突破。论者还提到："加之汪曾祺孜孜以求的融传统于现代的审美情趣已合不上时代的节拍，这不能不使推崇鲁迅、沈从文、废名的他在内心深处产生极大的失落感、幻灭感。"⑤可是，相对来说，80年代的"文革"小说尤胜90年代。就艺术特色而言，前期小说虽然没有正面批判"文革"，但是叙事风格甚有个人特色，后期作品反而流于控诉，作家干扰的情况亦颇频繁。

---

① 汪曾祺、施叔青：《作为抒情诗的散文化小说——与大陆作家对谈之四》，《上海文学》，1988年4期，第72页。

② 汪曾祺：《我是一个中国人》，载邓九平编：《汪曾祺全集》第3卷，第301—302页。

③ 汪曾祺：《随遇而安》，载邓九平编：《汪曾祺全集》第5卷，第138页。

④ 汪曾祺：《随遇而安》，载邓九平编：《汪曾祺全集》第5卷，第132页。

⑤ 江河：《天鹅之死——汪曾祺九十年代小说论》，《湖南人文科技学院学报》，2004年4期，第52页。

三、小结：两个民间世界的比较

汪曾祺给我们展现了两个完全不同的民间世界，前者充满温爱，有益于世道人心；后者批判传统，揭示现世的丑恶和缺陷，带给读者无限哀感。这两个民间世界的价值意义以及艺术成就，正是不少论者热切讨论的课题。这方面的意见可简括为以下两种：一、集中讨论 80 年代的作品，肯定这些"写梦"小说滋润人心的意义，并高度评价作家纯熟的叙事手法；二、批判 80 年代温情脉脉之作，认为它们缺乏思想深度，同时，推崇后期直面现实、突破和谐文风的作品。

首先，笔者同意第一种意见的定论，即肯定那些书写美好民间的作品。对汪曾祺来说，80 年代的题材、人物、文体都是他熟悉又乐于接触的东西，因此处理得比较成功。汪曾祺复出文坛，很快找到自己的位置，但也有"自知之明"，知道自己的性情做不了"伟大"作家：

> 其实我并没有多少迟暮之思。我没有对失去的时间感到痛惜。我知道，即使我有那么多时间，我也写不出多少作品，写不出大作品，写不出有分量、有气魄、雄辩、华丽的论文。这是我的气质所决定的。一个人的气质，不管是由先天还是后天形成，一旦形成，就不易改变。人要有一点自知。我的气质，大概是一个通俗抒情诗人。我永远只是一个小品作家。我写的一切，都是小品。就像画画，画一个册页、一个小条幅，我还可以对付；给我一张丈二匹，我就毫无办法……一个人找准了自己的位置，就可以比较"事理通达，心气平和"了。①

他自谓没有写出有分量的作品，是个性使然，不能勉强。其实，这也是人文思想起了主导作用，因此作家只愿意做现代归有光，或中国的契诃夫。他虽然未能担任文坛总舵手，但带领我们游览的民间大地也别有一番韵味，不但经得起时间的考验，也负载了导人向善的力量。夏元明从生命意识的角度切入讨论其作品，以为汪曾祺评价人事不是从一般的政治、道德的立场出发，而是从生命的立场出

---

① 汪曾祺：《〈晚翠文谈〉自序》，载邓九平编：《汪曾祺全集》第 4 卷，第 49 页。

发,故小说充满健康的生活情调。①

对于第二种意见,笔者未能完全认同。这方面的论者大多以为美好的民间世界并不存在,只是作家在"做梦"。翟业军从"冷与热""真与善""楚与儒"三个方面论述沈从文与汪曾祺不同的书写态度,并总结道:

> 沈从文抵达了生命价值的源头,并勇敢直视着生命的冷。汪曾祺取消了终极追问,用仁者之心编温热的梦,来净化人心,补残缺的现世。②

上引评论语气相对温和,只是指出汪氏前期小说没有"终极追问",但仍肯定其"净化人心"的积极意义。摩罗却进一步质疑"梦"的真实性,并指出这是逃避现实的产物:"在中国的二十世纪,在二十世纪的苏北平原,真的有这么一个温馨天国吗?这会不会纯粹是作者记忆中的温馨?"③其实,就文学创作而言,就算"纯粹是作者记忆中的温馨",亦未尝不可作为写作题材。

不过,第二种意见主要还是表现在高度评价 90 年代的作品上,如论者指出:

> 90 年代汪曾祺更多的是沾染了鲁迅的"毒气"和"鬼气",自觉与"和谐"之美告别,用个人主义或是清醒的现实主义尽着一位老知识分子的良知与责任。④

对于汪曾祺晚年文风的突变,论者大多持欣赏态度,以为他尽了知识分子的良知和责任,加以表扬。摩罗也指出:"在 90 年代的汪曾祺小说中,沉溺于恬静温馨、陶醉于田园牧歌的气息越来越少,直面人间之冷酷、人生之荒寒,正视苦难、悲悯天下的美学气质渐渐明显起来。"他还以为这使汪曾祺的小说升华到一个更高的

---

① 夏元明:《汪曾祺小说的生命意识》,《黄冈师专学报》,1999 年 1 期,第 50 页。

② 翟业军:《蔼然仁者辨——沈从文与汪曾祺比较》,《文学评论》,2004 年 1 期,第 30—38 页。

③ 摩罗:《末世的温馨——汪曾祺创作论》,《当代作家评论》,1999 年 5 期,第 34 页。

④ 江河:《天鹅之死——汪曾祺九十年代小说论》,《湖南人文科技学院学报》,2004 年 4 期,第 54 页。

艺术境界。① 笔者认同汪曾祺的开拓精神,正如评论家所言,80 年代时,他在儒家强调情感原则和庄禅讲究直观领悟的思维方式的影响下,只能平实地写下熟悉的生活和真切的感受,未有进一步审视宗法社会中良莠并存的传统文化,故作品缺乏深沉的理性思维和清醒的批判意识,读者在美的享受中不能激起更深沉的思索。② 因此,把他 80、90 年代的作品结合起来,我们便能看到一个完整的民间世界,既有真实的一面,也有理想的一面。

---

① 摩罗:《悲剧意识的压抑与觉醒——汪曾祺小说论》,《小说评论》,1997 年 5 期,第 28 页。

② 杨剑龙:《论汪曾祺小说中的传统文化意识》,《当代作家评论》,1989 年 2 期,第 103 页。

第三章
以画为文：汪曾祺小说之叙事魅力

　　京派文人一向重视形式美。他们以为题材内容固然重要,但形式同样不可忽视,如梁宗岱所说:"形式是一切艺术的生命,所以诗,最高的艺术,更不能离掉形式而有伟大的生存。"①汪曾祺把这种审美追求很好地继承了下来,并在小说语言及结构两方面用力最多,形成自己独有的风格。如果用印象派批评的话来说,京派作家都在"以歌为文"或"以画为文",纵然调子、画风略有出入。李健吾说过:"《边城》是一首诗,是二佬唱给翠翠的情歌。《八骏图》是一首绝句,犹如那女教员留在沙滩上神秘的绝句。"②批评家也多次把废名的小说比喻成田园牧歌,把凌叔华的小说当成抒情小调。至于以画喻文,则是评论汪曾祺小说的惯用语之一。这里的"画"指重神韵、轻形似的写意国画,也指表现民俗生活的风俗画。从理论批评的角度来看,"以歌为文"或"以画为文"都是叙事的技巧。③ 汪曾祺的"以画为文",实为京派小说抒情化的余韵,然作家又渗入个人的爱好,表现在语言上是文白杂糅,表现在结构上则有抒情诗的痕迹,下面逐点细述。

---

　　① 梁宗岱:《新诗底纷歧路口》,载《诗与真·诗与真二集》,北京:外国文学出版社,1984年版,第 168 页。
　　② 李健吾:《〈边城〉——沈从文先生作》,载《咀华集·咀华二集》,上海:复旦大学出版社,2005 年版,第 26 页。
　　③ "叙事"与"叙述"意义稍有分别,徐岱指出:"'叙述'是一种行为,指的是叙述主体采用语言这种特定的媒介来表达一些内容,当这种内容是一个故事时,便是'叙事'。"见《小说形态学》,杭州:杭州大学出版社,1992 年版,第 46 页。但是,汪曾祺小说的故事性不强,故本书之"叙事"与"叙述"意义相通。

第一节 京派抒情化书写的延续

"抒情化"是京派的底蕴。沈从文回顾其创作,以为"故事在写实中依旧浸透一种抒情幻想成分",①又把写作比喻为"情绪的体操"②。不单京派小说如此,京派文评亦如此,《咀华集》是佼佼者。李长之也说:"感情就是智慧,在批评一种文艺时,没有感情,是决不能有清晰的概念的。"③他用这种情绪来写《鲁迅批判》,来评价孔子、孟子、屈原(约公元前 339—前 278)、司马迁(公元前 145—前 90),文风既精辟又不失浪漫,难怪被形容为"批评家是他的本分,而抒情诗人则是他的灵魂"。④ 总之,京派作家对文学作品及文学评论的艺术要求很高,各以不同程度的"抒情"和"真情"来规范自己。因此,汪曾祺在新时期提倡小说"诗化"、"散文化",并鼓吹学习传统文化,汲取古典诗、文的精髓,都可视为京派命脉的延续。

论析作品之前,宜先了解汪曾祺的小说语言观。早在 1947 年,他写了《短篇小说的本质》,提出不少具前瞻性的意见。⑤ 比如他从作者和读者的关系来界定长、中、短篇小说:"如果长篇小说的作者与读者的地位是前后,中篇是对面,则短篇小说的作者是请他的读者并排着起坐行走的。"⑥又针对短篇小说略抒己见,例如:

---

① 沈从文:《〈沈从文小说选集〉题记》,收载于花城出版社、生活・读书・新知三联书店香港分店联合编辑:《沈从文文集》第 11 卷,1984 年版,第 70 页。

② 沈从文如此解释他的"体操":"这可说是一种'体操',属于精神或情感那方面的。一种使情感'凝聚成为渊潭,平铺成为湖泊'的体操。一种'扭曲文字试验它的韧性,重捶文字试验它的硬性'的体操。"见沈从文:《情绪的体操》,《沈从文文集》第 11 卷,第 327 页。

③ 李长之:《我对于文艺批评的要求和主张》,收载于郜元宝、李书编:《李长之批评文集》,珠海:珠海出版社,1998 年版,第 391 页。

④ 许道明:《中国现代文学批评史新编》,上海:复旦大学出版社,2002 年版,第 171 页。

⑤ 汪曾祺:《短篇小说的本质》,原载天津《益世报・文学周刊》第 43 期(1947 年 5 月 31 日)。收载于邓九平编:《汪曾祺全集》第 3 卷,第 17—31 页。

⑥ 汪曾祺:《短篇小说的本质》,载邓九平编:《汪曾祺全集》第 3 卷,第 24 页。

　　短篇小说者，是在一定时间，一定空间之内，利用一定工具制作出来的一种比较轻巧的艺术；一个短篇小说家是一种语言的艺术家。①

　　一个短篇小说，是一种思索方式，一种情感形态，是人类智慧的一种模样。②

　　一个小说家即使不是彻头彻尾的诗人，至少也是半仙之分，部分的诗人……③

　　一个真正的小说家的气质也是一个诗人。④

汪曾祺创作小说的同时，也在探讨小说文体的意义。他以为短篇小说和诗是很靠近的，语言因此成了小说的重要一员。他甚至高呼："我宁可一个短篇小说像诗、像散文、像戏，什么也不像也行。可是不愿意它太像个小说，那只有注定它的死灭。"⑤可见，他一开始就走上抒情化的创作道路。早期的《小学校的钟声》《复仇》确实有点儿散文诗的味道。

　　到了新时期，他源源不绝地提出对于小说文体及艺术追求的看法，其中较重要的文章有《"揉面"——谈语言》（1982）、《说短》（1982）、《小说技巧常谈》（1983）、《谈风格》（1984）、《关于小说的语言（札记）》（1986）、《小说的散文化》（1986）、《中国文学的语言问题》（1987）、《小说的思想和语言》（1990）、《对仗、平仄》（1996）。从这些评论中，我们再次看到"士大夫"的影子，因为文中采用的多是传统的论说方法，如"知人论世""文气论""意境说"。⑥ 不过，其中也有一些前卫的观点，"小说语言本体论"即是。他说："语言本身是艺术，不只是工具。"⑦又说："语言不只是技巧，不只是形式。小说的语言不是纯粹外部的东西。语言和内容是同时存在的，不可剥离的。"⑧言下之意，即小说通过语言来表现自身，有

---

① 汪曾祺：《短篇小说的本质》，载邓九平编：《汪曾祺全集》第3卷，第30页。
② 汪曾祺：《短篇小说的本质》，载邓九平编：《汪曾祺全集》第3卷，第31页。
③ 汪曾祺：《短篇小说的本质》，载邓九平编：《汪曾祺全集》第3卷，第25—26页。
④ 汪曾祺：《短篇小说的本质》，载邓九平编：《汪曾祺全集》第3卷，第29页。
⑤ 汪曾祺：《短篇小说的本质》，载邓九平编：《汪曾祺全集》第3卷，第27—28页。
⑥ 《关于小说语言（札记）》便是一例，参见汪曾祺著，邓九平编：《汪曾祺全集》第4卷，第7—16页。
⑦ 汪曾祺：《"揉面"——谈语言》，载邓九平编：《汪曾祺全集》第3卷，第182页。
⑧ 汪曾祺：《关于小说的语言（札记）》，载邓九平编：《汪曾祺全集》第4卷，第7页。

了语言，才有小说，"写小说就是写语言"。① 这种说法与西方新批评不谋而合，"以形式为本体的新批评、俄国形式主义、结构主义，乃至解构主义美学都将语言放在中心地位。"②以结构主义为例，乔纳森·卡勒(Jonathan Culler)在《结构主义诗学》中说："语言学不单单是激发灵感的动力和泉源，还是一种可以把结构主义各种设想统一起来的方法论模式。"③他更提出以语言学为考察符号系统的参照模式，建构结构主义"诗学"，这种"诗学"与文学的关系就像语言学与语言的关系一样。④

不过，汪曾祺的语言本体论并不排除作者的情感和读者的释义，故与西方的又不完全相通，⑤彼此的共通点只是对语言的重视。汪曾祺提出这一点，对当代文学发展产生一定的影响：

> 汪曾祺的本体论小说语言观是在新时期中国美学、文学理论、文学批评的"语言学转向"的潮流中形成的，是批判文学政治"从属论"和"工具论"的积极成果，与"先锋派小说""朦胧诗"和"新生代诗"对"怎样写"或"语感"的艺术追求存在着紧密的联系，同时它也接通了与西方现代文学语言学的精神联系。⑥

---

① 汪曾祺：《中国文学的语言问题——在耶鲁和哈佛的演讲》，载邓九平编：《汪曾祺全集》第4卷，第217页。

② 王岳川：《艺术本体论》，上海：上海三联书店，1994年版，第26页。

③ 原文为："Linguistics is not simply a stimulus and source of inspiration but a methodological model which unifies the otherwise diverse projects of structuralists." 见 Culler, Jonathan D., *Structuralist poetics : structuralism, linguistics and the study of literature*, Ithaca, N.Y.: Cornell University Press, 1975, p.4.

④ 原文为："This problem can be solved only if one proceeds to the fourth position and uses linguistics not as a method of analysis but as the general model for semiological investigation. It indicates how one should go about constructing a poetics which stands to literature as linguistics stands to language." 见 Culler, Jonathan D., *Structuralist poetics : structuralism, linguistics and the study of literature*, p.257.

⑤ 王岳川如此解读新批评形式论："新批评形式论，将表现论的因素从作品中完全清理出去，他们将作者的情感因素看作'意向谬误'，将读者对作品的释义看作'感受谬误'而加以拒斥，而剩下的东西仅仅是作品的语言。"见王岳川：《艺术本体论》，第27页。

⑥ 杨学民：《试论汪曾祺的小说语言观及其意义》，《胜利油田师范专科学校学报》，1999年1期，第28页。

无疑,汪曾祺的小说语言论对 80 年代的语言发展有着积极的意义,要知道当时不少作家还没有完全从"文学从属论"或"文学工具论"中苏醒过来。但是,如果我们没有忘记汪曾祺是京派传人的话,实在不该为此感到惊奇,因为重视语言和诗意正是京派本色。

因此,汪曾祺在新时期提出理论并付诸实践,正好接通了出现断层的京派精神。此外,作为沈从文的学生,他还积极地表扬老师及其作品,写了《沈从文和他的〈边城〉》《沈从文的寂寞》《沈从文先生在西南联大》《一个爱国的作家》《星斗其文,赤子其人》《读〈萧萧〉》《又读〈边城〉》等文,对京派文学表示认同。遗憾的是,除了个别论文之外,几乎所有综论京派的书籍都没有论及这一点。高恒文《京派文人:学院派的风采》只写到京派随着《文学杂志》终刊(1948 年 11 月)而辉煌地落幕。① 许道明《京派文学的世界》详尽分析了《邂逅集》,然对于复出的汪曾祺只有一句:"而他在新时期的复出,重操那支小说家的笔,这是非常耐人寻味的。"②2005 年出版的《对话时代的叙事话语——论京派文学》向前跨了一步,指出"汪曾祺是京派家族一脉单传而到当代的作家,讨论他的作品也就要延伸到20 世纪 50 年代后的一些作品"。③ 然而,此书采用的是叙事话语的角度,没有申明新时期的汪曾祺创作对京派发展的意义。

其实,汪曾祺"散文诗"小说理论在新时期被广泛接受,以及作品受到欢迎,都可视为京派的审美"种子"再次遇上了好气候,终于"春风吹又生"。《受戒》《大淖记事》予人清新感不在话下,1985 年出版的《晚饭花集》同样让人惊喜。读者对书中淡淡的叙述语调十分欣赏,④有的还把此书比喻成一坛陈年老窖,"初看貌似平淡,仔细品尝味道醇浓,有着独特的魅力"。⑤ 不妨说,新时期的汪曾祺令京派小说"复活"过来,并对当代文坛产生隐隐约约的影响。有的评论以为汪曾

---

① 高恒文:《京派文人:学院派的风采》,上海:上海教育出版社,2000 年版,第 214 页。

② 许道明:《京派文学的世界》,上海:复旦大学出版社,1994 年版,第 311 页。

③ 查振科:《对话时代的叙事话语——论京派文学》,沈阳:春风文艺出版社,2005 年版,第 136 页。

④ 谭宗远:《一本绿色封面的书——〈晚饭花集〉读后》,《博览群书》,1986 年 3 期,第 46 页。

⑤ 王干、黄振钟:《"淡"的魅力》,《读书》,1985 年 12 期,第 82 页。

祺诱发了"寻根小说"的诞生,如李陀说:"与其把汪曾祺'归入'这一艺术群体(笔者按:指何立伟、阿城、韩少功、贾平凹、郑万隆、莫言),莫若说他是这一群体的先行者,一只相当偶然地飞在雁群之前的头雁。"①京派研究者应该重视这一段历史,并把它写进京派文学史。

如果把眼光再放远一点儿,我们甚至可以说汪曾祺接续了"五四"小说的抒情化书写倾向。陈平原指出"五四"作家受到西方小说的启迪,对小说结构有了新的认识,以为:

> 小说可以有各种各样的作法,不一定要讲故事,不一定要有头有尾,不一定要有高潮有结尾,不一定要布局曲折动人。一句话,不一定以情节为结构中心。②

"五四"作家不以情节为结构中心,追求氛围、情调的营造,周作人也认为现代小说"不仅是叙事写景,还可以抒情",并称之为"抒情诗的小说"。③ 汪曾祺追慕的就是这种不以情节取胜的"抒情诗小说"。他说:"写小说就是要把一件平平淡淡的事说得很有情致(世界上哪有许多惊心动魄的事呢)。"④基于对汪曾祺创作理念的初步认识,接下来将从语言和结构两方面进一步探讨汪氏小说之叙事魅力。

第二节　一语天然万古新:叙事语言

汪曾祺小说艺术魅力之最大者,非"语言"莫属。相对诗歌、散文创作而言,语言未必是小说家最关注的一环,但在京派的创作里,语言却位居要津。从追求小说语言的完美上来看,汪曾祺与废名可谓一脉相承。只是,二人的终极追求不尽相同,废名醉心的是李商隐的隐晦意象,而汪曾祺心慕笔追的则是归有光的白

---

① 李陀:《意象的激流》,收载于中国社会科学出版社文学编辑室编:《小说文体研究》,北京:中国社会科学出版社,1988年版,第32页。
② 陈平原:《中国小说叙事模式的转变》,北京:北京大学出版社,2003年版,第102页。
③ 周作人:《晚间的来客·译后记》,《新青年》,7卷5号(1920年),第6页。
④ 汪曾祺:《小说笔谈》,载邓九平编:《汪曾祺全集》第3卷,第207页。

描笔法，即元好问（1190—1257）评陶潜（约 365—427）诗所谓："一语天然万古新，豪华落尽见真淳。"①为了系统地展示汪氏小说语言的魅力，将先概括其语言风格，继而细述其语言特质。

一、语言风格：简约平淡、清爽明快

"风格"是文学作品的整体风貌，其形成与内容、语言、语调、节奏、结构息息相关。刘勰（约 465—522）将文章分为"八体"——典雅、远奥、精约、显附、繁缛、壮丽、新奇、轻靡，②说的就是风格的类别。不过，陈望道（1890—1977）的体性分类逻辑性较强，故这里主要参考其论说。③ 若从用辞多寡及辞藻性质的角度来看，汪氏的小说语言当属"简约平淡"。若从运句的角度来看，他的语言风格还表现为"清爽明快"。汪曾祺善于掌握语言的节奏，句子长短不一，错落有致，形离神合。

我们先来讲"简约平淡"。回顾中国文人的创作历程，大多如苏轼（1037—1101）所言："凡文字，少小时须令气象峥嵘，采色绚烂，渐老渐熟乃造平淡；其实不是平淡，绚烂之极也。"④可见造"淡"并非求易，而是一种境界，一种参悟万物而回归自然的文风，故多为作家晚年文风。汪曾祺的情况也差不多，但他在 40年代创作的作品里，亦有一些读起来文字比较淡的作品。或许如他自己所说："一个人的气质，不管是由先天还是后天形成，一旦形成，就不易改变。人要有一点自知。我的气质，大概是一个通俗抒情诗人。我永远只是一个小品作家。"⑤

① ［清］施国祁（1750—1824）：《元遗山诗集笺注》，北京：人民文学出版社，1958 年版，第 525 页。

② 刘勰著，周振甫（1911—2000）注：《文心雕龙注释》，北京：人民文学出版社，2002 年版，第 308 页。

③ 陈望道把文章体性类别分为四组八种：一、由内容和形式的比例，分为简约和繁丰；二、由气象的刚强和柔和，分为刚健和柔婉；三、由话里辞藻的多少，分为平淡和绚烂；四、由检点工夫的多少，分为谨严和疏放。见陈望道：《修辞学发凡》，载《陈望道文集》第 2 卷，上海：上海人民出版社，1980 年版，第 490—491 页。

④ 苏轼：《与二郎侄一首》，收载于孔凡礼点校《苏轼文集》第 6 卷，北京：中华书局，1986 年版，第 2523 页。

⑤ 汪曾祺：《〈晚翠文谈〉自序》，载邓九平编：《汪曾祺全集》第 4 卷，第 49 页。

创作《老鲁》时,汪曾祺才 25 岁,却写出这样平静淡然的文字:

> 学校所在地名观音寺,是一荒村,也没有什么地方可去。时在暑假,我们的眠起居食,皆无定时。早上起来,各在屋里看书,或到山上四处走走,看看时间差不多了,就相互招呼去"采薇"了。下午常在校门外不远处一家可以欠账的小茶棚中喝茶,看远山近草,车马行人,看一阵大风卷起一股极细的黄土,映在太阳光中如轻霞薄绮,看黄土后面蓝得好像要流下来的天空。到太阳一偏西,例当想法寻找晚饭菜了。晚上无灯——交不出电灯费教电灯公司把线给铰了,大家把口袋里的存款倒出来,集资买一根蜡烛,会聚在一个未来的学者、教授的屋里,在凌乱的衣物书籍之间各自找一块空间,或臧否一代名流,行云流水,不知所从来,也不知向何处去,高谈阔论,聊起来没完,而以一烛为度,烛尽则散。生活过成这样,却也无忧无虑,兴致不浅,而且还读了那么多书!①

"我们"的生活看似脱俗,其实都是被"逼"出来的。没有钱吃饭,所以眠起居食皆无定时;没有钱交电费,只能点蜡烛,聊天看书。汪曾祺描述这种窘境时,却写得很淡然,还有几分乐在其中的味道。当然,这也是一种文艺青年的腔调,不过文字确实清真简约,文白糅杂。陈望道指:"少用辞藻,务求清真的,便是平淡体。"②

到了新时期,汪曾祺平淡的文风益发彰显,文笔更见峻洁,这与年岁增长和生活磨炼亦有关系。淡泊文风之形成,可从两个角度理解:一、力求以白描笔法、平淡话语来写小说;二、受题材限制,新时期小说多是追忆旧社会之作,文风遂趋向平淡恬静。先说第一点,白描笔法即不事雕琢,以朴质文字如实述来。这一点,从描写女性的笔触来察看就知道了,因为她们像汪曾祺的文字一样,很少涂脂抹粉,乔装打扮。试看:

> "你现在也好看。你的眼睛好看。你的脖子,你的肩,你的腰,你的手,

① 汪曾祺:《老鲁》,载邓九平编:《汪曾祺全集》第 1 卷,第 41 页。
② 陈望道:《修辞学发凡》,载《陈望道文集》第 2 卷,第 497 页。

都好看。你的腿好看。你的腿多长呀。阿姨,我们爱你!"①

高雪小时候没有显出怎么好看。没有想到,女大十八变,两三年工夫,变成了一个美人,每年暑假回家,一身白。②

李小龙很喜欢看王玉英,因为王玉英好看。王玉英长得很黑,但是两只眼睛很亮,牙很白。王玉英有一个很好看的身子。③

她(笔者按:虞小兰)长得像一颗水蜜桃,皮肤非常白嫩,腰身、手、脚都好看。④

刘小红长得好看,大眼睛,很聪明,一街的人都喜欢她。⑤

引文中用得最频繁的词语要算"好看"了,其次是"白""黑""亮""大""长"这些耳熟能详、平淡至极的用语。因此,这些女性都美得很自然,不禁令人想起废名笔下的三姑娘:

三姑娘这时已经是十二三岁的姑娘,因为是暑天,穿的是竹布单衣,颜色淡得同月色一般——这自然是旧的了,然而倘若是新的,怕没有这样合适,不过这也不能够说定,因为我们从没有看见三姑娘穿过新衣:总之三姑娘是好看罢了。⑥

三姑娘穿着一身淡得如同月色的旧衣,也是"好看"的。当然,汪曾祺也有一些刻画得较细腻、用词较丰富的,如《受戒》中写英子两姐妹一段。不过,总的来说,还是平白如话的词语用得最多。

至于第二点,其实也是作家有意为之。他说过小说是回忆:

但我以为小说是回忆。必须把热腾腾的生活熟悉得像童年往事一样,

---

① 汪曾祺:《天鹅之死》,载邓九平编:《汪曾祺全集》第1卷,第387页。
② 汪曾祺:《徙》,载邓九平编:《汪曾祺全集》第1卷,第495页。
③ 汪曾祺:《晚饭花》,载邓九平编:《汪曾祺全集》第1卷,第528页。
④ 汪曾祺:《八千岁》,载邓九平编:《汪曾祺全集》第2卷,第42页。
⑤ 汪曾祺:《熟藕》,载邓九平编:《汪曾祺全集》第2卷,第426页。
⑥ 废名:《竹林的故事》,载李葆琰编选:《废名选集》,第98页。

生活和作者的感情都经过反复沉淀,除净火气,特别是除净感伤主义,这样才能形成小说。①

他的小说是在事过境迁,平心静气回首往事时形成的——这个大前提注定了小说的叙事语调只能是恬淡的。朱光潜曾借用英国心理学家爱德华·布洛(Edward Bullough,1880—1934)的"心理距离"(psychical distance)来解析美感经验,他说:

> 从一方面说,作者如果把自己的最切身的情感描写出来,他的作品就不至于空疏不近情理。但是从另一方面说,他在描写时却不能同时在这情感中过活,他一定要把它加以客观化,使它成为一种意象,他自己对于这情感一定要变成一个站在客位的观赏者,换一句话说,他一定要在自己和这情感之中辟出一个"距离"来。②

此番话与汪曾祺的创作意旨相通。80 年代初,汪曾祺作为一个站在客位的观赏者,用审美的目光回溯旧时的生活点滴,写了一系列以江苏高邮旧生活为题材的小说。1981 至 1983 年,可谓其创作高峰期,陆续发表了《受戒》《大淖记事》《岁寒三友》《故乡人》《故里杂记》《晚饭花》《鉴赏家》等篇,平淡简约的文笔深得读者欢迎。昆明的大学生涯,有时也会进入作家梦中,《鸡毛》《日规》都是凝聚大学回忆而成的作品。挥不去的还有对"文革"的记忆,只是表现手法相对随和,既不像伤痕小说般悲天悯人,也没有先锋小说的荒诞不经,《天鹅之死》《寂寞和温暖》《皮凤三楦房子》《非往事》都是淡泊中寓温情和诙谐的作品。

叙述当下与真实故事之间的时空距离帮助作家去除火气和感伤色调,故事慢慢讲出来就成了散淡散淡的。这道鸿沟还能提升审美感,令文本多一分诗意。或许,"愈古愈远的东西愈易引起美感"。③ 杨联芬也说:

---

① 汪曾祺:《〈桥边小说三篇〉后记》,载邓九平编:《汪曾祺全集》第 3 卷,第 461 页。
② 朱光潜:《文艺心理学》,收载于《朱光潜美学文集》第 1 卷,上海:上海文艺出版社,1982 年版,第 27 页。
③ 朱光潜:《文艺心理学》,收载于《朱光潜美学文集》第 1 卷,第 33 页。

现代作家的抒情化小说，凡是艺术感染力历久不衰的，其抒情的基点大都不是即兴式的，即不是在情绪激动的当时进行的宣泄，而是沉静时的回眸观照。这样的情绪不是突发而稍纵即逝的，而是一种"回味"，一种反复的酝酿，深沉而醇厚，具有永恒性。①

把事物摆在某种"距离"以外去看，就能直观事物的美态。摩罗（1961— ）曾经质疑在 20 世纪的苏北平原，是否真的有那么一个温馨天国。② 答案其实并不重要，哪怕事实并非如此美好，但作家晚年选择用平淡恬静的笔调来书写，表现的正是他的人生态度。

不过，需要补充一点。这里所指的平淡是就整体文风而言，而不是指汪氏的小说语言从头到尾地平淡，那样就成"寡"了。说它"淡"而非"寡"，因为作家懂得使一点语言幽默，如《异秉》《八千岁》《关老爷》；晓得写一些奇崛的句子，如以"追赶"写夜行火车的灯光；③以及巧妙地运用颜色词和拟声词，如《鉴赏家》《幽冥钟》。因此，他的小说语言是淡中有味，许自强便指出平淡的语言中有三味：乡土味、冲淡味、诗味。④ 此外，语言平淡也是一种感情的克制，好像《虐猫》《八月骄阳》《百蝶图》诸篇，因为没有夸张的渲染，字里行间的愁绪反而更动人。

从汪曾祺简约平淡的文风中，至少可以看到两位作家的影子：归有光、阿索林。⑤ 归有光脍炙人口的名篇多为书写亲情、友谊的散文，而汪曾祺坦言受影响的也只是这几篇。⑥《先妣事略》详述生儿育女这样的家庭琐事，突显其母之贤

---

① 　杨联芬：《中国现代小说中的抒情倾向》，北京：北京师范大学出版社，1996 年版，第82 页。

② 　摩罗：《末世的温馨——汪曾祺创作论》，《当代作家评论》，1996 年 5 期，第 34 页。

③ 　《羊舍一夕》："车窗蜜黄色的灯光连续地映在果园东边的树墙子上，一方块，一方块，川流不息地追赶着……"见汪曾祺著，邓九平编：《汪曾祺全集》第 1 卷，第 208 页。

④ 　许自强：《淡中有味、飘而不散——从〈安乐居〉和〈云致秋行状〉看汪曾祺小说的风格特色》，《文艺理论与批评》，1988 年 4 期，第 120—127 页。

⑤ 　阿索林原名何塞·马丁内斯·鲁伊斯（Jose Martinez Ruiz，1874—1967），是西班牙重要作家之一。小说著作有回忆青少年生活的自传三部曲：《意志》（1902）、《安东尼奥·阿索林》（1903）、《小哲学家的表白》（1904），"阿索林"一名便取自书中主人公的姓氏。散文随笔则极力描绘古老的西班牙村镇，表现爱国主义思想。

⑥ 　他说："归有光的名文有《先妣事略》《项脊轩志》《寒花葬志》等篇。我受到影响的也只是这几篇。"见汪曾祺：《谈风格》，载邓九平编：《汪曾祺全集》第 3 卷，第 337 页。

淑、慈爱，文笔淡泊，感人至深；《项脊轩志》以几件家庭琐事，刻画三代人之骨肉深情，章法松散，笔墨疏淡；《寒花葬志》破格为身份卑微的婢女寒花写墓志，全篇仅112字，却把小姑娘淘气、灵秀的性情表露无遗。巧的是，此三篇都是追忆之作，与《受戒》《大淖记事》《鉴赏家》《兽医》一样，轻淡中满溢深情。阿索林是西班牙作家，"他善于用细致而清晰的笔触，勾画出一幅幅旧日西班牙的风物画和人物画，使人如临其境，如见其人，情趣盎然，为小品文的上乘"。[①] 据说汪曾祺读的是卞之琳翻译的中译本，[②]也就是说从念西南联大开始，汪曾祺就被这位作家吸引了。阿索林笔下古老的西班牙叫汪曾祺着迷，那随情绪流淌的文字也让汪曾祺倾倒，以至汪曾祺把他视为"终生膜拜的作家"。[③] 比较汪曾祺、阿索林的研究尚不多见，目前只有零星的论文触及这个课题。[④] 这是可以进一步拓展的研究方向，因为汪曾祺忆述高邮的文风与阿索林书写西班牙的调子实在相似。阿索林写古色古香的西班牙，汪曾祺写古朴幽静的荸荠庵、明丽动人的芦花荡、四季分明的大淖、传统节日、技艺、民间小吃；阿索林用平淡的文字叙述众生的琐碎生活，如《一个西班牙的城》《一个劳动者的生活》《修伞匠》《员外约根先生》，汪曾祺也一样平心静气地讲着邑人"岁寒三友"、高北溟、王淡人、叶三，以及过路人王四海、卖眼镜的宝应人的小故事。试看一段评价阿索林的文字：

> 阿比（左）林的散文，亲切、自然，以谈话的语调叙述一些平平常常的故事，描写西班牙小镇上的平凡人物的人生态度和生活方式，表现了作者对故

---

① 徐霞村（徐元度，1907—1986）：《重印前言》，载徐霞村、戴望舒（1905—1950）译：《西班牙小景》，福州：福建人民出版社，1982年版，第3页。

② 高恒文：《京派文人：学院派的风采》，第25页。顺带一提，最早译介阿索林作品的是徐霞村和戴望舒，卞之琳（1910—2000）为后继者。1930年由上海神州国光社出版的《西万提斯的未婚妻》便是徐霞村和戴望舒从法文本转译出来的。此书1982年由福建人民出版社重印出版，易名为《西班牙小景》。另，《西万提斯的未婚妻》出版后，卞之琳不满从中、英、法文里读阿索林，自学西班牙文来翻译阿索林作品，并于1937年辑成《阿左林小集》出版。此集收载于《卞之琳译文集》上卷，合肥：安徽教育出版社，2000年版，第58—125页。

③ 汪曾祺：《阿索林是古怪的——读阿索林〈塞万提斯的未婚妻〉》，载邓九平编：《汪曾祺全集》第6卷，第14页。

④ 如刘进才：《阿左林作品在现代中国的传播与接受》，《中国现代文学研究丛刊》，2004年4期，第232—248页；朱庆芳：《汪曾祺与阿索林》，《长春理工大学学报》（社会科学版），2006年4期，第38—41页。

国对人生的哀愁。①

　　阿索林的散文和小说没有明确的分野。如果把上文的"阿左林"和"西班牙"改成"汪曾祺"和"苏北"，就是一则汪曾祺小说的评论了。朱庆芳比较《塞万提斯的未婚妻》和汪曾祺的《花园》，也总结道："阿索林的艺术审美旨趣与年青的汪曾祺有一种契合：对于安静恬淡的追求与向往，对普通平凡生活的体验与热爱。"②

　　这里还出现了一个有趣的现象：阿索林把汪曾祺和早期京派文人连接起来了。京派文人对阿索林皆赞不绝口。周作人在冯至的推荐下，读了《塞万提斯的未婚妻》，赞赏之余，还自嘲"要到什么时候我才能写这样的文章呢！"③这篇文章转而引起卞之琳、李广田、何其芳对阿索林的注意，并在不知不觉中受其影响。④周作人感慨读了阿索林的文章，"真令人对于那些古城小市不能不感到一种牵引了"。⑤ 卞之琳翻译之际，也感到"仿佛是发泄自己的哀愁了"。⑥ 汪曾祺也被其笔下的西班牙吸引，说："阿索林笔下的西班牙是一个古旧的西班牙，真正的西班牙。"⑦古老西班牙之于阿索林，仿如昔日高邮之于汪曾祺。汪曾祺还说："他的小说像是覆盖着阴影的小溪，安安静静的，同时又是活泼的，流动的。"⑧这句话套在周作人或废名身上，亦何其贴切。京派文人和阿索林都是沉思的、回忆的、静观的作家，喜欢用回忆的笔调来创作，遂形成轻淡恬静的文风。

　　接着谈谈清爽明快的语言风格。要达到文体清爽明快，就要尽量少写，尽量写得短。《徙》的开头是"很多歌消失了"。⑨ 汪曾祺坦言原来的开头是："世界上曾经有过很多歌，都已经消失了。"他到外面散步回来，就改成现在的样子。他还

---

① 高恒文：《京派文人：学院派的风采》，第25页。
② 朱庆芳：《汪曾祺与阿索林》，第41页。
③ 岂明（周作人）：《西班牙的古城》，载《骆驼草》，1930年第3期，第5页。
④ 高恒文：《京派文人：学院派的风采》，第23—25页。
⑤ 岂明：《西班牙的古城》，第6页。
⑥ 卞之琳：《译阿左林小品之夜》，原载天津《大公报·文艺副刊》，1934年3月7日，收载于卞之琳著，江弱水、青乔编：《卞之琳文集》中卷，合肥：安徽教育出版社，2002年版，第4页。
⑦ 汪曾祺：《谈风格》，载邓九平编：《汪曾祺全集》第3卷，第340页。
⑧ 汪曾祺：《自报家门》，载邓九平编：《汪曾祺全集》第4卷，第288页。
⑨ 汪曾祺：《徙》，载邓九平编：《汪曾祺全集》第1卷，第479页。

说:"我牺牲了一些字,赢得的是文体的峻洁。"①关于汪曾祺小说语言的评论,笔者最欣赏凌宇的一番话:

> 句子短峭,很朴实,像在水里洗过,新鲜、纯净,"清水出芙蓉,天然去雕饰"。每句拆开来看,实在很平常,没有华美词藻的堆砌,也没有格言的锻炼。但合起来,却神气全出。一句句向前推移,意象一层层荡漾开去,构成形象鲜明神气凸现的意境。②

"像在水里洗过,新鲜、纯净"一句就有汪氏语言的神韵,读起来浅白俚俗,咀嚼一番,顿觉想象奇特。"新鲜",因为作家力求脱俗,"人所常言,我寡言之;人所难言,我易言之";③"纯净",因为不事雕琢,不用艰涩的文字,不写冗长的句子。我们不妨先看几段引文,再综述其达至清爽明快之技巧。

下述几段引文,综合来说,有以下几个特点:1. 句子短、停顿多(喜用单句,复句内的分句亦短);2. 人物对话简短;3. 喜用非主谓句;4. 少用关联词、助词;5. 喜欢分行排列。这些书写技巧令小说文体变得峻洁、明快。昆明街景那一段,句子之间没有任何关联词,跳跃性很大,暗示性亦强。通过一连串独语群,营造了热闹却混乱的气氛。赛会那一节更精彩,以有限文字负载丰富的内容。又故意分行书写,造成明快的视觉感受,一个短语就是一幕民间艺术表演,瞬间把整个赛城隍场面置于读者眼前,叫人目不暇接。人物描写和对话皆能抓住人物特点,加以渲染。描摹詹大胖子,作者只写其"白"和"胖",此外并无其他形容词,然詹大胖子的形象却益见鲜明。巧云和十一子的对话亦如是,看似白话,背后却充满柔情蜜意。巧云面对心爱的十一子,表现得坦荡荡,毫无掩饰,坦率个性溢出文外。如陈燕所说:"汪曾祺小说的语言富有较大的弹性与张力,在穿越语言

---

① 汪曾祺:《说短——与友人书》,载邓九平编:《汪曾祺全集》第 3 卷,第 226 页。

② 凌宇:《是诗? 是画? 读汪曾祺的〈大淖记事〉》,《读书》,1981 年 11 月,第 45 页。

③ 汪曾祺在《关于小说的语言(札记)》中论及小说语言从众和脱俗的问题,并引姜夔(约 1155—约 1235)语,说明"小说家的语言的独特处不在他能用别人不用的词,而是在别人也用的词里赋以别人想不到的意蕴"。见汪曾祺著,邓九平编:《汪曾祺全集》第 4 卷,第 8—11 页。

的表层之后,往往含有更深的意蕴或者暗示出另一种意味,形成语言的多义性。"①汪曾祺小说中的精彩对话,比比皆是,而且意蕴无穷,看来确是吸收了《史记》和《世说新语》的精髓。②

表3-1 汪曾祺语言技巧示例

写街景	抗日战争时期。昆明大西门外。 米市,菜市,肉市。柴驮子,炭驮子。马粪。粗细瓷碗,砂锅铁锅,焖鸡米线,烧饵块。金钱片腿,牛干巴。炒菜的油烟,炸辣子的呛人的气味。红黄蓝白黑,酸甜苦辣咸。③
写赛会	十番锣鼓音乐篷子。一个长方形的布篷,四面绣花篷檐,下缀走水流苏。四角支竹竿,有人撑着。里面是吹手,一律是笙箫细乐,边走边吹奏。锣鼓篷悉有五七篷。每隔一段玩艺有一篷。 茶担子。金漆木桶,桶口翻出,上置一圈细瓷茶杯,桶内和杯内都装了香茶。 花担子。鲜花装饰的担子。 挑茶担子、花担子的扁担都极软,一步一颤。脚步要匀,三进一退,各依节拍,不得错步。茶担子、花担子虽无很难的技巧,但几十副担子同时进退,整整齐齐,亦颇婀娜有致。 舞龙。 舞狮子。 跳大头和尚戏柳翠。 跑旱船。 跑小车。④
写人物	詹大胖子是个大胖子。很胖,而且很白。是个大白胖子。尤其是夏天,他穿了白夏布的背心,露出胸脯和肚子,浑身的肉一走一哆嗦,就显得更白,更胖。他偶尔喝一点酒,生一点气,脸色就变成粉红的,成了一个粉红脸的大白胖子。⑤

---

① 陈燕:《汪曾祺小说的语言魅力》,《东岳论丛》,2001年3期,第134页。

② 汪曾祺在讨论人物对话的文章里,力赞《史记》"用口语记述了很多人的对话,很生动",又说《世说新语》"记录了很多人的对话,寥寥数语,风度宛然"。见《"揉面"——谈语言》,载《汪曾祺全集》第3卷,第192页。

③ 汪曾祺:《钓人的孩子》,载邓九平编:《汪曾祺全集》第2卷,第1页。

④ 汪曾祺:《故里三陈·陈四》,载邓九平编:《汪曾祺全集》第2卷,第118—119页。

⑤ 汪曾祺:《桥边小说三篇·詹大胖子》,载邓九平编:《汪曾祺全集》第2卷,第185页。

写对话	十一子能进一点饮食,能说话了。巧云问他: "他们打你,你只要说不再进我家的门,就不打你了,你就不会吃这样大的苦了。你为什么不说?" "你要我说么?" "不要。" "我知道你不要。" "你值么?" "我值。" "十一子,你真好! 我喜欢你! 你快点好。" "你亲我一下,我就好得快。" "好,亲你!"①

综上所述,汪曾祺非常注重小说语言,他以简练的手法处理平淡的语言,形成个人独特风格。论者以为简洁平淡反而赋予读者更大的想象空间:

> 汪曾祺的小说从不面面俱到,而总是给读者留出足够的可供想象的不定点和空白,暗示给人们远远丰富于文字的审美蕴涵,让人尽情享受品茗之后的快感,从而使语言真正升华到以一当十,以少胜多的美学境界。②

相对来说,汪曾祺早期小说不及晚期的峻洁。或如欧阳修(1007—1072)所说:"著撰苟多,他日更自精择,少去其繁,则峻洁矣。"③汪氏八九十年代小说语言的朴质明快是经过长时间锤炼而成的,平淡用语实为精心挑选,就好像刘熙载(1813—1881)评论词曲所谓:"古乐府中至语,本只是常语,一经道出,便成独得。词得此意,则极炼如不炼,出色而本色,人籁悉归天籁矣。"④有论者更夸口:"只语言这一项,就足以使汪曾祺成为卓越的小说家。"⑤

---

① 汪曾祺:《大淖记事》,载邓九平编:《汪曾祺全集》第 1 卷,第 432—433 页。
② 耿岩:《落尽豪华、一派天籁——试论汪曾祺小说语言风格》,《南都学坛》(哲学社会科学版),1995 年 5 期,第 38 页。
③ 欧阳修:《与渑池徐宰·嘉祐元年》,载杨家骆编:《欧阳修全集》下册,台北:世界书局,1963 年版,第 1295 页。
④ [清]刘熙载:《词曲概》,载《艺概》,上海:上海古籍出版社,1978 年版,第 121 页。
⑤ 杨红莉:《汪曾祺"京味"语言中的民俗文化意味》,《北京社会科学》,2004 年 4 期,第 152 页。

二、传统诗文与民间文学的交融

汪曾祺的小说语言体现作家鲜明的风格,然而从中我们也读到很多不同文本的语言,用我国传统文评的话来讲,他的语言有不同的艺术渊源;用西方"互文性"的概念来说,他的语言是对其他文本的吸收和转化。这一节不妨借"互文性"来分析汪氏小说的语言特质。"互文性"(Intertextualité)是朱莉亚·克里斯蒂娃(Julia Kristeva)在巴赫金(Mikhaïl Bakhtin,1895—1975)"对话主义"(Dialogism)的基础上创造出来的批评术语,①指出"任何文本都是引语的镶嵌品构成的,任何文本都是对另一文本的吸收和改编"。② 因此,"所谓互文性批评,就是放弃那种只关注作者与作品关系的传统批评方法,转向一种宽泛语境下的跨文本文化研究"。③ 克里斯蒂娃提出"互文性"后,不少理论家围绕这一术语进行阐释和修正,发展出不同的学说。这里没有固定选取哪一派来分析汪曾祺,但并不会引用哈罗德·布鲁姆(Harold Bloom)那一套,因为"互文性在布鲁姆诗论中表现为紧张的对峙、敌视和斗争关系,文本也不再是静态的语言符号的聚合体,而成了充满愤怒和喧嚣的战场"。④ 这个理论并不适用于汪曾祺。

汪曾祺重出文坛时,就小说创作提出不少宝贵意见。他反对沿袭旧小说之

① "互文性"一词首见于朱莉亚·克里斯蒂娃1956年发表的《词、对话、小说》(Le mot, le dialogue, le roman),后在《封闭的文本》(Texte clos)及《符号学,语意分析研究》(Séméiotikè, Recherches pour une sémanalyse)均有提及。参见[法]蒂费纳·萨莫瓦约:邵炜译,《互文性研究》,天津:天津人民出版社,2002年版,第3—4页。

② 王瑾:《互文性》,桂林:广西师范大学出版社,2005年版,第1页。英译本为"any text is constructed as a mosaic of quotations; any text is the absorption and transformation of another."见 Kristeva, Julia. "Word, dialogue and novel." In *The Kristeva Reader*, edited by Toril Moi. New York: Columbia University Press, 1986, p.37.

③ 陈永国:《互文性》,《外国文学》,2003年1期,第75页。

④ 王瑾:《互文性》,第73页。关于哈罗德·布鲁姆的理论,可参见 Bloom, Harold. *The Anxiety of Influence: A Theory of Poetry*. N. Y.: Oxford University Press, 1973; Bloom, Harold. *Poetry and Repression: Revisionism from Blake to Stevens*. New Haven: Yale University Press, 1976. 布鲁姆在书中指出"影响"会造成"焦虑",压抑和妨碍诗人创新,故诗人必须通过有意的"误读"来偏离影响。这些论点既是对朱莉亚·克里斯蒂娃、罗兰·巴特(Roland Barthes)等人的超越,也是对传统批评的颠覆。

结构模式,主张行文信马由缰,并要适当借鉴西方技巧。然而,在语言运用方面,他却要求回归传统,既要向古典文学学习,也要向群众语言学习。① 一般评论多用"文白糅杂""现代韵白"来指称汪氏小说的语言特色,大致不差。② 从"文白"或"韵白"的角度切入,汪氏小说的互文情况可归纳成下表:

表 3-2　汪曾祺小说语言的互文情况

与传统诗文互文	与民间文学互文
用语方面	
1. 引用古典	1. 引用民歌
2. 暗示古典	2. 引用方言
形式方面	
3. 句式:用四六句、对仗	3. 语音:运用单音节动词
4. 语音:注意平仄、押韵	4. 形式:运用叠字、叠词

这里需要申明两点:一、上表的"用语互文"主要参考吉拉尔·热奈特(Gérard Genette,1930—　)的"跨文性"(transtextualité)理论。③ 热奈特将文学创作对象称为跨文性,并分为五类,第一类即克里斯蒂娃提出的互文性,具体表现手法有引用、参考、抄袭、暗示④;二、汉语作为一种表意文字,有其自身特点,加上独特的语音、句式,并非西方理论所能包容,故添加"形式"一项,以做全面论述。

(一) 与传统诗文互文

我们先来讨论汪氏小说如何与传统诗文互文。互文性自 20 世纪 60 年代发

① 比如他说过:"我觉得新潮派的年轻作家,要补两门课,一门是古典文学的课,一门是民间文学。"见汪曾祺:《作为抒情诗的散文化小说》,载邓九平编:《汪曾祺全集》第 8 卷,第 81 页。

② 如周志强:《作为文人镜像的现代韵白——汪曾祺小说汉语形象分析》,《文艺争鸣》,2004 年 2 期,第 18—20 页。

③ 早期的互文性研究偏向理论阐释,甚少涉及实际分析方法,如罗兰·巴特宣布"作者之死",哈罗德·布鲁姆提出"影响的焦虑"即是。直至吉拉尔·热奈特提出"跨文性"理论,缩小了互文性的批评范围,互文性概念始见具体,故此处主要参照其理论。

④ 其他四类无助本书分析,不赘述,可参见[法]蒂费纳·萨莫瓦约:《互文性研究》,邵炜译,第 19—20 页。

展至今,已演变成一套非常繁复的理论。不过,其中有些观点是我们早就晓得的。罗兰·巴特说:"每一篇文本都是在重新组织和引用已有的言辞。"①这个道理很简单,汪曾祺也说:"很难找到一种语言,是前人完全没有讲过的。那样就会成为一种很奇怪的,别人无法懂得的语言。"②问题倒是如何组织和引用已有的言辞,下文将就个别例子做深入分析。先说说引用的目的:

> 引用总是体现了作者与其所读书籍的关系,也体现了插入引用后所产生的双重表述。引用汇集了阅读和写作两种活动于一体,从而流露了文本的写作背景,或者说是为完成该文所需的准备工作、读书笔记以及储备的知识。③

所谓双重表述,即透过引文激发读者思考文本,以取得文本语言背后的深刻意义。《徙》是一个突出的例子。小说开篇引用《庄子·逍遥游》:"北溟有鱼,其名为鲲。鲲之大,不知其几千里也;化而为鸟,其名为鹏,鹏之背,不知其几千里也。怒而飞,其翼若垂天之云。是鸟也,海运则将徙于南溟。"④读过庄子这一篇的读者此时已有了心理准备,或者说对即将阅读的文本有了初步认识。此篇主人公姓高,名鹏,字北溟,他家门上的春联则是:"辛夸高岭桂,未徙北溟鹏",这两处都化用了庄子引文。这篇小说写了高北溟坎坷的一生:中过秀才,惜翌年停了科举,只好到一家小学教书。本来安守本分,坚守气节,不料引来同事敌意相向。后得友人沈石君相助,"徙"教中学,春风化雨,却又因友人被诬蔑,被逼返回小学。最大的遗憾或许是未能培育女儿高雪读大学,令她郁郁而终。高北溟"未徙"之命运延续到高雪身上。《逍遥游》的引用深化了这位知识分子的无奈,其渴求广阔世界而终无所得。

《皮凤三楦房子》借《清风闸》中皮凤三(又作皮奉山)的事迹来带出故事。此篇写了一个现代版的"皮凤三楦房子":高大头在"文革"时给抄了房子,只留下九

---

①　转引自[法]蒂费纳·萨莫瓦约:《互文性研究》,邵炜译,第12页。

②　汪曾祺:《中国文学的语言问题——在耶鲁和哈佛的演讲》,载邓九平编:《汪曾祺全集》第4卷,第218页。

③　[法]蒂费纳·萨莫瓦约:《互文性研究》,邵炜译,第37页。

④　汪曾祺:《徙》,载邓九平编:《汪曾祺全集》第1卷,第479页。

平方米一家人住。改革开放后,高大头要求取回房子,有关官员不肯妥协,戏言允许他在那九平方米上随意盖。高大头果真盖了。"他盖了个两楼一底。底层还是九米。上面一层却有十二米。他把上层的楼板向下层的檐外伸出了一截,突出在街面上。紧挨上层,他又向南伸展,盖了一间过街楼,那一头接到朱雪桥家厢房房顶"。① 作家在小说开头用了颇长篇幅介绍《清风闸》和皮凤三,为读者理解文本做准备。虽然高大头的楦房子与皮凤三的楦房子不一样,起码没有耍无赖,但结果又有点儿相像。借一个古书中的人名来贯穿古今两段故事,既起了烘托效果,亦增添古典韵味。有趣的是,小说结尾是"究竟如何,且听下回分解",②贯彻引用《清风闸》的说书特色。

此外,汪曾祺喜欢在小说主人公的家门上张贴郑板桥(郑燮,1693—1765)的对联,如戴车匠的"室雅何须大,花香不在多",③以及王淡人的"一庭春雨瓢儿菜,满架秋风扁豆花"。④ 板桥对联以清真简朴闻名,人物生活的真情趣遂得以彰显。引用经典的例子还有很多,如《复仇》引《庄子》,《绿猫》引《文心雕龙·物色》,《寂寞和温暖》引龚自珍(1792—1841)诗句及《离骚》,《唐门三杰》引《淮南子·泰族训》及《诗·周颂·载芟》,《侯银匠》引《枫桥夜泊》诗句。"旧体语言的痕迹和因素使得汪氏小说成为一种包含着旧体文学语言记忆的互文本形式。"⑤引用相关古典,除了深化题旨,有时还可令读者更好掌握人物的心理状态。在《晚饭花》的开头,作家先解释晚饭花就是野茉莉,因为黄昏时候开花,尤其晚饭前后开得最盛,故又名晚饭花。随后引吴其浚(1780—1847)《植物名实图考》介绍野茉莉的一段:"野茉莉,处处有之,极易繁衍。高二三尺,枝叶披纷,肥者可荫五六尺。花如茉莉而长大,其色多种易变……"⑥此时,读者脑海中可能已长出一丛丛晚饭花,再读到李小龙天天看的"一张画"——黄昏、王玉英坐在浓绿浓绿的叶子和乱乱纷纷的红花之前时,对他的暗恋就会有更深的体会。

暗示互文则重在读者的联想和理解,因为"互文的出现被暗示,但并不被进

---

① 汪曾祺:《皮凤三楦房子》,载邓九平编:《汪曾祺全集》第1卷,第547—548页。
② 汪曾祺:《皮凤三楦房子》,载邓九平编:《汪曾祺全集》第1卷,第548页。
③ 汪曾祺:《戴车匠》,载邓九平编:《汪曾祺全集》第1卷,第137页。
④ 汪曾祺:《故乡人·钓鱼的医生》,载邓九平编:《汪曾祺全集》第1卷,第512页。
⑤ 周志强:《作为文人镜像的现代韵白——汪曾祺小说汉语形象分析》,第19页。
⑥ 汪曾祺:《晚饭花》,载邓九平编:《汪曾祺全集》第1卷,第517页。

一步明说。它更要求读者由(有)足够的知识和由此及彼的想象力"。① 基于这个特点，麦克·里法特尔(Michael Riffaterre)将互文性定义为："读者对一部作品与其他作品之间的关系的领会，无论其他作品是先于还是后于该作品存在。"② 其以读者为中心的思考方式与"接受美学"(Rezeptionsästhetik)理论相通，即读者阅读文本时，往往根据自己的"前理解"来做出不同的诠释。③ 其实，中国人早已有这种概念，《易经·系辞》"仁者见之谓之仁，知者见之谓之知"即是。④ 且来看看读者如何凭其立场、观点、趣味来领会汪曾祺的小说。先看以下两段引文：

> 附近有一片矮松林，我们小时常上那里放风筝。蚕豆花开得闹嚷嚷的，斑鸠在叫。⑤

> 晚饭花开得很旺盛，它们使劲地往外开，发疯一样，喊叫着，把自己开在傍晚的空气里。⑥

陈南先对以上两段文字，有这样的领会：

> 仔细揣摩一下，我们觉得上述两例是借用或脱胎于宋词"红杏枝头春意闹"(宋祁《玉楼春》)一句而来。王国维曾赞叹曰：着一"闹"字，则境界全出矣！汪氏的句子不也很美吗？⑦

---

① ［法］蒂费纳·萨莫瓦约：《互文性研究》，邵炜译，第 50 页。

② 转引自［法］蒂费纳·萨莫瓦约：《互文性研究》，邵炜译，第 17 页。

③ "前理解"的概念肇端于海德格尔(Martin Heidegerr，1889—1976)，后由伽达默尔(Hans-Georg Gadamer，1900—2002)将之系统化，再由伊瑟尔(Wolfgang Iser，1926—)引入文学研究，发展为"接受美学"。简单来说，这些理论肯定了读者在阐释活动中的积极作用。伽达默尔提出"成见是理解的前提"，张隆溪指出"他所谓成见其实就是海德格尔所谓'先结构'，也就是解释者的立场、观点、趣味和思想方法等等由历史存在所决定的主观成分"。参见《二十世纪西方文论述评》，北京：生活·读书·新知三联书店，1986 年版，第 194—195 页。

④ 朱熹(1130—1200)注：《系辞上传》，载《周易》，上海：上海古籍出版社，1987 年版，第 58 页。

⑤ 汪曾祺：《鸡鸭名家》，载邓九平编：《汪曾祺全集》第 1 卷，第 86 页。

⑥ 汪曾祺：《晚饭花》，载邓九平编：《汪曾祺全集》第 1 卷，第 528 页。

⑦ 陈南先：《文体家的风采——汪曾祺小说的语言艺术》，《广东职业技术师范学院学报》，2000 年 1 期，第 11 页。

暗示有赖读者的体会，并无绝对对与错。陈南先由花儿的"闹嚷嚷""喊叫"联想到宋祁（998—1061）的词，言之成理。汪曾祺在一篇写紫薇花的散文里也用了相似意象，他把茂密非常的紫薇形容成"一群幼儿园的孩子放开了又高又脆的小嗓子一起乱嚷嚷"。① 此外，他还提过"红杏枝头春意闹""满宫明月梨花白"中的"闹"字、"白"字下得好，或可作一旁证。②

　　另有读者从《珠子灯》的结尾联想到《项脊轩志》。《珠子灯》如此收结：

> 她这样躺了十年。
> 她死了。
> 她的房门锁了起来。③

高万云、宗瑞林指此段文字令他们想到《项脊轩志》中"其后六年，吾妻死，室坏不修"的句子。④ 笔者亦有同感。二者皆以"时间、死亡、房子丢空"三个短句来表达哀思，语言简练。汪文又因分行排列，多了一分诗意。不过，这种暗示并不明显，需要读者对归有光有了"前理解"，才能引起联想。加上暗示的运用，作者亦未必自觉，因为"我们作文（写小说式散文）的时候，在写法上常常会受古人的某一篇或某几篇的影响，自觉或不自觉"。⑤ 不过，有些例子还是挺明显的。比如在《徙》中，作家如此描写高北溟的居所："天井里花木扶疏，苔痕上阶，草色入帘，很是幽静。"⑥最后几句明显出自刘禹锡（772—842）《陋室铭》中之"苔痕上阶绿，草色入帘青"。⑦ 汪曾祺去掉原文"绿"、"青"两个颜色词，化五言为四言，与原文

---

① 汪曾祺：《紫薇》，载邓九平编：《汪曾祺全集》第 4 卷，第 141 页。
② 汪曾祺："揉面"——谈语言，载邓九平编：《汪曾祺全集》第 3 卷，第 191—192 页。
③ 汪曾祺：《晚饭花·珠子灯》，载邓九平编：《汪曾祺全集》第 1 卷，第 520 页。
④ 高万云、宗瑞林：《发纤秾于简古，寄至味于淡泊——浅谈汪曾祺小说的语言艺术》，第 34 页。
⑤ 汪曾祺：《认识到的和没有认识的自己》，载邓九平编：《汪曾祺全集》第 4 卷，第 302 页。
⑥ 汪曾祺：《徙》，载邓九平编：《汪曾祺全集》第 1 卷，第 491—492 页。
⑦ ［唐］刘禹锡撰；《刘禹锡集》整理组点校；卞孝萱校订：《刘禹锡集》下册，北京：中华书局，1990 年版，第 628 页。

各具特色。读者想到《陋室铭》时，亦会对高北溟甘于贫贱而不失志气生出几分敬意。

下面将谈谈汪氏小说如何在形式上与古典文学互文。古典文学主要指诗和散文，形式特点有对仗、四六句、押韵、平仄相协。汪曾祺写的虽是小说，但有意识地融进这些技巧。他说过："我们今天写散文或小说，不必那么严格地讲对仗，讲平仄，但知道其中道理，使笔下有丰富的语感，是有好处的。"①先来看对仗的句子，写得较美的有：

> 罗汉堂外面，有两棵很大的白果树，有几百年了。<u>夏天，一地浓荫；冬天，满阶黄叶。</u>②（底线为笔者所加，下同。）
>
> 墓草萋萋，落照黄昏，<u>歌声犹在，斯人邈矣。</u>③
>
> 王淡人就是这样，给人看病，看"男女内外大小方脉"，做傻事，每天钓鱼。<u>一庭春雨，满架秋风。</u>④

对仗不仅带来视觉上的美感，也为小说增添古典诗意。"一地浓荫，满阶黄叶"（仄仄平平，仄平平仄）、"歌声犹在，斯人邈矣"（平平平仄，平平仄仄），还做到平仄相协，读起来抑扬顿挫。前者突出了罗汉堂清幽寂静的意境，后者寄托了作者对高北溟先生的忆念。"一庭春雨，满架秋风"撷自郑板桥的对联"一庭春雨瓢儿菜，满架秋风扁豆花"⑤，衬托王淡人不为名利所缚的情操。对仗的例子还有很多，如"人活一世，草活一秋"⑥、"夏天，卖西瓜。冬天，卖柿子"⑦、"树荫在东，他睡在东面；树荫在西，他睡在西面"⑧、"客人来了，登店簿，收押金，开房门；客人走时，算房钱，退押金，收钥匙"⑨。虽然这些句子用的是大白话，但形式工整，诗

---

① 汪曾祺：《对仗·平仄》，载邓九平编：《汪曾祺全集》第6卷，第273页。
② 汪曾祺：《桥边小说三篇·幽冥钟》，载邓九平编：《汪曾祺全集》第2卷，第195页。
③ 汪曾祺：《徙》，载邓九平编：《汪曾祺全集》第1卷，第502页。
④ 汪曾祺：《故乡人·钓鱼的医生》，载邓九平编：《汪曾祺全集》第1卷，第516页。
⑤ 卞孝萱：《郑板桥全集》，济南：齐鲁书社，1985年版，第447页。
⑥ 汪曾祺：《钓鱼巷》，载邓九平编：《汪曾祺全集》第2卷，第450页。
⑦ 汪曾祺：《晚饭后的故事》，载邓九平编：《汪曾祺全集》第1卷，第402页。
⑧ 汪曾祺：《七里茶坊》，载邓九平编：《汪曾祺全集》第1卷，第441页。
⑨ 汪曾祺：《王四海的黄昏》，载邓九平编：《汪曾祺全集》第2卷，第18页。

味顿生。不能不提《受戒》中描写小英子两姐妹的一段话：

> 两个女儿，长得跟她娘像一个模子里托出来的。眼睛长得尤其像，白眼珠鸭蛋青，黑眼珠棋子黑，定神时如清水，闪动时像星星。浑身上下，头是头，脚是脚。头发滑滴滴的，衣服格挣挣的。①

上文共享四个对仗，两两相对，比喻新鲜。通过眼睛、头、脚、头发、衣服的描写，把姐妹俩活泼可爱、清爽干净的容貌表现出来。有时候，为了某种目的，作家也用排偶。如以"猫也瘦了，狗也瘦了，人也瘦了，花也瘦了"来指示魏家在二奶奶持家后的败落相；②以"榆树一年一年地长。侉奶奶一年一年地活着，一年一年地纳鞋底"来形容侉奶奶日复一日的平淡生活。③

从上面的例子，亦可窥见作家喜用四六句。或者再看一个突出的例子：

> 随着文气的起承转合，步履忽快忽慢；词句的抑扬顿挫，声音时高时低。念到曾经业师浓圈密点的得意之处，摇头晃脑，昂首向天，面带微笑，如醉如痴，彷佛大街上没有一个人，天地间只有他的字字珠玑的好文章。一直念到两颊绯红，双眼出火，口沫横飞，声嘶力竭。长歌当哭，其声冤苦。街上人给他这种举动起了一个名字，叫做"哭圣人"。④

这是《徙》里的一段文字，写的是一个书呆子。此人考了多次科举皆落空，废科举后，就变得疯疯癫癫。为了突出其"读书人"的身份，作者故意用一连串四六言，刻画其迂腐无知。

最后讲讲汪曾祺如何在小说中押韵。要在小说中押韵并不容易，所以这样的例子不多。句子如"放羊不是艺，笨工子下不地"、⑤"白旗袍，漂白细草帽，白

---

① 汪曾祺：《受戒》，载邓九平编：《汪曾祺全集》第1卷，第333页。
② 汪曾祺：《合锦》，载邓九平编：《汪曾祺全集》第2卷，第474页。
③ 汪曾祺：《故里杂记·榆树》，载邓九平编：《汪曾祺全集》第1卷，第472页。
④ 汪曾祺：《徙》，载邓九平编：《汪曾祺全集》第1卷，第484页。
⑤ 汪曾祺：《羊舍一夕》，载邓九平编：《汪曾祺全集》第1卷，第217页。

纱手套"。① 长篇幅的如《受戒》：

> 荸荠庵的地势很好，在一片高地上。这一带就数这片地势高，当初建庵的人很会选地方。门前是一条河。门外一片很大的打谷场。三面都是高大的柳树。山门里是一个穿堂。②

上文的"上""方""场""堂"韵母皆为"ang"，且隔句押韵，颇为工整。不过，如朱志刚所说，汪氏小说中使用最频密的是暗合韵脚，即押"e"音的"了"和"的"。③这样的例子就很多了，随便举一个：

> 稻子收割了，羊羔子抓了秋膘了，葡萄下了窖了，雪下来了。雪化了，茵陈蒿在乌黑的地里绿了，羊角葱露了嘴了，稻田的冻土翻了，葡萄出了窖了，母羊接了春羔了，育苗了，插秧了。沈沅在这个农科所生活了快一年了。④

作家以一连串"了"来表现时间的流动，予人"转眼就一年了"的感觉，读起来也有诗的味道。当然，写小说不可能通篇运用这些技巧，但适当地加插于文中，确能增添韵味和诗意。

（二）与民间文学互文

这一节将分析汪氏小说如何与民间文学互文。汪曾祺曾如此表达自己对民间文学的钟爱："民间故事丰富的想象和农民式的幽默，民歌比喻的新鲜和韵律的精巧使我惊奇不置。"⑤他也说过："不读民歌，是不能成为一个好作家的。"⑥现

---

① 汪曾祺：《徙》，载邓九平编：《汪曾祺全集》第1卷，第495页。

② 汪曾祺：《受戒》，载邓九平编：《汪曾祺全集》第1卷，第324页。

③ 朱志刚：《节奏与语词的选择——谈谈汪曾祺小说〈受戒〉中语言的运用》，《名作欣赏》，2003年9期，第51页。

④ 汪曾祺：《寂寞和温暖》，载邓九平编：《汪曾祺全集》第1卷，第369—370页。

⑤ 汪曾祺：《自报家门》，载邓九平编：《汪曾祺全集》第4卷，第289页。

⑥ 汪曾祺：《中国文学的语言问题——在耶鲁和哈佛的演讲》，载邓九平编：《汪曾祺全集》第4卷，第220页。

在,我们先来看看他的小说如何引用民歌。据蔡天星和杨鼎川的研究,汪氏小说中共引了约 40 首民歌,其中以劳动歌和儿歌较多。① 下面笔者特选三首有代表性的,谈谈互文效果。

表3-3 汪曾祺小说引用民歌情况示例

民歌类别	歌 词	引 用 效 果
情歌	姐儿生得漂漂的, 两个奶子翘翘的。 有心上去摸一把, 心里有点跳跳的。②	这首小调是荸荠庵"三师父"夏天时在打谷场上唱的。引入此歌,庵里的无所谓清规也就不言而喻了,明子和小英子的爱情故事也添上几分朴野的民间色彩。
儿歌(求 雨歌)	小小儿童哭哀哀, 撒下秧苗不得栽。 巴望老天下大雨, 乌风暴雨一起来。③	《求雨》写昆明街头一群小孩在唱求雨歌,作家把此歌穿插在小说之中,让读者切身感受当时的情形。
嫁娶歌	白果子树,开白花, 南面来了小亲家。 亲家亲家你请坐, 你家女儿不成个货。 叫你家女儿开开门, 指着大间骂门神。 叫你家女儿扫扫地, 拿着笤帚舞把戏。 ……④	《侯银匠》在小说开头引用此歌,带出嫁女的题旨,充满民间风味。歌谣亦隐隐透露快将出嫁的侯菊为人非常精明能干。

引用民歌,个别篇章或有不同用意,而其共通的效果则是渗入民间文学精华。民歌本身是人民智慧的累积,除了形式美和音乐美,还有丰富的修辞格,适当加以运用,便能增添小说的可读性。

小说与民间文学互文的另一表现形式为引用方言。方言为个别地区的语言特色,如在相关小说中加以引用,可令文本变得更"地道"。汪曾祺有几篇小说都是写张家口的,文中便有意引入该地区的方言。如《羊舍一夕》的"放羊不是艺,

---

① 蔡天星、杨鼎川:《沈从文汪曾祺小说里的民歌》,《佛山科学技术学院学报》(社会科学版),2004 年 1 期,第 19—20 页。

② 汪曾祺:《受戒》,载邓九平编:《汪曾祺全集》第 1 卷,第 330 页。

③ 汪曾祺:《小说三篇·求雨》,载邓九平编:《汪曾祺全集》第 2 卷,第 54 页。

④ 汪曾祺:《侯银匠》,载邓九平编:《汪曾祺全集》第 2 卷,第 522 页。

笨工子下不地""打柴一日，放羊一晌"①；《王全》的"愀"②；《七里茶坊》的"天寒地冻百不咋，心里装着全天下""净慕好事""供书""甜""你啦"③。引用这些方言时，作家还会加注解释它们的意思。如对"慕"字解道："慕，是思量、向往的意思。这是很古的语言，元曲中常见。张家口地区保留了很多宋元古语。"④

相对来说，古典文学较接近雅言，民间文学则接近口语。口语的特点包括运用单音节动词、叠语等等，这些在汪曾祺的小说中也是个现象。汪曾祺以为："避开一般书面语言的双音词，采择口语里的单音词。此是从众，亦是脱俗之一法。"⑤《羊舍一夕》中连用数个单音节动词来描写老九的工作，带出利索的感觉：

> 他穿着开裆裤的时候，就在场里到处乱钻。使砖头砸杏儿、摘果子、偷萝卜、刨甜菜，都有他。稍大一点，能做点事了，就甚么也做，放鸭子，喂小牛，搓玉米，锄豆埂……⑥

短短两句用了"砸""摘""偷""刨""放""喂""搓""锄"八个动词来指示不同的动作，论者指出"比胡乱地用一'搞'字、一'弄'字等'万能性'动词效果强多了"。⑦同理，毁灭"四旧"的用词也很丰富："霁红胆瓶，摔了；康熙青花全套餐具，砸了；铜器锡器，踹扁了；硬木家具，劈了。"⑧

叠言具有口语化的色彩，运用妥当，即能营造质朴自然的文风。《王全》模仿民众语言，以马夫王全的口头语"看看"来连贯全文，表现王全憨厚的个性。汪曾祺也擅以叠字叠词来刻画动物和人物，作品中俯拾皆是。譬如写动物的：

> 后面是四百只白花花的，挨挨挤挤，颤颤悠悠的羊，无数的小蹄子踏在

---

① 汪曾祺：《羊舍一夕》，载邓九平编：《汪曾祺全集》第1卷，第217—218页。
② 汪曾祺：《王全》，载邓九平编：《汪曾祺全集》第1卷，第240页。
③ 汪曾祺：《七里茶坊》，载邓九平编：《汪曾祺全集》第1卷，第434—435、440、443、447、449页。
④ 汪曾祺：《七里茶坊》，载邓九平编：《汪曾祺全集》第1卷，第440页。
⑤ 汪曾祺：《关于小说的语言(札记)》，载邓九平编：《汪曾祺全集》第4卷，第9页。
⑥ 汪曾祺：《羊舍一夕》，载邓九平编：《汪曾祺全集》第1卷，第215页。
⑦ 陈南先：《文体家的风采——汪曾祺小说的语言艺术》，第9页。
⑧ 汪曾祺：《皮凤三楦房子》，载邓九平编：《汪曾祺全集》第1卷，第539—540页。

地上,走过去像下了一阵暴雨。①

　　小鸡小鸭都很可爱。小鸡娇弱伶仃,小鸭傻气而固执。看它们在竹笼里挨挨挤挤,窜窜跳跳,令人感到生命的欢悦。②

叠词的运用,凸显了羊群和小鸡小鸭可爱的样子,也为文章添加一股孩子气。再看两段描写人物的:

　　陈相公脑袋大大的,眼睛圆圆的,嘴唇厚厚的,说话声气粗粗的——呜噜呜噜地说不清楚。③

　　余老五高高大大,方肩膀,方下巴,到处方。陆长庚瘦瘦小小,小头,小脸,八字眉。小小的眼睛,不停地转动。嘴唇秀小微薄而柔软。④

连用一串朴直的叠字来描绘陈相公,大大的、圆圆的、厚厚的、粗粗的——一个笨样子就出来了。第二段引文比较了余老五和陆长庚的外貌,一个高高大大,一个瘦瘦小小;一个方、一个软,形成强烈对比。此外,这些叠言多以"成双成对"形式出现,夏云珍便指出:"汪曾祺小说中的叠言又多以两两相对或排比形式出现,符合汉民族'成双成对'的民族心理,从而增添了行文的流畅自然和连绵不断的回环美,同时作者也很注重平仄相协,因此读来铿锵悦耳,韵味无穷。"⑤就小说的语音形象而言,有的论者甚至认为汪曾祺更胜鲁迅和沈从文。⑥

　　"语言"其实是一个很复杂的概念,一方面,它自身不包含任何特点,而有赖

----

①　汪曾祺:《羊舍一夕》,载邓九平编:《汪曾祺全集》第1卷,第216页。
②　汪曾祺:《鸡鸭名家》,载邓九平编:《汪曾祺全集》第1卷,第84页。
③　汪曾祺:《异秉》,载邓九平编:《汪曾祺全集》第1卷,第316页。
④　汪曾祺:《鸡鸭名家》,载邓九平编:《汪曾祺全集》第1卷,第86页。
⑤　夏云珍:《试论汪曾祺小说中的叠言用法》,《襄樊学院学报》,2000年6期,第54页。
⑥　杜悦:《富于独特美感的语音形象——汪曾祺小说探微》,《浙江学刊》,1999年4期,第111—112页。

用者对之筛选、安排；①另一方面，它又是文化的积淀，含有语义以外的意思。汪曾祺深谙语言真谛，孜孜汲取古典诗文中的语言精华，又乐于向通俗的民间语言学习，终成就其独特的小说语言特质：既有典雅、含蓄蕴藉的一面，也有通俗、形象生动的一面。

第三节　苦心经营的随便：叙事结构

一、苦心经营的随便

　　这一节谈的是小说结构。分析小说结构/叙事策略之前，必须交代一下"结构""情节""故事"三者在叙事学中担任了什么角色。首先，"指称叙事结构的文学术语当然是'情节'（plot）"。② 也就是说，分析小说的叙事结构时，当从小说情节下手，而情节的安排就是文本的结构。西方重视情节的批评传统来自亚里士多德（Aristotle，公元前384—前322）的《诗学》，③故"情节"即由时间上的连续及因果关系二者结合而成。至于"情节"和"故事"的区别，福斯特（Forster，E. M.，1879—1970）的讲法最经典：

　　　　故事是叙述按时间顺序安排的事情。情节也是叙述事情，不过重点是放在因果关系上。"国王死了，后来王后也死了"，这是一个故事。"国王死

---

　　① 巴赫金曾经指出："语言的准确性、精炼、欺骗性、分寸性、谨慎等特点，当然不能认为是语言本身的特点，正如不能把语言的诗学特征看作语言本身的特征一样。所有这些特征不属于语言本身，而属于一定的结构，并且完全决定于交际的条件和目的。"见巴赫金：《文艺学中的形式主义方法》，李辉凡、张捷译，桂林：漓江出版社，1989年版，第127页。

　　② ［美］华莱士·马丁：《当代叙事学》，伍晓明译，北京：北京大学出版社，1990年版，第89页。

　　③ 赵毅衡解说道："亚里士多德关于情节的理论，其关键问题，是认为我们无法直接观察人心，我们只有从人物的行动中（从情节中）才能了解人。因此，只有事件才是叙述的实质性的整体。而行动，或事件，必然有起始、发展、高潮和结局这样的基本过程，而这服从于因果的规律。"见《当说者被说的时候：比较叙述学导论》，北京：中国人民大学出版社，1998年版，第173页。

了,后来王后由于悲伤也死了",这是一段情节。时间顺序保持不变,但是因果关系的意识使时间顺序意识显得暗淡了……如果是在一个故事中,我们会说:"然后呢?"而在一段情节中我们就问:"为什么?"那便是小说的这两个方面之间的基本差别。①

福斯特以"因果关系"来区别"故事"和"情节",似不妥当,因为在文学叙述中,所谓"因果关系"可以隐含在句子之中,不一定要写出来。赵毅衡便提到这一点:"小说叙述的时序关系总是隐含着因果关系。"②这个定义无助于文学批评,当今西方文学理论对这两个概念已有详尽的阐释,主要指出前者是作品的素材,后者是表达的形式/艺术处理手法。③ 这里采用这种说法。按汉语的习惯用法,"故事"还是一个整体的概念,"情节"则是故事的一个个片段。以废名《桥》为例,因为情节的因果性和时序交代不详,故事遂变得模糊不清。

汪曾祺给自己的小说结构创造了一个词——"苦心经营的随便"。④ 这句话听起来有点悖论,既是"随便",又怎会是"苦心经营"? 如果从情节来分析汪曾祺的小说结构,不会有戏剧性的发现。其实,从"五四"小说——甚至某些晚清小说开始,作家已开始摆脱传统小说的叙事结构,即由重视时序、因果关系转向重视叙述方式。废名也有这种倾向,还说过一句很美的话:"人生的意义本来不在它的故事,在于渲染这故事的手法。"⑤"传统小说是'讲故事',现代小说是'讲故事'。"⑥(底线为原著者所加)胡亚敏甚至说:"从一部叙事作品中仅了解一个故

---

① [英]爱·福斯特:《小说面面观》,方土人译,收载于方土人、罗婉华译:《小说美学经典三种》,上海:上海文艺出版社,1990 年版,第 271 页。

② 赵毅衡:《当说者被说的时候:比较叙述学导论》,第 197 页。

③ 关于不同文学流派对"故事""情节",甚至"话语"的理论阐释,参见申丹:《叙述学与小说文体学研究》,北京:北京大学出版社,2001 年版,第 13—50 页。详参[美]华莱士·马丁:《当代叙事学》,伍晓明译,第 125—127 页。

④ 汪曾祺在《〈桥边小说三篇〉后记》中提到:"这样的小说打破了小说和散文的界限,简直近似随笔。结构尤其随便,想到什么写什么,想怎么写就怎么写。我这样做是有意的(也是经过苦心经营的)。"引自邓九平编:《汪曾祺全集》第 3 卷,第 461—462 页。

⑤ 废名:《竹林的故事》,桂林:广西师范大学出版社,2003 年版,第 311 页。

⑥ 赵毅衡:《当说者被说的时候:比较叙述学导论》,第 175 页。

事的时代应该结束了。"①汪曾祺从 40 年代开始,已经走上"讲故事"的路,跨过"高山",奔向"溪流"。

表 3－4　汪曾祺小说叙事结构特色图示

传统小说情节	汪曾祺小说情节
［德］古斯塔夫·弗赖塔格 ②	笔者自拟

　　汪曾祺不喜欢故事性太强的小说。③ 归根结底,是他的小说观使然,他一直认为短篇小说不该编故事,而是和读者面对面谈谈生活,故小说结构就成了散散漫漫的,因为现实生活就是这样,没什么情节可言。不过,小说终是文艺创作,如果真的按生活的样子写出来,看头也不大,故加以提炼是免不了的。因此,他就小说结构提出"苦心经营的随便"。不妨这样理解,"随便"就是不详细交代情节的时序和因果关系,尽量符合生活的原貌;"苦心经营"却泄露了玄机,暗指小说还是有结构的,只是由其他元素代替而已。

　　那么,什么元素代替了情节呢? 我们可以再往下推究,为什么汪曾祺会有这样的小说观? 那就要看他所受的影响了。作家讲过好多遍,影响他的西方作家有契诃夫、屠格涅夫、阿索林,中国的则有归有光、废名、沈从文。这几位古今中外文人在创作上有一个共通点:抒情化。杨联芬在《中国现代小说中的抒情倾向》中指出,许多现代作家都有抒情化的趋向,而其原因之一是受了契诃夫和屠格涅夫的影响:

　　　　19 世纪俄国作家中,最受中国现代作家热爱、对中国现代文学产生广泛影响的是契诃夫和屠格涅夫,他们的小说有一个共同特点,那就是具有较浓郁的抒情气息,充满深挚的人道主义情感的忧郁。从情节上看,他们的小

---

①　胡亚敏:《题记》,载《叙事学》,武汉:华中师范大学出版社,1994 年版。

②　转引[美]华莱士·马丁:《当代叙事学》,伍晓明译,第 89 页。

③　汪曾祺说过:"我不善于讲故事。我也不喜欢太像小说的小说,即故事性很强的小说。"见汪曾祺:《〈汪曾祺短篇小说选〉自序》,载邓九平编:《汪曾祺全集》第 3 卷,第 165 页。

说就显得十分单纯，甚至平淡。契诃夫就说过，"情节越单纯，那就越诚恳，因而也就越好"。这句话的意思很明显，即只有在单纯的情节中，作家的主观情致才可能得到充分而自然的表现，因而才能以真诚打动人。①

在抒情小说中，叙事者的主观情绪往往覆盖了小说的情节，所以这类小说读起来故事性不强，却时时感受到作家的情感。换句话说，汪曾祺用情致代替情节，来建构小说的结构。因此，表层叙事结构像一弯流水，情节散漫；深层叙事结构像一棵树，枝叶自然蔓生，却不离主干。② 达至以上效果的手段，主要是淡化情节和制造空白。下面将从叙事结构及叙事手法两方面加以细述。

二、叙事结构：流水和树

汪曾祺小说的表层叙事结构可以用"流水"来做比喻。

小说是叙事性文体，就算"诗化"了，"散文化"了，它还是小说，故避免不了一点故事——只是故事不一定以人物行动为线索，《呼兰河传》《长河》《果园城记》都是这样的例子。这些故事也可以讲得很淡，淡得不像故事，像汪曾祺的《桥边小说三篇·幽冥钟》。这类小说的表层叙事结构（即事件的序列）像一弯流水，汩汩而流，似乎找不到起承转合或高潮。

汪曾祺的小说以直叙为主，没有卖弄时空交错，或以人物心理来铺排情节，而是一件事接一件事，慢慢地讲，读起来很轻松。叙事的语调多是怀旧的、恬淡的，这在《故里杂记·榆树》中甚为明显。小说如此开头："侉奶奶住到这里一定已经好多年了，她种的八棵榆树已经很大了。"③接着几段都是以"侉奶奶……"的模式来进行，讲"侉奶奶"名称的由来，讲她的居住环境，她的草房，她的生活，

---

① 杨联芬：《中国现代小说中的抒情倾向》，第66—67页。

② 笔者把汪曾祺小说的深层叙事结构比喻为"树"，是受了作家一番话的启发。汪曾祺说过："小说的结构像树……一棵树是不会事先想到怎样长一个枝子，一片叶子，再长的。它就是这样长出来了。然而这一个枝子，这一片叶子，这样长，又都是有道理的。从来没有两个树枝、两片树叶是长在一个空间的。"见汪曾祺：《小说笔谈》，载邓九平编：《汪曾祺全集》第3卷，第205页。

③ 汪曾祺：《故里杂记·榆树》，载邓九平编：《汪曾祺全集》第1卷，第468页。

她的侄儿，她的榆树，她养的老牛，老牛的死，佟奶奶的死，榆树的死和下场。这样讲"故事"，就像"扯家常"，想到哪说到哪，没有严谨的结构。汪氏大部分小说都采用流水叙事结构，所以王安忆有以下的概括：

> 汪曾祺的小说写得很天真，很古老很愚钝地讲一个闲来无事的故事，从头说起地，"从前有座山，山上有座庙"地开了头……然后，便顺着开头徐徐地往下说，从不虚晃一枪，弄得扑朔迷离。他很负责地说完一件事，再由一件事引出另一件事来……①

此话不假，汪曾祺总是很"天真"地讲故事。如果用了倒叙法，他会忠实地告诉读者。《晚饭后的故事》以一个晚饭后的联想带出郭庆春的前半生，临近尾声，他却自我解说：

> 以上，是京剧导演郭庆春在晚饭之后，微醺之中，闻着一阵一阵的马缨花的香味时所想的一些事。想的时候自然是飘飘忽忽，断断续续的。如果用意识流方法照实地记录下来，将会很长。为省篇幅，只能挑挑拣拣，加以剪裁，简单地勾出一个轮廓。②

汪曾祺就是这样讲故事：从故人往事中挑挑拣拣，这里有水的故乡、原始的人性美、风俗文化、传统技艺、灾难中的温情……酝酿好了，便随意勾勒一个轮廓——这与他作画的方法很相似。③ 然后，照着轮廓写出来就是了。本来可以稍作渲

---

① 王安忆：《汪老讲故事》，收载《王安忆自选集第四卷：漂泊的语言》，北京：作家出版社，1996 年版，第 432—433 页。

② 汪曾祺：《晚饭后的故事》，载邓九平编：《汪曾祺全集》第 1 卷，第 411 页。

③ 汪曾祺曾表示："我也爱看金碧山水和工笔重彩人物，但我画不来。我的调色碟里没有颜色，只是墨，从渴墨焦墨到浅得像清水一样的淡墨。有一次以矮纸尺幅画初春野树，觉得需要一点绿，我就挤了一点菠菜汁在上面。我的小说也像我的画一样，逸笔草草，不求形似。"见汪曾祺：《〈晚饭花集〉自序》，载邓九平编：《汪曾祺全集》第 3 卷，第 325 页。

染,使之更像一篇"小说",但他不稀罕那样做。①

　　汪曾祺小说的深层叙事结构像"树"。汪曾祺讲故事时,一件接一件,不虚晃,不卖弄。然而,细读作家展现给我们看的一件件事情,却生不起读完整故事的感觉。原因很简单,这些事情不一定按时序来推进,彼此之间亦无因果关系,因此很难把它们汇聚成一个完整的故事,所谓"散文化"就是这意思。前面谈到的《故里杂记·榆树》,还有《昙花、鹤和鬼火》《桥边小说三篇·茶干》都有这种特质。可是,读完这些流水账似的情节,我们并非毫无收获,而是得到另一种意蕴,这就是深层叙事结构所在。《故里杂记·榆树》《故人往事·收字纸的老人》通过一连串散漫的情节,清楚展示了一种淡然的人生态度。

　　以《桥边小说三篇·茶干》为例申说一下。这篇小说通篇写一家叫"连万顺"的酱园。先写酱园的店面、店堂、后院,随后讲到老板连老大,逐点列举其善于经营之道——可是讲到第二点"为人和气"时就扯开了,写孩子们如何喜欢他的店,过年、元宵都往连万顺跑,因为那儿有锣鼓,又有走马灯,好玩得很。讲过连老板,就讲连万顺的特制茶干。讲过茶干,好像没什么好说了。文中有这么一段:"连老大就是这样一个人,一个开酱园的老板,一个普普通通、正正派派的生意人,没有什么特别处。这样的人是很难写成小说的。"②可是,作者突然想到他有两个特别处,就稍微讲了一下。随后却是:"连万顺已经没有了。连老板也故去多年了……"③这里有一个很大的时间跨越,连万顺如何滑落,乃至消失,一字没提。最后讲到他儿子在县里食品店工作,人家问他为何不恢复茶干,他说:"这得下十几种药料,现在,谁做这个!"④结尾是作家的一点感触。按传统小说标准来说,这实在不像一个故事。然而,它又何尝不是一个故事?它讲了一家传统酱店的故事,一种传统食品的故事。讲它们曾经如何辉煌,规模如何宏大,经营手法

---

　　①　汪曾祺曾表示:"有人说我的一些小说,比如《大淖记事》,浪费了材料,你稍微抻一抻就变成中篇了。我说我不抻,我就是这样。拉长了干什么呀?我要表达的东西那一万二千字就够了。作品写短有个好处,就是作品的实际容量比抻长了要大,你没写出的生活并不是浪费,读者是可以感觉得到的。"见汪曾祺:《小说创作随谈》,载邓九平编:《汪曾祺全集》第3卷,第306页。

　　②　汪曾祺:《桥边小说三篇·茶干》,载邓九平编:《汪曾祺全集》第2卷,第201页。

　　③　汪曾祺:《桥边小说三篇·茶干》,载邓九平编:《汪曾祺全集》第2卷,第202页。

　　④　汪曾祺:《桥边小说三篇·茶干》,载邓九平编:《汪曾祺全集》第2卷,第202页。

如何富于人情味，然后无声无息地在现代化过程中消失了。埋藏在表层叙事结构下的深层意义需要读者去整理、推敲才能获得。获得了作家的情致之后，回头再来看这些琐事时，就发现它们关系紧密。这些情节彼此之间不是因果关系，而是相互烘托的关系，彼此同等，好像树的枝干和叶子，环环相扣。

讲到这里，不能不提汪曾祺小说结尾的艺术，因为深层叙事目的往往通过结尾暗示出来。结尾就是点睛之笔，引发读者回想先前的片段，将之重整、组合，以捕捉作家的情致所在。不妨先看看一篇写水果店的短文：

> 江阴有几家水果店，最大的是正街正对寿山公园的一家，水果多，个大，饱满，新鲜。一进门，扑鼻而来的是浓浓的水果香。最突出的是香蕉的甜香。这香味不是时有时无，时浓时淡，一阵一阵的，而是从早到晚都是这么香，一种长在的、永恒的香。香透肺腑，令人欲醉。
>
> 我后来到过很多地方，走进过很多水果店，都没有这家水果店的浓厚的果香。这家水果店的香味使我常常想起，永远不忘。
>
> 那年我正在恋爱，初恋。①

如果没有最后一句，整篇文章或会黯然失色，那股果香也香不起来了。再者，最后那句话也激发了读者的联想，仿佛那家水果店隐藏了一个初恋的故事。

汪氏小说的结尾就是这样，漫不经意地泄露了为文的意旨。《王四海的黄昏》表面上写卖艺人的生涯，整个小说大部分篇幅都写风俗，写王四海卖艺，以及退出江湖，留在小镇上卖膏药。小说末尾写到王四海黄昏时去遛弯，听到远处什么地方在吹奏"得胜令"，令他想起以前风光的日子，可是这种意兴很快就消失了。然后，小说如此收结：

> 王四海站起来，沿着承志河，漫无目的地走着。夕阳把他的影子拉得很长。②

---

① 汪曾祺：《果蔬秋浓·水果店》，载邓九平编：《汪曾祺全集》第6卷，第215页。
② 汪曾祺：《王四海的黄昏》，载邓九平编：《汪曾祺全集》第2卷，第28页。

结尾流露了无可奈何的情致,也让读者想到王四海选择背后的深情。王安忆甚至说:"这其实是一个爱情的故事,却没有一个与情爱有关的字,可是一个艺人放弃了六合天地五湖四海,在一个小镇上栖了身,还能再苛求什么呢?"①小说中确实没有描述王四海与貂蝉的爱情,王安忆却通过这个无声的结局获得了深刻的理解。

汪曾祺深明收结的艺术,曾盛赞汤显祖(1550—1616)关于结尾的言论:

> 我觉得汤显祖批《董西厢》有一个很精辟的见解。他说结尾不外乎两种,一种叫做"煞尾",一种叫做"度尾"。汤显祖这个词用得很美。他说煞尾好像"骏马收缰,寸步不离",咔! 就截住了。"度尾"就好像"画舫笙歌,从远处来,过近处,又向远处去"。写得多好,汤显祖真不愧是个大作家。②

在他自己的小说中,两种结尾的技巧都有运用,又以"度尾"用得较多、较传神。《受戒》《王四海的黄昏》《晚饭花·珠子灯》《露水》都以"度尾"收结,引发读者无限联想。不过,某些以"煞尾"收结的小说也写得很有特色,如《八千岁》中以八千岁一句"给我去叫一碗三鲜面!"作结,③简而有力,清晰表达了八千岁人生观的改变。

三、叙事手法:淡化情节和制造空白

如上所述,汪氏小说的深层叙事意义往往需要读者去重整、组合才能获得,因为故事情节被淡化了,甚至被删去。这些都是作家有意为之的叙事手法,目的是令小说结构变得"散文化""诗化"。当然,如果认同结构本身就是内容的话,那么"写意"就是它本来的结构。下面讨论的"淡化情节"和"制造空白",都是相对传统小说结构而言的,亦只有这样,才能清楚反映这种结构的特点。

先讲"淡化情节"。淡化情节的做法可归纳为"轻描淡写地叙述"及"偏重描

---

① 王安忆:《汪老讲故事》,收载《王安忆自选集第四卷:漂泊的语言》,第437—438页。
② 汪曾祺:《文学语言杂谈》,载邓九平编:《汪曾祺全集》第4卷,第232页。
③ 汪曾祺:《八千岁》,载邓九平编:《汪曾祺全集》第2卷,第52页。

写、抒情"。先说前者,传统小说结构着重铺排情节,除了清楚交代故事脉络,高潮处更会加以渲染。汪曾祺却倾向采用轻描淡写的叙事手法,就算写到特殊事件也不张扬,一笔带过。那些忆记高邮人事的篇章尤其如此,总是以轻淡的笔法来刻画人物,写到他们那些"特别"事件时,也是看似随意的。《故里杂记·李三》围绕着李三的工作来扯淡,写他做庙祝,做地保,做更夫,话题东拉西扯,结尾写他因偷竹篙而被处罚。本来,保乡卫民的地保偷东西算是一件事儿,作家却一笔带过:"李三挨罚,这是有史以来第一次。"①然后,小说就结束了。可见他无意去铺陈特殊事件,用心处反而是表现日复一日的生活面貌。《故里三陈》中的陈小手、陈泥鳅都具有"特异功能",其事迹值得大造文章,但作家没有这样处理,还是老老实实地交代:陈小手替团长太太接生,然后被团长杀死;陈泥鳅跃进急流,从桥洞里把女尸拖出来,再把酬金送到陈五奶奶手里。他俩都是冒着生命危险去"救人",作家却没有制造惊险场面,故事情节反而被文中的情致覆盖了。

轻描淡写的叙述虽然把故事性削弱了,但写到"死亡"时,却为文本增添了一股无名的哀伤感。比如写《晚饭花·珠子灯》中孙淑芸的死,《故里杂记·榆树》中侉奶奶的死,《故乡人·打鱼的》中女渔夫的死,笔触轻淡,哀怨动人。应该说,节制感情有时反而能够增强表达效果。《职业》就是把感情收敛得恰到好处的篇章。此篇写一个沿街叫卖的孩子,本来他应该去上学,可他已经有了一份"职业"——卖糕点。他沿街叫喊"椒盐饼子西洋糕",顽童却把歌词改成"捏着鼻子吹洋号"。然后,有一天,他双手空空,见四下无人,便喊起"捏着鼻子吹洋号"。整篇以平和的语调来叙述,情节也很简单,但结尾那一句"捏着鼻子吹洋号"却表现了这孩子渴望自由的心。李国涛当时就非常喜欢这篇小说:

　　我读到这个结尾时感到高兴,也感到辛酸。我以为这里面有着真正的深刻,对生活的观察,对心理的分析,对儿童的理解和同情。试想一想,在生活中,十岁左右的孩子,多么喜欢模仿小贩的叫卖声;如果有谁更能在用词上加以改变,改得有趣些,便会带来难以表达的乐趣。而在那个时代,十一二岁的孩子已经有了"职业"了,他要正经地沿街叫卖,他已经是别的孩子们

① 汪曾祺:《故里杂记·李三》,载邓九平编:《汪曾祺全集》第1卷,第468页。

模仿的对象。这是使人悲哀的。这种悲哀，是隐藏在这篇小说的背后的。①

看似漠不关心的客观叙述背后，其实寄托了作者的用心。节制的表达或许未能凸显人物的性格，但人物的神髓早已渗透在平淡的叙述中。当然，这也表露了作者的人生态度。

此外，笔墨偏向描写和抒情，也是造成情节淡化的另一原因。汪曾祺的小说没有大故事，多是借小人物的逸事来抒发对生活的一点看法，所以小说开头，要不描写环境，要不介绍人物，几乎没有以叙述事件来开篇的。这在京派小说里，也是普遍的做法，吴福辉便说：

> 好几位京派作家的小说结构不随人物为转移，而围绕表现生活，想怎么写就怎么写。开篇完全是散文式的，铺叙环境，写出气氛，认为背景即人物，气氛即人物。②

废名、沈从文、师陀都擅长在小说开端铺叙环境，挥洒笔墨，毫不吝啬。废名的《菱荡》一开篇就环绕菱荡来写，时而夹叙景物的典故，不知不觉占了一半篇幅。汪曾祺的《大淖记事》也是这样，开篇即铺叙大淖四季的景象，笔触像一道水流，绕着大淖蔓延开去，继而描写大淖四周的商铺、人们的生活、当地的风情习俗。如果从故事的角度来考虑，这一段"闲聊"似乎对推动情节帮助不大。然而，这种结构安排却令"作品散发着富饶和愉快的气息"③，"通篇摇动着云影水光"④。

相对其他京派作家来说，汪曾祺的"铺叙环境，写出气氛"含有浓郁的民俗风味。《王四海的黄昏》前半部小说结构如下：承志河→承志桥→桥南的旷地→旷地上各种卖艺表演→耍猴的→耍木头人戏的→耍把戏的→耍"大把戏"的→旷地周围卖吃食的→卖梨膏糖唱曲的→王四海→……"王四海"之前的都属于铺叙环

---

① 李国涛：《童心渴望自由——汪曾祺的〈职业〉》，《名作欣赏》，1987 年 4 期，第 43 页。
② 吴福辉：《乡村中国的文学形态——〈京派小说选〉前言》，载《京派小说选》，北京：人民文学出版社，1990 年版，第 18 页。
③ ［法］安妮·居里安著、陈丰译：《笔下浸透了水意——沈从文的〈边城〉和汪曾祺的〈大淖记事〉》，《湖南文学》，1989 年 9 月号，第 50 页。
④ 胡河清：《汪曾祺论》，《当代作家评论》，1993 年 1 期，第 13 页。

境，这一段铺叙充满了民俗风味，就连卖梨膏糖的也描述得相当详细：

> 梨膏糖是糖稀、白砂糖，加一点从药店里买来的梨膏熬制成的，有一点梨香。一块有半个火柴盒大，一分厚，一块一块在一方木板上摆列着。卖梨膏糖的总有个四脚交叉的架子，上铺木板，还装饰着一些绒球、干电池小灯泡。卖梨膏糖全凭唱。他有那么一个六角形的小手风琴。本地人不识手风琴，管那玩意叫"呜哩哇"，因为这东西只能发出这样三个声音。卖梨膏糖的把木架支好，就拉起"呜哩哇"唱起来：
>
> "太阳出来一点（呐）红，
> 秦琼卖马下山（的）东。
> 秦琼卖了他的黄骠（的）马啊，
> 五湖四海就访（啦）宾（的）朋！"
> "呜哩呜哩哇，
> 呜哩呜哩哇……"①

以大量文字来铺叙环境，重视逻辑的情节结构一下子就给打断了，因此造成散文化的效果。那些书写高邮人事的篇章，铺叙尤见细腻传神，乡人陆建华读了《受戒》《异秉》《大淖记事》后感动不已，说："我从这些作品中感受到其他作家作品里少见的别样的魅力，我更从这些作品中读出汪曾祺对故乡的感人深情。"②

除了放肆地铺叙环境，汪曾祺也喜欢在文中讲典故、写风俗。写"七里茶坊"，就聊起地名和茶坊的典故："这地方在张家口东南七里。当初想必是有一些茶坊的。中国的许多计里的地方，大都是行路人给取的。如三里沟、二里沟、三十里铺。七里茶坊大概也是这样……'茶坊'是古语，在《清明上河图》《东京梦华录》《水浒传》里还能见到。现在一般都叫'茶馆'了。可见，这地名的由来已久。"③《喜神》是更典型的例子，作家先对钱大昕（1728—1804）《竹汀先生日记

---

① 汪曾祺：《王四海的黄昏》，载邓九平编：《汪曾祺全集》第2卷，第16页。

② 陆建华：《汪曾祺的故乡情结》，载《家乡雪》，南京：江苏文艺出版社，2001年版，第71页。

③ 汪曾祺：《七里茶坊》，载邓九平编：《汪曾祺全集》第1卷，第434页。

抄》对"喜神"的解释提出质疑,再反驳袁枚(1716—1798)《随园诗话》的"喜神"起源说,最后以自己的经验铺陈叙说"喜神"为何物及其画法,写人物的只有最后三小段。这种作文法与他爱读的宋人笔记可谓异曲同工。

此外,小说中常见这样的段落:"这里的风俗,有钱人家的小姐出嫁的第二年,娘家要送灯……",①"这里的风俗,清明那天吃螺蛳,家家如此,说是清明吃螺蛳,可以明目……"②运笔至此,便散开去讲一番风俗,绝不吝啬文字,因而画出一幅幅风俗画。汪曾祺对家乡的缅怀通过这些风俗流露了出来,这与孟元老(约1126年生,卒年不详)创作《东京梦华录》亦颇相似。《东京梦华录》为孟元老"靖康之难"后追忆东京之繁华而作,作者在《序》中提到:"近与亲戚会面,谈及曩昔,后生往往妄生不然。仆恐浸久,论其风俗者,失于事实,诚为可惜。谨省记编次成集,庶几开卷得睹当时之盛。"③汪曾祺晚年忆叙高邮点滴,可能亦有这份心思。《礼俗大全》中吕虎臣临终嘱托将其遗著《婚丧、嫁娶礼俗大全》刊印送人,象征意义便很明显。

另外,用"审美代码"的话来说,汪曾祺虽然在创作小说,但是他用的审美惯例和规则系统却倾向于诗歌——"抒情文本代码"。④ "抒情文本代码的典型特征是以形式化的话语组织来表现抒情主体的内心情感",诗歌常用的语言组织方式包括:用字重复、句式重复。⑤ 汪曾祺借用这种组织方式来写小说,加上句子简短、分行排列,诗味顿生。试看《七里茶坊》中的一段文字:

> 老刘起来解手,把地下三根六道木的棍子归在一起,上了炕,说:
> "他们真辛苦!"
> 过了一会,又自言自语地说:

---

① 汪曾祺:《晚饭花·珠子灯》,载邓九平编:《汪曾祺全集》第1卷,第517页。
② 汪曾祺:《戴车匠》,载邓九平编:《汪曾祺全集》第2卷,第163页。
③ [宋]孟元老:《梦华录序》,载孟元老撰、[清]邓之诚(1887—1960)注:《东京梦华录注》,北京:中华书局,1982年版,第4页。
④ 在"美学"理论中,文学创作可视作"审美代码"。所谓"审美代码",即"是审美沟通活动中支配审美文本创造和欣赏的一整套审美惯例和规则系统"。不同的文体有不同的"审美代码",小说属于"叙事文本代码",诗歌则是"抒情文本代码"。详参王一川主编:《美学教程》,上海:复旦大学出版社,2004年版,第88、95—101页。
⑤ 王一川主编:《美学教程》,第95页。

> "咱们也很辛苦。"
>
> 老乔一面钻被窝，一面说：
>
> "中国人都很辛苦啊！"①

此段文字形式工整，可分三小节，每节皆由一句话组成。其中"辛苦"重复了三次，并且层层递进，表现了作家对劳动人民的感情。如果这是一首小诗的话，那么《八月骄阳》中这一段就是一首长诗了：

> 张百顺把螺蛳送回家。回来，那个人还在长椅上坐着，望着湖水。
>
> 柳树上知了叫得非常欢势。天越热，它们叫得越欢。赛着叫。整个太平湖全归了它们了。
>
> 张百顺回家吃了中午饭。回来，那个人还在椅子上坐着，望着湖水。
>
> 粉蝶儿、黄蝴蝶乱飞。忽上，忽下。忽起，忽落。黄蝴蝶，白蝴蝶。白蝴蝶，黄蝴蝶……
>
> 天黑了。张百顺要回家了，那人还在椅子上坐着，望着湖水。
>
> 蛐蛐、油葫芦叫成一片。还有金铃子。野茉莉散发着一阵一阵的清香。一条大鱼跃出了水面，欻的一声，又没到水里。星星出来了。②

此篇借闲人张百顺的视点来写老舍的自杀过程。虽然没有直接刻画老舍，但这个不变的结构，加上重复"那人还在椅子上坐着，望着湖水"，使读者感觉到老舍的绝望、哀痛。另外，每节各插入一段景物描写，亦加强了文章的抒情味道。总的来说，汪曾祺的小说偏离传统小说重叙事、轻描写的书写模式，很多笔墨都花到描写和抒情上，情节因而被淡化了。

接下来讲讲汪曾祺小说常用的另一种叙事手法："制造空白"。所谓"空白"，即文本中没有交代的部分，亦可理解为"省略"。凡叙事文本，都避免不了"空白"，因为叙事者不可能把事物的各个方面都照顾得妥妥帖帖，往往只能集中笔墨在主题上，因此文本中存有"空白"属正常现象。格非（刘勇，1964—　）把这种

---

① 汪曾祺：《七里茶坊》，载邓九平编：《汪曾祺全集》第 1 卷，第 450 页。
② 汪曾祺：《八月骄阳》，载邓九平编：《汪曾祺全集》第 2 卷，第 211 页。

省略称为"无意省略",并指出"它并不构成技巧,亦无特殊的叙事学上的意义"。① 这一节要讨论的是与之相对的"有意省略",即作家为了达到某种目的,故意略去某些情节或叙述而造成的"空白"。研究这种省略,有助理解文本的意义:

> ……而作为叙事技巧的有意省略虽然在文本中是空白,但它参与故事的运作,并在文本中具有十分重要的功能,它的"缺席"实际上意味着"在场"。由于这种省略或空白的存在,故事的疆域不仅没有缩小,反而扩大了。表面上,这种省略使故事的完整性受到了威胁,但由于它在读者的想象中所产生的作用,故事或事件乃至细节全都在暗中得到了更大的丰富。②

"缺席"意味着"在场",省略情节反而扩大了故事的疆域——这些都有赖读者来完成。"缺席"给小说本体带来的效果是:"在一定范围之内,空白是一种省略的含蓄,篇幅不长,字数有限,却传达出无尽的内蕴,像小溪潺潺,有不尽的活水。"③汪曾祺深谙此理,也讲过类似的话:

> 一个小说家,不应把自己知道的生活全部告诉读者,只能告诉读者一小部分,其余的让读者去想象,去思索,去补充,去完成。我认为小说是作者和读者共同完成的。一篇小说,在作者写出和读者读了之后,创作的过程才完成。留出空白,是对读者的尊重。④

---

① 格非:《小说叙事研究》,北京:清华大学出版社,2002 年版,第 215 页。
② 格非:《小说叙事研究》,第 215 页。
③ 程德培:《小说本体思考录》,上海:上海文艺出版社,1987 年版,第 65 页。
④ 汪曾祺:《美国家书·七》,载邓九平编:《汪曾祺全集》第 8 卷,第 111—112 页。

这个看法与"接受美学"的理论如出一辙，①不过汪曾祺并非受了西方文艺理论的影响，而是从国画和书法中领悟出来的。"空白"其实是我国的传统美学思想，简言之，即"虚实结合"的艺术美：

> 中国画很重视空白……中国书家也讲究布白，要求"计白当黑"……这些都说明，以虚带实，以实带虚，虚中有实，实中有虚，虚实结合，这是中国美学思想中的一个重要问题。②

国画通常采用散点透视构图法，追求神似和意境的营造，画面上布满"空白"，任凭观赏者以意逆志。与西洋油画相比，情趣油然而生："西洋传统的油画填没画底，不留空白，画面上动荡的光和气氛仍是物理的目睹的实质，而中国画上画家用心所在，正在无笔墨处，无笔墨处却是飘渺天倪，化工的境界。"③汪曾祺本身就是写意派画家，而且从小研习书法，对以虚托实的手法可谓驾轻就熟。

关于汪曾祺小说"空白"的运用，杨学民一文可资参考。④ 杨学民借现代语言学"转喻"修辞的理论切入分析，并从"推理转喻"（描写性推理转喻、叙述性推理转喻）、"序列转喻"、"故事转喻"三方面举例说明。⑤ 作者运用崭新的研究角

---

① 关于"接受美学"的论说，可参见朱立元：《接受美学》，上海：上海人民出版社，1989 年版。书中引用伊瑟尔的论点解释作者与读者的关系："在伊瑟尔看来，文学本书是在读者阅读过程中才现实地转化为文学作品的，本书的潜在意义也是由于读者的参与才得以实现的。在此，本书就具有一系列根本特征。首先，本书具有结构上的'空白'。伊瑟尔吸收了英伽登的现象学理论，认为文学本书只提供读者一个'图式化方面'的框架，这个框架无论在哪一个方向和层次上都有许多'空白'，有待于读者在阅读过程中填补与充实。"详见《接受美学》，第 22 页。

② 宗白华：《中国美学史中重要问题的初步探索》，载《美学散步》，上海：上海人民出版社，1981 年版，第 33 页。

③ 宗白华：《中国艺术意境之诞生》，载《美学散步》，第 72 页。

④ 杨学民：《转喻与小说"空白"——汪曾祺小说的一种现代语言学解读》，《小说评论》，2004 年 2 期，第 90—93 页。

⑤ 关于"转喻"所指，杨学民引用《认知语言学概论》中的定义："相接近或相关联的不同认知域中，一个突显事物替代另一事物，如部分与整体、容器与其功能或内容之间的替代关系。"见杨学民：《转喻与小说"空白"——汪曾祺小说的一种现代语言学解读》，第 90 页。

度,颇有创见,只是文中每事只举一例,加上某些论说亦见牵强,①可见用"转喻"来分析小说"空白"还是有点隔阂。为清晰起见,不妨把汪氏小说的"空白"概括为"细节省略"和"序列省略"。杨学民所谓"推理转喻"就是"细节省略",即不要把话说尽,留下空间让读者去推理描写或叙述话语背后的含意。"序列省略"针对注重情致的小说结构而言,即把无助于表达情致的事件略去,"序列转喻""故事转喻"都可归入这一类。

先说说"细节省略"造成的"空白"。这是汪曾祺常用的艺术手法,目的是为了营造言尽而意无穷的意境,《受戒》收结一段便是论者常常引用的例子。此篇结尾写到明子和小英子划船进了芦花荡,可是进去之后发生什么事却没有交代。作家接着以诗意的文字描写芦花荡,一字不提两位主人翁,然而写景处却暗示了他们的爱情。当然,这块空白需要读者去意会和想象。《大淖记事》中巧云和十一子在沙洲上幽会那一幕也营造了同样的空白:

> 过了一会,十一子泅水到了沙洲上。
> 他们在沙洲的茅草丛里一直呆到月到中天。
> 月亮真好啊!②

此段写到节骨眼儿处,戛然收住,不作铺叙。"月亮真好啊"既是叙事话语,又何尝不是巧云和十一子的感受? 如果作家把巧云和十一子在沙洲上的细节写出来,那就只能是写出来的那些,现在故意不写,反而赋予了读者无限的想象空间。再者,写得太露骨就没有国画那种虚实结合之美了。

省略细节、制造空白,其实也可理解为感情的收敛、含蓄的表达。《尾巴》《虐猫》《异秉》《卖眼镜的宝应人》诸篇结尾都是点到即止的叙述,但是空白处反而激发读者去思考背后的深层意义。《尾巴》中老黄讲完蛤蟆担心龙王追查自己当蝌蚪的故事后,立即收笔。这个空白令读者联想到追究一个人的过去是多么不可

---

① 比如作者以《天鹅之死》为例说明"序列转喻",但是对于略去的"序列"如何与表现的"序列"构成"转喻"关系,未有做出解释。见杨学民:《转喻与小说"空白"——汪曾祺小说的一种现代语言学解读》,第 92 页。
② 汪曾祺:《大淖记事》,载邓九平编:《汪曾祺全集》第 1 卷,第 429 页。

理喻,尤其追究"出身不好""反右时有右派言论"这些条目,这里的空白也深化了领导阶层的迂腐思想。《虐猫》最后写道:"李小斌、顾小勤、张小涌、徐小进没有把大花猫从六楼上往下扔,他们把猫放了。"①本来作家可以再发挥一下,说这几个孩子被李小斌爸爸的自杀吓呆了,明白"跳楼""死"是怎么回事,不敢再把猫扔下楼了。或者说"文革"中的批斗多么可怕,害得多少人走上自杀之路,害得多少小孩失去了父母。然而,作家什么也没有交代,而略去的细节可以是以上任何一点,甚至更多的联想。空白被填补后,一股悲哀的感觉也随即生成。《异秉》《卖眼镜的宝应人》运用了类似的省略方法,让读者意会低下阶层渴望飞黄腾达的滑稽行为,以及跑江湖做生意的不简单。这就是汪曾祺的"以己少少许,胜人多多许"。②

前面已经提过汪曾祺小说的深层结构是表现情致,因此作家处理题材时,总把与情致无关者略去不写,或一句话带过去,这就是"序列省略"。那些书写"文革"的小说尤能反映这一点,"文革"本是大题材,其间发生的种种政治活动都可作为小说背景或情节,以丰富文本内容。但汪曾祺在仅有的几篇"文革"小说中,都把这些背景淡化了,或以一句概括性的话语来交代。《天鹅之死》只以一句话交代背景:"'文化大革命'。中国的森林起了火了。"③如果说此篇是以诗的语言来写,故比较含蓄,那么公然反讽"文革"的《皮凤三楦房子》亦不遑多让,文中对"文革"的描述大都简洁概括,如:

> "文化大革命"山呼海啸,席卷全国……
>
> 剃头、画脸、游街、抄家、挨打、罚跪,应有尽有,不必细说……
>
> 轰轰轰轰,"文化大革命"过去了……
>
> 中美建交……④

如此交代背景,大大淡化了外在叙事结构,客观背景变得不再重要。这种处理

---

① 汪曾祺:《虐猫》,载邓九平编:《汪曾祺全集》第 2 卷,第 204 页。

② 汪曾祺:《自报家门》,载邓九平编:《汪曾祺全集》第 4 卷,第 292 页。

③ 汪曾祺:《天鹅之死》,载邓九平编:《汪曾祺全集》第 1 卷,第 390 页。

④ 以上引文分别见汪曾祺:《皮凤三楦房子》,载邓九平编:《汪曾祺全集》第 1 卷,第 535、536、537、542 页。

手法与作家好写俗人俗事有关,他关注的是小人物处于大时代下的感受,因此文字都用到人物身上去了,《讲用》中的"文革"其实就是小人物郝有才的"文革"。省略序列而造成的空白可能削弱了文本内容,但同时把读者的焦点拉回到人物身上,并使其中的情致表现得更深刻。关于情致这一点,不妨再看一个例子:

> 把客人送走,洗了碗碟,月亮出来了,隔着房门听听,顺子已经呼呼大睡。
>
> 姚有多轻轻闩上房门。
>
> 姚有多已经上床。
>
> 顺子妈吹了灯,借着月光,背过身来解钮扣。①

这是《兽医》结尾一节,写的是顺子妈和姚有多的洞房花烛夜。这段文字没有一点喜庆的感觉,因为作家把富有喜庆感的节目省略不提,轻描淡写交代普通的生活场景:送客、洗碗、关门、上床、解衣……这样的描述,实在不像新婚夫妻的洞房花烛夜,却传神地刻画了顺子妈丧夫不久就要改嫁的复杂心情。

汪曾祺有句话说得不错:"大概传统的,严格意义上的小说有一点像山,而散文化的小说则像水。"②诚然,他的小说属于后者,他不要写有头有尾、精彩绝伦的故事,而是借一两件小事来舒展情绪,有的论者就把其创作手法称为"以情绪为文"③。为了令小说散文化,他苦心地把结构经营得随随便便,并刻意淡化情节、制造空白,以表现字里行间的意蕴:

> 汪曾祺所苦心经营的,并不是表面的轻松、随便、潇洒,而是从轻松中得一愉悦的气氛,从随便中得一纯真的情趣,从潇洒中得一隽永的意蕴。如果

---

① 汪曾祺:《兽医》,载邓九平编:《汪曾祺全集》第 2 卷,第 422 页。

② 汪曾祺:《小说的散文化》,载邓九平编:《汪曾祺全集》第 4 卷,第 78 页。

③ 张景忠、河红联:《试论汪曾祺小说的叙事风格》,《延边教育学院学报》,2004 年 6 期,第 1—7 页。

说"散"，也是所谓"形散而神不散"，"散"是手段，而追求那一点"神韵"才是目的。①

一言以蔽之，汪曾祺小说的结构特色就是"形散而神不散"，以诗意、含蓄的叙述话语表达无穷的意蕴。

---

① 梅庆生：《树或溪流：对汪曾祺小说文体的一种描述》，《浙江万里学院学报》，2001 年 3 期，第 67 页。

第四章
汪曾祺小说对京派的超越

　　前两章分别论述了汪曾祺小说的主题及艺术手法如何上承京派,此章将谈谈汪氏小说对京派的超越。所谓"超越",并非轻言汪曾祺的文学成就高于其他京派作家,而是指他某些方面的尝试超出了京派前人。首先,汪曾祺在经历种种政治风暴后,仍能写出洋溢京派神韵的《受戒》,并以这么一篇描写旧社会农村和尚生活的短篇,沟通了断绝近40年的京派文学,成为新时期小说发展的一块里程碑,当中呈现的文学史意义不容忽视。其次,汪曾祺具有强烈的文体意识,毕生专注短篇小说创作,成为创作"新笔记小说"的重要一员,更尝试改写《聊斋志异》,可见他没有停留在田园牧歌式的文体上,努力做出新尝试。最后,作为京派最后传人的汪曾祺凭其儒道互补的精神、话语互契的叙事手法,把京派前人崇尚的和谐文风推上高峰,也为京派小说发展画上完美的句号。下文将从"文学史意义""新笔记小说""和谐文风"三方面加以细述。

第一节　从文学史的角度谈起

　　综观评论汪曾祺的论文,就小说内容及艺术特色展开论述的较多,鲜有从文学史的角度来研究汪曾祺,马风一文是例外。[①] 若要清楚认识汪曾祺创作上的过人之处,应该从80年代初的《受戒》讲起。《受戒》不但是作家的代表作,还是深深影响新时期小说发展的破天荒之作,其重要性远远超过废名、沈从文、师陀、

---

　　① 马风:《汪曾祺与新时期小说—— 一次文学史视角的考察》,《文艺评论》,1995年4期,第67—73页。又,丁帆借鉴此文的论点,在重版的《中国乡土小说史》中深入讨论了汪曾祺在乡土小说发展史上的意义,参见丁帆等:《中国乡土小说史》,北京:北京大学出版社,2007年版,第296—304页。

凌叔华等人任何一篇作品。1980 年,《受戒》在《北京文学》10 月号发表,随即引起广泛的回响,且不说文艺界的评论,大学生之间似乎也引起一阵轰动,季红真回忆说:"大约是在读大学二年级的时候,读到了汪曾祺先生的《受戒》。当时文坛盛行感伤的情调与慷慨激昂的呐喊,汪先生的小说以清清朗朗的意境,让人读后如饮甘泉。这是中国小说向艺术的诗化回归之始。一时间,同学中争说《受戒》,都被水乡风景中那个小和尚和村姑的朦胧恋情所吸引。"① 翌年 1 月,《异秉》在《雨花》发表,高晓声(1928—1999)在"编者附语"中指出:"发表这篇小说,对于扩展我们的视野,开拓我们的思路,了解文学的传统,都是有意义的。"② 随后发表于《北京文学》1981 年 4 月号的《大淖记事》更荣获"1981 年度全国优秀短篇小说奖",紧接的几年是汪曾祺创作的高峰期。《北京文学》月刊社更于 1988年 9 月底召开"汪曾祺作品研讨会",邀请吴组缃(1908—1994)到会发言,评论家林斤澜、李陀、黄子平、陈平原、李庆西、李国涛、罗强烈等及几位海内外汉学家,则就汪曾祺对社会现实所持的态度、作品的地域文化特色、艺术风格等各方面进行讨论。③ 可见,当时的"汪曾祺"确是一个现象,也是一个话题。除去《羊舍的夜晚》三篇,作家辍笔近 30 年,甫一执笔便引起这么大的关注,背后必然隐含各种外在、内在因素,下文尝试梳理各条线索,以凸显汪曾祺新时期小说在文学史上的意义。

新时期小说的发展可概括为"伤痕小说"→"反思小说"→"改革小说"→"寻根小说"→"先锋小说"。至于新时期小说的滥觞,首推刘心武的《班主任》,继起之秀则是卢新华的《伤痕》。④ 然而,"伤痕小说"也好,"反思小说"也好,题材和手法并不"新"。虽然作家从狭窄的政治功利境界走到宽阔的社会环境中来,并对社会生活做多角度多层次的观察和发掘,⑤但不难发现这些作品仍未脱离"十

---

① 季红真:《汪曾祺:静观中的风景》,载《众神的肖像》,北京:人民文学出版社,1996 年版,第 1 页。

② 高晓声:《编者附语》,《雨花》,1981 年 1 期,第 27 页。

③ 参见陈红军:《汪曾祺作品研讨会纪要》,《北京文学》,1989 年 1 期,第 72—73 页。

④ 这是学术界公认的说法。《班主任》发表于《人民文学》1977 年 11 期,《伤痕》发表于《文汇报》1978 年 8 月 11 日。从此,"伤痕文学"进入兴旺时期。参见汪名凡主编:《中国当代小说史》,南宁:广西人民出版社,1991 年版,第 304 页;陈娟主编:《记忆和幻想:中国新时期小说主潮》,上海:上海文艺出版社,2000 年版,第 24 页。

⑤ 张钟等编:《当代中国文学概观》,北京:北京大学出版社,1998 年版,第 448—449 页。

七年"小说的旧框框。陈娟指出:"这一时期的小说,极大多数依然承载着政治批判的多重任务,具有独特艺术个性的只是少数,对小说形式的革新大多处在部分技巧的模仿上。"①本来,这些小说的创作目的就是诉苦和鸣冤,或者反思,自然忽略了艺术价值的追求。因此,笔者同意马风所说:"真正使新时期小说步入新的历史门坎的,应该是手里擎着《受戒》的汪曾祺。"②《受戒》的成功,除了作品自身的价值外,时代背景也是重要因素之一。当时正是"伤痕文学"渐渐退潮、"反思文学"涌起之际,而《受戒》与当时的主流文学迥异,所以马上被发现了。这种"异质性"就是前两章谈过的特点,即作家以人道主义者的目光审视世界,通过简约平淡的语言、随意松散的结构,来书写普通人事,来赞颂人性美。它的出现,为满布阴霾的文艺界带来一片生机,其小说结构、语言也令人耳目一新。可以说,这个看起来微不足道的作品为当代小说掀开了新的一页。

无疑,汪曾祺"赶上了好时候"③,要是《受戒》不是出现在百废待举的关键时刻,或许回响不会那么大。不过,"并非每一个活到了80年代的人都能将多年前的花结成果"④,所以汪曾祺的成功也有个人的因素。他经历了各种政治运动,甚至曾经参与样板戏的创作,却仍然深信不带功利主义的审美价值,实属难得。王尧对此表示欣赏:"妥协,曾经是相当一个时期一批中国当代作家的政治选择。杰出的作家和常人不同的是他在妥协中仍然坚持了自己的主导面。这使我对汪曾祺心存敬意。"⑤相对来说,沈从文和废名就未能摆脱政治对文学的枷锁。沈从文于1949年后搁笔,转业从事文物研究,其中因由不离恐惧政治迫害。⑥废名晚年则否定自己早期的作品:

　　……然而我的政治热情没有取得作用,终于是逃避现实,对历史上屈原、杜甫的传统都看不见了,我最后躲起来写小说乃很像古代陶潜、李商隐

---

① 陈娟主编:《记忆和幻想:中国新时期小说主潮》,第31页。
② 马风:《汪曾祺与新时期小说—— 一次文学史视角的考察》,第67页。
③ 汪曾祺:《〈晚翠文谈〉自序》,载邓九平编:《汪曾祺全集》第4卷,第50页。
④ 黄子平:《汪曾祺的意义》,《北京文学》,1989年1期,第51页。
⑤ 王尧:《在潮流之中与潮流之外——以八十年代初期的汪曾祺为中心》,《当代作家评论》,2004年4期,第116页。
⑥ 关于沈从文转业的原因和经过,可参考汪曾祺的《沈从文转业之谜》,见邓九平编:《汪曾祺全集》第4卷,第309—315页。

写诗，——这个判断是真实的，不过从我今天的思想感情说，我一点没有肯定我有成绩的意思。解放后，大家提出现实主义的口号，我很有所反省，我衷心地拥护，我认为现实主义就是反映现实，能够反映现实，自己的政治觉悟就一定逐渐提高，提高到共产党人一样。而我所写的东西主要的是个人的主观，确乎微不足道。不但不足道，而且可羞，因为中国解放了，在这个翻天覆地的大事业之中，没有自己的血和汗——说起来我就汗颜！①

此番话或出于政治考虑，或是作家晚年思想的改变，无论如何，这种论调否定了京派的审美信仰，想到这话出于《桥》的作者，令人感到惋惜。其实，《受戒》《异秉》的发表并非一帆风顺，②公开撰文批评《受戒》的也大有人在。③ 或许如胡河清（1960—1994）所说："汪曾祺先生判事那么清楚，而性格又那么随和，自然是不

---

① 废名：《〈废名小说选〉序》，载李葆琰编：《废名选集》，成都：四川文艺出版社，1988 年版，第 749 页。

② 据汪曾祺的儿女忆述，汪曾祺写成《受戒》后，并不奢望有机会发表，只想了了自己的心愿，故只在剧团少数人之间传看。后来，《北京文学》的主编李清泉辗转知道这件事，主动要求阅稿，汪曾祺交上定稿的时候，还附了一个短束，说发表这样的作品需要一定的胆量。李清泉思想开放，且拥有文学鉴赏力，《受戒》才不致被埋没。见汪朗、汪明、汪朝：《老头儿汪曾祺：我们眼中的父亲》，北京：中国人民大学出版社，2000 年版，第 163—164 页。至于《异秉》，此篇的完稿时间较《受戒》早，发表却在《受戒》之后，因为它在《雨花》编辑手中压了一段时间。林斤澜（1923—2009）忆述："汪曾祺当时跟文学界脱离，状态很懒。我说，把《异秉》交给我转寄吧。《雨花》的叶至诚、高晓声看后觉得很好，说江苏还有这么好的作家。但是两三个月没发出来，我写信问，叶至诚说，'我们也讲民主，《异秉》在小组通不过。组长说，我们要发这样的小说，就好像我们没有小说可发了。'后来高、叶一定要发，高晓声还特意写了编者按。汪很欣赏编者按，认为他懂。"见陈徒手（陈国华，1961—）：《汪曾祺的文革十年》，《读书》，1998 年11 期，第 62 页。历史的发展确实难以预料，多年后叶至诚（1926—1993）的儿子叶兆言（1957—）说："我父亲一直遗憾没有以最快速度在《雨花》上发表汪曾祺的《异秉》。"见王尧：《在潮流之中与潮流之外——以八十年代初期的汪曾祺为中心》，第 119 页。

③ 例如国东：《莫名其妙的捧场——读〈受戒〉的某些评论有感》，《作品与争鸣》，1981 年7 期，第 65—66 页；汝捷：《短，不等于美——致汪曾祺》，《光明日报》，1982 年 8 月 19 日第 3版。前文主要指出文艺应该反映真实的社会生活，《受戒》的内容却离奇怪诞，脱离真实生活，故不可。又认为文学的重要任务是教育人、陶冶人的精神境界，《受戒》不但书写了不可能发生的爱情，还引入"不堪入目的下流情歌"，缺乏积极的教育意义。后文针对汪曾祺《说短》一文而发，对汪曾祺主张的小说观念（如不要曲折的情节，不要太多的对话、议论和抒情）提出质疑。

愿意跳到历史的漩涡里去的。"①不写政治现实,写"四十三年前的一个梦"②,也可视作一种文体的自觉,李锐便谈到这一点:

> 我认为新时期文学的文体自觉是从《受戒》开始的,《受戒》在某种意义上说是中国当代文学的先锋小说。当大家都在吃火锅的时候,忘记了这个世界还有其他的东西,突然有一盘又清灵又翠绿的鲜菜摆上来了,大家对这盘菜的认识远远不够,实际上那是当代汉语的一次语言的自觉,一次文体的自觉,汪曾祺先生用汉语完美、生动地表达了丰富深刻的文学命题,他告诉大家,我们不一定非要托尔斯泰化,不一定非得变成卡夫卡。③

汪曾祺的意义在于意识到文学创作不是政治的附庸,也不是一味儿模仿西方,而是个人的创作。当别人问他为什么要写《受戒》时,他没有直接回答,只是激动地说:"我要写! 我一定要把它写得很美,很健康,很有诗意!"④不妨说,汪曾祺较完整地保留了京派表现人性美、追求艺术美的信念。至于为何能在一片忧伤迷乱的喧嚣中,迅速体现艺术追求的自觉,汪曾祺倒有一番自我分析:

> 三十多年来,我和文学保持一个若即若离的关系。有时甚至完全隔离,这也是好处。我可以比较贴近地观察生活,又从一个较远的距离外思索生活。我当时没有想写东西,不需要赶任务,虽然也受错误路线的制约,但总还是比较自在,比较轻松的。我当然也会受到占统治地位的带有庸俗社会学色彩的文艺思想的左右,但是并不"应时当令",较易摆脱,可以少走一些痛苦的弯路。文艺思想一解放,我年轻时读过的,受过影响的,解放后被别人也被我自己批判的一些中外作品在我的心里复苏了。⑤

---

① 胡河清:《汪曾祺论》,《当代作家评论》,1993 年 1 期,第 11 页。
② 汪曾祺:《受戒》,载邓九平编:《汪曾祺全集》第 1 卷,第 343 页。
③ 李锐语,见王尧:《在潮流之中与潮流之外——以八十年代初期的汪曾祺为中心》,《当代作家评论》,第 118—119 页。
④ 汪曾祺:《关于〈受戒〉》,载邓九平编:《汪曾祺全集》第 6 卷,第 339 页。
⑤ 汪曾祺:《〈晚翠文谈〉自序》,载邓九平编:《汪曾祺全集》第 4 卷,第 50 页。

这不仅是幸运或偶然，更是个性使然的必然，是一个抒情人道主义作家的选择。徐卓人甚至从中看到中国知识分子的坚持，"汪曾祺固守文学孤岛，代表了知识分子的良心，他的贫贱不移、富贵不淫、威武不屈，终于让人看到文学尚有乐土，中国尚有文人风骨，这是中华民族之大幸！"①

个人因素配合客观环境，成就了新时期的汪曾祺。从文学史的角度来看，汪曾祺非常重要，因为他起了"承前启后"的作用，黄子平的《汪曾祺的意义》和李陀的《意象的激流》刚好各讲了一半。前文指出汪曾祺的旧稿重写和旧梦重温延续了40年代的新文学传统，即以鲁迅的《故乡》《社戏》、废名的《竹林的故事》、沈从文的《边城》、萧红的《呼兰河传》、师陀的《果园城记》为线索的"现代抒情小说"。② 后文则认为汪曾祺是"寻根小说"的先行者，③李陀稍后再强调："如果没有汪曾祺的小说，80年代的中国文学就会失去一条非常重要的线索，这条线索的另一端是1985年的'寻根文学'——在我看来，正是它使中国大陆的文学告别了毛泽东所创造的'工农兵文艺'的时代而进入一个全新的境界。"④

毋庸置疑，《受戒》等书写高邮的小说，无论题材、人物、笔法都与"现代抒情小说"契合。就算那些不写高邮的，也都弥漫着抒情的乡土情致，比如《鸡毛》中有这么一段：

> 每天一早，文嫂打开鸡窝门，这些鸡就急急忙忙、迫不及待地奔出来，散到草丛中去，不停地啄食。有时又抬起头来，把一个小脑袋很有节奏地转来转去，顾盼自若——鸡转头不是一下子转过来，都是一顿一顿地那么转动。到觉得肚子里那个蛋快要坠下时，就赶紧跑回来，红着脸把一个蛋下在鸡窝里。随即得意非凡地高唱起来："郭格答！郭格答！"⑤

---

① 徐卓人：《汪曾祺其人其作》，《文艺报》，1994年9月17日第7版。
② 黄子平：《汪曾祺的意义》，第49页。
③ 李陀：《意象的激流》，收载于中国社会科学出版社文学编辑室编：《小说文体研究》，北京：中国社会科学出版社，1988年版，第32页。
④ 李陀语，见王尧：《在潮流之中与潮流之外——以八十年代初期的汪曾祺为中心》，第115页。
⑤ 汪曾祺：《鸡毛》，载邓九平编：《汪曾祺全集》第1卷，第453页。

此篇写的是作者在昆明时的大学生活,然而作家不忘用乡下人的眼光来审视身边的世界。把"承前"的范围稍稍缩小,那就是赓续了中断多年的京派文学:

> 所幸的是,进入新时期之后,汪曾祺以他的小说创作实绩,与废名、沈从文有了呼应,从而使一个中辍和断裂了若干年的风格流派又延续下来。并且,这又不仅仅是勉强地维持性地"延续",这"延续"倒是充满了生机和活力。①

马凤说得不错,汪曾祺的创作不单单是"延续",而是充满生机的再现。《受戒》带给读者的愉悦可能比《边城》还要多,翠翠的爷爷在风雨之夜去世了,二老回不回来也是一个谜,但小英子主动要给明子当老婆,他们的未来是光明的。《大淖记事》的结尾也回答了《边城》结尾的那个谜:"十一子的伤会好么? 会。当然会!"②从这一点来看,汪曾祺对京派的贡献实在不小。

"启后"方面,汪曾祺的小说提供了"审美典范文本"③,小说中的传统文化、风情习俗也起了启发、感染的作用,故以为汪氏小说诱发"寻根"小说的出现,言之有理。韩少功在《文学的"根"》中描述了一个令人欣喜的现象:"青年作者们开始投出眼光,重新审视脚下的国土,回顾民族的昨天,有了新的文学觉悟。贾平凹的'商州'系列小说,带上了浓郁的秦汉文化色彩,体现了他对商州的地理、历史及民性细心的考察,自成格局,拓展新境。李杭育的'葛川江'系列小说,则颇得吴越文化的气韵……远居大草原的乌热尔图,也用他的作品连接了鄂温克族文化源流的过去和未来,以不同凡响的篝火、马嘶和暴风雨,与关内的文学探索遥相呼应。"④显而易见,这些作家的创作目光和态度与汪曾祺一脉相通,同样关注自己的家园及其独特的文化色彩。不过,我们无须夸大汪曾祺与"寻根"文学的关系,因为"寻根"本身是个复杂的概念,它所指涉的"文化"范畴比汪氏小说中

---

① 马凤:《汪曾祺与新时期小说——一次文学史视角的考察》,第 70 页。
② 汪曾祺:《大淖记事》,载邓九平编:《汪曾祺全集》第 1 卷,第 433 页。
③ 丁帆:《中国乡土小说史》,第 302 页。
④ 韩少功:《文学的"根"》,《作家》,1985 年 4 月号,第 3 页。

的"文化"要广阔。① 汪氏小说表现的多是富有民俗色彩的乡土文化，调子基本上是认同传统的，虽然偶有言及野蛮习俗，如《晚饭花·珠子灯》中的"守节"，但态度和手法与冯骥才（1942—　）的《神鞭》《三寸金莲》《阴阳八卦》相去甚远。因此，纵然汪曾祺小说对"寻根"小说有所启示，但充其量只有认同传统文化那一类。此外，政治因素②、拉美"魔幻现实主义"（realismo mágico）也是酝酿"寻根"意识的种子，③它们的影响似乎比汪曾祺还要深远，比如韩少功的《爸爸爸》便更

---

　　① "寻根"是一批青年作家在 1985 年左右提出的口号，先有韩少功《文学的"根"》（载《作家》，1985 年 4 月号，第 2—5 页），后有李杭育《理一理我们的根》（载《作家》，1985 年 9 月号，第 75—79 页），阿城《文化制约着人类》（见《文艺报》，1985 年 7 月 6 日）、郑义（1947—）《跨越文化的断裂带》（见《文艺报》，1985 年 7 月 13 日）和郑万隆《现代小说中的历史意识》（载《小说潮》，1985 年 7 期，第 79—80 页）等文，这些作家不但提出理论，并且付诸实践，创作了一批"寻根"小说。然而，这些主张和创作并不一致，有的持认同文化的观点，有的则取批判文化的态度，二者兼容的也有。汪名凡便指出："同样持'文化寻根'主张的人们在对自己口号与旗帜的理解、解释、阐述上也存在相当大的歧异，有些甚至严重地自相矛盾，同时相当明显地与倡导、响应者自己的'实践'脱节。"（见汪名凡主编：《中国当代小说史》，第 394 页）韩少功 2002 年接受王尧访问时，甚至否认"寻根"派的存在。他认为"寻根"内部分歧非常大，不但对待中国文化传统的态度不同，"寻根"的目的和意义亦南辕北辙。（王尧：《1985 年"小说革命"前后的时空——以"先锋"与"寻根"等文学话语的缠绕为线索》，《当代作家评论》，2004 年 1 期，第 108 页）

　　② 《中国当代小说流派史》提到中共十一届三中全会以后，共产党的工作重心转移到社会主义经济建设上，人民的物质生活水平日渐提高，思维方式、价值取向等方面也产生了变化，一场新的文化热潮逐渐兴起。比如李泽厚于 1981 年出版的《美的历程》、各地召开文化研究座谈会、海内外文化交流日益频繁，这些活动都激发国民重新思考固有的文化传统。详参张学军：《中国当代小说流派史》，济南：山东大学出版社，1996 年版，第 249—251 页。

　　③ 1982 年，哥伦比亚作家加西亚·马尔克斯（Gabriel García Márquez, 1927—2014）的《百年孤独》（Cien años de soledad）获诺贝尔文学奖，拉美文学遂进入世界视野。随着《百年孤独》中译本的出现，中国文坛一度出现"拉美"热，作家开始关注自己的本土文化，有的更仿效"魔幻现实主义"手法来创作小说。与"寻根文学"关系密切的"杭州会议"（1984 年 12 月由《上海文学》、《西湖》、浙江文艺出版社联合主办）便谈到这个问题，组织者之一的蔡翔忆述："'杭州会议'上当时大家都提到马尔克斯的《百年孤独》……说《百年孤独》怎么样，是立足本土的创作……《百年孤独》给我们刚刚复兴的文学这样一个启发：要立足本土文化。"（王尧：《1985 年"小说革命"前后的时空——以"先锋"与"寻根"等文学话语的缠绕为线索》，第 107—108 页）简单来说，《百年孤独》展示了第三世界如何面对现代化进程带来的冲击，也为中国作家揭示了走向世界之路。详参滕威：《从政治书写到形式先锋的移译——拉美"魔幻现实主义"与中国当代文学》，《文艺争鸣》，2006 年 4 期，第 101 页。

多借鉴了"现代主义"及"魔幻现实主义"的表现手法,呈现荒诞、黑色幽默等效果。汪曾祺则是用京派的审美眼光来对待民俗文化,他写旧社会的故乡人,是为了赞美他们身上的人性美;写民风习俗,是为了诗意地保留传统,并无揭示对现代文化加以抵御或认同的意识形态。最后,马风和丁帆还以为汪曾祺的小说诱发了"先锋小说"的诞生,[①]这是欠缺深入论证的说法,只要看看汪曾祺对 80 年代"现代主义"的态度就知道了。[②]

以上简略梳理了《受戒》《异秉》《大淖记事》在当代文学史上扮演的角色及重要性。当然,如果拿这几篇小说与京派浩瀚的作品相比,它们未必是最出色的,但特定的时空为汪曾祺提供了一个契机,让京派小说得以重生,并扭转了"伤痕小说""反思小说"主导的局面,引领当代小说进入另一个新境地。从这个层面上来看,汪曾祺和这几篇小说意义尤深。

第二节　小说文体的开拓

一、新笔记小说的先锋

"在 30、40 年代,在功利意识和文体意识的纠葛中,偏重后者的还有著名的京派。"[③]沈从文、废名、萧乾等人讲过不少关于小说体式的话,将这些文体上的追求实践起来,就形成了第一章提到的"语言诗化,意境淡远"。讲得详细点,即包括"语言的诗化与结构的散文化,小说艺术思维的意念化与抽象化,以及意象性抒情,象征性意境营造等诸种形式特征"。[④] 因此,汪曾祺小说这方面的特点,

---

① 见马风:《汪曾祺与新时期小说——一次文学史视角的考察》,第 72 页,丁帆:《中国乡土小说史》,第 302—303 页。

② 汪曾祺在《认识到的和没有认识的自己》中说:"我没有荒谬感、失落感、孤独感。我并不反对荒谬感、失落感、孤独感,但是我觉得我们这样的社会,不具备产生这样多的感的条件。如果为了赢得读者,故意去表现本来没有,或者有也不多的荒谬感、失落感、孤独感,我以为不仅是不负责任,而且是不道德的。"见邓九平编:《汪曾祺全集》第 4 卷,第 304 页。

③ 夏德勇:《中国现代小说文体与文化论》,北京:中国广播电视出版社,2005 年版,第165 页。

④ 吴晓东:《现代"诗化小说"探索》,《文学评论》,1997 年 1 期,第 119 页。

可视为对前人的承继。不过，汪曾祺的小说还表现了另一些文体特点，是"诗化"和"散文化"涵盖不了的，这些都可视为对京派小说文体的突破。这些特点加在一起，便是汪曾祺小说的另一个侧面——"新笔记小说"。

"新笔记小说"指称 80 年代初出现的一批具有传统笔记体神韵的小说，这些小说篇幅短小、内容博采广记、语言简约古雅，与传统笔记相互呼应，人们称之为"新笔记小说"①。钟本康把新笔记小说的发展历程归结为 80 年代初、中、末三个阶段，并以为孙犁（1913—2002）的《芸斋小说》率先揭开"新笔记小说"的帷幕，继而汪曾祺的《故里三陈》《故人往事》《桥边小说》则令新笔记小说大放异彩。②不过，也有论者认为无论从数量或发表时间来看，新笔记小说的首先发声者都应该是汪曾祺，而不是孙犁。③ 除了孙、汪二人，林斤澜的《矮凳桥风情》、贾平凹的《商州初录》、何立伟的《小城无故事》都是 80 年代初的笔记小说代表作。其后，新笔记小说创作蔚然成风，李庆西的《人间笔记》、阿城的《遍地风流》、赵长天的《苍穹下》、高晓声的《新"世说"》皆引来好评，"新笔记体"遂成为当代文坛关注的文体现象。论者普遍认同："在众多的笔记小说作家中，写得最多，而且最有代表性的，是'新老作家'汪曾祺。"④因此，庞守英在《新时期小说文体论》中把汪曾祺的小说归为笔记体小说。⑤

"新笔记小说"虽然已成为一个通用名词，论者对其所指俨然已有共识，但却没有一个标准的定义。汪曾祺给它下过一个定义："凡是不以情节胜，比较简短，

---

① 关于"新笔记小说"的基本特点，详见曾利君：《"新笔记小说"论》（西南师范大学硕士论文，2001 年），第 6—8 页。

② 钟本康：《关于新笔记小说》，《小说评论》，1992 年 6 期，第 14 页。

③ 冯晖：《汪曾祺：新笔记小说的首先发声者》，《云梦学刊》，2001 年 3 期，第 69—71 页。其实，孙犁和汪曾祺的发表时间很接近，很难说谁是新笔记小说的首先发声者。然而，孙犁运用笔记体来创作的动机却比汪曾祺明显，《芸斋小说》仿《聊斋志异》体例，于篇末记"芸斋主人曰：……"，聊抒己见，可见孙犁是有意识地借助笔记这一文体来写作。但是，汪曾祺却说："我是爱读笔记的。我的某些小说也确是受了笔记的影响，但我并无创立现代笔记小说这一文体之意。现在有的评论家像这样的称呼我的小说了，也是可以的吧。"见汪曾祺：《早茶笔记（三则）·解题》，载邓九平编：《汪曾祺全集》第 4 卷，第 331 页。可见汪曾祺并非刻意造就一种新的文体，只是从古代笔记小说中找到契合自己审美旨趣的东西而已。

④ 庞守英：《新时期小说文体论》，济南：山东大学出版社，1997 年版，第 131 页。

⑤ 庞守英：《新时期小说文体论》，第 131—151 页。

文字淡雅而有意境的小说,不妨都称之为笔记体小说。"①这个定义所指过宽,套在"诗化"小说身上,未尝不可。李庆西则把新笔记小说的艺术特点归结为三点:一、以叙述为主,行文简约,不尚雕饰;二、不重情节,平易散淡,文思飘忽;三、取材广泛,涉笔成趣,富于禅机。② 用这个文体模式来考察汪曾祺的小说,那些著名的作品,如《受戒》《大淖记事》难以归入新笔记体小说;最能表现笔记特色的要算那些忆述高邮人事的系列小说,如《故里杂记》《故乡人》《晚饭花》《故里三陈》《故人往事》《桥边小说三篇》。不过,把这些小说归入笔记体,并不意味它们不属于京派小说,它们同样书写回忆、表现人性美、重意蕴、轻情节,只是它们还表现了"笔记"的特点,这些特点正是汪曾祺在文体方面的突破。总的来说,可概括为以下两点:一、篇幅短小,以简练笔触描摹人物特征;二、行文用语流露文人雅趣。

　　先来看第一点。京派作家中,汪曾祺特别好"短",毕生创作短篇小说,其短篇的篇幅又相对短小。汪曾祺只写短篇,并非求易,而是受其文体意识所制约。他认为长、短篇小说不是字数多少的区别,而是不同的思维方式,在未了解长篇的模式时,不敢贸然创作长篇或中篇小说。③ 不过,汪曾祺对短篇小说的文体自有一套认识,这种认识早在 40 年代已具雏形。写于 1947 年的《短篇小说的本质》有这样一段话:

　　　　也许有人天生是个短篇小说家,他只要动笔,得来全不费工夫,他一小从老祖母、从疯瘫的师爷,从鸦片铺上、茶馆里、码头旁边,耳濡目染,不知不觉之中领会了许多方法;他的窗口开得好,一片又一片的材料本身剪裁得好好的在那儿,他略一凝眸,翩翩已得;交出去,印出来,大家传诵了,街谈巷

---

① 　汪曾祺:《捡石子儿(代序)》,载邓九平编:《汪曾祺全集》第 5 卷,第 250 页。

② 　李庆西:《新笔记小说:寻根派,也是先锋派》,《上海文学》,1987 年 1 期,第 85 页。

③ 　汪曾祺说:"我只写短篇小说,因为我只会写短篇小说。或者说,我只熟悉这样一种对生活的思维方式。我没有写过长篇,因为我不知道长篇小说为何物。长篇小说当然不是篇幅很长的小说,也不是说它有繁复的人和事,有纵深感,是一个具有历史性的长卷……这些等等。我觉得长篇小说是另外一种东西。什么时候我摸得着长篇小说是什么东西,我也许会试试,我没有写过中篇(外国没有'中篇'这个概念)。"见汪曾祺:《〈汪曾祺自选集〉自序》,载邓九平编:《汪曾祺全集》第 4 卷,第 93 页。

议，"这才真是我们所需要的，从头到尾，每一个字是短篇小说！"①

言下之意，短篇小说不需要伟大的题材，也不必刻意策划、安排，只要作者对生活有所留意，并能从日常琐事中寻找真情趣，便可写成短篇小说——这与古代笔记确有相通之处。汪曾祺后来的创作，大致沿着这条路来走。

古代笔记可从内容上分为"志人""志怪"两种，《世说新语》是前者的代表作。汪曾祺的小说以志人为多，最经典的首推《故里三陈》。此篇从题目到组合形式，都与古代笔记相仿。志人的笔记小说往往通过一二小事突显人物性格之"奇特"处。《世说新语·任诞》记王子猷（王徽之，？—388）乘兴夜访戴安道（戴逵，？—396），及至却又折返，原因是："吾本乘兴而行，兴尽而返，何必见戴！"②王子猷率性而为，不为物缚，由此可见。《故里三陈·陈小手》中的陈小手也是一个奇人。在旧时代，没有男人愿意学产科，陈小手却是村里仅有的男性产科医生，一奇也；"陈小手"之得名来自他那双比女人手还要小的手，这双手特别柔软细嫩，尤善于治难产，二奇也；陈小手还喂着一匹白马，每次出诊都骑着它，这在水乡是罕见的，三奇也。最后，他给团长太太接生，吃过酒拿过大洋，刚跨上马，就被团长一枪打了下来，不可谓不奇，但这最后一笔却更多负载批判的意味，暴露政治的黑暗。结尾的安排超出了古代笔记的布局，新笔记小说毕竟有"新"的一面，如汪曾祺所说："现代笔记小说当然是要接续古代笔记小说的传统的，但是不必着意摹仿古人。既是现代笔记，总得有点'现代'的东西。第一是思想，不能太旧；第二是文笔，不能有假古董气。"③此篇的体制偏离了京派小说的传统，全文以叙述为主，涉笔成趣，富于禅机。其实，不但陈小手形象鲜明，那位团长同样呼之欲出，尤其是他在杀人后，如此安慰自己："我的女人，怎么能让他摸来摸去！她身上，除了我，任何男人都不许碰！这小子，太欺负人了！日他奶奶！"④通过人物语言反映其性格，正是志人笔记所擅长者。《世说新语》记刘伶（生卒年不详）一则便是借其语"我以天地为栋宇，屋室为裈衣，诸君何为入我裈中"来表现其洒脱不羁

① 汪曾祺：《短篇小说的本质——在解鞋带和刷牙的时候之四》，载邓九平编：《汪曾祺全集》第 3 卷，第 25 页。

② 徐震堮：《世说新语校笺》下册，北京：中华书局，1984 年版，第 408 页。

③ 汪曾祺：《早茶笔记（三则）·解题》，载邓九平编：《汪曾祺全集》第 4 卷，第 331 页。

④ 汪曾祺：《故里三陈·陈小手》，载邓九平编：《汪曾祺全集》第 2 卷，第 116 页。

之个性。①

　　《故里三陈·陈泥鳅》与《故里三陈·陈小手》异曲同工,陈泥鳅之奇在于熟稔水性。小说通过打捞女尸一事渲染其异能:

　　　　陈泥鳅把浑身衣服脱得光光的,道了一声"对不起了!"纵身入水,顺着水流,笔直地窜进了桥洞。大家都捏着一把汗。只听见欻地一声,女尸冲出来了。接着陈泥鳅从东面洞口凌空窜出了水面。大家伙发了一声喊:"好水性!"②

不过,写到他把酬金送到陈五奶奶手上,着她带小孙子去看病一节,却异常温馨,表现的正是京派对人性美的追求。

　　虽然汪曾祺的笔记小说写得很有特色,但他和孙犁、李庆西、高晓声不同,他不是特意改造笔记体,而是从中找到配合自己审美意旨的东西。他说:"我写短小说,一是中国本有用极简的笔墨摹写人事的传统,《世说新语》是突出的代表。其后不绝如缕。"③应该说,汪曾祺从笔记中找到了适合短篇小说文体的书写手法。因此,他的笔记小说风格不一,《故里三陈·陈四》便更多沿用《大淖记事》那种大笔写风俗的手法,用了不少篇幅来描绘赛城隍的热闹景象,临到文末才讲到陈四,讲到他因不被谅解而决意不再踩高跷,因为有了前面淋漓尽致的描写,才能突显陈四做这个决定的傲气。这些书写高邮人事的短篇,虽然借鉴了笔记的体制,但思想内容还是贴近京派的。到了90年代,汪氏有的小说就完全转入笔记那路子去了。

　　踏入90年代,汪曾祺有些笔记小说取材自当下的北京生活,如《捡烂纸的老头》《瞎鸟》《要账》《祁茂顺》《生前友好》《红旗牌轿车》等。这些小说篇幅极短,作者把镜头对准城市老百姓生活的一二侧面,俯拾成文。《生前友好》写一个电工师傅爱吃辣、爱参加追悼会,一天做了这两件事,"他觉得这一天过得很有意

　　①　徐震堮:《世说新语校笺》下册,第392页。
　　②　汪曾祺:《故里三陈·陈泥鳅》,载邓九平编:《汪曾祺全集》第2卷,第126页。
　　③　汪曾祺:《〈晚饭花集〉自序》,载邓九平编:《汪曾祺全集》第3卷,第324页。

思"。①《要账》写张老头向李老头追债 50 块钱，可问题是李老头根本没欠他钱，只是张老头人老了，有些事情想不过来而已。这些小说无论思想或手法，用的全是笔记体，已与京派无涉了。可是，这些笔记小说明显欠缺思想深度，汪曾祺想必意识到这一点，因此说："我并不主张有人专写笔记体小说，只写笔记体小说。也不认为这是最好的小说文本。只是有那么一小块生活，适合或只够写成笔记体小说，便写成笔记体，而已。我并没有'倡导'过什么。"②

接下来看看汪曾祺如何在行文用语之间流露文人雅趣。本来，文人雅趣就是古代笔记的特征，由六朝的《世说新语》，到宋代沈括（1031—1095）的《梦溪笔谈》，再到清代纪昀（1724—1805）的《阅微草堂笔记》、沈复（约 1763—1808）的《浮生六记》、蒲松龄（1640—1715）的《聊斋志异》，无不在记人叙事中流露一种文人韵致。汪曾祺认为中国古代小说有两个传统：唐人传奇和宋人笔记，又称自己喜欢宋人笔记胜于唐人传奇。③ 显然，他的小说偏向笔记体，而且行文用语夹带一股文人情致。比如上文提到陈小手有一匹白马，作家如此交代："这匹马浑身雪白，无一根杂毛，是一匹走马。据懂马的行家说，这马走的脚步是'野鸡柳子'，又快又细又匀。"④浑身雪白的白马，走着"野鸡柳子"的脚步，这简直就是文人的雅趣。《八千岁》中的宋侉子、虞小兰虽非文人逸士，生活却也过得蛮有诗意。先说宋侉子：

> 宋侉子每年要在虞小兰家住一两个月，朝朝寒食，夜夜元宵……到钱花得差不多了，就说一声："我明天有事，不来了。"跨上他的踢雪乌骓骏马，一扬鞭子，没影儿了。在一起时，恩恩义义；分开时，潇潇洒洒。⑤

作家再一次用了马的意象，这次用的却是"踢雪乌骓"，而且一扬鞭就没了影儿。再看虞小兰：

---

① 汪曾祺：《生前友好》，载邓九平编：《汪曾祺全集》第 2 卷，第 385 页。
② 汪曾祺：《捡石子儿（代序）》，载邓九平编：《汪曾祺全集》第 5 卷，第 250 页。
③ 汪曾祺：《捡石子儿（代序）》，载邓九平编：《汪曾祺全集》第 5 卷，第 249 页。
④ 汪曾祺：《故里三陈·陈小手》，载邓九平编：《汪曾祺全集》第 2 卷，第 115 页。
⑤ 汪曾祺：《八千岁》，载邓九平编：《汪曾祺全集》第 2 卷，第 42 页。

　　　　虞小兰有时出来走走,逛逛宜园。夏天的傍晚,穿了一身剪裁合体的白
　　绸衫裤,拿一柄生丝白团扇,站在柳树下面,或倚定红桥栏杆,看人捕鱼
　　踩藕。①

虞小兰本来就长得白嫩,现在穿了一身白,拿着一柄白扇,半依杨柳,半倚红栏,
风韵无限。苏涵指出:"《世说新语》叙述语言、叙述情调的诗意化,朦胧地显示出
小说叙述的一种深层心理,即将故事叙述为一个富于韵味的事件。"②汪曾祺的
小说也是这样,通过语言、意象的调动,令事件变得更具韵味。再者,文白杂糅的
语言也令文章添上几分古典味。
　　汪氏小说中的文人雅致不但出现在叙述语言上,还表现在小说人物身上。
古代笔记,如《世说新语》,因为写的就是士大夫,情致溢于言表,理所当然。但新
笔记小说没有题材的局限,不少作家都写平民百姓,因此情调不一定高雅,《人间
笔记》里的人物便显得俗气。然而,汪曾祺钟情笔记风雅的本色,把这种情调移
植到乡里故人身上。黄子平讨论李庆西的笔记小说时,间接提到这一点:

　　　　汪老的"新笔记小说"可谓深得古典笔记之神髓(也不排除英国随笔的
　　影响),也写市井小市民艰辛生涯中的苦趣,但笔下人物大都不俗,《岁寒三
　　友》里的陶虎臣(开炮仗店的)、王疲(瘦)吾(开绒线店的)、靳彝甫(画家),
　　《鉴赏家》里的季匋民和卖水果的叶三,《钓鱼的医生》里的王淡人等等,都有
　　点"高人逸士"的味道。③

所言不差,这些市井小民在严峻生活的考验下,仍然活得有滋有味。靳彝甫和王
淡人都喜欢园艺,他们在小小的院子里,种满了各式各样的杂花野草,算是城镇
中一个小天地。尤其是王淡人,居然为了配合医室里挂着的那副"一庭春雨瓢儿
菜,满架秋风扁豆花",特意从外地找来瓢儿菜的种子,种在园里,好与扁豆花成
对儿。"自从他种了瓢儿菜,他的一些穷朋友在来喝酒的时候,除了吃王淡人自

　　①　汪曾祺:《八千岁》,载邓九平编:《汪曾祺全集》第2卷,第42页。
　　②　苏涵:《民族心灵的幻象:中国小说审美理想》,北京:人民文学出版社,2000年版,第
77页。
　　③　黄子平:《笔记人间——李庆西小说漫论》,《当代作家评论》,1987年5期,第53页。

己钓的鱼，就还能尝到这种清苦清苦的菜蔬了。"①说到底，所谓文人雅趣就是作家的生活态度，汪曾祺用儒者的审美眼光去看待事物，遂能从中发掘雅趣。虽然是普通的水果，他却描绘得像艺术品一样；虽然是卖馄饨的小贩装置，却让我们看到南宋的楠木雕花担子、雍正青花盘子。对比一下沈从文的小说，这种笔记小说固有的雅致更明显：

> 在小说的叙述形式上，沈从文和汪曾祺的创作呈现出不同的风采。沈从文如一位历经丰富而特异生活的土著长者，将其心目中的奇幻隐蔽的湘西人生边城故事细细地向你述说，围炉夜谈，亦真亦幻，朴野淡远中跃动着对原始古朴生命形态的歌吟和向往。汪曾祺则似一位熟稳于琴棋书画的古稀老人将其记忆中的小镇风情奇闻佚事絮絮地向你讲述，漫说往事，淡话家常，平朴自然中沁出传统文人士大夫的情致和雅趣。②

诚然，"漫说小镇风情和奇闻佚事""叙说中流露文人情致"，都是古代笔记小说的特点，也是汪曾祺小说对三四十年代京派小说文体的开拓。

笔记小说中的文人情致可以看作一种诗意的表现，但这种诗意与沈从文等人的抒情并不一样，它是中国式的，是传统士大夫的情感表现，从中可以发现汪曾祺与其他京派文人对小说文体的不同体会。沈从文和废名在小说创作上，多借鉴西方作品，汪曾祺则深受传统文化的熏染。沈从文指自己主要受契诃夫和屠格涅夫的启发，"觉得方法上可取处太多"，前者叙事时不加个人议论，后者的《猎人笔记》则独到地把人和景物相错综在一起。③ 又说创作《湘行散记》时，已企图"揉游记散文和小说故事而为一，使人事凸浮于西南特有明朗天时地理背景中"，并以为"这个方法处理有地方性问题，必容易见功"。④ 这些都成了沈从文小说体制的特色。废名虽然用唐人写绝句的方法来写小说，但这只限于语言的

---

① 汪曾祺：《故乡人·钓鱼的医生》，载邓九平编：《汪曾祺全集》第1卷，第512页。

② 杨剑龙：《恋乡的歌者——沈从文和汪曾祺小说之比较》，《小说评论》，1996年2期，第56页。

③ 凌宇：《沈从文谈自己的创作——对一些有关问题的回答》，《中国现代文学研究丛刊》，1980年4期，第320页。

④ 沈从文：《新废邮存底·二十三》，载《沈从文文集》第12卷，第67—68页。

借鉴,至于写小说的方法,也就是小说体制,也是从外国名著学来的。他说:"就《桥》与《莫须有先生传》说,英国的哈代,艾略特,尤其是莎士比亚,都是我的老师,西班牙的伟大小说《吉诃德先生》我也呼吸了它的空气。总括一句,我从外国文学学会了写小说,我爱好美丽的祖国的语言,这算是我的经验。"①鲁迅曾经说过:"新文学是在外国文学潮流的推动下发生的,从中国古代文学方面,几乎一点遗产也没摄取。"②京派小说的情况,其实也差不多。80 年代初,汪曾祺重出文坛,提出"回到现实主义,回到民族传统",认为"传统的文艺理论是很高明的,年轻人只从翻译小说、现代小说学习写小说,忽视中国的传统的文艺理论,是太可惜了"。③ 可见,他是新时期较早回眸传统的作家,周政保便说:"我推崇汪曾祺先生,不仅仅因为汪先生的学识、才能,以及最能印证作家素质的创作实绩,而且在于汪先生的清醒,譬如对于传统。"④

新笔记小说的创作,虽然是"新"尝试,但却是从我国传统文学中吸收经验,故李庆西才说:"新笔记小说,是寻根派,也是先锋派。"⑤汪曾祺的"寻根",是自然而然的。他成长于书香世家,自小研习书法、国画,身上染有传统文人的思维模式,总是不经意地流露于字里行间。年轻时,家教老师给他讲桐城派的散文,他把归有光的《寒花葬志》、龚定庵的《记王隐君》,都当小说来看,⑥并从中领略"气韵生动"之重要。这里不妨借庞守英的话做一个小结:

> 崇尚清谈,狂傲放诞的"魏晋风度"作为历史的一页早已翻了过去,但是,笔记小说对生活的随笔记录,对人情世态的简短描摹,却奠定了它的审美基础。从古至今,偶有间断,终能重新获得人们的重视与欣赏。汪曾祺的小说便是继承传统的民族文化,通过对往事的回忆,表现社会的人情世态,

---

① 废名:《〈废名小说选〉序》,载李葆琰编:《废名选集》,第 750 页。
② 鲁迅:《"中国杰作小说"小引》,载《鲁迅全集》第 8 卷,北京:人民文学出版社,1981 年版,第 399 页。
③ 汪曾祺:《回到现实主义,回到民族传统》,载邓九平编:《汪曾祺全集》第 3 卷,第 289 页。
④ 周政保:《〈岁月行色〉序》,载汪曾祺、林斤澜、蒋子龙著,周政保选编:《岁月行色》,深圳:海天出版社,1998 年版,第 2 页。
⑤ 李庆西:《新笔记小说:寻根派,也是先锋派》,第 80—87 页。
⑥ 汪曾祺:《〈晚饭花集〉自序》,载邓九平编:《汪曾祺全集》第 3 卷,第 324 页。

尤其是那些发生在旧社会的事情，拂去历史的尘垢，反倒给人一种别样的新鲜感。①

汪氏描摹故里乡人的短篇掀起新笔记小说热潮，予人别样的新鲜感，主要归功于作家对短篇小说文体的自觉与实践。

二、"聊斋新义"的改写艺术

上一节谈到汪曾祺的小说表现了若干古代笔记小说的特点，从中反映了作家对传统文学的钟爱，也体现了京派小说在文体上的开拓。除了取法传统，汪曾祺还有意识地改写古代"志怪"小说——《聊斋志异》。本来作家开拓新的创作领域，属常见之事，鲁迅时已有《故事新编》。但是，汪曾祺的改写有点不一样，他删去原著中的传奇情节，加添生活细节，使改写作品呈现个人风格和技巧，算是比较特别的"改写"。从这些作品中，我们更读到似曾相识的人性美。分析这些作品与原著的差异，可以窥探作家寄寓的思想。

汪曾祺于 1987 年中开始改写《聊斋志异》，8 月 1 日完成《瑞云》。同年 9 月，汪曾祺应邀赴美参加爱荷华大学举办的"国际写作计划"，期间写成《黄英》《蛐蛐》《石清虚》。他在写给太太的家书中谈到写作的情况和目的，他说："我改编聊斋，是试验性的。这四篇是我考虑得比较成熟的，有我的看法。"②还提到："我觉得改写《聊斋》是一件很有意义的工作，这给中国当代创作开辟了一个天地。"③可见，作家对这项改写工作抱有期望。其后几年，汪曾祺陆陆续续写了一系列作品，称之为"聊斋新义"，共 13 篇，有的沿用旧题，有的另拟新题，详见下表：

---

① 庞守英：《新时期小说文体论》，第 133 页。
② 汪曾祺：《美国家书·十》，载邓九平编：《汪曾祺全集》第 8 卷，第 121 页。
③ 汪曾祺：《美国家书·六》，载邓九平编：《汪曾祺全集》第 8 卷，第 108 页。

表 4-1 汪曾祺"聊斋新义"篇目一览

发表年份	"聊斋新义"篇目	改自《聊斋志异》篇目
1988	《瑞云》 《黄英》 《蛐蛐》 《石清虚》 《画壁》 《陆判》	同 同 《促织》 同 同 同
1989	《双灯》 《捕快张三》 《同梦》	同 《佟客》"异史氏曰"内容 《凤阳士人》
1992	《明白官》 《牛飞》 "虎二题":《老虎吃错人》 《人变老虎》	《郭安》 同 《赵城虎》 《向杲》

从上表可见汪曾祺改写的多非家喻户晓的名篇,而是一些篇幅不长的普通篇章,有的甚至只是借篇后语改编而成。这是作家有意为之,汪曾祺谓名篇如《小翠》《婴宁》《娇娜》《青凤》都是无法改写的,因为放不进他的思想。① 至于要放进的思想则是"当代意识":

> 我看了几篇拉丁美洲的魔幻小说,第一个感想是:人家是把这样的东西也叫做小说的;第二个感想是:这样的小说中国原来就有过。所不同的是拉丁美洲的魔幻小说是当代作品,中国的魔幻小说是古代作品。我于是想改写一些中国古代魔幻小说,注入当代意识,使它成为新的东西。②

汪曾祺对拉美魔幻现实主义的理解未必完全正确,魔幻主义作品除了怪异的情节内容外,还有技巧方面的东西,但这与本节的讨论无关,略去不谈。这番话提供了解读有关文本的钥匙,有的论者循着"当代意识"的方向去延伸解说"聊斋新

---

① 汪曾祺:《美国家书·十五》,载邓九平编:《汪曾祺全集》第 8 卷,第 141 页。
② 汪曾祺:《捡石子儿(代序)》,载邓九平编:《汪曾祺全集》第 5 卷,第 250 页。

义"。① 不过，笔者认为对此说提出商榷意见的林同才是汪曾祺的知音。他一语道破："汪先生与蒲松龄的根本差异无关乎'现代意识'。"②两者的差异实为：

> 割去(或改造)神奇的想象，增加生活的细节使《聊斋新义》比《聊斋》生活气息更浓了，这就是汪曾祺表达"注入现代意识"的主要认识和方法。这对于以"似人间非人间"为环境特点，以"似人非人、似物非物"为人物特点的《聊斋》是一种背离原作特点、原作精神的改造，是一种"人化"的改造。这种"去神奇，合人间"，其实不仅是冲淡《聊斋》味的改写，从其本质上说是创作方法、艺术兴趣上的不同旨趣所致。蒲松龄是"牛鬼蛇神，吟而成癖"(，)汪曾祺是"幽花新月，爱而忘他"。③

所言极是，《聊斋志异》与"聊斋新义"表现的是两种不同的艺术趣味追求。总的来看，汪曾祺的"改写"包括去掉拖沓的情节，淡化传奇色彩，就一二生活细节加以渲染，以及加插平白如话的人物对话。这些手段无疑令《聊斋志异》人间化了，某些生活细节的铺展，更令人联想到《浮生六记》。"聊斋新义"呈现的是一个充满关爱的人间，其中流露一点谐趣。这里有真挚无瑕的爱情，包括人与人、人与狐；有惺惺相惜之情，包括人与鬼、人与物；还有善良的小市民和动物，带给人间一点希望。

先来看涉及爱情主题的《瑞云》《双灯》，汪曾祺通过增、删、改写，令瑞云与贺生、魏家二小与狐狸精的爱情变得更实在，更感人。瑞云天生丽质，无奈沦落风尘，和生为保其璞，在她脸上变出一块黑斑。原著把长出黑斑的瑞云写得很丑，并形容为"丑状类鬼"。④ 汪曾祺对此感到不满，以为"瑞云之美，美在性情，美在

---

① 如王柏华：《汪曾祺小说的"传统"与"现代"——从〈聊斋新义〉谈起》，《北京社会科学》，2003 年 2 期，第 118—124 页。

② 林同：《败笔不败，新义不新——汪曾祺〈聊斋新义〉得失谈》，《文教资料》，1995 年 3 期，第 88 页。

③ 林同：《败笔不败，新义不新——汪曾祺〈聊斋新义〉得失谈》，第 88 页。

④ 蒲松龄：《瑞云》，载朱其铠主编《全本新注聊斋志异》下册，北京：人民文学出版社，1989 年版，第 1378 页。

品质,美在神韵,不仅仅在于肌肤。脸上有一块黑,不是损其全体"。① 因此,改作轻描淡写瑞云被施法术后的丑貌,这里已隐约显露了作家的审美观。及后改写贺生迎娶瑞云一节,尤能反映汪、蒲二人不同的艺术取向。原著载:"贺货田倾装,买之而归。入门,牵衣揽涕,不敢以伉俪自居,愿备妾媵,以俟来者。贺曰:'人生所重者知己:卿盛时犹能知我,我岂以衰故忘卿哉!'遂不复娶。"②这里的瑞云过于卑躬屈膝,而贺生所言又充满道德判断,与《受戒》《大淖记事》中的男女之情相去甚远。汪曾祺删去瑞云卑微的表现,凭想象添加一段洞房内的絮絮细语:

> 到了余杭,拜堂成礼。入了洞房后,瑞云乘贺生关房门的工夫,自己揭了盖头,一口气,噗,噗把两枝花烛吹灭了。贺生知道瑞云的心思,并不嗔怪。轻轻走拢,挨着瑞云在床沿坐下。
>
> 瑞云问:"你为什么娶我?"
>
> "以前,我想娶你,不能。现在能把你娶回来了,不好么?"
>
> "我脸上有一块黑。"
>
> "我知道。"
>
> "难看么?"
>
> "难看。"
>
> "你说了实话。"
>
> "看看就会看惯的。"
>
> "你是可怜我么?"
>
> "我疼你。"
>
> "伸开你的手。"
>
> 瑞云把手放在贺生的手里。贺生想起那天在院里瑞云和他执手相看,就轻轻抚摸瑞云的手。
>
> 瑞云说:"你说的是真话。"接着叹了一口气,"我已经不是我了。"
>
> 贺生轻轻咬了一下瑞云的手指:"你还是你。"
>
> "总不那么齐全了!"

---

① 汪曾祺:《〈聊斋新义〉后记》,载邓九平编:《汪曾祺全集》第 4 卷,第 238 页。

② 蒲松龄:《瑞云》,载朱其铠主编:《全本新注聊斋志异》下册,第 1378 页。

　　　　"你不是说过，愿意把身子给我吗？"

　　　　"你现在还要吗？"

　　　　"要！"①

改写《聊斋志异》的手段之一就是加设对话，这就是一个很好的例子。对话语意浅白，情意绵绵，洗脱了灵异色彩，活现民间男欢女爱的一幕。这一幕与《大淖记事》结尾巧云与十一子的对话如出一辙，而贺生那个"要"与《受戒》结尾明子那个"要"又何其相似，如此改写深化了爱情的主题。此外，汪曾祺认为真正的爱情是包容缺点的，故以为"和生的多事不在在瑞云额上点了一指，而在使其黡面光洁"。② 因此，在原来的结局后面加上一段：

　　　　这天晚上，瑞云高烧红烛，剔亮银灯。

　　　　贺生不像瑞云一样欢喜，明晃晃的灯烛，粉扑扑的嫩脸，他觉得不惯，他若有所失。

　　　　瑞云觉得他的爱抚不像平日那样温存，那样真挚，她坐起来，轻轻地问："你怎么了？"③

这个结局营造了言尽而意无穷的韵致，比原来的大团圆结局更耐人寻味。本来，贺生爱的就不单是瑞云的美貌，而是她整个人，那块黑斑早成了他眼中的瑞云的一部分，如今黑斑消失，反而像夺去了他深爱的一部分。因此，面对如花美人，贺生才会怅然若失。

　　《双灯》是改编得比较成功的一篇，汪曾祺把一个平平无奇的人狐恋改得分外动人，本来书写少男少女的爱情就是他的专长，现在添上几分灵异色彩，可读性更高。为了表现京派的审美意识，汪曾祺把原著中已婚的魏运旺改为无父无母的孤儿魏家二小，并着力描绘这个人物。原著对魏运旺的介绍只有："魏运旺，益都之盆泉人，故世族大家也。后式微，不能供读。年二十余，废学，就岳业

---

　　① 汪曾祺：《瑞云》，载邓九平编：《汪曾祺全集》第2卷，第232—233页。

　　② 汪曾祺：《〈聊斋新义〉后记》，载邓九平编：《汪曾祺全集》第4卷，第238页。

　　③ 汪曾祺：《瑞云》，载邓九平编：《汪曾祺全集》第2卷，第235页。

酷。"①改作开篇却有一大段写景、记事的文字,借以烘托魏二小的个性。先写糟坊的环境,"不大,生意也清淡,顾客不多";②再写糟坊后面的院子,"荒荒凉凉,什么也没有,开了一地的野花"。③ 院子后面有一座小楼,二小就住在楼上。二小常常一个人待着,有时反反复复想小时候的事情,背两首千家诗,有时候伏在窗口看南山的风景——南山就是双灯的住处。可见,二小虽然过着孤寂清静的生活,却也怡然自得。最后加上一句:"二小长得像个大人了,模样很清秀。因为家寒,还没有说亲。"④如此铺排,双灯的到来,两人共坠爱河,便合情合理了。夏元明也说:"身份变了,年龄小了,于是同双灯之间的情感也就更美了。"⑤分析这些改写的地方,不难体会作家的审美观。此外,汪曾祺再次施展铺叙对话的本领,先把猜枚一节衍生为对话,突显二人的稚气,又把原作双灯离去时说的"姻缘自有定数,何待说也"⑥发挥成以下一段对话:

"你今天来得早?"

"我要走了,你送送我。"

"要走? 为什么要走?"

"缘尽了。"

"什么叫'缘'?"

"缘就是爱。"

"……"

"我喜欢你,我来了。我开始觉得我就要不那么喜欢你了,我就得走。"

"你忍心?"

"我舍不得你,但是我得走。我们,和你们人不一样,不能凑合。"⑦

①　蒲松龄:《双灯》,载朱其铠主编:《全本新注聊斋志异》上册,第 554 页。
②　汪曾祺:《双灯》,载邓九平编:《汪曾祺全集》第 2 卷,第 249 页。
③　汪曾祺:《双灯》,载邓九平编:《汪曾祺全集》第 2 卷,第 249 页。
④　汪曾祺:《双灯》,载邓九平编:《汪曾祺全集》第 2 卷,第 249 页。
⑤　夏元明:《汪曾祺"聊斋新义"的改写艺术》,《当代文坛》,2002 年 4 期,第 63 页。
⑥　蒲松龄:《双灯》,载朱其铠主编:《全本新注聊斋志异》上册,第 555 页。
⑦　汪曾祺:《瑞云》,载邓九平编:《汪曾祺全集》第 2 卷,第 232—233 页。

原著的"姻缘自有定数"是一种宿命观,这是人(甚至狐)所不能控制的,改作却把"缘"解作"爱",双灯的离去与神秘力量无关,而是爱的转淡。如此改写,无疑把神鬼故事拉回人间。夏元明认为双灯的生命态度和道德观就是《大淖记事》《薛大娘》等作品中写过的"健康的生命形式",①所言不差。双灯跟大淖一带的女人的确很相像,"这里人家的婚嫁极少明媒正娶,花轿吹鼓手是挣不着他们的钱的。媳妇,多是自己跑来的;姑娘,一般是自己找人。她们在男女关系上是比较随便的……这里的女人和男人好,还是恼,只有一个标准:情愿。"②这个例子清楚证明:汪曾祺通过改写志怪小说,寄托其书写健全人性的思想。

在肯定女性自由恋爱的基础下,有的改写还流露了女性主义思想。《陆判》中朱尔旦豪爽耿直的性格当为汪曾祺所欣赏,小说前半部便通过他和陆判的对话来渲染这一点。不过,作家似乎对他换掉老婆脑袋一举感到不满,特意加添一段老婆脑袋和身体不协调的闹剧,来把他戏谑一番。汪曾祺像其他京派作家一样,对女子多持欣赏和宽容的态度,于此可见一斑。这种情绪在《捕快张三》中更为明显,张三媳妇偷情是不对,但是张三经常出差,几天不回家,而媳妇却又正年轻,似乎情有可原,最后张三原谅了妻子。汪曾祺破例给他们写了个大团圆结局:"这天晚上,张三和他媳妇,琴瑟和谐。夫妻两个,恩恩爱爱,过了一辈子。"③此篇并非鬼狐故事,只是《佟客》篇后提到的一个"人"的故事。汪曾祺改编的原因很简单:"故事很一般,但在那样的时代,张三能掀掉'绿头巾'的压力,实在是很豁达,非常难得的。"④可见,他非常欣赏张三临崖勒马,没有把妻子逼上黄泉。

从小说文体的角度来看,改写《聊斋志异》确实超越京派前人,丰富了当代新笔记小说的书写模式。然而,有趣的是,改编改写的内容却又和京派一贯的审美志趣相符。这个核心思想不但体现在"聊斋新义"的人物身上,动物身上同样找得到,《老虎吃错人》即是。《老虎吃错人》改自《赵城虎》,情节大致不变,只是细节及结尾略为铺展。本来,《赵城虎》就写了一只善解人意、善恶分明的老虎,到了汪曾祺笔下,这只老虎的善良形象益发鲜明,正义凛然的气概也呼之欲出。原著写老虎吃了老妇人的独子,后到衙门自首,县官念及妇人垂老无依,遂把老虎

---

① 夏元明:《汪曾祺"聊斋新义"的改写艺术》,第63页。
② 汪曾祺:《大淖记事》,载邓九平编:《汪曾祺全集》第1卷,第421页。
③ 汪曾祺:《捕快张三》,载邓九平编:《汪曾祺全集》第2卷,第271页。
④ 汪曾祺:《捕快张三·按语》,载邓九平编:《汪曾祺全集》第2卷,第271页。

判给妇人做儿子,要求老虎供养其母,老虎颔首答应。其后,老虎时常为老妇送来猎物,令其家境渐富,有时亦会睡在屋前,彼此相处,融洽无间。老妇死后,老虎奔到坟前,为母哭丧。汪曾祺的改写反映了新笔记小说一个技巧上的特点:注重心理探索①。古代笔记"多限于表面的客观叙写,很少细致入微地挖掘和揭示"②,《赵城虎》便是一例。汪曾祺为了突出老虎的忏悔心,特意给它来一段内心独白:

> 老虎在洞里听见老奶奶哭,知道这是它吃的那人的老母亲,老虎非常后悔。老虎心想:老虎吃人,本来不错。老虎嘛,天生是要吃人的。如果吃的是坏人——强人,恶人,专门整人的人,那就更好。可是这回吃的是一个穷老奶奶的儿子,真是不应该。我吃了他儿子,她还怎么活呀?老奶奶哭得呼天抢地,老虎听得也直掉泪!③

老虎也能有这样的悔意,而且"直掉眼泪",禽兽之善良尚如此,更何况人?汪曾祺改写此篇,想必深有寓意。结尾加设一段"买长命锁",呼应开篇老虎的心意。老奶奶死后,留下不少财产,亲戚竟互相抢夺,后被老虎一一吓走。老虎示意二百五(即原著李能一角)用这些钱给它打一把长命锁,二百五不知它要錾什么字,问:"长命百岁?"老虎摇头。问:"永锡遐昌?"老虎摇头。老虎比手画脚了一番,二百五才猜到它要錾的是"专吃坏人"。老虎戴上此锁后,回山去了。"从此,凡是自己觉得是坏人的人,都不敢进这座山。"④这个结尾充满了人道主义色彩。从这一篇小说,我们还看到汪曾祺善于刻画小人物。原著中,只有老虎是主角,老妪及衙役李能都是平面人物,改作从细节处突显二人的性格。比如原著写:"虎来,时卧檐下,竟日不去。"⑤改作却让老奶奶讲了一句:"儿你累了,躺下歇会

---

① 李庆西指出新笔记小说一般比较注重心理探索,并以为这是对古典笔记小说最大胆的超越。见《新笔记小说:寻根派,也是先锋派》,第 86 页。
② 曾利君:《"新笔记小说"论》,第 28 页。
③ 汪曾祺:《老虎吃错人》,载邓九平编:《汪曾祺全集》第 2 卷,第 327 页。
④ 汪曾祺:《老虎吃错人》,载邓九平编:《汪曾祺全集》第 2 卷,第 331 页。
⑤ 蒲松龄:《赵城虎》,载朱其铠主编:《全本新注聊斋志异》中册,第 594 页。

吧。"①简简单单一句话,就把老奶奶痛惜虎儿的心揭示了出来。二百五则有点陈泥鳅的影子,虽谈不上正人君子,却爱行侠仗义。他时常喝得酩酊大醉,做事缺心眼,但在老奶奶和老虎的事上却处处用心,而且没有对老奶奶的积蓄动心。"他和老虎混得很熟,二百五跟它说点什么,老虎能懂。老虎心里想什么,动动爪子,摇摇尾巴,二百五也能明白。"②原因很简单,他们本是"同类",都是善良的生物。

如果说《瑞云》《双灯》表现了人性美,《老虎吃错人》歌颂了动物的灵性,那么《石清虚》便是宣扬死物也有情的篇章。此篇大致遵循原作,但终于邢云飞之死,删去原著小偷盗墓偷石及石头自毁的情节。原著讲了一个"士为知己者死"的故事,"士"是一块石头,它自己挑选主人,几次落入他人手上,最终都回到邢云飞身旁。邢云飞作为知石之人,亦甚痴迷,为得爱石,宁减寿三年。改作结尾为:"邢云飞到了八十九岁,自己置办了装裹棺木,抱着石头往棺材里一躺,死了。"③如此收结,无疑削弱了"士为知己者死"的题旨,但却与汪曾祺另一篇作品情趣相通。试看《鉴赏家》的结尾:"叶三死了。他的儿子遵照父亲的遗嘱,把季匐民的画和父亲一起装在棺材里,埋了。"④王柏华便指出了这一点:

> 刑(邢)云飞与叶三俨然兄弟,而季匐民的画恰似这块石头,二篇的结尾几乎一模一样,只是,借助石头的灵异,刑(邢)云飞知道自己的寿数,自己躺到棺材里,比叶三更洒脱利落。如果人爱画,以至于与之融为一体,那么,一个通灵的石头不也可以选择自己的主人,报之以同样的爱和亲近吗?如果《鉴赏家》不曾受到《石清虚》的影响,那么,汪曾祺后来读蒲松龄的《石清虚》,一定十分喜爱,且有似曾相识之感。⑤

人对物痴迷至此,想必物也有情,汪曾祺借助石头之通灵,延续《鉴赏家》未完之思想。王柏华讲得不错,汪曾祺改写此篇,似可预见。邢云飞和叶三都拥有超越

---

① 汪曾祺:《老虎吃错人》,载邓九平编:《汪曾祺全集》第2卷,第329页。
② 汪曾祺:《老虎吃错人》,载邓九平编:《汪曾祺全集》第2卷,第329页。
③ 汪曾祺:《石清虚》,载邓九平编:《汪曾祺全集》第2卷,第248页。
④ 汪曾祺:《鉴赏家》,载邓九平编:《汪曾祺全集》第2卷,第13页。
⑤ 王柏华:《汪曾祺小说的"传统"与"现代"——从〈聊斋新义〉谈起》,第120页。

功利的审美观,也就是朱光潜所谓用画家的审美眼光来欣赏事物。①

最后,不能忽略"聊斋新义"的语言魅力。在仅有几篇论述"聊斋新义"的论文里,有一点是共通的,就是一致认同改写语言的成功。林同对汪曾祺的改写颇有异议,但也不得不赞赏其语言之"清水出芙蓉,天然去雕饰"②。李婉薇一文则深入探讨"聊斋新义"的语言特色,指出汪曾祺有意识地进行语言实验,熔文言、方言、白话于一炉:"汪曾祺一方面引用、增写文言文,汲取其简练和表意的特长,却又把握白话亲切、生活化的优点。同时运用文言和白话,兼取两者之长,是他在《〈聊斋〉新义》的重要实验。"③这个实验非常成功,汪曾祺以文白糅杂的语言打通古今文学,保留古典的诗意美,增添栩栩如绘的话语场景,还补上意境优美的"度尾",《画壁》和《同梦》的结尾即是。可见,改写《聊斋志异》虽然是"试验","但不是闲得无聊的消遣"。④

第三节　和谐文风的超越

一、和谐:京派的审美追求

"和谐"是京派推崇的美学风格,作家力求作品达至和谐,批评家则以和谐的标准来评价文学作品。京派小说之所以做到和谐,有个大前提,就是远离严肃的政治题材及五光十色的都市生活,因此没有刀光剑影的激烈场面,也没有色欲横流的情爱瓜葛。本书第一章第三节"田园牧歌,抒情小调"略略提及和谐,指出京派作家多能节制一己的感情,没有过分流露哀愁,《边城》和《桃园》就是美丽与悲哀的完美结合。汪曾祺也讲究和谐,坦言:"我所追求的不是深刻,而是和谐。"⑤

①　朱光潜在《对于一棵古松的三种态度》中指出,只有用审美态度来欣赏古松的画家才能看到古松之美,而实用态度和科学态度都会妨碍我们欣赏事物本身之美。见朱光潜:《谈美》,香港:三联书店(香港)有限公司,2003年版,第4—9页。

②　林同:《败笔不败,新义不新——汪曾祺〈聊斋新义〉得失谈》,第85页。

③　李婉薇:《汪曾祺〈聊斋〉新义的语言实验》,《文学世纪》,2002年10期,第70页。

④　汪曾祺:《〈聊斋新义〉后记》,载邓九平编:《汪曾祺全集》第4卷,第238—239页。

⑤　汪曾祺:《〈汪曾祺自选集〉自序》,载邓九平编:《汪曾祺全集》第4卷,第95页。

汪曾祺小说中呈现的和谐,自有承继的成分,但超越了废名、沈从文、师陀等人,已从"有意为之"转入"自然流露"的境界。或者说,只有汪曾祺的小说是彻头彻尾的和谐,是由内及外的和谐,是人文一致的和谐。

先来看看 20 世纪 30 年代京派小说的和谐。"和谐"是个抽象的概念,如果借用京派文人的言论来分析,大致包含以下几个方面:一、现实与梦的恰当混合;①二、作家情感的节制;②三、小说技巧的适当运用。③ 现实与梦的结合就是以审美的眼光来观看人世间种种事物,将现实抒情化、浪漫化,也是朱光潜所说的"人生的艺术化"或"艺术化的人生":

> 严格地说,离开了人生便无所谓艺术,因为艺术是情趣的表现,而情趣的根源就在人生;反之,离开艺术也便无所谓人生,因为凡是创造和欣赏都是艺术的活动,无创造、无欣赏的人生是一个自相矛盾的名词。④

艺术源于人生,人生有赖艺术而存在,二者互为表里。30 年代的京派小说被指

---

① 沈从文把小说看成"用文字很恰当记录下来的人事","因为既然是人事,就容许包含了两个部分:一是社会现象,是说人与人相互之间的种种关系;一是梦的现象,便是说人的心或意识的单独种种活动。单是第一部分容易成为日常报纸记事,单是第二部分又容易成为诗歌。必须把人事和梦两种成份相混合,用语言文字来好好装饰剪裁,处理得极其恰当,方可望成为一个小说。"见沈从文:《短篇小说》,载《沈从文文集》第 12 卷,第 114 页。

② 沈从文要求作家"极力避去文字表面的热情"(见沈从文:《废邮存底·给一个写诗的》,载《沈从文文集》第 11 卷,第 302 页)。萧乾把过度宣泄热情和伤感的"五四"文坛比喻成"繁荣的鸟市"和"疯癫院":"烦闷了的就扯开喉咙啸号一阵;害歇斯底里亚的就发出响朗的笑;穷的就跳着脚嚷出自己的需要;那有着性的苦闷的竟在大庭广众下把衣服脱个净光。"(见萧乾:《理想与出路》,载傅光明编:《萧乾文集》第 8 卷,杭州:浙江文艺出版社,1998 年版,第 114 页)卞之琳也说:"人非木石,写诗的更不妨说是'感情动物'。我写诗,而且一直是写的抒情诗,也总在不能自已的时候,却总倾向于克制,仿佛故意要做'冷血动物'。"(卞之琳:《〈雕虫纪历〉自序》,载江弱水、青乔编:《卞之琳文集》中卷,合肥:安徽教育出版社,2002 年版,第 444 页)

③ 李健吾曾说:"形式和内容不可析离,犹如皮与肉之不可揭开。形式是基本的,决定的;辞藻,用得其当,增加美丽;否则过犹不及,傅粉涂红,名曰典雅,其实村俗。一个伟大的作家,企求的不是辞藻的效果,而是万象毕呈的完整的谐和。"见李健吾:《〈九十九度中〉——林徽因女士作》,载《咀华集·咀华二集》,上海:复旦大学出版社,2005 年版,第 33 页。

④ 朱光潜:《谈美》,第 91 页。

为乌托邦文学,多少因为读者只看到诗意的一面,忽略了其中的现实。其实,京派作家很在乎作品的"真",但这不是现实主义的"真",而是情感的"真"。朱光潜评古诗十九首之《迢迢牵牛星》时说:"读者如果要问:历史上是否确曾有过这样一个织女,做过这样的事,说过这样的话呢? 我们可以回答说,这是神话,全是虚构的。但是就情理说,这首诗却是十分真实的。假如有这样的牛郎织女,处在这样的情境,他们于情于理,就必得做这样的事,说这样的话。"①京派追求的和谐就像这首古诗一样,是梦一般的真实。至于掌握和谐的力度,就依靠作家对情感和技巧的节制。京派虽然重视艺术技巧,"不过,节制适度的观念同时使他们并没有成为技巧至上主义者,也反感过重技巧、滥施技巧,即便对友好如某些新月派诗作也不讳言护短"。②具体来说,就是叙述角度、叙事手法、措辞用语的控制,也是"适当的和谐的安排"③,避免激烈、感伤、突兀的出现,罗成琰把这种表现方法称为"冲淡的抒情形态"④。

　　要恰当地做到以上三点并不容易,有的京派小说就显得不太和谐,比如废名的《桥》梦的成分比较多,师陀的《果园城记》则感情比较激烈。《桥》中的世界仿如世外桃源,主角全是参禅悟道之人,有的话语玄妙之极,显得缥缈脱俗,与读者拉开了距离。师陀在《果园城记》中,对那些所谓"人上人"批判得毫不留情,时而夹杂钱锺书(1910—1998)式的冷嘲热讽。"世家子弟在果园城永远是纨绔子弟或败家子,他们不会有也不配有更好的命运。他们只有在吃喝玩乐中走向没落。"⑤暗中管制果园城的巨绅朱魁爷、小刘爷刘卓然,以及布政弟胡家后裔胡凤梧、胡凤英皆不得善终。魁爷成了"鬼爷"或"龟爷",其他人或被土匪杀死,或沦为乞丐,或沦落风尘。总之"好的时候总归要过去的,有那一天也就有这一天!"⑥这两篇小说,前者离现实太远,后者离现实太近。师陀似乎意识到彼此的分别:"废名是写他自己,他心目中的社会和人;我是写我心目中的社会和人,我

①　朱光潜:《迢迢牵牛星》,载《艺文杂谈》,合肥:安徽人民出版社,1981 年版,第 238 页。
②　许道明:《中国现代文学批评史新编》,上海:复旦大学出版社,2002 年版,第 169 页。
③　萧乾:《为技巧伸冤》,载傅光明编:《萧乾文集》第 8 卷,第 121 页。
④　罗成琰:《现代中国的浪漫文学思潮》,长沙:湖南教育出版社,1992 年版,第 179 页。
⑤　马俊江:《论师陀的"果园城世界"》,《中国现代文学研究丛刊》,2003 年 1 期,第 205 页。
⑥　师陀:《果园城记·城主》,载刘增杰编校:《师陀全集》第 1 卷(下),开封:河南大学出版社,2003 年版,第 482 页。

同情被压迫者，我反对那个吃人的社会。"①不过，师陀懂得利用抒情的话语来冲淡愤懑的情绪，因此小说的整体文风还是接近和谐的。这种处理手法逃不过李健吾的眼睛："讽刺是芦焚先生的第二个特征，一个基本的成分，而诗意是他的第一个特征，一件外在的衣饰。"②

真正做到心灵与外物契合，并把各种情绪、技巧掌握得恰恰当当的要数沈从文了。他笔下的湘西不是没有痛苦，翠翠面对死亡、爱情，无能为力（《边城》）；妻子为了生活，外出卖淫挣钱（《丈夫》）；萧萧十二岁做了童养媳，却被别的男子搞大了肚子（《萧萧》）：无不充满悲哀。但是作者没有流于伤感，而是节制情感，淡淡叙来，并且从中发掘美与善，渗入抒情诗般的大自然描述，作品顿时变得和谐温暖，让人觉得生存在这个世界上还不至于那么绝望。可是，沈从文有的作品却极力描绘命运所带来的不幸，悲剧感直透和谐的表层。《月下小景》中的部落有一条野蛮的规矩，女人只可把贞洁交给第一个男子，却只许和第二个男子结婚。若违反了风俗，女子将被捆上一扇小石磨，然后沉进潭底或抛进地窟窿里。对小说中那对男女来说，命运有如无形之手，扼杀了他们的幸福，所以他们选择在月下对歌、交欢，然后双双服毒自尽。至于凌叔华和林徽因的小说，呈现的是另一种和谐，一种女性的和谐。她们也写生活的不幸，写缺憾，写背叛，但是同样没有大声喧哗，而是让平静的生活表现自己。

从追求和谐这一点也可看到京派传统的一面。中国古典美学传统正是讲求"乐而不淫，哀而不伤"的中和之美。③ 因此，李健吾欣赏杜甫的情感节制："人生惨苦莫如坐视儿女饿死，但是杜甫绝不抢天呼地，刻意描画。他越节制悲哀，我们越感到悲哀的分量，同时也越景仰他的人格。"④总而言之，30年代的京派小说虽然着意书写人性美，处处流露自然与人类的契合，但底子却是哀伤或愤慨。废

---

① 师陀：《我的风格》，载刘增杰编校：《师陀全集》第5卷，第340页。

② 李健吾：《〈里门拾记〉——芦焚先生作》，载《咀华集·咀华二集》，第105页。

③ 《论语·八佾》，载朱熹：《四书章句集注》，北京：中华书局，1983年版，第66页。

④ 李健吾：《〈画梦录〉——何其芳先生作》，载《咀华集·咀华二集》，第91页。

名更愿意做一个厌世诗人,画出美丽的风景,①以及那些带有残缺美的善良女子。萧乾为着自己那些丑恶而可怕的经历,曾经"对于谁都存着戒心,在善良上,为一切人打着折扣"。② 对于京派作家内心的痛苦,不能视若无睹。沈从文曾无奈地说:"你们能欣赏我故事的清新,照例那背后蕴藏的热情却忽略了;你们能欣赏我文字的朴实,照例那作品背后隐伏的悲痛也忽略了。"③由此可见,废名、沈从文、萧乾、师陀诸人作品中的"和谐"是通过情感的节制、技巧的恰当运用而形成的,也就是"一个聪明的作家写人类痛苦是用微笑来表现的"。④ 换个角度看,他们的小说世界并非真的一片和谐,而是"有意为之",以期达到更高的审美效果,令其悲剧色彩更浓、更感人。

汪曾祺的小说却不一样,虽然也有悲剧意识较浓郁的,如《职业》《天鹅之死》《黄油烙饼》,但大部分作品流露出来的和谐都是自然而然的,好像《鸡鸭名家》《受戒》《故里杂记·榆树》《故人往事,收字纸的老人》《故乡人·钓鱼的医生》《鉴赏家》,本质上已没有悲哀或愤慨,无论故事、人物、情感、技巧诸方面,都达到彻底的和谐。归根结底,这是作家的气质所决定的:

> 我的一部分作品的感情是忧伤,比如《职业》《幽冥钟》;一部分作品则有一种内在的欢乐,比如《受戒》《大淖记事》;一部分作品则由于对命运的无可奈何转化出一种常有苦味的嘲谑,比如《云致秋行状》《异秉》。在有些作品里这三者是混合在一起的,比较复杂。但是总起来说,我是一个乐观主义者。对于生活,我的朴素的信念是:人类是有希望的,中国是会好起来的。我自觉地想要对读者产生一点影响的,也正是这点朴素的信念。我的作品不是悲剧。我的作品缺乏崇高的、悲壮的美。我所追求的不是深刻,而是和

---

① 废名在《中国文章》里清晰地表达了自己喜欢死亡带来的美感。他说:"中国文章里简直没有厌世派的文章,这是很可惜的事。"又说:"中国人生在世,确乎是重实际,少理想,更不喜欢思索那'死',因此不但生活上就在文艺里也多是凝滞的空气,好像大家缺少一个公共的花园似的。"见《冯文炳选集》,北京:人民文学出版社,1985年版,第344页。
② 萧乾:《忧郁者的自白》,载傅光明编:《萧乾文集》第7卷,第33页。
③ 沈从文:《〈从文小说习作选〉代序》,载《沈从文文集》第11卷,第44页。
④ 沈从文:《废邮存底·给一个写诗的》,载《沈从文文集》第11卷,第303页。

谐。这是一个作家的气质所决定的，不能勉强。①

风格即人格，既然叙事者心境平静愉悦，对人类充满希望，想把美好的生活展现给读者看，那么他笔下的世界也只能是一片和谐。关于这一点，从汪曾祺的画或可得到一点启发。宗璞(1928—　)拥有三幅汪曾祺的赠画，其中一幅画的是"红花怒放，下衬墨叶，紧靠叶下有字云：'人间存一角，聊放侧枝花，临风亦自得，不共赤城霞。'"宗璞赞曰："整个画面在临风自得的恬淡中，却有一种活泼的热烈气氛。"还说她的父亲谓以王国维(1877—1927)的标准来说，这首小诗便是不隔。②从这幅小品和小诗，可以感受到汪曾祺和谐的气质，他就像那枝小花，暗暗给人间送来小温馨。

　　现代美学理论指出：和谐主要表现在两方面，一是由对立性因素构成的统一，一是由非对立性因素构成的协调。③ 如果从思想内容来看，汪氏小说中刚好有两种貌似对立的思想存在，一是积极入世的儒家思想，一是自然无为的道家思想。小说里的人物多具有儒家的仁爱品格，遇到不幸或不合理时，却以老庄哲学坦然面对，这就是儒道互补的精神。另外，汪曾祺注重语言的运用，使小说中各种话语契合无间。下面将从儒道互补的精神(即入世与出世精神)，以及话语安排两大方向分析其达至和谐的途径。

二、儒道精神互补构成的和谐

　　从上一节论述可见，京派作家深明悲剧带给作品的审美力量，也明了高明的表现手法不是大吵大闹，赚人热泪，而是各种元素的和谐结合。汪曾祺对沈从文的作品赞不绝口，也多次表明自己深受其影响，却对读者事先声明，他的作品不是悲剧，没有崇高、悲壮的美。本书第二章已讲过汪曾祺是一个抒情人道主义者，也是民俗文化爱好者，因此他是从关爱民间的角度来表现和谐的。出发点不

---

　　① 汪曾祺：《〈汪曾祺自选集〉自序》，载邓九平编：《汪曾祺全集》第4卷，第95页。
　　② 宗璞：《三幅画》，收载于段春娟、张秋红编：《你好，汪曾祺》，济南：山东画报出版社，2007年版，第70—71页。
　　③ 石杰：《汪曾祺小说的禅宗底蕴》，《长沙水电师院社会科学学报》，1995年1期，第90页。

同,表现出来的和谐文风自然不一样。杨剑龙分析得好:"沈从文小说的古朴明澈中蕴含着凄艳幽野,在突出了边城原始生命力的蓬勃生机中隐现着乡村社会的人生悲哀和灵魂沉浮。汪曾祺小说的淡远素朴中流溢着温柔敦厚,在展示出乡镇古朴平凡的人生片段中寻觅着记忆世界里的温爱情感和和谐境界。"①

汪曾祺小说带给人的和谐感不单是作家情感的克制,还是一种自然而然的表现,好像世界本来就是这般和谐,没有冲突,没有邪恶,纵然也有不如意的事情,人们却不以为意,淡然面对,一笑置之。吴福辉曾对废名、师陀、汪曾祺构建的乡村世界有以下的看法:

> 废名、芦焚、汪曾祺仿佛在补充着沈从文的乡镇图画,他们提供的也是一个自在、自足的乡村社会,一个与城市具有特异的人际关系、伦理标准、生活理想的社会,"礼崩乐坏"了,却依然美丽,没有人造的那一份丑陋。只是依据每个作家的艺术个性,废名的乡村更放达一些,芦焚的更哀伤一些,汪曾祺的更结实一些罢了。②

以"放达""哀伤""结实"来形容三人的风格,虽然有点儿抽象,但还是准确的。"结实"似乎更贴近人间,更符合世俗生活。汪曾祺从中国人身上看到这种"结实"的生活态度,正是来自儒道互补的思想。他在《跑警报》中描写就读西南联大时"跑警报"的情况,但作家笔下没有狼狈逃跑,或提心吊胆的描述,而是青年男女借此机会谈恋爱,做小买卖的把担子挑到郊外去了,而不"跑警报"的学生竟趁空档洗头、煮莲子。在文章结尾,作家如此表白:"日本人派飞机来轰炸昆明,其实没有什么实际的军事意义,用意不过是吓唬吓唬昆明人,施加威胁,使人产生恐惧。他们不知道中国人的心理是有很大的弹性的,不那么容易被吓得魂不附体。我们这个民族,长期以来,生于忧患,已经很'皮实'了,对于任何猝然而来的灾难,都用一种'儒道互补'的精神对待之。这种'儒道互补'的真髓,即'不在乎'。这种'不在乎'精神,是永远征不服的。"③

---

① 杨剑龙:《恋乡的歌者——沈从文和汪曾祺小说之比较》,《小说评论》,1996 年 2 期,第 57 页。

② 吴福辉:《乡村中国的文学形态——〈京派小说选〉前言》,《京派小说选》,第 13 页。

③ 汪曾祺:《跑警报》,载邓九平编:《汪曾祺全集》第 3 卷,第 401 页。

儒、道思想看似相违,一入世,一出世;一重仁义,一弃仁义;一讲克己复礼,一讲绝对自由。《庄子·大宗师》有一段话正好用来说明这一点:"泉涸,鱼相与处于陆,相呴以湿,相濡以沫,不如相忘于江湖。"①庄子以为鱼儿被困在陆上,相互用湿气嘘吸,用口沫湿润,倒不如在江湖里彼此相忘。"儒家提倡道德情感,以仁义相号召,以同情心相安慰,在庄子看来,比不上自由境界的悠然自得与愉快。"②然而,两者正好互补不足,成为历代知识分子秉持之人生态度:

> 表面看来,儒、道是离异而对立的,一个入世,一个出世;一个乐观进取,一个消极退避;但实际上它们刚好相互补充而协调。不但"兼济天下"与"独善其身"经常是后世士大夫的互补人生路途,而且悲歌慷慨与愤世嫉俗,"身在江湖"而"心存魏阙",也成为中国历代知识分子的常规心理以及其艺术意念。③

这就是孟子所谓"穷则独善其身,达则兼善天下"④。再者,儒、道思想也有相通之处。孔子虽然正气凛然,对个人的修身养德要求甚严,但如李长之所说:"孔子精神在核心处,乃仍是浪漫的。"⑤汪曾祺认识的孔子也是充满浪漫气质的,故说孔夫子是个很有人情味的诗人。⑥ 李泽厚说得更明白:"庄子激烈地提出这种反束缚、超功利的审美的人生态度,早就潜藏在儒家学说之中。"⑦诸如"用之则行,

---

① 郭庆藩:《庄子集释》,收载于《诸子集成》第3册,北京:中华书局,1954年版,第109页。

② 蒙培元:《自由与自然——庄子的心灵境界说》,收载于陈鼓应主编:《道家文化研究》第10辑,第185页。

③ 李泽厚:《美的历程》,北京:文物出版社,1989年版,第53页。

④ 《孟子·尽心章句上》,载朱熹:《四书章句集注》,第351页。

⑤ 李长之:《孔子与屈原》,载郜元宝、李书编:《李长之批评文集》,珠海:珠海出版社,1998年版,第275页。

⑥ 汪曾祺:《自报家门》,载邓九平编:《汪曾祺全集》第4卷,第290页。

⑦ 李泽厚:《华夏美学》,香港:三联书店(香港)有限公司,1988年版,第77页。

舍之则藏"①"道不行,乘桴浮于海"②"宁武子,邦有道则知,邦无道则愚,其知可及也,其愚不可及也"③,都寄寓了庄子追求精神自由的理想。

汪曾祺最喜欢的《论语·先进》章便是典型的例子,含有自然无为的思想。此章提到曾皙(生卒年不详)追求的理想境界:"莫春者,春服既成。冠者五六人,童子六七人,浴乎沂,风乎舞雩,咏而归。"④张亨对这段话有过精辟的解析:

> 　　这一陈述虽然不过是日常生活中简单的经验,却具体的描绘出一个理想的精神世界来。因为这些活动并不只是单纯现象,而是感染着活动者的心境,呈现出圆满自足的情趣;这是无目的性,又无所关心的满足;同时也是从其他的现实经验中孤立出来,不受干扰的状态。所以这明显的是一种美感经验。这里并没有一般美感经验所面对的客体,甚至自然现象也不是,而是主客的对立早已消失,自我与外物交融为一体的境界。这自然也是一种道德的境界……⑤

这是一个美和善交融的人生境界,《受戒》表现的就是这样一个世界。荸荠庵的和尚不受规条束缚,率性而为,娶老婆,唱情歌,吃水烟,吃猪肉,自由自在,生活的态度就是庵里挂着的那副对联:"大肚能容容天下难容之事,开颜一笑笑世间可笑之人。"⑥小英子一家是美善交融的象征,他们住在一个小岛上,独门独户,大门前贴着"向阳门第春常在,积善人家庆有余"。⑦"岛上有六棵大桑树,夏天都结大桑椹,三棵结白的,三棵结紫的;一个菜园子,瓜豆蔬菜,四时不缺。"⑧全家四口精精神神、勤勤快快,热爱生活,真诚待人。不过,这种境界毕竟不易达到,汪曾祺小说里也只有《受戒》一篇符合这样的境界。

---

① 《论语·述而》,朱熹:《四书章句集注》,第95页。
② 《论语·公冶长》,朱熹:《四书章句集注》,第77页。
③ 《论语·公冶长》,朱熹:《四书章句集注》,第81页。
④ 《论语·先进》,朱熹:《四书章句集注》,第130页。
⑤ 张亨:《论语论诗》,《文学评论》,1980年5月,第6集,第26页。
⑥ 汪曾祺:《受戒》,载邓九平编:《汪曾祺全集》第1卷,第324页。
⑦ 汪曾祺:《受戒》,载邓九平编:《汪曾祺全集》第1卷,第331页。
⑧ 汪曾祺:《受戒》,载邓九平编:《汪曾祺全集》第1卷,第331页。

汪曾祺只承认受过儒家思想的影响，对于庄子的兴趣，只在文章，不在思想。① 因此，小说中的道家思想并非直接来自老庄，而是来自渗透了道、禅思想的宋明理学。试看：

> 我欣赏孟子的"大人者，不失其赤子之心"。
>
> 我认为陶渊明是一个纯正的儒家。"暧暧远人村，依依墟里烟。狗吠深巷中，鸡鸣桑树颠。"我很熟悉这样的充满人的气息的"人境"，我觉得很亲切。
>
> 我喜欢这样的诗："万物静观皆自得，四时佳兴与人同"，"顿觉眼前生意满，须知世上苦人多"。这是蔼然仁者之言。②

从其自述来看，所谓"儒家思想"，当包括孔孟仁学及宋明理学，小说中表现的豁达精神就是来自理学。将孟子和陶渊明的思想结合起来，就是一个充满温爱、谐和静谧的平凡人间，也就是作家笔下的高邮。至于上引两首宋诗，则把自然和人世和谐地结合在一起。李泽厚说："'万物静观皆自得，四时佳兴与人同'；'等闲识得春风面，万紫千红总是春'……是理学家们的著名诗句。这些都是希求在自然世界的生意、春意中显示、体会、比拟人世的伦常法规。"③这样的思想背景，解释了作家为何独撷回忆中的温馨来写，为何笔下有那么多赤子之心的善良人物。

汪曾祺小说中的"儒道互补"来自宋明理学，只有秉持这种心态，才能在"入世"的尘世中活得如"出世"般逍遥自在。石杰把汪曾祺小说中的和谐分为"入世的和谐"及"出世的和谐"，并以为它们共同构成生命自身的和谐，④讲的也是这个意思。因此，汪曾祺小说中的人物既有道德情操，又懂得逍遥自在地生活，王淡人是最典型的例子。他是一位"傻"医生，帮人家看病，钱总收不到，收下的都是鸡蛋、芝麻、月饼、枇杷、扇子什么的，有时候甚至是病人儿女的一个磕头。这

---

① 汪曾祺：《自报家门》，载邓九平编：《汪曾祺全集》第4卷，第290页。

② 汪曾祺：《我是一个中国人——散步随想》，载邓九平编：《汪曾祺全集》第3卷，第301页。

③ 李泽厚：《中国古代思想史论》，北京：人民出版社，1985年版，第237页。

④ 石杰：《和谐：汪曾祺小说的艺术生命》，《中国人民大学学报》，1995年1期，第99—104页。

位医生水灾时为了救人,差点儿送了命。一次为了救一个好吃懒做的无赖,竟把店里的麝香、冰片用去一大半。旁观者大惑不解,王淡人说:"我不给他治,他会死的呀。"①医生工作之余,喜欢垂钓。他的钓鱼与众不同,每次都随身带着一个小炭炉,一口小锅,以及姜葱佐料和一瓶酒。钓起了鱼,刮刮洗洗,马上烹煮,然后一边吃鱼,一边喝酒,一边再甩钩钓鱼。王淡人既有入世的仁义之心,又过着与世无争的闲适生活。

再举一个看似相反的例子:乡野画家靳彝甫过着悠然自得的生活,画室里挂着一块书"四时佳兴"的小匾,庭前庭后种满了花草,有玉屏萧竹、茶花、月季、虎耳草、铁线草……春天,放风筝;夏天,种荷花;秋天,养蟋蟀,"虽然是半饥半饱,他可是活得有滋有味"。② 但是,当他知道朋友有困难,马上相呴以湿,相濡以沫,倾家荡产帮助对方。

汪曾祺笔下的人物虽然身处俗世,却活得蛮有诗意,果贩叶三卖水果不是为了赚钱,戴车匠视工作为一门艺术,陈小手骑着白马给人家接生,他们的生活都超越了世俗的功利目的,升华为艺术化的生存状态。收字纸的老人是作家笔下一个理想化了的人物,有点儿像庄子笔下的仙人。这老人名叫老白,上了岁数,身体却很健康,面色红润,眼不花,耳不聋,健步如飞。他的生活就是挨家收字纸,然后拿到文昌阁烧掉。如查振科所言,他是一个"历史的人物","他的时代早已结束(科举废止,文昌阁门前不再有车马喧腾),没有结束的是那个时代给予他的生存方式"。③ 但是,他平静地活在历史长河中,"老白粗茶淡饭,怡然自得。化纸之后,关门独坐。门外长流水,日长如小年"。④ 此篇结尾饶有深意,写到老白近年收了一些不认得的字纸,其实是学生的英文和几何习题,老白只是摇摇头,然后连同其他字纸一同烧掉。"孔夫子和欧几里德、纳斯菲尔于是同归于尽。"⑤任何生命终归要结束,老白是一个坦然面对历史的人,"老白活到九十七

---

① 汪曾祺:《故乡人·钓鱼的医生》,载邓九平编:《汪曾祺全集》第1卷,第516页。

② 汪曾祺:《岁寒三友》,载邓九平编:《汪曾祺全集》第1卷,第352页。

③ 查振科:《对话时代的叙事话语——论京派文学》,沈阳:春风文艺出版社,2005年版,第168—169页。

④ 汪曾祺:《故人往事·收字纸的老人》,载邓九平编:《汪曾祺全集》第2卷,第166页。

⑤ 汪曾祺:《故人往事·收字纸的老人》,载邓九平编:《汪曾祺全集》第2卷,第167页。

岁,无疾而终"。① 诚如石杰所言:"在汪曾祺小说的人生建构中,这更高的东西就是入世与出世构成的和谐。他笔下的人物,热爱生活却不执着于功名利禄,淡泊超脱却又没有对生命短促人生无常的慨叹,潇洒通达却不对着人生谈空说无,返璞归真却不忘人间的是非美丑……儒家给他们以信念和努力,道家又给他们以自由和解脱,人生由此呈现为一种美,和谐的美。"②

作家的个性多少会反映在作品之中,所谓"言,心声也;书,心画也",③汪曾祺、废名、沈从文因其不同个性,和谐文风的底质亦有不同。通过那些漫评汪曾祺的文章,我们可以画出一个随和开朗的"老顽童",爱喝酒,爱做菜,爱开玩笑。④ 舒非以为汪曾祺的"笑"最有意思:"接触之中,我觉得最有趣莫过于见到汪老'笑':他把头歪过一边去,缩起脖子,一只手半掩着嘴:就这样'偷偷地'地笑。那模样,直叫人想起京剧《西游记》里的美猴王,当捉弄整蛊猪八戒得逞之后,闪在一边得意洋洋、乐不可支、愈想愈开心。"⑤可见,汪曾祺的心境轻松愉快,小说的和谐实为其本性。相对来说,废名的个性太超脱,难以捉摸。周作人如此刻画其外貌:"废名之貌奇古,其额如螳螂,声音苍哑,初见者每不知其云何。"⑥废名私下爱谈禅论道,⑦并晓得打坐入定,⑧"他甚至在佛教禅宗的体验和

---

① 汪曾祺:《故人往事·收字纸的老人》,载邓九平编:《汪曾祺全集》第 2 卷,第 167 页。
② 林江、石杰:《汪曾祺小说中的儒道佛》,《广东教育学院学报》,1995 年 4 期,第 44 页。
③ [汉]扬雄(公元前 53—18):《问神卷第五》,载韩敬注:《法言注》,北京:中华书局,1992 年版,第 110 页。
④ 参见陆文夫:《酒仙汪曾祺》、舒乙:《一个可爱的大作家》、陈国凯:《我眼中的汪曾祺》,收载于《你好,汪曾祺》,第 65—68、75—78、184—189 页。
⑤ 舒非:《汪曾祺侧写》,《香港文学》,1988 年 40 期,第 2 页。
⑥ 周作人:《怀废名》,载止庵编注:《周作人集》下册,广州:花城出版社,2004 年版,第 849 页。
⑦ 周作人指废名在写给他的信中多次言及《论语》《庄子》,以及佛经,又说废名尤喜与同乡熊十力争论儒道之事,有一次更因意见不合扭打一团。翌日,二人若无其事,讨论其他问题。见周作人:《怀废名》,载止庵编注:《周作人集》下册,第 853—854 页。
⑧ 卞之琳:《〈冯文炳选集〉序》,载《冯文炳选集》,北京:人民文学出版社,1985 年版,第 4 页。另外,周作人也说:"废名自云喜静坐深思,不知何时乃忽得特殊经验,趺坐少顷,便两手自动,作种种姿态,有如体操,不能自已,仿佛自成一套,演毕乃复能活动。"见周作人:《怀废名》,载止庵编注:《周作人集》下册,第 854 页。

实践行为方面比许地山走得更深更远"。① 因此,废名小说的"出世"思想非常浓厚。沈从文则有从军的经验,身上始终脱不了一分"野性"。他又一直自诩"乡下人",身处北京城,难免感到孤独,朱光潜就说:"他是一位好社交的热情人,可是在深心里却是一个孤独者。"②孤独者造出来的和谐,总免不了叹息和低泣,"一切文字的美丽到头来终于为沈先生悲悯的泪水所酿制。把痛苦升华为诗,这正是沈先生的艺术表达"。③

再者,汪曾祺与京派其他作家还有一处不同,就是正式投入小说创作时已是一个老作家,人生阅历相对丰富,尤其种种政治运动带给他的启发。不妨说,他的创作心态与前人全然不同,小说中表现的和谐,一种极致的儒道互补的和谐,既是文风,也是作家对人生的一种体会。不过,这种和谐文风后来被汪曾祺自己打破了。看看 90 年代的小说,如《小姨娘》《忧郁症》《辜家豆腐店的女儿》《百蝶图》,"就不能不注意其中萧瑟暮秋之气,乃至凛冽彻骨的冬寒了,这也许就是挽歌的另一种生发"。④ 从和谐走向悲剧,可能是作家为了打破固有的文风所致,也可能是作家美的人生信念被动摇了,本书第二章第三节已有述及,在此不再重复。

三、话语互契构成的和谐

汪曾祺小说的和谐美还表现在叙事话语的巧妙安排上。上文提及京派作家擅长节制情感、适当运用艺术技巧,汪曾祺也不例外,更有意识地发扬沈从文"贴到人物来写"的叙事手法,令文本达至优美和谐的境界。⑤ 汪曾祺如此阐释老师

---

① 刘勇:《中国现代作家的宗教文化情结》,北京:北京师范大学出版社,1998 年版,第 148 页。

② 朱光潜:《从沈从文先生的人格看他的文艺风格》,载《艺文杂谈》,第 263 页。

③ 何立伟:《洞箫的悲悯与美》,收载赵园主编:《沈从文名作欣赏》,北京:中国和平出版社,1993 年版,第 36 页。

④ 汪树东:《中国现代文学中的自然精神研究》,哈尔滨:黑龙江人民出版社,2005 年版,第 77 页。

⑤ 汪曾祺常常提及沈从文的教诲:"我追随沈先生多年,受到教益很多,印象最深的是两句话。一句是:'要贴到人物来写。'……另外一句话是:'千万不要冷嘲'。"见汪曾祺:《两栖杂述》,载邓九平编:《汪曾祺全集》第 3 卷,第 198—199 页。

的意思："他的意思是说：笔要紧紧地靠近人物的感情、情绪，不要游离开，不要置身在人物之外。要和人物同呼吸，共哀乐，拿起笔来以后，要随时和人物生活在一起，除了人物，什么都不想，用志不纷，一心一意。"①本来小说是以叙事为主的，但在沈从文和汪曾祺眼里，人物才是最重要的，小说里的其他元素，诸如风景描写、事件叙述、人物对话皆为人物服务。② 因此，文本各种话语皆与人物相融，显得相对统一、谐和。

汪曾祺为"贴到人物来写"作了不少理论的阐释，简单来说，就是"不单是对话，就是叙述、描写的语言，也要和所写的人物'靠'"。③ 我们不妨从这三方面切入讨论，分析其和谐的本质。先看人物语言，人物语言出自人物之口，当然要符合人物的身份和性格特点。汪曾祺自言初学写小说时不懂这个道理，他是在沈从文的影响下慢慢改变过来的。④ 汪曾祺小说里的对话其实不多，但往往写得短而传神，如作者所说，"像一串结得很好的果子"。⑤ 其中最深入民心的当属《受戒》中明子和小英子的对话，据说有人竟能一字一句背下来。⑥ 同样是爱情话语，巧云和十一子（《大淖记事》）、瑞云和贺生（《瑞云》）之间的对话也是意浅情深，叫人一读难忘。写对话，要和人物"靠"，反过来看，好的对话也起了刻画人物的作用。试看叶三和季匋民之间的一段对话：

---

① 汪曾祺：《沈从文和他的〈边城〉》，载邓九平编：《汪曾祺全集》第 3 卷，第 156 页。

② 汪曾祺在《自报家门》中也说到"贴到人物来写"："在小说里，人物是主要的，主导的，其余的都是次要的，派生的。作者的心要和人物贴近，富同情，共哀乐。什么时候作者的笔贴不住人物，就会虚假。写景，是制造人物生活的环境。写景处即是写人，景和人不能游离。常见的小说写景极美，但只是作者眼中之景，与人物无关。这样有时甚至会使人物疏远。即作者的叙述语言也须和人物相协调，不能用知识分子的语言去写农民。"见邓九平编：《汪曾祺全集》第 4 卷，第 287 页。

③ 汪曾祺：《"揉面"——谈语言》，载邓九平编：《汪曾祺全集》第 3 卷，第 193 页。

④ 汪曾祺说："我初学写小说时喜欢把人物的对话写得很漂亮，有诗意，有哲理，有时甚至很'玄'。沈从文先生对我说：'你这是两个聪明脑壳打架！'他的意思是说这不像真人说的话。托尔斯泰说过：'人是不能用警句交谈的'。"见汪曾祺：《"揉面"——谈语言》，载邓九平编：《汪曾祺全集》第 3 卷，第 192 页。

⑤ 汪曾祺：《说短——与友人书》，载邓九平编：《汪曾祺全集》第 3 卷，第 225 页。

⑥ 陆建华忆记一次乡里干部开会，翌日整理会场时，发现桌子的台布上竟写了《受戒》中小英子和明子的对话，一个人写一句，全背下来了。见陆建华：《汪曾祺的故乡情结》，载《家乡雪》，南京：江苏文艺出版社，2001 年版，第 76 页。

叶三只是从心里喜欢画,他从不瞎评论。季匋民画完了画,钉在壁上,自己负手远看,有时会问叶三:

"好不好?"

"好!"

"好在哪里?"

叶三大多能一句话说出好在何处。

季匋民画了一幅紫藤,问叶三。

叶三说:"紫藤里有风。"

"唔!你怎么知道?"

"花是乱的。"

"对极了!"①

叶三和季匋民你一言我一句,简短有力。对话亦符合人物身份,叶三是果贩,语言只能是平平淡淡的,但平淡之中又突显评画之精准,二人惺惺相惜的情谊也在对话中流露了出来。②《云致秋行状》写一个京剧界的人物,因此人物语言便带有行业味儿。小说中提到"我"问云致秋为何不自己挑班,云致秋如此回答:

有人撺掇过我。我也想过。不成,我就这半碗。唱二路,我有富裕,挑大梁,我不够。不要小鸡吃绿豆,强努。挑班,来钱多,事儿还多哪。挑班,约人,处好了,火炉子,热烘烘的;处不好,"虱子皮袄",还得穿它,又咬得慌。还得到处请客、应酬、拜门子,我淘不了这份神。这样多好,我一个唱二旦的,不招风,不惹事。黄金荣、杜月笙、袁良、日本宪兵队,都找寻不到我头上。得,有碗醋卤面吃就行啦!③

---

① 汪曾祺:《鉴赏家》,载邓九平编:《汪曾祺全集》第2卷,第11页。

② 这段对话可能借鉴了《梦溪笔谈》的笔法,沈括(1031—1095)论书画的第一节"吴育识画"有这样的记载:"欧阳公尝得一古画——牡丹丛,其下有一猫,未知其精粗。丞相正肃吴公,与欧公姻家,一见曰:'此"正午牡丹"也。何以明之?其花披哆而色燥,此日中时花也;猫眼黑睛如线,此正午猫眼也。有带露花,则房敛而色泽。猫眼早暮则睛圆,日渐中狭长,正午则如一线耳。'此亦善求古人意也。"见胡道静(1913—2003)、金良年(1951—):《梦溪笔谈导读》,成都:巴蜀书社,1996年版,第201页。

③ 汪曾祺:《云致秋行状》,载邓九平编:《汪曾祺全集》第2卷,第74—75页。

从这段话可以看出汪曾祺努力地模仿北方人说话的口吻，比如用北京话"撺掇"、"强努"，又加插歇后语，言简意赅。既是京剧演员讲话，自然离不开京剧术语，如"唱二路""挑大梁""唱二旦"。但是，笔者就这段话请教过北方的朋友，友人略嫌行文不够简练，比如"不要小鸡吃绿豆"，说成"甭小鸡吃绿豆"更传神；又如最后一句，北方人会直接说"来碗面吃就行"或者"来碗打卤面吃就行"。不过，汪曾祺毕竟不是北方人，北京话学得不够传神亦是情有可原。再者，汪曾祺处理人物对话时，大多采用传统的"直接引语式"，并分行书写，清楚明白，没有为文本制造错乱感。①

人物语言与人物"靠"是浅显的道理，但是叙述语言、描写语言与人物"靠"就不是惯用的手法。叙述语言、描写语言都是小说叙述者的声音，和人物语言是有分别的，二者相对独立：

> 叙述者叙述传达的是叙述者的声音，其意味在叙述整体效果中流露出来，人物语言自然裹挟其中。但人物语言一般而言总是强调什么人说什么话，注重人物的个性、精神特征，这样，人物语言就具有了相对的独立性，也即是说叙述者话语与人物话语是有差异的。②

引文指出人物语言是表现人物个性的语言，叙述者拥有自己的语言风格，并会在整体的叙述中流露出来，也就是一个文本的基本调子。不过，"贴到人物来写"的叙事手法消解了两种话语的差异性，令文本变得一片和谐。"贴到人物来写"强调叙述者的声音须与人物紧扣，"有的小说，是写农村的。对话是农民的语言，叙述却是知识分子的语言，叙述和对话脱节"。③ 当然，这种叙事手法并非小说唯

---

① 叙事学称人物话语为"引语"或"转述语"，赵毅衡和胡亚敏皆把转述语分为四类：直接引语式、间接引语式、直接自由式、间接自由式。详见赵毅衡：《当说者被说的时候：比较叙述学导论》，北京：中国人民大学出版社，1998年版，第152—163页；胡亚敏：《叙事学》，武汉：华中师范大学出版社，1994年版，第89—102页。另外，赵毅衡指出中国文学的古典格式缺乏标点和分段，因此叙述中的转述语一直是直接式，近代小说便是在这直接式范围内发展起来的。见《当说者被说的时候：比较叙述学导论》，第163页。
② 刘绍信：《当代小说叙事学》，哈尔滨：黑龙江教育出版社，2002年版，第76页。
③ 汪曾祺：《"揉面"——谈语言》，载邓九平编：《汪曾祺全集》第3卷，第193页。

一或最好的方法,但无可否认,它令文本话语变得更和谐。汪曾祺写小说总是从人物出发,并由此定下文本的语言基调。① 语言基调即是叙述者的语调,总的来说,这是一个相对稳定、和谐的语调,只是针对不同人物略作调节。如果小说人物是旧社会的知识分子,就运用文言文来增添古典味道,如果主角人物是农村小孩,那么叙述话语、描写话语就洋溢着儿童趣味。

《徙》写的是旧社会的知识分子,叙述者故意用文言文介绍他出场:"先生名鹏,字北溟,三十后,以字行。家世业儒。祖父、父亲都没有考取功名,靠当塾师、教蒙学,以维生计。三代都住在东街租来的一所百年老屋之中,临街有两扇白木的板门,真是所谓寒门。先生少孤,尝受业于邑中名士谈甓渔,为谈先生之高足。"②讲到高先生谆谆教导学子时,叹道:"呜呼,先生之泽远矣。"③最后高先生去世,叙述者用了这样的抒情话语:"墓草萋萋,落照昏黄,歌声犹在,斯人邈矣。"④恰当地加插文言文,既强化了高先生知识分子的身份,也令文本更具韵味。《羊舍一夕》《黄油烙饼》《晚饭花·晚饭花》《昙花、鹤和鬼火》写的都是小孩子,作者便运用儿童视角及儿童话语,为文本营造童趣盎然的天真境界。比如《羊舍一夕》中写放羊的情况,便是从老九的视角来进行的:"每天早起,打开羊圈,把羊放出来……羊群缓缓地往前推移,远看,像一片云彩在坡上流动。天也蓝,山也绿,洋河的水在树林子后面白亮白亮的。农场的房屋、果树,都看得清清楚楚。一列一列的火车过来过去,看起来又精巧又灵活,简直不像是那么大的玩意。真好呀,你觉得心都轻飘飘的。"⑤这段文字把放羊的工作写得很轻松,很诗意,只有这样才能表达老九心中的喜悦。汪曾祺说过:"一个作品里的叙述语言,不要完全是那个作家本身的,特别是带着学生腔的语言,你一定要体察那个人物对周围世界的感受,然后你用他对周围世界感觉的语言去写他的感觉。"⑥因此,

---

① 汪曾祺说过:"我觉得一篇小说的开头很难,难的是定全篇的调子。如果对人物的感情、态度把握住了,调子定准了,下面就会写得很顺畅。"见汪曾祺:《"揉面"——谈语言》,载邓九平编:《汪曾祺全集》第 3 卷,第 195 页。

② 汪曾祺:《徙》,载邓九平编:《汪曾祺全集》第 1 卷,第 481—482 页。

③ 汪曾祺:《徙》,载邓九平编:《汪曾祺全集》第 1 卷,第 491 页。

④ 汪曾祺:《徙》,载邓九平编:《汪曾祺全集》第 1 卷,第 502 页。

⑤ 汪曾祺:《羊舍一夕》,载邓九平编:《汪曾祺全集》第 1 卷,第 217 页。

⑥ 汪曾祺:《文学语言杂谈》,载邓九平编:《汪曾祺全集》第 4 卷,第 230 页。

作者用"跟上了颜色一样"来写留孩眼中红红绿绿的西红柿和黄瓜,①用"他像是在一个梦里"来写萧胜经过开满马兰花的地方时的感受,②因为这两个孩子都是乡村的孩子,不可能懂得华丽的形容词或艰深的比喻。③

最后谈谈小说中的描写语言。就景物描写,汪曾祺说过这样的话：

> 小说里所描写的景物,不但要是作者眼中所见,而且要是所写的人物的眼中所见。对景物的感受,得是人物的感受。不能离开人物,单写作者自己的感受。作者得设身处地,和人物感同身受。小说的颜色、声音、形象、气氛,得和所写的人物水乳交融,浑然一体。就是说,小说的每一个字,都浸透了人物。写景,就是写人。④

如果用叙事学的话语来说,这就是叙事视角的适当调动。"调动视角"是汪曾祺常用的叙事手法,务使文本中各种话语与人物相契合。叙事视角（或叙述方位）即叙事者采用的叙事角度,"它是作者和文本的心灵结合点,是作者把他体验到的世界转化为语言叙事世界的基本角度"。⑤ 汪曾祺的小说多采用全知式第三人称叙事视角,但每当涉及主角人物的行动、心理活动,或为了表达某种目的时,叙事视角便转换为人物视角。"跳角"不但没有破坏文本的和谐感,反而起到突出人物及深化题旨的作用。为了清楚反映个中技巧,不妨先看看一段杨义的分析。杨义为了解说"善于调动视角",引录以下一段《儒林外史》：

> 那日正是黄梅时候,天气烦燥。王冕放牛倦了,在绿草地上坐着,须臾,浓云密布,一阵大雨过了。那黑云边上镶着白云,渐渐散去,透出一派日光

---

① 汪曾祺:《羊舍一夕》,载邓九平编:《汪曾祺全集》第1卷,第222页。
② 汪曾祺:《黄油烙饼》,载邓九平编:《汪曾祺全集》第1卷,第304页。
③ 汪曾祺指出"跟上了颜色一样"是那个放羊娃的感受,如果写得稍为华丽一点,就不真实了。而那个开满马兰花的地方,他是去过的,当时他觉得那是个童话世界,但想到萧胜是个农村孩子,没念过书,语言里不该有"童话"的概念,所以改用"梦"。见汪曾祺:《"揉面"——谈语言》,载邓九平编:《汪曾祺全集》第3卷,第194页。
④ 汪曾祺:《"揉面"——谈语言》,载邓九平编:《汪曾祺全集》第3卷,第193页。
⑤ 杨义:《中国叙事学》,载《杨义文存》第1卷,北京:人民出版社,1997年版,第191页。

来,照耀得满湖通红。湖边上山,青一块,紫一块,绿一块。树枝上都像水洗过一番的,尤其绿得可爱。湖里有十来枝荷花,苞子上清水滴滴,荷叶上水珠滚来滚去。王冕看了一回,心里想道:"古人说,'人在画图中',其实不错。可惜我这里没有一个画工,把这荷花画它几枝,也觉有趣。"心里又想:"天下那有个学不会的事,我何不自画它几枝?"①

接着解释道:"这简直是一幅极有灵气的'雨荷图',它的光色变化,物象点染,都很有些文人写意画的趣味。它实在是具有绘画天才的王冕的视角所见,这已经不是单纯地写景,而是借景物写出王冕的美学感觉和人生情趣,从中是不难读出王冕自跋《墨梅图》的如此胸襟的:'不要人夸好颜色,只流清气满乾坤。'"②引文从王冕的视角来描写大自然,"写景处即是写人",③如诗如画的景物反过来烘托王冕的美学情趣,这就是汪曾祺的"贴到人物来写"。

　　《受戒》是视角调动得最成功的例子,如赵毅衡所分析,"这篇小说从全知式,到旁观式,到两个主要人物视角,大致上每段改用一个叙述方位,每次改动都有一定的目的。"④开篇的叙述是全知式的,写到舅舅带明子去荸荠庵时,却改用明子的视角:

　　　　过了一个湖。好大一个湖! 穿过一个县城。县城真热闹:官盐店,税务局,肉铺里挂着成片的猪肉,一个驴子在磨芝麻,满街都是小磨香油的香味,布店,卖茉莉粉、梳头油的什么斋,卖绒花的,卖丝线的,打把式卖膏药的,吹糖人的,耍蛇的……他什么都想看看。舅舅一劲地推他:"快走! 快走!"⑤

这段文字详细描述了通往荸荠庵路上的景象,鲜明地刻画了小明子初次外出,充满好奇的心情。后来明子到善因寺受戒一段,则通过小英子的视角来描写:

---

①　杨义:《中国叙事学》,载《杨义文存》第 1 卷,第 196 页。
②　杨义:《中国叙事学》,载《杨义文存》第 1 卷,第 196 页。
③　汪曾祺:《自报家门》,载邓九平编:《汪曾祺全集》第 4 卷,第 287 页。
④　赵毅衡:《当说者被说的时候:比较叙述学导论》,北京:中国人民大学出版社,1998 年版,第 142 页。
⑤　汪曾祺:《受戒》,载邓九平编:《汪曾祺全集》第 1 卷,第 323 页。

　　"大雄宝殿"，这才真是个"大殿"！一进去，凉飕飕的。到处都是金光耀眼。释迦牟尼佛坐在一个莲花座上，单是莲座，就比小英子还高。抬起头来也看不全他的脸，只看到一个微微闭着的嘴唇和胖墩墩的下巴。两边的两根红蜡烛，一搂多粗。佛像前的大供桌上供着鲜花、绒花、绢花，还有珊瑚树、玉如意、整棵的大象牙。香炉里烧着檀香。小英子出了庙，闻着自己的衣服都是香的。挂了好些幡。这些幡不知是什么缎子的，那么厚重，绣的花真细。这么大一口磬，里头能装五担水！这么大一个木鱼，有一头牛大，漆得通红的。①

在小英子眼里，"受戒"并非什么严肃的宗教仪式，"大雄宝殿"也只是一处好玩的地方。通过她的眼睛，我们看到世俗化了的宗教：长着胖墩墩下巴的佛，红红的蜡烛和各式各样的花，还有檀香、幡上的绣花。采用小英子的视角，正好深化自由人性不受宗教束缚的题旨。此外，"摘荸荠"和"看脚印"两段分别采用小英子和明子作视角人物，"如此跳动是有必要的，从青梅竹马爱情的两方面来肯定非禁欲的真人生"。②

　　此外，有些景物描写虽然不是从人物视角出发，却是为了人物而写。"写景，是制造人物生活的环境。写景处即是写人，景和人不能游离。"③《大淖记事》开篇花了大量笔墨写大淖景色和民风，《徙》中描写高北溟寂静幽雅的住所，都是为了制造主人公的生活环境，前者烘托巧云和十一子乐观勇敢的个性，后者反映高北溟的孤高自赏。《职业》中各种买卖吆喝声、《王四海的黄昏》中各种卖艺把戏场面，则为主人公的出场铺排了背景。这就是汪曾祺讲的"气氛即人物"，"一篇小说要在字里行间都浸透了人物。作品的风格，就是人物性格"。④

　　最后，汪曾祺像京派其他作家一样，喜用抒情的语言来描写景色。"他笔下

---

①　汪曾祺：《受戒》，载邓九平编：《汪曾祺全集》第1卷，第338—339页。
②　赵毅衡：《当说者被说的时候：比较叙述学导论》，第142页。
③　汪曾祺：《自报家门》，载邓九平编：《汪曾祺全集》第4卷，第287页。
④　汪曾祺：《〈汪曾祺短篇小说选〉自序》，载邓九平编：《汪曾祺全集》第3卷，第166页。

的天空是澄净的,阳光是柔和的,湖水是宁静的,花草是娇媚的。"①这在描写高邮的小说中尤甚,比如:

> 秋天了,庄稼都收割了,扁豆和芝麻都拔了秧,树叶落了,芦苇都黄了,芦花雪白,人的眼界空阔了。空气非常凉爽。天空淡蓝淡蓝的,淡得像水。②

引文描写秋天的景色,句子长短不一,以"了"字作停顿,朗朗上口。再看一段描写小学校景色的语言:

> 这个校园没有多大点。冬青树墙子里种着羊胡子草。有两棵桃树,两棵李树,一棵柳树,有一架十姊妹,一架紫藤。当中圆形的花池子里却有一丛不大容易见到的铁树。这丛铁树有一年还开过花,学校外面很多人都跑来看过。另外就是一些草花,剪秋罗、虞美人……还有一棵鱼儿牡丹。詹大胖子就给这些花浇水。用一个很大的喷壶。③

作者只把校园的面貌和盘托出,没有作多余的描写,可能他明白"抒情就像菜里的味精一样,不能多放",④但把这些清幽的花花草草并列在一块儿,却无意中制造了诗味。汪曾祺小说中的描写语言就是这样,质朴生动,营造了隽永和谐的艺术境界,自然也衬托了其笔下的人物。至于那些涉及"水"的描写,像芦花荡和大淖,更是春水恣肆,质朴生动。汪曾祺与沈从文一样,生长于水乡,他说:"水不但于不自觉中成了我的一些小说的背景,并且也影响了我的小说的风格。水有时是汹涌澎湃的,但我们那里的水平常总是柔软的,平和的,静静地流着。"⑤柔软平和的高邮湖水似乎比湘西河水还要和谐,安妮·居里安如此分辨"水"在《边

---

① 李生滨、赵辅学:《试论汪曾祺小说艺术的和谐美》,《唐山师范学院学报》,2003 年 3 期,第 13 页。
② 汪曾祺:《昙花、鹤和鬼火》,载邓九平编:《汪曾祺全集》第 2 卷,第 131 页。
③ 汪曾祺:《桥边小说三篇·詹大胖子》,载邓九平编:《汪曾祺全集》第 2 卷,第 187 页。
④ 汪曾祺:《说短——与友人书》,载邓九平编:《汪曾祺全集》第 3 卷,第 225 页。
⑤ 汪曾祺:《自报家门》,载邓九平编:《汪曾祺全集》第 4 卷,第 281 页。

城》与《大淖记事》中的差别："在《边城》里，它卷走了一切，在《大淖记事》中，它变得温存，常常很默契。"①

　　汪曾祺小说倾向水的描写与沈从文相契，语言诗化方面则主要受了废名的影响，"他们都不以精确、细致、客观的传神写实为主要手段，更多的是表达自身对现实生活的感受，宣泄自身的情感体验和情感意志，具有突出的写意特征。"②然而，汪曾祺笔下的风景比废名的多了一点人间味，更接近陶渊明的田园生活。无疑，废名笔下的风景写得很美，但亦很寂寞，因为他"憧憬于一个'死'的寂寞，也就是生之美丽了"。③在《打锣的故事》中，废名指自己爱读梭罗古勃（Sologub，Fyodor，1863—1927）的小说，"喜其将小孩子的死写得美丽"，同时撩动了他内心"寂寞的共鸣"。④这位俄国作家是以"颓废派诗人"闻名于世的，鲁迅更称之为"死的赞美者"，⑤废名从其作品找到共鸣，因此他的小说也随处可见坟墓，《桥》中的小孩子喜欢到坟场玩耍，李妈的茅草房不远处就是高高低低的坟坡，三姑娘的住家附近刚起了一个新坟——她父亲的坟，阿毛却埋怨妈妈的坟不在身边，"她记起城外山上满山的坟，她的妈妈也有一个——妈妈的坟就在这园里不好吗？"⑥厌世者带来的忧伤感冲淡了美丽风景生起的和谐美。总而言之，无论是思想内容，还是话语安排，汪曾祺的小说都流露一种自然的和谐美，是京派小说追求和谐美的终极表现。

　　①　［法］安妮·居里安著，陈丰译：《笔下浸透了水意——沈从文的〈边城〉和汪曾祺的〈大淖记事〉》，《湖南文学》，1989 年 9 月号，第 47 页。

　　②　董建雄：《现代抒情小说的开拓与发展——废名、汪曾祺小说比较论》，《绍兴文理学院学报》，2002 年 5 期，第 42 页。

　　③　废名：《打锣的故事》，载《冯文炳选集》，第 376 页。

　　④　废名：《打锣的故事》，载《冯文炳选集》，第 376—379 页。

　　⑤　鲁迅：《〈奔流〉编校后记（九）》，载《鲁迅全集》第 7 卷，第 179 页。

　　⑥　废名：《桃园》，载《莫须有先生传》，桂林：广西师范大学出版社，2003 年版，第 391 页。

第五章

结　语

源于对文学创作的诗性体认，京派作家走上一条重视人文精神及艺术探索的道路，虽然没有为我们留下某段历史性的时刻或深入挖掘人性的阴暗面，但小说中展现的一卷卷田园乡镇画轴，唱出的一曲曲抒情歌调，确实洗涤了读者的心灵，也为中国现代文学留下一批艺术造诣甚高的作品。不过，京派命运多舛，在发展至巅峰时就遇上战乱，并随着《文学杂志》停刊（1937 年 9 月）而陨落，"'京派'仿佛是一场好戏正演到高潮或者说即将上演到高潮之处，突然鼓息灯暗"。[①] 抗战胜利后，朱光潜等复刊《文学杂志》，企图复兴京派，惜大势已去，当时的创作普遍受到《在延安文艺座谈会上的讲话》的广泛影响，京派的艺术追求已失去相应的泥土，《文学杂志》坚持了几期便又衰落了（1948 年 11 月终刊）。40 年代的京派至此闭幕，掌舵手沈从文更于 1949 年后辍笔改行，许道明遂把京派的生命终结期定为 1949 年。[②]

京派前人或许预料不到，作为京派最后一员的汪曾祺竟在大约 30 年后，以一己之力完成复兴的愿望，凭《受戒》重现京派的风采。可以说，汪曾祺虽然不是京派作家中创作最丰盛的，不是影响最深远的，但他与京派的关系非比寻常。笔者以为应当为京派的发展历程添加一段"复苏期"（1980—1990），以示全貌。及至 90 年代，汪曾祺的创作偏离书写人性美，京派小说至此才画上句号。此外，汪氏那些富有京派意韵的小说在新时期备受欢迎，也间接证明了一点：京派的审美主义精神不受时空限制，体现了文学创作的本质，契合了人类的审美心灵。

本书采用京派的角度来研读汪曾祺的小说，是饶有深意的。首先，只有从这一点切入，才能反映其作品的文学史意义。反过来看，也只有这样才能更深入地

---

① 高恒文：《京派文人：学院派的风采》，第 213 页。
② 许道明：《京派文学的世界》，第 32—35 页。

理解汪氏的作品,因为他与沈从文、废名的渊源异常深厚。早在读西南联大的时候,他已种下了京派的审美情趣,有了这点文学创作的"偏见",晚年才会写出《受戒》《大淖记事》《故人往事》等作品。然而,汪曾祺之于京派,既有承传,也有转化和突破。本书第二、三章详述了汪氏小说的人文精神和艺术成就,其中不少便是上承京派的传统,只是基于作家的成长背景及民俗偏好而略有差异,第四章则从文体和文风两大方向讨论了其开拓精神。现把本书几个重点归结如下:

表 5-1　汪曾祺小说对京派小说的承传与超越(要点)

	京派小说	汪曾祺小说
承传	1. 疏离政治题材	基本上疏离政治题材,偶有写及,则采用淡化、抒情的手法,如《虐猫》《天鹅之死》《寂寞和温暖》。
	2. 探索普通百姓的人性美	同样注重探索人性美,除了书写乡里翁媪、小儿女,更关注下层文化工作者,并用艺术家的眼光审视并描述他们的生活和工作,如《鸡鸭名家》《戴车匠》《晚饭花·三姐妹出嫁》。
	3. 以抒情的笔调处理题材,作品仿如田园牧歌、抒情小调	提出小说家的气质应该是一个诗人,拒绝创作故事性很强的小说。大部分小说以高邮为背景,轻叙事,重抒情,呈现柔顺的水乡情致,如《受戒》《大淖记事》。同时,偏爱描写民间技艺、民间习俗,对此常有大篇幅的描述,如《王四海的黄昏》《异秉》。
	4. 提炼语言、营造意境	非常重视小说语言,并以为写小说就是写语言。上承废名简练、诗化的语言,并除去其晦涩,营造优美静谧的意境。尤擅于糅杂古典文言及通俗白话,建立独特的语言风格。
超越	1. 文体:新笔记体小说	除了语言诗化、结构散文化外,还呈现古代笔记的特征:篇幅短小、以简练的笔触刻画人物之奇特处,行文用语流露文人雅致,如《故里三陈》《故里杂记》。并开拓新的创作领域,借改写《聊斋志异》来表现京派的人文思想。
	2. 文风:融合儒道思想,达到彻底的和谐	秉持"万物静观皆自得,四时佳兴与人同"(儒道互补)的信念,洗去京派小说哀伤或愤怒的底质,并通过各种叙述话语的相互契合,呈现自然而然的和谐美。

上表简述了汪氏小说与京派小说的种种渊源,但作为一个独立个体作家,汪曾祺自有其独特的一面。总的来看,汪曾祺是一个民间意识强烈的作家,同样书写人性美,他却更愿意花笔墨在市井小民身上;同样书写民风习俗,他却更醉心于民间手艺和民间杂技。本来,早期京派已呈现书写民间的倾向,但仔细来看,

个别作家只不过就着自己熟悉的家乡人事加以发挥,沈从文之于湘西,废名之于湖北,师陀之于河南,而汪曾祺则对民俗的一切深感兴趣,比如昆明街头的求雨歌、大街小巷的买卖吆喝声,同样成了他笔下的景观。他在《我和民间文学》中提到以下这首流传民间的求子祷告词:

> 今天来了,我是跟您要着哩,
> 明年来了,我是手里抱着哩,
> 咯咯嘎嘎地笑着哩!①

汪曾祺说:"这样的祷词是我听到过的最美的祷词。"②此外,他还改写过民间故事,如《拟故事两篇·螺蛳姑娘》《樟柳神》《鹿井丹泉》《公冶长》。《樟柳神》改编自《夜雨秋灯录》中的同名故事,③吸引作家改写的则是原著中樟柳神所唱的小曲。④ 除了沿用原文的小曲,汪曾祺还据宣鼎(1832—1880?)在"懊侬氏曰"中补述的"所报者无非鼠动鸡啼鸦噪等事,且夜伏枕畔哓哓烦琐搅梦不酣"一句,⑤为樟柳神作了四首小曲:

> 清早起来雾漫漫,黑鸡下了个白鸡蛋。
>
> 黄牛角,水牛角,牛打架,角碰角。
>
> 一个面铺面冲南,三个老头来吃面。一个老头吃半斤,三个老头吃斤半。
>
> 唧唧唧,啾啾啾,老鼠来偷油。乒乒乓乓——噗,吱溜!⑥

---

① 汪曾祺:《我和民间文学》,载邓九平编:《汪曾祺全集》第 3 卷,第 426 页。
② 汪曾祺:《我和民间文学》,载邓九平编:《汪曾祺全集》第 3 卷,第 426 页。
③ 参阅[清]宣鼎:《夜雨秋灯录》,载《续修四库全书·集部·小说类》,上海:上海古籍出版社,1995 年版,第 348 页。
④ 汪曾祺在《樟柳神·附记》中提到:"《夜雨秋灯录》的思想平庸,文笔也很酸腐,只有这篇《樟柳神》却很可喜,樟柳神所唱的小曲尤其清新有韵致,于是想起把这篇东西用语体文重写一遍。"见邓九平编:《汪曾祺全集》第 2 卷,第 320 页。
⑤ 引自《樟柳神》,见宣鼎:《夜雨秋灯录》,载《续修四库全书·集部·小说类》,第 348 页。
⑥ 汪曾祺:《樟柳神》,载邓九平编:《汪曾祺全集》第 2 卷,第 319 页。

这四首歌谣分别唱于大清早、前半晌、近中午、晚上,樟柳神无聊至极的形象顿时鲜明起来,作家对民间文学的喜爱之情也溢于言表。本书借用民俗学的观点来分析其小说,便是因为考虑到他对民俗文化的偏爱。

　　这种民间倾向,在其散文中亦可见一斑。汪曾祺写过不少谈吃的散文,但写的都是街头巷尾的小吃或家常菜,如云南的米线、饵块,昆明的手把肉、面茶,高邮的菇、干丝、菌,还有豆腐、咸菜、苦瓜、萝卜等等。① 不过,谈这些小吃、野菜的时候,作家不忘掺杂一点文化想象,或考证一点历史,以古证今。这种思考模式又显示了其创作的另一倾向——文人倾向。胡河清曾说:

　　　　汪曾祺这条品尝咸菜舌头也是中国文化的典型产物。中国文人的舌头历来是最灵的,他们不仅能品"满汉全席"上的山珍海味,且能从咸菜豆腐干之中嚼出常人不觉得的滋味来,这时他们的脑筋里的紧张也就彻底松弛了。②

汪曾祺在《葵·薤》中考证了"葵"(冬苋菜)的来历和命运后,不禁叹道:"蔬菜的命运,也和世间一切事物一样,有其兴盛和衰微,提起来也可叫人生一点感慨,葵本来是中国的主要蔬菜。"③这就是从一棵菜中嚼出常人不觉得的滋味来。

　　汪曾祺写小说也如此,往往把民间意识和文人倾向结合起来,形成其独有的文化特色。值得注意的是,他的民间立场既不是批判性的,也不是沈从文那种借以对抗都市文明的姿态,它主要体现在:"把知识分子的理想寄托在民间的大地上","把民间的审美形态和中国古典审美传统结合起来"。④ 不妨如此理解汪曾祺:在父亲及家教老师的熏陶下,他养成了传统文人的审美志趣;在沈从文的引导下,他选定了人文主义的创作方向;在个人经历及《东京梦华录》等书的影响

---

　　①　关于这些谈吃的散文,可参阅山东画报出版社辑录出版的《五味:汪曾祺谈吃散文32篇》(济南:山东画报出版社,2005 年)。
　　②　胡河清:《汪曾祺论》,第 13 页。
　　③　汪曾祺:《葵·薤》,载邓九平编:《汪曾祺全集》第 3 卷,第 387 页。
　　④　王光东等著:《20 世纪中国文学与民间文化》,上海:复旦大学出版社,2007 年版,第236、239 页。

下,他加深了对民俗文化的认识。因此,他从粗鄙的民间生活中看到生活本质的美,并用典雅的笔墨加以点拨,使之成为人间的理想国度。

那么,我们应该如何评价汪曾祺这些充满诗意的民间生活描写?它们在当代文学中又扮演了什么角色?在讨论这些问题之前,不妨先看看一些对汪曾祺的负面批评。汪曾祺在新时期连珠炮般发表一系列小说,由于内容与形式的与众不同,很快在文坛占一席位。迄今为止,评论界普遍肯定其小说的文学价值,认为其小说表现了健康的人性美,语言、结构、风格各方面亦甚有特色。但是,也有个别评论否定这批书写人性美的和谐之作,徐江和摩罗便是这方面论说的代表。徐江认为汪曾祺是"'人性'旗号下的说谎者",[1]指他不写疯狂的年代,不写痛苦的经历,不写危机四伏的现实,都是因为"不敢",而"写梦"则是他逃避现实的托词:

> 唉,人生多么无趣!多么凡庸而枯燥!又是多么危机四伏!这就是近百年来普通中国人所生存的环境。而这对于像汪曾祺这样一位自幼生活在一个颇具爱心的书香世家、厌恶矛盾冲突、追求澹泊透明人生的作家而言,又是件多么糟糕的事呀!不幸的是,他又恰恰选择了"小说家"这一必须与真实世界打交道的职业和工作。于是,面对激荡的世纪风云,面对自己笔端不得不涉及的现实生活,汪曾祺不得不做出一个文弱书生最最自然的选择——回避。他总是去写那些最不容易招惹着谁又最不会让权力话语猜疑的小人物的命运。背景呢,地点是在故乡,时间是在五十年前。这样,即使有时不慎发了一些牢骚、流露了一些悲愤,也很容易找到一个方便的托辞。对于一个普通、健康而又有修养的人,对于一个告别了做纪德或巴尔扎克梦想的"胸无大志"的老作家,能这样也就挺好了。[2]

显然,这种批判是站不住脚的,因为它本身把持的文学观点过于狭隘。归根结底,这是"文以载道"的思想在作怪,论者认为载"道"的作品——忠于残酷现实的

---

[1] 徐江:《捧出来的佛爷》,载朱大可等:《十作家批判书(之一)》,西安:陕西师范大学出版社,2004年版,第216页。

[2] 徐江:《捧出来的佛爷》,载朱大可等:《十作家批判书(之一)》,第219—220页。

作品,才具有价值。这么说,浪漫主义文学恐怕将永远被排除在文学大门之外。再者,汪曾祺书写回忆,以故乡为背景、小人物为对象,并非"回避",而是"回归"。其实,汪曾祺新时期的第一篇小说并非书写小人物的回忆之作,而是记叙几个革命老干部军队生活的《骑兵列传》①。不过,这篇作品没有引起任何关注,遂令汪曾祺决定忠于自己的审美取向。他的子女如此忆述:

> 也许,正是因为这次不成功的尝试,才让爸爸动起了另起炉灶的念头。他决定写自己熟悉的生活,写他度过童年时光的家乡,写呆过八年的昆明,写劳动改造过的张家口,既有新社会的生活,也有旧社会的生活,用现代人的眼光重新审视过去的生活。爸爸能有这种念头,与大环境有着直接关系。当时,反映"反右""文革"的作品相当热门,而且揭露得相当尖锐,历史题材的小说也有不少。既然这些内容都可以写,为什么写旧社会的生活不行?今天的人,对于今天生活所过来的那个旧的生活,就不需要再认识认识吗?旧社会的悲哀和苦趣,以及旧社会也不是没有的欢乐,不能给今天的人一点什么吗? 这就是爸爸当时的想法。②

《骑兵列传》被冷落反而是一个契机,然后《受戒》诞生了,并获得空前的成功,对作家来说,这是最有力的鼓舞。他的儿女说:"《受戒》完稿,爸爸好像终于发现了适合自己的路,一下子来了劲儿。"③诚然,只有创作与自己文学理念相通的东西,才会得心应手。正如笔者在前文所言,40年代的汪曾祺已有发掘小人物性善美的倾向,对短篇小说的文体也有一定的体会,因此新时期的创作方向不是逃避现实,实为回归自我。

徐江还指汪曾祺"离文学顶峰其修远兮",因为作家"缺乏执着的追问和拷问

---

① 《骑兵列传》发表于《人民文学》1979年11月号,收载于汪曾祺著,邓九平编:《汪曾祺全集》第1卷,第270—285页。

② 汪朗、汪明、汪朝:《六十岁后又成了作家》,载《老头儿汪曾祺:我们眼中的父亲》,第152页。

③ 汪朗、汪明、汪朝:《老头儿成了"下蛋鸡"》,载《老头儿汪曾祺:我们眼中的父亲》,第167页。

精神","他的小说始终不能对人物进行怵目惊心的剖析和挖掘"。① 笔者同意汪曾祺的小说缺乏拷问精神,它们没有挖掘人性的丑陋,以唤醒人们灵魂深处的自省;没有揭露社会的疮疤,以带出疗救的作用。但是,正如作家所言,这是他的气质所决定的,不能勉强。作家的责任、小说的作用也不该只有一种,汪曾祺自有一套朴素的看法:

> 我认为作家的责任是给读者以喜悦,让读者感觉到活着是美的,有诗意的,生活是可欣赏的。这样他就会觉得自己也应该活得更好一些,更高尚一些,更优美一些,更有诗意一些。小说应该使人在文化素养上有所提高。小说的作用是使这个世界更诗化。②

这是审美主义作家的取向,他们希望通过美、诗意来改变这个世界。《受戒》发表后,当时的读者感慨地说:"对于我们这些多年来,一切都离不开呆板的条条框框的人,见到这样的世界,不能不说是感到一股清风,不能不引起一种对自由的向往和对美的快感。"③可见,这种取向自有其意义。其次,小说文体也起了制约作用,汪曾祺要求短篇小说要有散文诗的味道,这就决定了内容的性质:"散文化的小说不大能容纳过于严肃的、严峻的思想,这类作者大都是性情温和的人,不想对这世界做拷问和怀疑。许多严酷的现实,经过散文化的处理,就会失去原有的硬度。"④文学创作容许多元化,作家也应该忠于自己的艺术倾向。在当代文学的舞台上,汪曾祺的小说算不上最有价值的作品,但我们不能漠视其存在,或者随意贬为说谎的文学。

---

① 徐江:《捧出来的佛爷》,载朱大可等:《十作家批判书(之一)》,第 231、220 页。
② 汪曾祺:《使这个世界更诗化》,载邓九平编:《汪曾祺全集》第 6 卷,第 181 页。
③ 梁清濂:《这样的小说需要吗? ——读短篇小说〈受戒〉有感》,《北京日报》,1980 年 12 月 11 日第 3 版。
④ 汪曾祺、施叔青:《作为抒情诗的散文化小说——与大陆作家对谈之四》,《上海文学》,1988 年 4 期,第 74 页。

摩罗同样批判汪曾祺 80 年代的作品，①并对其 90 年代的"突破"感到欣喜，认为汪曾祺终于摘下乌托邦的面纱，以悲悯的情调表现了生命的荒寒和无望，表现了文学作品的悲剧精神：

> 当汪曾祺摆脱束缚，面对他的真实的体验时，他才找到了一个真实的自己。他终于鼓起艺术勇气，大胆表现他的真实的体验与真实的自己。这时，我们看到了一批真正具有悲剧意味的作品出现在文坛上。②

诚然，汪曾祺踏入七十岁后，确实写了一批悲剧意识浓厚、批判传统的作品，诸如《莱生小爷》《关老爷》《百蝶图》《合锦》《辜家豆腐店的女儿》《忧郁症》。小说中的人物同样生活在高邮小镇上，但他们不再过着戴车匠般诗意的生活，而是充满无奈和悲苦。这些人物也失去"岁寒三友"那样的高风亮节，像莱生小爷和关老爷，终日贪图安逸、饱食厚味，前者饱暖思淫，见过小姨子后便要纳对方为妾；后者娶媳妇求处女，自己却到处糟蹋处女。

可是，是否表现了悲剧精神的作品才具有文学价值？是否因为写了残酷的现实，这些作品的成就便高于《受戒》《鉴赏家》《岁寒三友》诸篇？笔者的看法正好相反。首先，从汪曾祺的画作、散文、家庭、交友各方面来看，他是一个乐观随和、恬淡闲适的抒情诗人，书写人性美符合其本性，散文化的文体也正好载负这种思想。相反，那些批判传统的悲剧之作与其气质格格不入。1984 年，汪曾祺说过以下这番话：

> 一个人要使自己的作品有风格，要能认识自己、发现自己，并且，应该不

---

① 摩罗对汪曾祺的批评颇苛刻，他以为自晚明以来，由于社会动荡、政局不稳，士大夫精神无从寄托，遂变成"发育不全的精神婴儿"，而汪菊生、汪曾祺父子正好继其余脉，成为中国末代士大夫。"善良、文弱、恐惧、麻木、逃避责任、嘲解悲剧、自守优雅，自欺欺人是这种精神婴儿的基本品性。"并一再强调汪曾祺的洒脱多半是装出来的，而他所标榜的"随遇而安"人生哲学其实是在无力担当人生时用来自我辩解的，其中充满了委屈、无奈、自欺欺人的成分。见摩罗：《末世的温馨——汪曾祺创作论》，第 35—37 页。

② 摩罗、杨帆：《论汪曾祺九十年代的美学发展及其意义》，《文艺理论研究》，1999 年 1 期，第 65 页。

客气地说,欣赏自己。"我与我周旋久,宁作我。"一个人很少愿意自己是另外一个人的。一个人不能说自己写得最好,老子天下第一。但是就这个题材,这样的写法,以我为最好,只有我能这样的写。我和我比,我第一！一个随人俯仰、毫无个性的人是不能成为一个作家的。①

在新时期的文学园地中,汪氏那些篇幅短小、语言优美、内容清新的小说甚有特色,如作家所愿,确实起了"随风潜入夜,润物细无声"的作用。可见,就回忆的题材,抒情的写法,汪曾祺处理得最好,也最切合其文学理念。后期文风的转变显然是刻意求变,可是写悲剧、揭露黑暗并非其专长,而短小散漫的文体也不太适合载负这种情绪,因此这批小说未能突围而出。对于汪曾祺后期文风的改变,笔者与孔小彬所见略同:

> 就个人气质而言,汪曾祺身上更多的是乐天知命、悠闲从容的东西,而缺乏"上穷碧落下黄泉"式的灵魂拷问的精神。当有论者欣喜地宣称发现了汪曾祺作品中自己所期望的"直面人生的悲剧时",殊不知,汪曾祺已经基本丧失了那一类能够娴熟驾驭的具有独特性的艺术风格。长期以来,汪曾祺在一个并不契合自己创作个性的领域辛勤耕耘,永远都未能贡献出具有思想穿透性、艺术超越性的作品,他给人们留下的"悲剧"并不具备多少震撼人心力量。②

总的来说,现实主义文学的思想性较浪漫主义文学的要深,悲剧文学的艺术感染力较喜剧文学的要强,但实际成就还是要看个别作家的处理手法。显然,汪曾祺笔下那些旧社会的悲剧欠缺震撼人心的力量,叙述方式也远远及不上废名。笔者的意思是:就汪曾祺个人创作而言,80年代书写人性美的作品比90年代的"悲剧"更具魅力,笔下人物,像明子、英子、叶三、高北溟等人的形象亦更鲜明,而且更能达到作家期望的文学作用。

---

① 汪曾祺:《谈风格》,载邓九平编:《汪曾祺全集》第3卷,第335—336页。
② 孔小彬:《传统与现代的会通——汪曾祺作品论》,江西师范大学硕士论文,2004年,第16页。

换句话来说，汪曾祺身上有一股"士大夫"的情怀，有一种文人的雅致，书写温情煦煦的短篇更适合他的个性。孙郁去年年初出版的《革命时代的士大夫：汪曾祺闲录》就是从"士大夫"的角度来讨论汪曾祺。这是一本半传记体半文学评论的著作，作者从不同侧面及通过其他同时代人物来解读汪曾祺其人其文，读起来甚有趣味。按作者的意思，他是想通过汪曾祺来写一群人，或者说来追踪中国士大夫传统在现代社会的呈现。他在该书"后记"里说："我只是想通过汪曾祺，来写一群人，沈从文、闻一多、朱自清、浦江清、朱德熙、李健吾、黄裳、黄永玉、赵树理、老舍、邵燕祥、林斤澜、贾平凹、张爱玲……在革命的时代，他们有着挫折的体验，不都那么冲动，还有士大夫的遗传在。这些文人数目不多，在 50 年代已经溃不成军，但其余绪却奇迹般地保留下来。我们的文化没有被无情的动荡完全摧毁，大概和他们的存在大有关系。"①这些人物与汪曾祺都有或亲或疏、或师或友的关系，他们在汪曾祺不同的人生阶段给予他帮助与支持，又或得到汪曾祺的提携。沈从文开启其文学创作之路，朱德熙是他终生的密友，黄裳是他在上海逛旧书店的伙伴，林斤澜、邵燕祥对他复出文坛加以督促与支持，汪曾祺推重青年作家贾平凹……其中最有趣味的可能是张爱玲。

张爱玲与汪曾祺平生素未谋面，但张爱玲晚年在异乡读到汪曾祺的《八千岁》，竟然为小说中提及的"草炉饼"发出深深的感慨。她说："我这才恍然大悟，四五十年前的一个闷葫芦终于打破了。"②原来张爱玲 40 年代居住上海之时，老听到街上叫卖"马（买）……草炉饼"，但她不晓得这是什么样的饼，一直以为是"炒炉饼"或"燥炉饼"，直到她读到汪曾祺的小说，才明白原来有专烧茅草的火炉，而当年上海街头叫卖的应该是苏北一带草炉饼的新发展。一种旧时小吃，居然令她牵挂多年，可见他们对民俗文化有着同样的爱好。其实，他们是同一年出生的，真可以说是同时代的人。

这里，很难用三言两语讲清楚什么是"士大夫情怀"，但这是中国读者心领神会的词汇，它代表着一个人的修养，一种气度，一种审美的人生态度。或者引孙郁的原话：

---

① 孙郁：《革命时代的士大夫：汪曾祺闲录》，北京：生活·读书·新知三联书店，2014 年版，第 307 页。

② 张爱玲：《草炉饼》，载《对照记——看老照相簿》，台北：皇冠文学出版社有限公司，1994 年版，第 116 页。

　　"五四"之后,激进的文人一般难以做到这一点。胡风就刚烈地夭折了,阿垅死于狱中。路翎则一身晦气,几乎崩溃。汪曾祺的状态,和这些人都不太一样,他身上有种快乐哲学的因素。既然生命中遇到迷雾,那么不妨停下脚步,或原地不动,或随着别人慢慢行走。不哭泣,非躁动,从逆境里发现人可以成为自己的道理。受其苦,释其怨,敛其气,得天地之真气而乐之,谁说不是一种苦命哲学? 左翼文人的激越和刚烈被他拒绝了,自由主义者的惆怅也被他扬弃了。他回到了"五四"之前的读书人的状态。这就有种古朴的意识,很中国,也很士大夫了。①

　　"快乐哲学的因素",或许令一个人不够深刻,但他的感染力却是"随风潜入夜,润物细无声",而且书写人性这个主题是永恒的,是划时代的。

　　最后,评价文学作品的意义或价值,不该只限于思想内容,还应在乎其艺术成就。京派本身就是一个重视"文"的文学派别,它的诞生象征着"文的自觉":

　　　　……作为中国现代文学批评内在发展的结果,如果说五四的文学革命,主要显示着人的自觉,开辟了思想自由的前景,那么,京派批评代表着文的自觉,试图回归文学本身,开辟了审美的前景。②

　　在鲁迅带领下展开的"人的自觉"的文学固然重要,但"文的自觉"亦不可忽视,这种美学追求丰富了中国文学的发展,如许道明所说:"从 40 年代由孙犁发育而成的'荷花淀派'作家,以至于当今雨后春笋般涌出的一大批文学新人身上,都可以看出京派小说在艺术理想上的现实性以及它在艺术个性上的生命力。"③汪曾祺承继了"文的自觉",当被问及身处中国当代文学所在的位置时,他说:"我大概是一个文体家。"④第三章讨论其小说语言和结构时,我们看到他对文体非常重视,

---

①　孙郁:《革命时代的士大夫:汪曾祺闲录》,第 137 页。
②　刘峰杰:《论京派批评观》,第 6 页。
③　许道明:《京派文学的世界》,第 268 页。
④　汪曾祺:《认识到的和没有认识的自己》,载邓九平编:《汪曾祺全集》第 4 卷,第 301 页。

还写过不少关于语言的论文。可以说，从思想深度的角度来看，我们无须刻意抬高汪曾祺小说的价值，但就艺术造诣而言，尤其语言一项，他不愧为当代文坛举足轻重的作家。

早在 1948 年，唐湜已经高度评价了汪曾祺的语言："他的文字，不，他的语言是洗练的，几几乎全是纯粹京白，间也有一些生动的古文词。我很少读到比他的文字更能传神的东西，在他的作品里，几乎字字都尽了最大的功能，精纯已极。"①50 年后，李陀在《汪曾祺与现代汉语写作——兼谈毛文体》中，同样激赏其语言造诣，更肯定其在推动现代汉语发展方面的贡献："汪曾祺的小说写作更强调以鲜活的口语来改造白话文之'文'，一方面使书面语的现代汉语有了一个新面貌，另一方面使汉语的种种特质有机会尽量摆脱欧化语法的约束（完全摆脱是不可能的），得到了一次充分的表达。"②汪氏小说的语言既有文言的典雅庄重，又有口语的活泼生动，二者熔为一炉。梁宗岱曾以"花"来比喻好诗的三种境界：

> 如果拿花作比，第一种可以说是纸花；第二种是瓶花，是从作者心灵底树上折下来的；第三种却是一株元气浑全的生花，所谓"出水芙蓉"，我们只看见它底枝叶在风中招展，它底颜色在太阳中辉耀，而看不出栽者底心机与手迹。③

语言也如此，当到达最高层次的"出水芙蓉"时，整篇作品浑然天成，毫无斧凿之痕，汪曾祺的语言正是"一株元气浑全的生花"。京派作家中，废名和汪曾祺都在"小说"文体上追求语言简洁，但如陈望道所说："简约的辞体，辞少而意多，可以使人感到峻洁，而富有言外之意，而其弊容易流于郁而不明的晦涩。"④汪曾祺似乎稍胜一筹，没有流入晦涩，并缔造了淡泊和谐的文风：

> 同样濡染着中国传统文学风韵，同样深受晚唐诗歌的影响，废名小说的

① 唐湜：《虔诚的纳蕤思——谈汪曾祺的小说》，收载于《新意度集》，北京：生活·读书·新知三联书店，1990 年版，第 141 页。
② 李陀：《汪曾祺与现代汉语写作——兼谈毛文体》，《花城》，1998 年 5 期，第 135 页。
③ 梁宗岱：《诗与真·诗与真二集》，第 26 页。
④ 陈望道：《修辞学发凡》，载《陈望道文集》第 2 卷，第 491 页。

语言是美的，只可惜越行越僻，终致曲高和寡；汪曾祺的语言是美的，永如春水恣肆、杂花生树。由废名一路走来，汪曾祺把中国现代抒情小说的语言艺术推到了尚无人能及的高度，完全可以称得上是中国现代小说的一个重大收获。①

总而言之，汪曾祺的小说对当代文坛有以下的启示：一、引发人们对短篇小说文体的重新思考，小说除了讲故事、为政治服务外，还可以抒情、写意境，其清新典雅的语言及散漫的结构，亦为后晋作家提供了参照范本；二、在当代作家忙着与西方接轨时，他首先把眼光转向传统文化，并示范如何从古典文学和民间文学中汲取养分；三、作为新时期的"老"作家，他接通了抒情化小说的支流，并延续了京派的审美主义精神。在中国当代文坛，汪曾祺虽然算不上"伟大"作家，却是一个风格鲜明、热爱生命的文艺工作者。

---

① 董建雄：《现代抒情小说的开拓与发展——废名、汪曾祺小说比较论》，《绍兴文理学院学报》，2002 年 5 期，第 44 页。

参考书目

中文书籍及论文,按作者或编者姓氏之拼音次序排列;外文书籍及论文,按作者或编者姓氏之字母次序排列。

中文书目

I.汪曾祺著作及论集

邓九平.汪曾祺全集[M].北京:北京师范大学出版社,1998.

黄尧.云烟渺渺——汪曾祺与云南[M].昆明:云南教育出版社,2000.

李辉.汪曾祺自述[M].郑州:大象出版社,2002.

陆建华.汪曾祺传[M].南京:江苏文艺出版社,1997.

陆建华.汪曾祺的春夏秋冬[M].郑州:河南人民出版社,2005.

陆建华.汪曾祺文集[M].南京:江苏文艺出版社,1993.

汪朗,汪明,汪朝.老头儿汪曾祺:我们眼中的父亲[M].北京:中国人民大学出版社,2000.

汪曾祺,林斤澜,蒋子龙,周政保.岁月行色[M].深圳:海天出版社,1998.

汪曾祺.矮纸集[M].武汉:长江文艺出版社,1996.

汪曾祺.草花集[M].成都:成都出版社,1993.

汪曾祺.草木春秋[M].北京:作家出版社,2005.

汪曾祺.孤蒲深处[M].杭州:浙江文艺出版社,1993.

汪曾祺.旅食与文化[M].广州:广东旅游出版社,1997.

汪曾祺.蒲桥集[M].北京:作家出版社,1994.

汪曾祺.去年属马[M].北京:北京燕山出版社,1997.

汪曾祺.晚翠文谈新编[M].北京:生活·读书·新知三联书店,2002.

汪曾祺.汪曾祺:文与画[M].济南:山东画报出版社,2005.

汪曾祺.汪曾祺[M].北京:人民文学出版社,1992.

汪曾祺.汪曾祺散文:插图珍藏版[M].北京:人民文学出版社,2005.

汪曾祺.五味:汪曾祺谈吃散文 32 篇[M].济南:山东画报出版社,2005.

汪曾祺.茱萸集[M].台北:联合文学,1988.

汪曾祺,丹珠昂奔.国风文丛·西藏卷:雪域佛光[M].北京:中国对外翻译出版公司,1996.

龙冬.逝水[M].北京:中国青年出版社,2004.

野莽.中国当代才子书:汪曾祺卷[M].武汉:长江文艺出版社,1997.

Ⅱ.研究书籍

卞孝萱.郑板桥全集[M].济南:齐鲁书社,1985.

卞之琳.卞之琳文集[M].合肥:安徽教育出版社,2002.

卞之琳.卞之琳译文集[M].合肥:安徽教育出版社,2000.

曹聚仁.笔端[M].上海:上海书店,1988.

查振科.对话时代的叙事话语——论京派文学[M].沈阳:春风文艺出版社,2005.

陈华文.文化学概论[M].上海:上海文艺出版社,2001.

陈健军.废名年谱[M].武汉:华中师范大学出版社,2003.

陈敬之.现代文学早期的女作家[M].台北:成文出版社,1980.

陈娟.记忆和幻想:中国新时期小说主潮[M].上海:上海文艺出版社,2000.

陈平原.中国小说叙事模式的转变[M].北京:北京大学出版社,2003.

陈望道.陈望道文集[M].上海:上海人民出版社,1980.

陈学勇.才女的世界[M].北京:昆仑出版社,2001.

陈学勇.凌叔华文存[M].成都:四川文艺出版社,1998.

陈学勇.九十九度中:林徽因小说[M].上海:上海古籍出版社,1999.

陈振国.冯文炳研究资料[M].福州:海峡文艺出版社,1991.

程德培.小说本体思考录[M].上海:上海文艺出版社,1987.

丁帆,等.中国乡土小说史[M].北京:北京大学出版社,2007.

丁玲.访美散记[M].长沙:湖南人民出版社,1984.

杜甫.杜诗镜铨[M].上海:上海古籍出版社,1980.

段春娟,张秋红.你好,汪曾祺[M].济南:山东画报出版社,2007.

范能濬,薛正兴.范仲淹全集[M].南京:凤凰出版社,2004.

方玉润,李先耕.诗经原始[M].北京:中华书局,2006.

废名.竹林的故事[M].桂林:广西师范大学出版社,2003.

费振钟.江南士风与江苏文学[M].长沙:湖南教育出版社,1995.

冯健男.废名散文选集[M].天津:百花文艺出版社,1990.

傅光明.萧乾文集[M].杭州:浙江文艺出版社,1998.

甘海岚,张丽妩.京味文学散论[M].北京:北京燕山出版社,1997.

高恒文.京派文人:学院派的风采[M].上海:上海教育出版社,2000.

郜元宝,李书.李长之批评文集[M].珠海:珠海出版社,1998.

格非.小说叙事研究[M].北京:清华大学出版社,2002.

郭济访.梦的真实与美——废名[M].石家庄:花山文艺出版社,1992.

郭庆藩.庄子集释[M]//诸子集成.北京:中华书局,1954.

韩钟文.美善境界的寻求:儒家教育哲学思想研究[M].济南:齐鲁书
社,2002.

何其芳.画梦录[M].北京:人民文学出版社,2000.

胡道静,金良年.梦溪笔谈导读[M].成都:巴蜀书社,1996.

胡亚敏.叙事学[M].武汉:华中师范大学出版社,1994.

黄人影.当代中国女作家论[M].上海:光华书局,1933.

季红真.众神的肖像[M].北京:人民文学出版社,1996.

解志熙.生的执着:存在主义与中国现代文学[M].北京:人民文学出版
社,1999.

孔凡礼.苏轼文集[M].北京:中华书局,1986.

李葆琰.废名选集[M].成都:四川文艺出版社,1988.

李健吾.咀华集·咀华二集[M].上海:复旦大学出版社,2005.

李欧梵.中西文学的徊想[M].南京:江苏教育出版社,2005.

李泽厚.华夏美学[M].香港:三联书店(香港)有限公司,1988.

李泽厚.美的历程[M].天津:天津社会科学院出版社,2001.

李泽厚.中国古代思想史论[M].北京:人民出版社,1985.

梁宗岱.诗与真·诗与真二集[M].北京:外国文学出版社,1984.

廖星桥.外国现代派文学艺术辞典[M].长沙:湖南教育出版社,1991.

林彬.林徽因传:一代才女的心路历程[M].北京:九洲图书出版社,1998.

林徽因.大公报文艺丛刊小说选[M].上海:上海书店,1990.

凌宇,颜雄,罗成琰.中国现代文学史[M].长沙:湖南师范大学出版社,1993.

刘洪涛."边城":牧歌与中国形象[M].南宁:广西教育出版社,2003.

刘绍信.当代小说叙事学[M].哈尔滨:黑龙江教育出版社,2002.

刘熙载.艺概[M].上海:上海古籍出版社,1978.

刘勰,周振甫.文心雕龙注释[M].北京:人民文学出版社,2002.

刘勇.中国现代作家的宗教文化情结[M].北京:北京师范大学出版社,1998.

《刘禹锡集》整理组,卞孝萱.刘禹锡集[M].北京:中华书局,1990.

鲁迅.鲁迅全集[M].北京:人民文学出版社,1981.

鲁迅.鲁迅书信集[M].北京:人民文学出版社,1976.

陆建华.家乡雪[M].南京:江苏文艺出版社,2001.

陆建华.私信中的汪曾祺:汪曾祺致陆建华三十八封信解读[M].上海:上海文艺出版社,2011.

陆建华.文坛絮语[M].南京:江苏人民出版社,1990.

吕智敏.化俗为雅的艺术:京味小说特征论[M].北京:中国和平出版社,1994.

罗成琰.现代中国的浪漫文学思潮[M].长沙:湖南教育出版社,1992.

罗宗强.玄学与魏晋士人心态[M].天津:南开大学出版社,2003.

马良春,张大明.中国现代文学思潮史[M].北京:北京十月文艺出版社,1995.

孟元老,邓之诚.东京梦华录注[M].北京:中华书局,1982.

潘公凯,等.插图本中国绘画史[M].上海:上海古籍出版社,2001.

庞守英.新时期小说文体论[M].济南:山东大学出版社,1997.

蒲松龄,朱其铠.全本新注聊斋志异[M].北京:人民文学出版社,1989.

沈志明,艾珉.萨特文集[M].北京:人民文学出版社,2005.

申丹.叙述学与小说文体学研究[M].北京:北京大学出版社,2001.

生活·读书·新知三联书店(香港)分店,花城出版社.沈从文文集[M].香港:生活·读书·新知三联书店(香港)分店,广州:花城出版社,1985.

刘增杰.师陀全集[M].开封:河南大学出版社,2003.

施国祁.元遗山诗集笺注[M].北京:人民文学出版社,1958.

苏北.忆·读汪曾祺[M].合肥:安徽文艺出版社,2012.

苏涵.民族心灵的幻象:中国小说审美理想[M].北京:人民文学出版社,2000.

孙乃修.弗洛伊德与中国现代作家[M].台北:业强出版社,1995.

孙郁.革命时代的士大夫:汪曾祺闲录[M].北京:生活·读书·新知三联书店,2014.

唐湜.新意度集[M].北京:生活·读书·新知三联书店,1990.

唐弢,严家炎.中国现代文学史[M].北京:人民文学出版社,1982.

铁凝.河之女[M].沈阳:春风文艺出版社,1994.

汪名凡.中国当代小说史[M].南宁:广西人民出版社,1991.

汪树东.中国现代文学中的自然精神研究[M].哈尔滨:黑龙江人民出版社,2005.

王安忆.王安忆自选集第四卷:漂泊的语言[M].北京:作家出版社,1996.

王光东,等.20世纪中国文学与民间文化[M].上海:复旦大学出版社,2007.

王瑾.互文性[M].桂林:广西师范大学出版社,2005.

王娟.民俗学概论[M].北京:北京大学出版社,2002.

王思敏.屠格涅夫[M].沈阳:辽宁人民出版社,1981.

王先霈.小说技巧探赏[M].成都:四川文艺出版社,1986.

王一川.京味文学第三代:泛媒介场中的20世纪90年代北京文学[M].北京:北京大学出版社,2006.

王一川.美学教程[M].上海:复旦大学出版社,2004.

王岳川.艺术本体论[M].上海:上海三联书店,1994.

吴福辉.都市漩流中的海派小说[M].长沙:湖南教育出版社,1995.

吴福辉.京派小说选[M].北京:人民文学出版社,1990.

吴立昌.人性的治疗者——沈从文传[M].台北:业强出版社,1992.

吴立昌.沈从文:建筑心性神庙[M].上海:复旦大学出版社,1991.

吴晓东.镜花水月的世界——废名《桥》的诗学研读[M].南宁:广西教育出版社,2003.

吴中杰.废名田园小说[M].上海:上海文艺出版社,1993.

夏德勇.中国现代小说文体与文化论[M].北京:中国广播电视出版社,2005.

夏志清,刘绍铭.中国现代小说史[M].香港:中文大学出版社,2001.

辛华,任菁.内在超越之路——余英时新儒学论著辑要[M].北京:中国广播电视出版社,1992.

徐岱.小说形态学[M].杭州:杭州大学出版社,1992.

徐岱.小说叙事学[M].北京:中国社会科学出版社,1992.

徐霞村,戴望舒,译.西班牙小景[M].福州:福建人民出版社,1982.

徐震堮.世说新语校笺[M].北京:中华书局,1984.

许道明.京派文学的世界[M].上海:复旦大学出版社,1994.

许道明.中国现代文学批评史新编[M].上海:复旦大学出版社,2002.

许伟忠,陈其昌,王俊坤.高邮景观[M].南京:江苏古籍出版社,2003.

许志英,侯婷婷.五·四:人的文学[M].南京:南京大学出版社,1992.

许子东.为了忘却的集体记忆——解读50篇文革小说[M].北京:生活·读书·新知三联书店,2000.

宣鼎.夜雨秋灯录[M]//续修四库全书·集部·小说类.上海:上海古籍出版社,1995.

严家炎.论现代小说与文艺思潮[M].长沙:湖南人民出版社,1987.

严家炎.中国现代小说流派史[M].北京:人民文学出版社,1989.

扬雄,韩敬.法言注[M].北京:中华书局,1992.

杨国华.现代派文学概说[M].上海:华东师范大学出版社,1989.

杨家骆.欧阳修全集[M].台北:世界书局,1963.

杨联芬.中国现代小说导论[M].成都:四川大学出版社,2004.

杨联芬.中国现代小说中的抒情倾向[M].北京:北京师范大学出版社,1996.

杨义.二十世纪中国小说与文化[M].台北:业强出版社,1993.

杨义.杨义文存[M].北京:人民出版社,1998.

尹雪曼.抗战时期的现代小说[M].台北:成文出版社,1980.

余英时.中国知识分子论[M].郑州：河南人民出版社，1997.

俞剑华.中国绘画史[M].香港：商务印书馆，1962.

赵家璧.中国新文学大系·小说二集[M].香港：香港文学研究社，1972.

曾艳兵.西方现代主义文学概论[M].北京：北京大学出版社，2006.

张家英.归有光散文选注[M].上海：上海古籍出版社，1985.

张隆溪.二十世纪西方文论述评[M].北京：生活·读书·新知三联书店，1986.

张廷琛.接受理论[M].成都：四川文艺出版社，1989.

张学军.中国当代小说流派史[M].济南：山东大学出版社，1996.

张钟，等.当代中国文学概观[M].北京：北京大学出版社，1998.

赵毅衡.当说者被说的时候：比较叙述学导论[M].北京：中国人民大学出版社，1998.

赵园.北京：城与人[M].北京：北京大学出版社，2002.

赵园.沈从文名作欣赏[M].北京：中国和平出版社，1993.

智量，熊玉鹏.外国现代派文学辞典[M].上海：上海文艺出版社，1999.

中国社会科学出版社文学编辑室.小说文体研究[M].北京：中国社会科学出版社，1988.

钟敬文.话说民间文化[M].北京：人民日报出版社，1990.

钟敬文.民俗文化学：梗概与兴起[M].北京：中华书局，1996.

周仁政.京派文学与现代文化[M].长沙：湖南师范大学出版社，2002.

周作人，止庵.周作人集[M].广州：花城出版社，2004.

朱大可，等.十作家批判书（之一）[M].西安：陕西师范大学出版社，2004.

朱德发.二十世纪中国文学流派论纲[M].济南：山东教育出版社，1992.

朱光潜.谈美[M].香港：三联书店（香港）有限公司，2003.

朱光潜.朱光潜美学文集[M].上海：上海文艺出版社，1982.

朱光潜.悲剧心理学——各种悲剧快感理论的批判研究[M].张隆溪，译.北京：人民文学出版社，1987.

朱光潜，吴泰昌.艺文杂谈[M].合肥：安徽人民出版社，1981.

朱立元.接受美学[M].上海：上海人民出版社，1989.

朱熹.四书章句集注[M].北京：中华书局，1983.

朱熹.周易[M].上海:上海古籍出版社,1987.

朱延庆.高邮[M].南京:江苏人民出版社,1991.

宗白华.美学散步[M].上海:上海人民出版社,1981.

Ⅲ. 翻译书籍

W.C.布斯.小说修辞学[M].华明,胡苏晓,周宪,译.北京:北京大学出版社,1987.

戴维·霍埃.阐释学与文学[M].张弘,译.沈阳:春风文艺出版社,1988.

华莱士·马丁.当代叙事学[M].伍晓明,译.北京:北京大学出版社,1990.

后藤兴善,等.民俗学入门[M].王汝澜,译.北京:中国民间文艺出版社,1984.

蒂费纳·萨莫瓦约.互文性研究[M].邵炜,译.天津:天津人民出版社,2002.

佛克马,易布思.二十世纪文学理论[M].林书武,等,译.北京:生活·读书·新知三联书店,1988.

巴赫金.文艺学中的形式主义方法[M].李辉凡,张捷,译.桂林:漓江出版社,1989.

珀·卢伯克,爱·福斯特,爱·缪尔.小说美学经典三种[M].方土人,罗婉华,等,译.上海:上海文艺出版社,1990.

查·索·博尔尼.民俗学手册[M].程德祺,等,译.上海:上海文艺出版社,1967.

爱德华·泰勒.原始文化:神话、哲学、宗教、语言、艺术和习俗发展之研究[M].连树声,译.上海:上海文艺出版社,1992.

Frank Lentricchia & Thomas Mclaughlin.文学批评术语[M].张京媛,等,译.香港:牛津大学出版社,1994.

刘硕良.屠格涅夫全集[M].力纲,译.石家庄:河北教育出版社,1994.

契诃夫.契诃夫小说全集[M].汝龙,译.上海:上海译文出版社,1995.

萨特.存在主义是一种人道主义[M].周煦良,汤永宽,译.上海:上海译文出版社,1988.

萨特.存在与虚无[M].陈宣良,等,译.北京:生活·读书·新知三联书店,1987.

Ⅳ. 研究论文

史书美,李善修.林徽因、凌叔华和汪曾祺——京派作家的现代性[J].天中学刊,1995,10(增刊):17—23.

安妮·居里安,陈丰.笔下浸透了水意——沈从文的《边城》和汪曾祺的《大淖记事》[J].湖南文学,1989(9):46—51.

摩罗,杨帆.论汪曾祺九十年代的美学发展及其意义[J].文艺理论研究,1999(1):60—65。

摩罗.悲剧意识的压抑与觉醒——汪曾祺小说论[J].小说评论,1997(5):28—40.

摩罗.末世的温馨——汪曾祺创作论[J].当代作家评论,1996(5):33—44.

梅庆生.树或溪流:对汪曾祺小说文体的一种描述[J].浙江万里学院学报,2001,14(3):67—71.

蒙培元.自由与自然——庄子的心灵境界说[C]//陈鼓应.道家文化研究,第10辑.上海:上海古籍出版社,1992:176—192.

石杰.和谐:汪曾祺小说的艺术生命[J].中国人民大学学报,1995(1):99—104.

石杰.汪曾祺小说的禅宗底蕴[J].长沙水电师院社会科学学报,1995(1):88—92.

翟业军.蔼然仁者辨——沈从文与汪曾祺比较[J].文学评论,2004(1):30—38.

杜悦.富于独特美感的语音形象——汪曾祺小说探微[J].浙江学刊,1999(4):109—112.

董建雄.楚韵吴语间的乡土人生——沈从文、汪曾祺小说比较论[J].湖州师范学院学报,2004,26(5):15—19.

董建雄.现代抒情小说的开拓与发展——废名、汪曾祺小说比较论[J].绍兴文理学院学报,2002,22(5):40—44.

董建雄.现世价值与仁爱情怀的观照——解读汪曾祺小说创作中的原始儒

家思想[J].宁波大学学报:人文科学版,2002,15(1):44—47.

邰宇.沈从文、汪曾祺创作风格比较[J].江苏教育学院学报:社会科学版, 2003,19(3):75—79.

邰宇.论汪曾祺作品中的涉性描写[J].江苏教育学院学报:社会科学版, 2001,17(6):64—67.

陶红.流于邪僻的文字[J].作品与争鸣,1997(4):66—67.

滕威.从政治书写到形式先锋的移译——拉美"魔幻现实主义"与中国当代 文学[J].文艺争鸣,2006(4):99—105.

南栀子.昙花·孤鹤·鬼火——汪曾祺小说的民俗意象分析[J].当代作家评 论,2002(5):78—89.

李夫泽.两位中国味小说大师的不同风范——赵树理与汪曾祺小说风格比 较[J].社会科学家,2004(3):138—141.

李陀.汪曾祺与现代汉语写作——兼谈毛文体[J].花城,1998(5):126—142.

李国涛.童心渴望自由——汪曾祺的《职业》[J].名作欣赏,1987(4):42—44.

李国涛.汪曾祺小说文体描述[J].文学评论,1987(4):56—64.

李杭育.理一理我们的根[J].作家,1985(9):75—79.

李俊国.三十年代"京派"文学思想辨析[J].中国社会科学,1988(1): 175—192.

李生滨,赵辅学.试论汪曾祺小说艺术的和谐美[J].唐山师范学院学报, 2003,25(3):11—14.

李婉薇.汪曾祺《〈聊斋〉新义》的语言实验[J].文学世纪,2002,2(10): 66—71.

李庆西.新笔记小说:寻根派,也是先锋派[J].上海文学,1987(1):80—89.

刘明.民间的自觉:汪曾祺的文化意识及其小说创作[J].华侨大学学报:哲学 社会科学版,2000(4):50—57.

刘峰杰.论京派批评观[J].文学评论,1994(4):5—15.

刘守亮,江红英.童年经验与心理回归——从心理学角度探讨鲁迅和汪曾祺 采用童年视角的原因[J].山东社会科学,2004(2):99—102.

刘进才.阿左林作品在现代中国的传播与接受[J].中国现代文学研究丛刊, 2004(4):232—248.

林同.败笔不败,新义不新——汪曾祺《聊斋新义》得失谈[J].文教资料,1995(3):85—89.

林江,石杰.汪曾祺小说中的儒道佛[J].广东教育学院学报,1995(4):41—46.

林超然.寂寞的指证——汪曾祺论[J].文艺理论研究,2003(4):82—87.

凌宇.中国现代抒情小说的发展轨迹及其人生内容的审美选择[J].中国现代文学研究丛刊,1983(2):229—246.

凌宇.沈从文谈自己的创作——对一些有关问题的回答[J].中国现代文学研究丛刊,1980(4):315—320.

凌宇.是诗? 是画? 读汪曾祺的《大淖记事》[J].读书,1981(11):42—45.

罗岗."1940"是如何通向"1980"的? ——再论汪曾祺的意义[J].文学评论,2011(3):113—122.

罗强烈.汪曾祺的民间意义[J].当代作家评论,1993(1):4—9.

吕江会.越过道德边界的女人们——论汪曾祺小说创作中的一类女性形象[J].乐山师范学院学报,2007,22(3):34—37.

高万云,宗瑞林.发纤秾于简古,寄至味于淡泊——浅谈汪曾祺小说的语言艺术[J].张家口师专学报:社会科学版,1994(1):30—36,21.

高晓声.编者附语[J].雨花,1981(1):27.

耿岩.落尽豪华,一派天籁——试论汪曾祺小说语言风格[J].南都学坛:哲学社会科学版,1995(5):37—40.

郭宝亮.在现代与传统之间——论京派作家文化心态的"二难"选择[J].吉首大学学报,1994(4):58—64.

国东.莫名其妙的捧场——读《受戒》的某些评论有感[J].作品与争鸣,1981(7):65—66.

管粟.论最后一个京派作家汪曾祺[J].信阳师范学院学报:哲社版,2002,22(6):98—102.

柯玲.汪曾祺与京派文学[J].盐城师范学院学报:人文社会科学版,2000(3):33—37.

康红辉.散落成尘的珠子——论汪曾祺故土小说中的女性形象[J].伊犁教育学院学报,2004,17(2):93—98.

孔小彬.重回伊甸园——文化守成主义与汪曾祺的小说[J].萍乡高等专科学校学报,2003(2):47—51.

孔小彬.传统与现代的会通——汪曾祺作品论[D].南昌:江西师范大学,2004.

胡河清.汪曾祺论[J].当代作家评论,1993(1):10—16.

黄子平.笔记人间——李庆西小说漫论[J].当代作家评论,1987(5):51—57.

黄子平.汪曾祺的意义[J].北京文学,1989(1):48—53.

季红真.汪曾祺小说中的哲学意识和审美态度[J].读书,1983(12):15—20.

季红真.传统的生活与文化铸造的性格——谈汪曾祺部分小说中的人物[J].北京文学,1983(2):58—63.

夏玉华.民族美德的一曲颂歌——评《鉴赏家》[J].北京文学,1982(8):58—59.

夏元明.汪曾祺"聊斋新义"的改写艺术[J].当代文坛,2002(4):62—63.

夏元明.汪曾祺小说的生命意识[J].黄冈师专学报,1999,19(1):49—50,59.

夏元明.汪曾祺小说与民间文学[J].中国文学研究,2003(1):74—76,86.

夏云珍.试论汪曾祺小说中的叠言用法[J].襄樊学院学报,2000,21(6):51—55.

靳新来.诗化小说与小说诗化——中国现代小说的一种文体观照[J].内蒙古社会科学,2003,24(2):72—75.

江河.天鹅之死——汪曾祺九十年代小说论[J].湖南人文科技学院学报,2004(4):51—54.

姜韬.汪曾祺梨园小说初探[J].黑龙江农垦师专学报,2003(4):28—30.

徐志摩.《花之寺》序[J].新月,1929,1(12):22.

周作人.晚间的来客·译后记[J].新青年,1920,7(5):6.

周葱秀.关于"京派""海派"的论争与鲁迅的批评[J].鲁迅研究月刊,1997(12):11—18.

朱光潜.从沈从文先生的人格看他的文艺风格[J].花城,1980(5):119.

朱光潜.我对于本刊的希望[J].文学杂志,1937(创刊号):1—10.

朱光潜.编辑后记[J].文学杂志,1937,1(2):191.

朱志刚.节奏与语词的选择——谈谈汪曾祺小说《受戒》中语言的运用[J].名

作欣赏,2003(9):50—53.

朱庆芳.汪曾祺与阿索林[J].长春理工大学学报:社会科学版,2006,19(4):38—41.

舒非.汪曾祺侧写[J].香港文学,1988(40):15—18.

舒欣.汪曾祺小说创作演进初探[J].益阳师专学报,2000,21(1):76—80.

曾利君."新笔记小说"论[D].重庆:西南师范大学,2001.

蔡天星,杨鼎川.沈从文汪曾祺小说里的民歌[J].佛山科学技术学院学报:社会科学版,2004,22(1):19—23.

姚雪垠.学习追求五十年[J].新文学史料,1980(3):41—54.

游友基.京派与现代派的遇合——汪曾祺早期小说论[J].福州大学学报:哲学社会科学版,2002(2):56—59.

游友基.文化寻根小说的雅化、俗化、野化趋向——汪曾祺、冯骥才、郑万隆论[J].福州师专学报:社会科学版,2000,20(1):23—28.

吴方.说"淡化"——汪曾祺小说的"别致"及其意义[J].北京文学,1989(1):54—60.

吴晓东.现代"诗化小说"探索[J].文学评论,1997(1):118—127.

魏雪.新时期以来汪曾祺小说研究述评[J].湖北理工学院学报:人文社会科学版,2013(4):60—63.

汪曾祺,施叔青.作为抒情诗的散文化小说——与大陆作家对谈之四[J].上海文学,1988(4):71—75,70.

王柏华.汪曾祺小说的"传统"与"现代"——从《聊斋新义》谈起[J].北京社会科学,2003(2):118—124.

王彬彬.我喜欢汪曾祺,但不太喜欢《受戒》[J].小说评论,2003(2):17—20.

王干,费振钟."淡"的魅力[J].读书,1985(12):82—84.

王洪辉.中国式的人道主义者——汪曾祺小说的平民立场和人道关怀[J].长春工业大学学报:社会科学版,2004,16(4):51—53.

王知北.说《小娘娘》[J].作品与争鸣,1997(4):65,67.

王安忆,陈思和.两个69届初中生的即兴对话[J].上海文学,1988(3):75—80,69.

王尧.1985年"小说革命"前后的时空——以"先锋"与"寻根"等文学话语的

缠绕为线索[J].当代作家评论,2004(1):102—112,132.

王尧.在潮流之中与潮流之外——以八十年代初期的汪曾祺为中心[J].当代作家评论,2004(4):114—120.

冯晖.汪曾祺:新笔记小说的首发先声者[J].云梦学刊,2001,22(3):69—71.

孙郁.汪曾祺的魅力[J].当代作家评论,1990(6):65—69.

岂明.西班牙的古城[J].骆驼草,1930(3):5—6.

废名.发刊词[J].骆驼草,1930(创刊号):1.

张亨.论语论诗[J].文学评论,1980(6):1—30.

张同吾.写吧,为了心灵——读短篇小说《受戒》[J].北京文学,1980(12):72—74.

张景忠,河红联.试论汪曾祺小说的叙事风格[J].延边教育学院学报,2004,18(6):1—7.

张直心.审美意蕴互阐:云南民族风情小说与汪曾祺风俗小说[J].云南民族学院学报:哲学社会科学版,1997(1):83—88.

杨道龙.论汪曾祺小说创作的现代性[J].宁夏大学学报:人文社会科学版,2004(4):65—69.

杨鼎川.汪曾祺四十年代两种不同调子的小说[J].中国现代文学研究丛刊,1995(3):211—224.

杨堃.民俗学和民族学[J].民族团结,1983(6):34—35.

杨学民.试论汪曾祺的小说语言观及其意义[J].胜利油田师范专科学校学报,1999,13(1):27—31.

杨学民.转喻与小说"空白"——汪曾祺小说的一种现代语言学解读[J].小说评论,2004(2):90—93.

杨义.京派小说的形态与命运[J].江淮论坛,1991(3):74—82.

杨剑龙.恋乡的歌者——沈从文和汪曾祺小说之比较[J].小说评论,1996(2):53—57,47.

杨剑龙.论汪曾祺小说中的传统文化意识[J].当代作家评论,1989(2):98—103.

杨劲平.九十年代以来汪曾祺小说研究述评[J].钦州师范高等专科学校学报,2003,18(2):35—39.

毕文健.汪曾祺小说创作研究述评[J].文教资料,2008(10月号上旬):200—204.

苏汶.文人在上海[J].现代,1933,4(2):281—282.

萧乾.一代才女林徽因[J].读书,1984(10):113—121.

谭宗远.一本绿色封面的书——《晚饭花集》读后[J].博览群书,1986(3):46.

贺桂梅.20世纪八九十年代的京味小说[J].北京社会科学,2004(3):12—21.

赵园.话说"京味"[J].中国现代文学研究丛刊,1989(1):20—40.

郑万隆.现代小说中的历史意识[J].小说潮,1985(7):79—80.

郑宗良.《小娘娘》是一篇宣扬乱伦的小说[J].作品与争鸣,1997(4):80.

钟本康.关于新笔记小说[J].小说评论,1992(6):14—19.

陆建华.动人的风俗画——漫评汪曾祺的三篇小说[J].北京文学,1981(8):48—52.

陆建华.来自生活的诗和美——评《大淖记事》从生活到艺术[J].扬州师院学报:社会科学版,1982(3—4):26—30.

陆成."时态"与叙事——汪曾祺《异秉》的两个不同文本[J].文艺理论研究,1999(1):66—72.

陈徒手.汪曾祺的文革十年[J].读书,1998(11):53—62.

陈南先.文体家的风采——汪曾祺小说的语言艺术[J].广东职业技术师范学院学报,2000(1):8—13.

陈燕.汪曾祺小说的语言魅力[J].东岳论丛,2001,22(3):133—134.

陈永国.互文性[J].外国文学,2003(1):75—81.

陈红军.汪曾祺作品研讨会纪要[J].北京文学,1989(1):72—73.

韩石山.汪曾祺能写出长篇小说吗?[J].文学自由谈,1999(4):69—71.

韩少功.文学的"根"[J].作家,1985(4月号):2—5.

马杰.汪曾祺小说研究综述[J].广西师范学院学报:哲学社会科学版,2013(1):54—60.

马俊江.论师陀的"果园城世界"[J].中国现代文学研究丛刊,2003(1):200—213.

马凤.汪曾祺与新时期小说——一次文学史视角的考察[J].文艺评论,1995(4):67—73.

Ⅴ.报载文章

阿城.文化制约着人类[N].文艺报,1985-07-06.

梁清濂.这样的小说需要吗?——读短篇小说《受戒》有感[N].北京日报,1980-12-11(3).

汝捷.短,不等于美——致汪曾祺[N].光明日报,1982-08-19(3).

徐卓人.4个月编120万字——与《汪曾祺文集》主编一席谈[N].中国文化报,1994-01-07(4).

徐卓人.汪曾祺其人其作[N].文艺报,1994-09-17(7).

郑义.跨越文化的断裂带[N].文艺报,1985-07-13.

外文书目

Ⅰ.外文书籍

Abrams, M. H.*A Glossary of Literary Terms*. Fort Worth, Tex.: Harcourt Brace College Publishers, 1999.

Abrams, M. H. *The Mirror and the Lamp*: *Romantic Theory and the Critical Tradition*. New York: Norton, 1958.

Allen, Graham.*Intertextuality*. London; New York: Routledge, 2000.

Bloom, Harold. *Poetry and Repression*: *Revisionism from Blake to Stevens*. New Haven: Yale University Press, 1976.

Bloom, Harold.*The Anxiety of Influence*: *A Theory of Poetry*. N. Y.: Oxford University Press, 1973.

Burke, Seán.*The Death and Return of the Author*: *Criticism and Subjectivity in Barthes*, *Foucault and Derrida*. 2nd ed. Edinburgh: Edinburgh University Press, 1998.

Culler, Jonathan D.*Structuralist poetics*: *structuralism*, *linguistics and the study of literature*. Ithaca, N.Y.: Cornell University Press, 1975.

Dundes, A. *The Study of Folklore*. Englewood Cliffs, N. J.: Prentice-Hall, 1965.

Faris, Wendy B. & Zamora, Lois Parkinson. [eds.], *Magical Realism: Theory, History, Community*. Durham, NC: Duke University Press, 1995.

Forster, E.M. *Aspects of the Novel*. London: Hodder & Stoughton in association with Edward Arnold, 1993.

Harmon, William. *A Handbook to Literature*. 9th ed. Upper Saddle River, N.J.: Prentice Hall, 2003.

Hawthorn, Jeremy. *Studying the Novel: an Introduction*. 2nd ed. London: Edward Arnold, 1992.

Lodge, David. [ed.], *Modern Criticism and Theory: a Reader*. 2nd ed. Harlow; Hong Kong: Longman, 2000.

Louie, Kam & Edwards, Louise. [eds.], *Bibliography of English Translations and Critiques of Contemporary Chinese Fiction*, 1945-1992. Taipei, Taiwan: Center for Chinese Studies, 1993.

McDougall, Bonnie S. & Louie, Kam. *The Literature of China in the Twentieth Century*. London: Hurst & Company; Hong Kong: Hong Kong University Press, 1997.

McDougall, Bonnie S. *Fictional Authors, Imaginary Audiences: Modern Chinese Literature in the Twentieth Century*. Hong Kong: Chinese University Press, 2003.

Selden, Raman; Widdowson, Peter & Brooker, Peter. *A Reader's Guide to Contemporary Literary Theory*. 4th ed. Hemel Hempstead, Hertfordshire: Prentice Hall/Harvester Wheatsheaf, 1997.

Suleiman, Susan R. & Crosman, Inge. [eds.], *The Reader in the Text: Essays on Audience and Interpretation*. Princeton, N.J.: Princeton University Press, 1980.

Ⅱ. 外文论文

Broich，Ulrich. "Intertextuality." In *International Postmodernism*：*Theory and Literary Practice*，edited by Hans Bertens & Douwe Fokkema. Amsterdam；Philadelphia：J. Benjamins，1997，pp. 249 – 255.

Kristeva，Julia. "Word，dialogue and novel." In *The Kristeva Reader*，edited by Toril Moi. New York：Columbia University Press，1986，pp. 34 – 61.

Link，Perry. "Ideology and Theory in the Study of Modern Chinese Literature：an Introduction."*Modern China* Vol. 19 (Jan 1993)：pp. 4 – 12.

后 记

　　像许多读者一样,我所读汪曾祺的第一篇作品也是《受戒》。读后好像似懂非懂,觉得故事里有一种朦胧的美,叫人感到舒服平静,语言自是清新隽永,从此记住了这位作家。

　　大学本科毕业论文以废名为题,分析他的小说创作。汪曾祺为废名小说集写的序言《万寿宫叮叮响》最让我难忘。"童趣"是废名小说的一个特点,但不及其"缺憾美"突出,汪曾祺却从这个角度分析废名小说的特质。汪曾祺说:

　　　　我也异常的感动,……这些孩子是那样纯净,与世界无欲求,无争竞,他们对此世界是那样充满欢喜,他们最充分地体会到人的善良,人的高贵,他们最能把握周围环境的颜色、体形、光和影、声音和寂静,最完美地捕捉住诗。这大概就是周作人所说的"仙境"。①

文如其人,想必汪曾祺也是一位充满童趣的人,才会对小说里的点点童真心有灵犀。若干年后,读到汪曾祺的儿女纪念父亲的文章,才知道他真是一个活脱脱的老顽童,不但让孩子唤自己汪老头,还让女儿给自己扎辫子。

　　读硕士的时候,有一年暑假,特意跑去汪曾祺的故乡看看。在南京汽车站坐车去高邮。夏天酷热,南京气温尤高,只有法国梧桐让人感到一点夏的荫凉。到了高邮,天气不那么热了,下起毛毛细雨,坐上一趟人力车,看着车夫的背影,看着那随风飘扬的衣襟,觉得一切都很熟悉。没去汪曾祺的故居,只想看看这个小城。文游台,游人很少,蚊子很多,里面的汪曾祺文学馆,充其量只是一个展览厅,放了一些书和广告牌。读了那么多汪曾祺的小说,终于看见高邮的河。岸边

---

　　① 汪曾祺:《万寿宫叮叮响——代序》,载冯思纯编:《废名短篇小说集》,长沙:湖南文艺出版社,1997年版,第4页。

上有鹅群踱步,雪白的毛,高昂的脖子,还有渡河的当地人,带着货物坐船。沈从文的凤凰,在来高邮之前就去过了,要说风俗特色,自在高邮之上。凤凰带着边民的野气,高邮却像乡下的孩子,一座普普通通的苏北小城。后来,我想系统地整理汪曾祺的作品,先从小说开始吧,于是有了眼前这本书。

　　本书尝试从精神面貌、思想内容、艺术特色几个层面,探索汪氏大半生的创作与成就。修改书稿的时候,再次体会到汪曾祺的人生哲学:豁达面对各种变化,开怀地生活。"大肚能容,容天下难容之事;开颜一笑,笑世间可笑之人。"最后,谢谢家人的支持与帮助,谢谢两位恩师为我写序。研究必有不足之处,还望同行赐教指正。

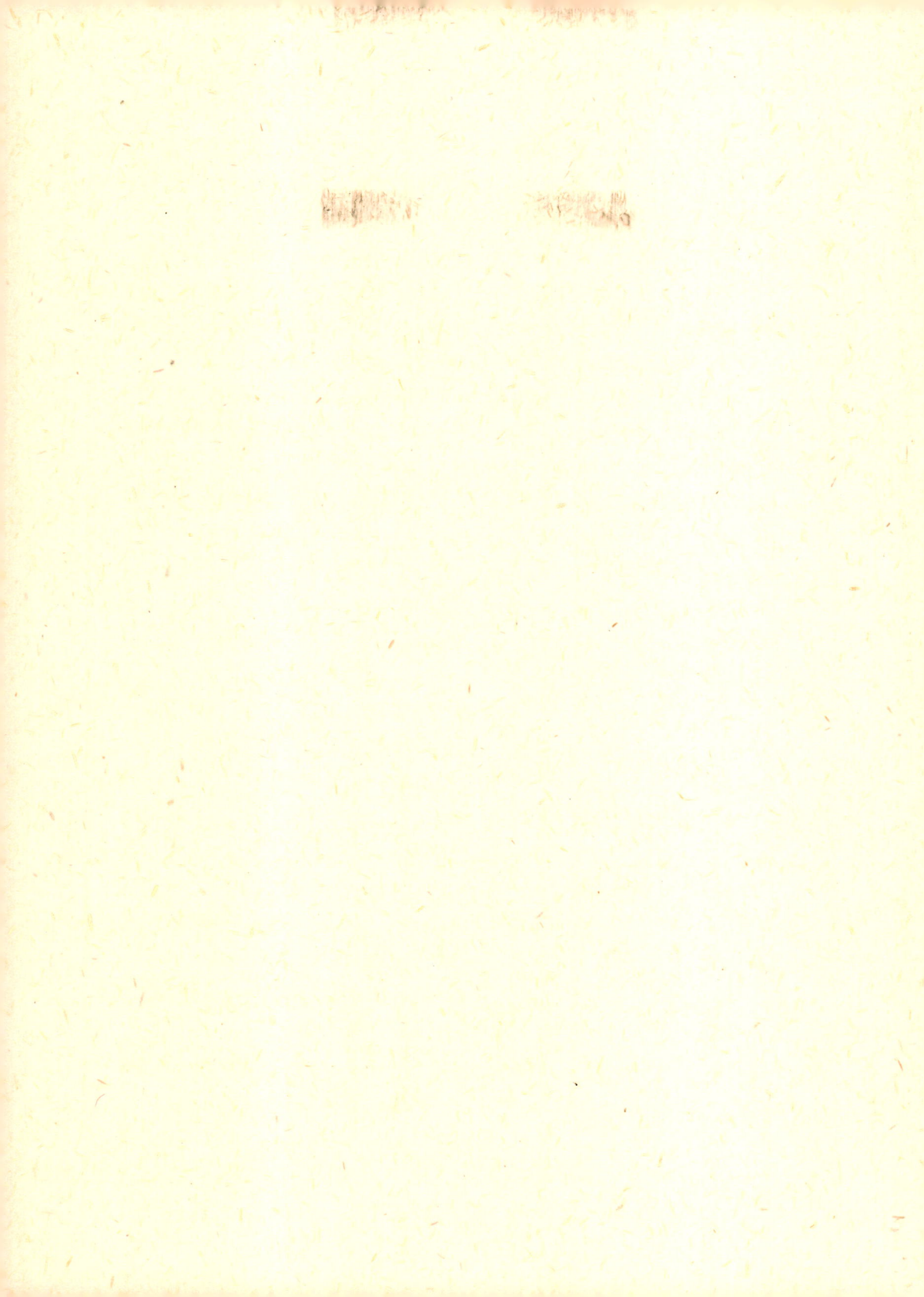